RALF THIESEN
Krähen über Königsberg

AF217762

GOLDMANN

Ralf Thiesen

KRÄHEN ÜBER KÖNIGSBERG

EIN FALL FÜR AARON SINGER

Kriminalroman

GOLDMANN

Penguin Random House Verlagsgruppe FSC® N001967

2. Auflage
Originalausgabe Dezember 2024
Copyright © 2024 by Ralf Thiesen
Copyright © dieser Ausgabe 2024
by Wilhelm Goldmann Verlag, München,
in der Penguin Random House Verlagsgruppe GmbH,
Neumarkter Str. 28, 81673 München
produktsicherheit@penguinrandomhouse.de
(Vorstehende Angaben sind zugleich
Pflichtinformationen nach GPSR)

Die Veröffentlichung dieses Werkes erfolgt auf Vermittlung
der literarischen Agentur Peter Molden, Köln
Umschlaggestaltung: UNO Werbeagentur, München
Umschlagmotive: FinePic®, München; Silas Manhood/Trevillion Images;
Tim Robinson/Trevillion Images; Hulton Archive/Getty Images
Karte von Königsberg und Umgebung: © Laura Münzer
Redaktion: Heiko Arntz
KS · Herstellung: ik
Satz: Buch-Werkstatt GmbH, Bad Aibling
Druck und Bindung: GGP Media GmbH, Pößneck
Printed in Germany
ISBN: 978-3-442-49257-2

www.goldmann-verlag.de

Für Tabea
Sherlock & Watson

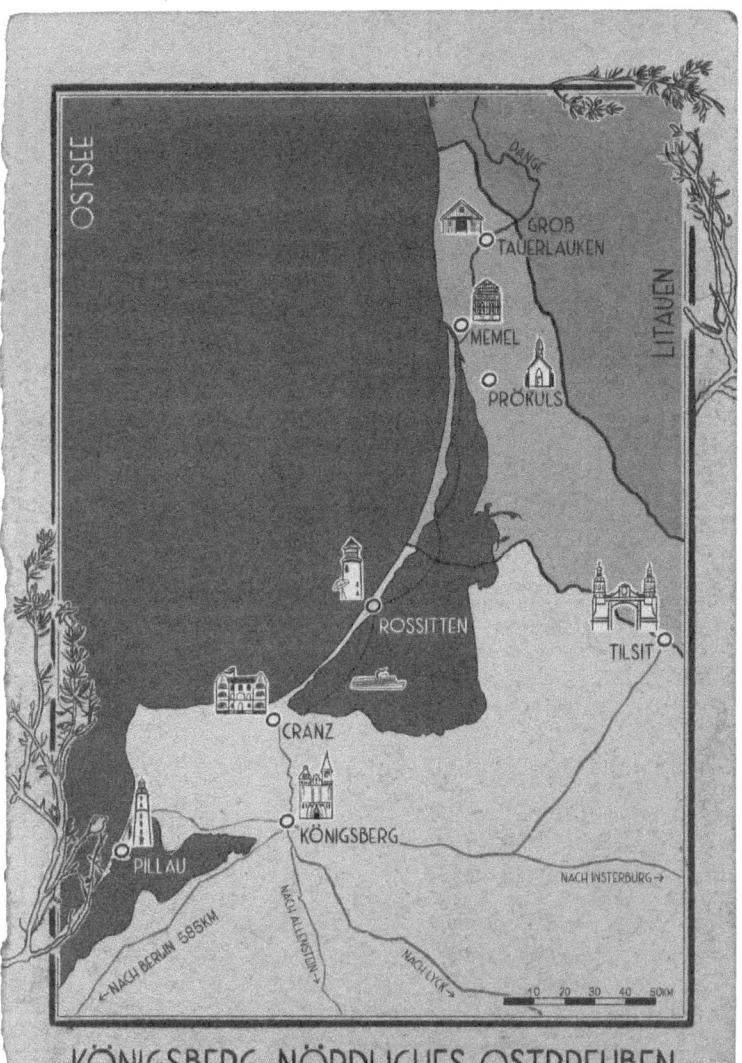

KÖNIGSBERG, NÖRDLICHES OSTPREUßEN
UND DAS MEMELGEBIET

TEIL I

SCHATTEN DER VERGANGENHEIT

1

BERLIN-MOABIT, FRÜHJAHR 1919

Die Kälte in der kleinen heruntergekommenen Mansarde hatte ihre Leidenschaft schnell abgekühlt. Nun lagen sie nebeneinander auf dem zerschlissenen Bett, und jeder hing seinen eigenen Gedanken nach. Draußen in der Ferne fielen Schüsse. Er seufzte und griff über sie hinweg zu den Zigaretten. Sie zog die Decke enger um ihren Oberkörper.

»Mein Gott, das muss doch irgendwann mal aufhören. Der Krieg ist seit mehr als zwei Monaten zu Ende.« Sie klang entnervt. Er zuckte mit den Schultern, er war schließlich Soldat. Noch.

»Freikorpsler gegen Kommunisten wahrscheinlich. Immer das Gleiche.« Er reichte ihr eine der beiden Zigaretten, die er angesteckt hatte. Eine Weile rauchten sie schweigend. Schreie, Kommandos und Schüsse drangen bis zu ihnen herauf. Seit dem Mord an Karl Liebknecht und Rosa Luxemburg kam die Stadt einfach nicht zur Ruhe. In Weimar tagte die Nationalversammlung, und in Berlin war die Lage gelinde gesagt tagsüber unübersichtlich und bei Einbruch der Dunkelheit gefährlich.

Seufzend schwang er die Beine aus dem Bett und zog

sich die Unterwäsche an. Er spürte ihren Blick in seinem Rücken. Sie hatten sich vor einigen Wochen in einem Tanzlokal kennengelernt. Sie hatte ihm auf Anhieb gefallen, und er hatte es sich zur Gewohnheit gemacht, sie in dem zweifelhaften Etablissement zu besuchen. Als der Sold knapp wurde, hatte er sich darauf verlegt, sie zur Sperrstunde abzuholen und mit ihr nach Hause zu gehen. Im Bett kannte sie keine Tabus, was ihm – nach den Jahren der Entbehrung – sehr gefiel. Aber ihre Leidenschaft war nur vordergründig. Es gelang ihm nicht, ihr Herz zu erobern. Er wusste weder, was sie bewegte, noch etwas über ihre Träume oder gar, was sie im Leben noch erreichen wollte. Im Grund war sie ihm jenseits ihrer erotischen Ausstrahlung ein Rätsel geblieben, und so hatte er den Blick allein in die Zukunft gerichtet.

Er hatte Berlin satt. Anfangs war er froh gewesen, dass sie das Baltikum endlich gen Heimat verlassen konnten. Die instabile Lage in der Reichshauptstadt hatte dann dafür gesorgt, dass ihm die direkte Demission erspart blieb. Aus dem regulären Reichswehrverband war ein Freikorps geworden, das auf den Straßen Berlins Spartakisten und Kommunisten bekämpfte. Für einen kampferprobten Leutnant hatte man da sehr gut Verwendung. Der Sold kam pünktlich, die Führung sorgte für Kost und Logis. Das war viel wert in einer Zeit, da die Wirtschaft am Boden lag. Doch nach drei Monaten hatte er genug von sinnloser Gewalt. Seine Zukunft lag nicht in Berlin. Morgen würde er nach Königsberg fahren. Sie würde nicht mitkommen. Er musste gar nicht erst fragen. Das heute war ihr letztes Tête-à-Tête gewesen. Er musste es ihr sagen. Sie hatte die Beine angezogen und beobachtete ihn rauchend.

Wer jetzt Gedanken lesen könnte …

Er drehte sich zu ihr um, während er sich die Jacke anzog. »Ich werde Berlin verlassen. Ich gehe zurück nach Königsberg. Da ist die Revolution schon durch. Es wird Zeit, an die Zukunft zu denken.«

Ihr kühler Blick hatte sich nicht verändert. Sie zog erneut an der Zigarette, inhalierte lange und ließ den Rauch langsam aus dem weit geöffneten Mund entweichen.

»Wenn ich mir sicher wäre, dass du uns eine Chance gibst, würde ich fragen, ob du mitkommst.«

»Was soll ich denn in Königsberg? Das ist doch tiefste Provinz.«

Es ärgerte ihn, dass sie es offensichtlich als ein Eingeständnis seines Scheiterns oder als eine Art Fahnenflucht empfand, nur weil er dem Moloch Berlin den Rücken kehren wollte.

»Wenigstens wird dort nicht mehr nachts auf den Straßen geschossen.« Er warf ihr einen spöttischen Blick zu. Doch sie ließ sich nicht aus der Reserve locken.

»Ich werde es in Berlin schaffen«, erwiderte sie trotzig. »Hier stehen einem alle Türen offen. Es ist eine neue Zeit. Alles ist möglich, wenn man nur daran glaubt.«

Es klang wie das berühmte Pfeifen im Wald. Er schnaubte abfällig. Für ihn war der Weg einer Gelegenheitsprostituierten klar vorgezeichnet. Mittlerweile hatte er seinen Mantel übergezogen. Er holte zwei Geldscheine aus der Tasche und legte sie auf den kleinen Tisch.

»Wenn es dein Gewissen beruhigt«, sagte sie, ohne zu ihm aufzusehen.

»Du kommst wirklich nicht mit?«, unternahm er einen letzten Versuch. Sie schüttelte nur beiläufig den Kopf. Er ärgerte sich, knöpfte den Mantel zu und setzte die Schirmmütze auf.

»Na, dann wünsche ich dir viel Glück und dass deine Wünsche in Erfüllung gehen.«

Sie verzog das Gesicht zu einem müden Lächeln. »Wart's ab.«

Er warf einen letzten Blick auf ihren nackten Körper, als wollte er sich die Szene für die Ewigkeit einprägen. »Ich denke nicht, dass wir uns wiedersehen«, erwiderte er, während er sich umdrehte und ging. Er ahnte nicht, wie sehr er sich täuschen sollte.

2

»Wie bist du doch zu beneiden, Eugen!«

Karl Helders hatte sich ein kühles Bier aus der Eiskiste geangelt, nachdem er bereits zwei Schultheiß an Eugen und Reinhard verteilt hatte. Das Segelboot schnitt pfeilgerade durch das blaue Wasser des Wannsees. Die Wälder am Ufer schwelgten im satten Grün. An den Badeständen drängten sich ausgelassene Besucher. Über ihnen wölbte sich ein makelloser blauer Himmel und dazu eine leichte Brise, die dafür sorgte, dass die Temperaturen erträglich blieben.

Eugen Sattler saß an der Pinne und genoss den freundschaftlichen Neid seiner langjährigen Kameraden. Karl hatte recht. Es ging ihm glänzend. Das Familienunternehmen – die Sattler Emaillewerke – hatte das Kriegsende und die Umstellung von Kriegsproduktion auf die Bedürfnisse der Zivilbevölkerung gut überstanden. Er besaß eine Villa mit Seegrundstück direkt am Wannsee und hatte vor gut einem Jahr seinen Ruf als eingefleischter Junggeselle zum Trotz mit Ende vierzig noch geheiratet. Mit seiner wesentlich jüngeren und attraktiven Frau hatte er seine alten

Freunde beeindruckt. Das hätten sie ihm nie und nimmer zugetraut. Er lächelte Helders und Braun gönnerhaft zu.

»Auf meine schöne und kluge Frau!«

Seine Freunde prosteten ihm zu.

»Eine junge Frau hält den Gatten ebenfalls jung«, sagte Braun grinsend.

»Unbedingt!«, grinste Sattler zweideutig zurück. Immerhin feierten sie heute seinen fünfzigsten Geburtstag. Angelika war achtundzwanzig. Sie hatte ihn von Beginn an in ihren Bann gezogen. Er konnte sich kaum vorstellen, dass Braun oder gar Helders mit ihren Angetrauten ähnlich aufregende Dinge erlebten wie er. Er warf einen Blick auf seine Armbanduhr. Schon bald mussten sie zurück, denn um sechs hatte er das Büfett zu eröffnen. Sattler blickte in den Himmel, als ihn ein stechender Schmerz zusammenfahren ließ.

Angelika Sattler stand auf der ausladenden Terrasse und blickte auf die lange Tafel. Acht Personen saßen plaudernd am Tisch. Auf einem Grammofon wurden Schellackplatten gespielt. Eine ausgelassene Sommergesellschaft. Einzig Erika Helders stand die Unzufriedenheit ins Gesicht geschrieben. Angelika sah auf die Uhr. Bald schon würde es so weit sein. Sie ließ ihren Blick über den Wannsee schweifen und sah das Boot ihres Mannes. Alles würde sich fügen. Sie knipste ein Lächeln an und kehrte als gut gelaunte Dame des Hauses an die Tafel zurück.

»Erika, meine Liebe. Darf ich dir noch ein Glas Sekt bringen? Du siehst aus, als könntest du einen Schluck vertragen.«

Erika Helders rang sich ein Lächeln ab und zupfte nervös an ihrem Sommerkleid herum. Sie war gut fünfzehn Jahre älter als Angelika Sattler und fühlte sich neben ihr wie ein Trampel vom Lande.

»Danke, Liebes. Das wäre nett.« *Soll das Sattler-Flittchen ruhig springen, wenn sie pfiff*, dachte Erika. Glaubte Eugen etwa, dass die Kleine seinem unvergleichlichen Charme verfallen war? Nein, die hatte sich doch hier nur ins gemachte Nest gesetzt. War plötzlich wie aus dem Nichts aufgetaucht. Ein knappes Jahr war es her, dass Eugen sie ihr und ihrem Mann als seine zukünftige Braut präsentiert hatte. Seitdem war der bislang biedere Eugen Sattler zum weltläufigen Lebemann geworden, und ihr Karl sah seitdem voller Bewunderung zu ihm auf.

Angelika war gerade wieder mit dem Glas zurückgekehrt, als Renate Braun in Richtung See deutete. »Ich glaube, da stimmt was nicht«, sagte sie beunruhigt.

»Was ist los mit dir, Eugen?«

Braun war aufgesprungen. Sattler stand mitten im Boot und presste die Hand gegen die Brust. Sein Gesicht war rot angelaufen. Er keuchte und taumelte auf Braun zu. Helders saß wie erstarrt daneben. Genau in diesem Moment drehte das Boot in den Wind. Der Baum kam herüber, schlug Helders zu Boden, traf den taumelnden Sattler am Hinterkopf und ließ ihn über die Reling kippen. Braun hatte sich in letzter Sekunde wegducken können. Als er wieder hochkam, lag Helders bewusstlos am Boden, das Segel flatterte im Wind, die Leine war über Bord, und von Sattler war nichts zu sehen. Braun rief um Hilfe, aber andere Boote waren zu weit entfernt. Er schlug Helders auf die Wangen. Es dauerte endlose Sekunden, bis dieser wieder zu sich kam.

»Was ... was ist passiert?«

»Los, du musst an die Pinne. Wir müssen das Boot drehen. Eugen ist über Bord gegangen, und ich kann ihn nirgendwo sehen«, rief Braun aufgeregt.

Helders schleppte sich mit schweren Schritten ans Ruder, während Braun versuchte, das Segel in den Griff zu bekommen, und dabei auf der dunklen Wasseroberfläche Ausschau nach Sattler hielt. Doch da war nichts. Eugen Sattler blieb verschwunden.

3

MEMEL, 14. JANUAR 1923

Jean Gabriel Petisné konnte bereits auf eine beachtliche Karriere im französischen Staatsdienst zurückblicken. Mit seinen vierzig Jahren war er der jüngste Präfekt der dritten Republik. Seit fast drei Jahren war er auf Geheiß des Völkerbundes Hochkommissar des *Territoire de Memel*. Er hatte sich geehrt gefühlt, als Staatspräsident Raymond Poincaré ihm dieses wichtige Amt anvertraut hatte. Mit achthundert Soldaten war er Mitte Februar 1920 in Memel eingetroffen, um einen schmalen, rund hundertvierzig Kilometer langen und maximal zwanzig Kilometer breiten Landstreifen nördlich des gleichnamigen Flusses vom Deutschen Reich zu übernehmen, und hatte sich mit Verve an die Arbeit gemacht. Mit diplomatischem Geschick und der ihm eigenen Hartnäckigkeit war es ihm gelungen, das Vertrauen der dortigen Honoratioren zu gewinnen. In Paris hatte er seitdem schon das ein oder andere Mal für Irritationen und Verärgerung gesorgt, indem er memelländische Interessen über die französischen gestellt hatte. Manch einer der Beamten in der Hauptstadt bezeichnete Petisné spöttisch als den »König von Memel«. Sein beherzter Einsatz und sein ehrliches Interesse an allen Plänen, die eine Verbesserung des Gemeinwohls zum Ziel hatten, hatte schließlich auch die überwiegend deutschstämmige Kaufmannschaft überzeugt. Immerhin erlebte die Stadt Memel als Freihafen einen deutlichen Aufschwung.

Doch der Schein trog. Auch wenn es zwischen deutschen und litauischen Memelländern weitgehend friedlich blieb, nahmen seit einigen Monaten die Spannungen merklich zu. Zuletzt hatte der französische Botschafter in Kaunas Jean Petisné bei einem informellen Besuch in Memel gewarnt: Die Litauer würden eine Annexion des Memelgebiets vorbereiten. Er konnte und wollte das nicht glauben. Als junger Staat sah sich Litauen seit der Unabhängigkeitserklärung von Polen und der Sowjetunion massiv unter Druck gesetzt. Im ebenfalls wiederentstandenen Polen gab es eine größer werdende Bewegung, die sich für ein wiedervereinigtes Polen-Litauen, wie es von 1569 bis 1795 bestanden hatte, einsetzte. Frankreich umwarb Polen als potenziellen Bündnispartner im Rücken des alten Erbfeindes Deutschland. Polen wiederum zeigte unverhohlenes Interesse am Memelgebiet. Während also hinter den Kulissen beim Völkerbund kräftig antichambriert wurde, saß Petisné in Memel und war de facto zur Untätigkeit verdammt.

Erschwerend kam hinzu, dass man das militärische Kontingent mittlerweile auf zweihundert Mann reduziert hatte. Auch die Zivilverwaltung bestand zu Jahresbeginn nur noch aus acht Beamten. Die neue Garnison war erst im November aus den Seealpen hierher verlegt worden.

In der Stadt ging indes alles seinen gewohnten, winter-

lichen Gang. Nach den Weihnachtsferien kehrte der All-
tag langsam zurück. Gaststätten, Gewerbe und Geschäfte
hatten wieder geöffnet. Und morgen, am Montag, würde
an den Schulen auch wieder der Unterricht beginnen. Am
Freitag hatte er noch einmal nach Paris kabeln lassen und
um eine aktuelle Einschätzung der Lage gebeten. Doch Paris hüllte sich in Schweigen.

Petisné stand am Fenster seines im französischen Em-
pire-Stil gehaltenen Arbeitszimmers und sah hinunter auf
die verschneite Luisenstraße vor dem Rathaus, in dem sich
seine Dienstwohnung befand. Auf der Dange trieben Eis-
schollen träge dahin. Es hatte auch wieder zu schneien
begonnen. Die Standuhr schlug zehn. Er seufzte. Wahrscheinlich machte er sich zu viele Gedanken. Immerhin
repräsentierte er nicht nur die Französische Republik, sondern den Völkerbund. Mit einem Angriff auf das *Territoire
de Memel* würde das kleine Litauen die internationale Staa-
tengemeinschaft brüskieren.

»Ach, hier bist du. Ich habe dich schon vermisst.«

Petisné fuhr herum. Odette, seine Frau, stand in der Tür.
Er machte eine verlegene Geste, die so viel bedeutete wie:
erwischt.

»Du arbeitest zu viel, mein Lieber.«

»Ich weiß, mein Herz. Ich hatte gehofft, es gibt endlich
Nachricht aus Paris.«

»Keine Nachricht ist bestimmt eine gute Nachricht«, erwiderte sie.

Petisné betrachtete seine Frau. Sie war eine klassische
Schönheit. Fünf Jahre jünger als er. Wie er stammte sie aus

Bordeaux. Sie hatten sich kurz vor dem Krieg in Biarritz kennengelernt. Seit sieben Jahren waren sie verheiratet. *Das verflixte siebte Jahr*, schoss es ihm durch den Kopf. Petisné wusste, dass es seiner Frau zunehmend schwerer fiel, hier in dieser Kleinstadt am Ende der Welt nicht zu verzweifeln. Das Land war ihr fremd geblieben. Allein die Ortsnamen auszusprechen, war für einen Franzosen fast unmöglich – Schwentwokarren, Coadjuthen, Szameitkehmen … Odette konnte kein Deutsch, geschweige denn Litauisch und war darauf angewiesen, dass sie auf jemanden traf, der noch des Französischen mächtig war. So blieben ihre sozialen Kontakte auf die Damen der Offiziere und einige wenige gebildete Damen der Memeler Bürgerschaft beschränkt. Sie machte keinen Hehl aus der Tatsache, dass sie auf eine baldige Demission und die damit verbundene Rückkehr nach Frankreich hoffte.

»Bestimmt hast du recht. Lass uns in den Salon gehen. Ich könnte noch einen Digestif vertragen. Es ist so furchtbar kalt hier.«

In diesem Moment war draußen ein lauter Knall zu hören. Dann folgten weitere. Petisné erstarrte. Seine Frau sah ihn erschrocken an.

Es hatte begonnen.

Nicht weit vom Dienstsitz des Hochkommissars entfernt in der Libauer Straße lag die Gaststätte »Zum Franzl«. Am späten Sonntagabend saßen nur ein paar Stammgäste und eine Gruppe junger Männer vor ihren Bierkrügen. Gorny, der Wirt, warf den Jungs einen ernsten Blick zu, während er leere Gläser und Krüge polierte. In der Ecke der Gaststube bullerte der prachtvolle Kachelofen. Albin Taundler, Student der Agrarwissenschaft an der Albertus-Universität zu Königsberg, sah auf die Uhr und dann in die Runde.

»Leute, ich mach mich auf den Heimweg. Muss morgen früh raus.«

»Dass ich nicht lache«, schnaubte Bruweleit. »Da wärst du ja der erste Student, der früh aufsteht.«

Schindler und Grenda lachten und hoben die Krüge, während Taundler sich den Mantel überzog und den Schal umwickelte. Die Kameraden hatten gut reden. Alle gingen hier am Ort in die Lehre, während er am nächsten Morgen wieder zurück an die Albertina musste. Die Weihnachtsferien waren leider vorbei. Nun hieß es wieder, beim ollen Mitscherlich Pflanzenlehre und Bodenkunde zu pauken. Im Hinausgehen legte er Gorny das Geld für seine Zeche auf den Tresen.

Draußen war es frostig. Ein eisiger Wind schlug ihm ins Gesicht. Der Schnee fiel wieder in dichten Flocken. Albin brauchte einige Anläufe, bis er sein Motorrad in Gang hatte. Er setzte die Brille auf und fuhr leicht schlingernd auf der glatten Schneedecke die Libauer Straße entlang Richtung Norden. Kurz vor dem Hauptbahnhof trat plötzlich ein französischer Soldat direkt vor ihm auf die Fahrbahn. Albin hatte Mühe, den Mann nicht zu überfahren. Er bremste reflexartig, das Hinterrad rutschte weg, und er konnte den Sturz nur mit großer Not vermeiden. Der Soldat trug eine Pelerine als Schutz gegen den Schnee und hatte das Gewehr mit dem Lauf nach unten über der

Schulter hängen. Sein Kamerad stand einige Schritte entfernt und hatte die Szene mit seinem Gewehr griffbereit im Blick. Beide schienen kaum älter als Taundler.

»Halte! Vos papiers, s'il vous plaît!«

Das hatte ihm gerade noch gefehlt: Jetzt filzten ihn die Froschfresser auch noch! Der Soldat machte eine fordernde Geste. Albin zog die Handschuhe von den klammen Fingern.

Ein Schupo kam fluchend um die Ecke gelaufen.

Der zweite Franzose lachte. »Allez, dépêche-toi, Erwin.«

»Immer mit der Ruhe, Jungche. Man wird ja wohl mal pissen dürfen.« Und an Albin gewandt: »Keine Sorge, der will nur Ihre Papiere sehen, junger Mann.«

Albin verdrehte die Augen. Was sollte das Theater? Er würde Ärger bekommen, wenn er bis elf nicht zu Hause war, und bis Tauerlaucken hatte er noch gut und gerne neun Kilometer vor sich. Er reichte dem Franzosen das Schriftstück. Der Schupo schaute seinem Kollegen über die Schulter, um den Vorgang zu beschleunigen.

»Äh, pappjeh bjeng, oui?«

In diesem Moment fiel ein Schuss. Albin fuhr zusammen. Die Soldaten rissen die Karabiner hoch. Am Bahnhofsgarten tauchte ein Trupp bewaffneter Männer auf. Der zweite Franzose feuerte. Die Männer erwiderten das Feuer und kamen näher.

»Los, verschwinde!«, schrie der Schupo.

Hektisch startete Albin die Brennabor und schlingerte im Kugelhagel über die Kreuzung. Als er sich umsah, lag ein Angreifer blutend im Schnee. Albin hörte noch Kommandos auf Litauisch, dann hatte er sich vom Ort des Geschehens entfernt und konzentrierte sich auf die Straße. Er holperte heftig über die Bahngleise und befand sich kurz darauf auf der Nimmersatter Chaussee. In seinem Rücken peitschten weitere Schüsse.

Im Kaminzimmer auf Gut Tauerlaucken erhob sich Hermann Warthun schwerfällig aus dem Ohrensessel. »Vielen Dank für den vorzüglichen Portwein, mein lieber Ernst. Es war wieder einmal ein denkwürdiger Abend in deinem Hause.«

Dr. Ernst Taundler schnaubte und winkte ab. »Lass gut sein, Hermann. Alles in allem war es einmal mehr eine Enttäuschung.«

Warthun breitete die Arme aus. »Du darfst ihnen ihren Standpunkt nicht verübeln, Ernst. Wir stehen rein ökonomisch gesehen besser da als vor dem Krieg. Das Freihafenstatut für das Memelgebiet hat immerhin dafür gesorgt, dass wir gegenüber den Gütern in Ostpreußen wirtschaftlich mithalten können. Dazu kommt der Handel mit Litauen ...«

»Erspar mir das, Hermann! Galland und Dressler bewerten die aktuelle Lage rein aus kommerzieller Sicht. Aber hier geht es um das große Ganze! Der Heimatschutzbund wurde gegründet, damit das Memelgebiet deutsch bleibt.«

Taundler hatte sich einmal mehr über seine Vorstandskollegen Max Galland, einen Gutsbesitzer aus Plaschken, und Gernot von Dressler, seines Zeichens Sägewerksbesitzer aus Heydekrug, geärgert. Gemeinsam mit den beiden und

Hermann Warthun, dem Gutsbesitzer aus Prökuls, hatte Taundler 1919 den Heimatschutzbund aus der Taufe gehoben und damit ein Zeichen gegen das Diktat von Versailles und die Beschwichtigungs- und Erfüllungspolitik der neuen Republik setzen wollen. Mittlerweile schrieb man das Jahr 1923, und Taundler hatte ernüchtert feststellen müssen, dass man sich in Berlin anscheinend sehr schnell mit der ungerechtfertigten Abtrennung des Memelgebietes vom Reich arrangiert hatte. Was ihn allerdings fast noch mehr aufregte, war die Tatsache, dass er mit seiner konsequenten Linie im Vorstand des Heimatschutzbundes fast allein dastand. Galland und Dressler hatten sich offensichtlich trefflich mit der französischen Bevormundung arrangiert. Taundler hasste diese Gemengelage, und am heutigen Abend hatte er daher erneut versucht, seine Kollegen zu einer härteren Gangart gegen die Besatzer zu bewegen. Doch weder Galland noch Dressler und am Ende noch nicht einmal der ihm treu ergebene Warthun sahen sich zu irgendetwas verpflichtet. Seinen Rehrücken, den Rigaer Butt und den alten, gereiften Burgunder hatten sich die Herren selbstverständlich schmecken lassen.

»Die werden sich noch umschauen, wenn sich hier erst der Pole breitmacht.«

Warthun blickte seinen alten Freund milde an, während er sich den Schal um den Hals wickelte. »Aber, Ernst, du musst selbst zugeben, dass sich der kleine Napoleon für memelländische Interessen einsetzt und das sogar gegenüber Paris. Petisné ist zwar Franzose, aber *er* wird die Polen hier sicher nicht in den Sattel heben.«

Taundler war Warthun missmutig in die Halle gefolgt. Dort stand bereits der Kutscher, der seinen Herrn erwartete. Warthun reichte Taundler die Hand.

»Noch einmal vielen Dank für alles, Erwin, und gute Nacht.«

Taundler deutete in das Schneegestöber. »Seid bloß vorsichtig bei diesem Schietwetter.«

In diesem Moment fiel ein Lichtschein auf den Hof. Taundler erkannte das Motorengeräusch der Brennabor. Er warf einen ernsten Blick auf die große Standuhr, die kurz nach elf anzeigte. »Na endlich! Das wurde auch höchste Zeit.«

Verwundert sahen die Männer, wie der junge Mann das Motorrad achtlos in den Schnee fallen ließ und aufgeregt in die Halle stürzte.

»Die Litauer sind auf der Straße! Santaras-Schützen überall! In Memel wird geschossen«, japste Albin Taundler, während er sich um Atem ringend an die Eingangstür lehnte.

Warthun warf dem alten Taundler einen entgeisterten Blick zu.

Der runzelte die Stirn. »Ich weiß noch nicht, was das bedeutet, aber eins dürfte klar sein. Wir werden als Heimatschutzbund eine angemessene Antwort finden müssen.«

TEIL II

KÖNIGSBERG

Und sollte es hier einen Sarg,
So krumm, wie ich bin, geben,
So möcht ich gern in Königsbarg
Begraben sein und leben.

Joachim Ringelnatz

1

KÖNIGSBERG, JULI 1924

Das Telefon klingelte. Aaron Singer schlug die Augen auf. Nur schwach drang das Licht der frühen Morgendämmerung durch die geschlossenen Läden. Er spürte ihren warmen Körper neben sich. Behutsam schob er Ellas Arm beiseite und stieg aus dem Bett.

So rasch es ging, tastete er sich durch die dunkle Wohnung bis zur Kommode in der Diele, wo der Telefonapparat stand. Er warf einen Blick auf die Uhr: Viertel vor sechs. Seufzend nahm er den Hörer ab.

»Kommissar Singer?«, ertönte eine muntere Stimme.

»Hm«, brummte er.

Ein verlegenes Räuspern am anderen Ende der Leitung. »Ja, ähm, verzeihen Sie die Störung zu dieser Stunde ... aber es gibt einen Toten. Kommissar Puschkat ist bereits informiert und wird Sie in einer Viertelstunde abholen.«

»Er holt mich ab?«

»Kommissar Puschkat meinte, Ihre Wohnung läge auf dem Weg zum Tatort.«

Singer brummte erneut und legte auf. Er fuhr sich mit der Hand über das Gesicht. Ganze zwei Stunden Schlaf!

Er hatte gestern einen langen Abend in Königsbergs legendärem Nachtklub Bel Ami verbracht, bevor er dann gegen zwei Uhr früh zusammen mit Ella in seine neue Wohnung gefahren war. Sie hatten sich leidenschaftlich geliebt. Nun war die Nacht rum.

Wenig später stand Singer im Morgendunst vor seinem Haus in der Wartenburgstraße. Einer großbürgerlichen Wohngegend. Es wurde bereits hell. Die Blätter in den Bäumen raschelten sacht. Die kühle Luft weckte seine Lebensgeister.

Gedankenverloren blickte er zum nahen Oberteich. Mit der Wohnung im Obergeschoß eines schönen Bürgerhauses aus der Gründerzeit hatte er einen guten Griff getan. Seit Mai war er nun offiziell im Königsberger Kommissariat angestellt. Nach der erfolgreichen Aufklärung der Blutgericht-Morde war er nur für wenige Wochen nach Berlin zurückgekehrt, um seine Angelegenheiten zu ordnen. Zuvor hatte er ein langes Gespräch mit seinem Chef, Hauptkommissar Ernst Gennat – dem wohl berühmtesten Kriminaler Deutschlands – geführt. Dieser hatte ihm geraten, die Stelle in Königsberg anzunehmen. Dort wäre er auf einer mittels Geld aus den Fördertöpfen der Osthilfe eigens für ihn geschaffenen Planstelle willkommen. In Berlin dagegen würde der drohende Personalabbau auch vor Beamten nicht haltmachen.

Welche Alternative hätte er gehabt? Sein Vater wartete schon seit Jahren darauf, dass er seinen vermeintlichen Platz im Bankhaus Singer & Salomon einnehmen würde. Die Karriere bei der Kriminalpolizei hielt Singer senior lediglich für eine vorübergehende Verirrung seines Sohnes.

Wenige Tage später war auch Ella – nach einem amourösen Intermezzo in Danzig – wieder nach Königsberg zurückgekehrt, und es hatte nicht lange gedauert, bis sie wieder gemeinsam im Bett gelandet waren.

Doch bevor Singers Gedanken sich auf seine Beziehung zu Ella richten konnten, hörte er den Phaeton der Fahrbereitschaft die Straße heraufkommen.

Als Singer die Beifahrertür öffnete, konnte er sich ein Grinsen nicht verkneifen. Kollege Heinrich Puschkat war und blieb ein Automobilist alter Schule. Obwohl der Wagen über ein Verdeck und eine Windschutzscheibe verfügte, trug Puschkat Autofahrerbrille und Handschuhe. Mit seinen siebenundfünfzig Jahren war Puschkat genau zwanzig Jahre älter als Aaron Singer. Darüber hinaus war es fast so, als entstammten die beiden Kriminalbeamten unterschiedlichen Kulturkreisen. Auf der einen Seite der weltläufige Berliner Aaron Singer als Großstadtkind aus großbürgerlichem Hause und auf der anderen Seite der traditionsbewusste, konservative ostpreußische Beamte Heinrich Puschkat, den es nie aus seiner Provinz fortgezogen hatte und der jedweden Neuerungen grundsätzlich skeptisch gegenüberstand. Beide Männer einte dennoch ein kompromissloses Rechtsempfinden. Trotz aller Gegensätze und regelmäßiger Differenzen wusste jeder mittlerweile die Qualitäten des anderen zu schätzen.

»Was gibt's denn da zu grinsen am frühen Morgen?«, fragte Puschkat argwöhnisch.

»Oh, nichts«, sagte Singer, während er sich auf dem Sitz einrichtete. Brille und Handschuhe am Lenkrad, noch dazu im Hochsommer, wirkten auf Singer geradezu grotesk.

Puschkat setzte den Wagen in Gang. »Wir haben einen Todesfall draußen in Kalthof.«

»Wissen wir schon Näheres?«

»Ein toter Soldat. Wurde vor gut einer Stunde von der Patrouille in einem entlegenen Gebäude innerhalb der Artilleriekaserne gefunden.«

»Na, das ist doch schon ein Fortschritt. Es ist schließlich noch nicht so lange her, da war der Tod eines einzelnen Soldaten beileibe kein Grund für ernsthafte Ermittlungen.«

Sie passierten das mittelalterliche Königstor und bogen auf die Labiauer Straße ein, die zunächst durch ein kleines Wäldchen führte. Kurz hinter den Friedhöfen wies ein Wegweiser in Richtung Schießstände, Reichswehrübungsplatz und Kaserne.

Singer war überrascht, wie groß das Areal war. Am Kasernentor wurden sie bereits erwartet. Ein Offizier kam aus dem Wachlokal gelaufen und bedeutete dem Posten, die Schranke zu öffnen. Der Mann schlug die Hacken zusammen und grüßte militärisch, während er sich in den Wagen beugte. Puschkat und Singer hielten ihm ihre Marken entgegen.

»Singer und Puschkat von der Kripo Königsberg. In Kürze werden noch weitere Kollegen kommen«, sagte Singer.

Der Offizier nickte. »Ihr Pathologe ist bereits vor Ort. Gestatten – Hauptmann von Breskow, diensthabender Offizier der Führungsbereitschaft. Meine Männer haben den Toten entdeckt. Werde vorfahren. Wenn Sie mir einfach folgen wollen.«

Ohne eine Antwort abzuwarten, lief von Breskow mit

großen Schritten zu einem Dixi-Wagen. Hintereinander fuhren sie ein gutes Stück durch das Kasernengelände. Der Weg führte an großen Mannschaftsunterkünften, der Funkstelle, an Schießständen und Fahrzeughallen vorbei.

»Ganz schön weitläufig hier«, sagte Singer beeindruckt.

»War schon immer ein großer Militärstützpunkt. Nach dem Krieg wurde Königsberg Sitz der neu formierten 1. Reichswehrdivision. Drei Infanterieregimente, das 1. Artillerieregiment mitsamt dem Artillerieführer I und einem Pionierbataillon mit zwei Kompanien inklusive Brückenkolonne, Scheinwerferzug und Kraftfahrabteilung sind hier stationiert. Hinzu kommen noch einige Stabsstellen, die in der neuen Kommandantur im Hinter-Rossgarten keinen Platz gefunden haben«, erklärte Puschkat mit sichtlichem Stolz. Singer nickte nur anerkennend.

Schließlich hielten sie vor einem großen roten Backsteingebäude, das auf den ersten Blick wie ein normales Mannschaftsquartier wirkte. Allerdings waren die Fenster im Erdgeschoß vergittert. Im Obergeschoss war alles dunkel. Licht fiel nur aus dem Treppenhaus auf die Straße. Puschkat parkte hinter dem Dixi.

Die Kommissare folgten dem Hauptmann in das Gebäude. Eine Treppe führte vor die Loge des diensthabenden Gefreiten. Hier hatten sich mehrere Uniformierte versammelt.

Von Breskow zeigte der Reihe nach auf die Anwesenden. »Das sind die Gefreiten Sammer und Wilkat, die den Toten entdeckt haben. Oberleutnant Maguniak hier hat als Offizier vom Wachdienst aktuell das Kommando über die Torwache und die Bereitschaftssoldaten.«

Der Vorgestellte war eins neunzig groß, schmales Gesicht, rotes Haar, abschätziger Blick, in Singers Augen der Inbegriff des arroganten, von Standesdünkeln geprägten ostelbischen Junkers. Singer verabscheute solche Menschen.

Dann fiel sein Blick auf einen Mann, den von Breskow nicht vorgestellt hatte. Als Einziger machte er einen deutlich aufgewühlten Eindruck. »Und Sie sind?«

»Oberleutnant Freymann«, antwortete der Angesprochene, schlug die Hacken zusammen und deutete eine Verbeugung an. Welche Funktion er innehatte, blieb unklar. Freymann war einen halben Kopf kleiner als Maguniak, trug aber wie dieser einen schmalen Schnauzbart. Beide Männer waren ungefähr in Singers Alter, Mitte bis Ende dreißig, und sein Eindruck war, dass die beiden die Kriminalbeamten am liebsten stante pede wieder aus der Kaserne geworfen hätten.

Singer hatte wenig für die Reichswehr übrig. Gerade einmal sechs Jahre war es her, dass Deutschland einen Weltkrieg verloren hatte, der unvorstellbares Leid über unzählige Familien gebracht hatte, und hier gebärdeten sich die Herren Offiziere schon wieder so, als hätte es den Krieg nie gegeben. Hinzu kam, dass sich die Reichswehr nach außen hin konsequent abschottete. Ihr Verhältnis zur jungen deutschen Republik war gelinde gesagt diffus.

»Wo ist der Tote?«, fragte Puschkat.

»Sammer, zeigen Sie den Kommissaren, wo Sie den Scheruleit gefunden haben«, sagte Maguniak.

»Zu Befehl, Herr Oberleutnant.« Erneutes Hackenschlagen. Der Gefreite Sammer machte auf dem Absatz kehrt und ging den Gang hinunter. Vor einer Tür mit der Aufschrift WASCHRAUM blieb er stehen.

»Melde gehorsamst – habe zusammen mit dem Kameraden Wilkat hier den Toten gefunden.«

Dr. Johann Caillé, der Pathologe, steckte seinen Kopf aus der Tür. »Ja, nu stehense man bequem. Is ja jut und macht den Mann och nich wieder lebendig.« Er wedelte ungeduldig mit der Hand. »Nu kommse ruhig durch, meine Herren. Der Anblick ist durchaus erträglich.«

Hinter den Kommissaren drängten auch Maguniak, Freymann und von Breskow in den Waschraum.

Unter den Duschen lag, in voller Montur, ein junger Mann auf dem Rücken, Arme und Beine von sich gestreckt, die Augen weit aufgerissen. Zwei junge Männer in weißen Kitteln, die aussahen wie studentische Hilfskräfte, knieten neben der Leiche.

»Genickbruch«, konstatierte Caillé. »Er hat wahrscheinlich einen heftigen Schlag erhalten. Möglicherweise mit einem Gewehrkolben.« Der Pathologe rückte sein Monokel zurecht.

»Was hat der Mann mitten in der Nacht im Waschraum zu suchen gehabt?«, wollte Puschkat wissen.

Die Offiziere wechselten Blicke.

Wilkat räusperte sich. »Sammer und ich, wir waren auf der üblichen Runde. Dazu gehört, dass wir auch in der Mottenburg nach dem Rechten sehen.«

»Mottenburg?«, fragte Puschkat.

»So nennen wir scherzhaft dieses Gebäude hier«, erklärte Freymann. »Im hinteren Trakt befinden sich mehrere

Magazine, unter anderem für Matratzen, Wäsche und Uniformteile. Daher der Name.«

»Normalerweise sitzt der Gefreite vom Dienst vorne im Wachlokal«, fuhr Wilkat fort, »doch als wir kamen, brannte dort Licht, aber der Posten war nicht besetzt. Wir haben gerufen. Als keine Antwort kam, beschlossen wir, zunächst auf der Toilette nachzusehen, und da haben wir ihn im Waschraum gefunden. Danach ist Sammer sofort los, um Oberleutnant Maguniak zu alarmieren.«

»Wie spät war es da?«, fasste Puschkat nach.

»Kurz nach vier.«

»Haben Sie oder Ihr Kamerad etwas Auffälliges bemerkt?«

Die beiden Soldaten schüttelten die Köpfe.

Caillé drängte sich vor. »Wir haben Schleifspuren ausgemacht. Ich gehe davon aus, dass der Mann draußen auf dem Gang erschlagen wurde. Ich zeige Ihnen die Stelle.«

Während sie dem Pathologen auf den Gang hinaus folgten, bemerkte Singer die Kollegen Maag und Lippert, die gerade ankamen. Kriminalassistent Maag schleppte den schweren Koffer mit den Utensilien, die zur Spurensicherung benötigt wurden, während Kriminalinspektor Lippert betont leichtfüßig die Treppenstufen nahm.

»Sehen Sie hier. Schuhwichse«, Caillé deutete auf einige schwache Streifen, die auf dem Steinboden zur erkennen waren. »Ich bin mir ziemlich sicher, dass es an dieser Stelle zu Handgreiflichkeiten gekommen ist. Dazu passt auch der Fettfleck hier an der Wand.« Er wies auf die Stelle. »Sehr wahrscheinlich ist er dort mit dem Kopf angeschlagen, bevor er dann endgültig zu Boden ging.«

»Haben Sie eine Erklärung dafür, was hier passiert ist?«, wandte sich Singer an den Offizier vom Wachdienst.

Maguniak verzog den Mund, schüttelte den Kopf. »Bedaure. Der Gefreite Scheruleit war ein treuer Kamerad und in der Truppe beliebt. Ich wüsste nicht …«

»Was befindet sich hinter dieser Tür?«, fiel Singer ihm ins Wort.

»Das ist die Waffenkammer des Pionierbataillons«, sagte von Breskow. »Die ist natürlich unter Verschluss. Es gibt nur zwei Schlüssel. Der eine befindet sich im Stabsgebäude und der andere vorne im Wachlokal am Tor, damit die Bereitschaft jederzeit Zugriff hat. Es ist daher ausgeschlossen, dass …«

Doch Singer hatte bereits die Klinke heruntergedrückt und die Stahltür aufgezogen.

Von Breskow verstummte.

»So viel dazu«, sagte Puschkat.

Als sie den Raum betraten, wurde schnell klar, dass mehrere Regale leer geräumt waren. Von Breskow wies seine Männer sofort zu einer Bestandsaufnahme an.

»Damit hätten wir auf jeden Fall ein Motiv.« Die Bemerkung kam von Lippert. Der Kriminalinspektor deutete auf die klaffenden Lücken in den Regalen.

»Ich kann mir das nicht erklären«, sagte von Breskow aufgebracht. »Das ist ein Riesenskandal. Wenn das an die Öffentlichkeit gerät …«

»Könnten die Waffen auch schon vor dieser Nacht verschwunden sein?«, fragte Puschkat.

»Auf keinen Fall!«, sagte von Breskow. »Der jeweilige

Offizier vom Wachdienst macht jeden Morgen vor der Ablösung einen Kontrollgang. Dabei werden auch die Magazine überprüft.«

Maguniak hob die Hand. »Mit Verlaub, Herr Hauptmann, gestern hatte ich diese Aufgabe, und da war noch alles vollständig.«

Freymann sah Maguniak ernst an, wandte sich dann aber an die Gefreiten. »Wie sieht es aus, Gefreiter Sammer?«, fragte er.

Sammer stand stramm und sagte: »Grob geschätzt fehlen rund zweihundert Karabiner und fünf von den neuen Maschinengewehren. Dazu mehrere Kisten Munition.«

Singer bemerkte erneut, wie Freymann und Maguniak Blicke austauschten. Unterdessen hatte von Breskow die Dienstmütze aufgesetzt und nickte knapp in Richtung der Kommissare.

»Meine Herren, Sie entschuldigen mich. Regimentskommandeur Oberst Trenck erwartet meinen Bericht. Die Herren Offiziere stehen Ihnen selbstverständlich weiter zur Verfügung.«

Der Hauptmann verschwand eiligen Schrittes Richtung Ausgang.

Dafür erschien Dr. Caillé mit gepackter Tasche. Zwei Träger hatten den toten Scheruleit auf eine Bahre gelegt und mit einem Tuch zugedeckt.

»Wir sind hier fertig. Ich werde noch eine ordentliche Obduktion durchführen, aber ich denke nicht, dass wir mit Überraschungen zu rechnen haben. Der Rest ist dann Ihre Aufgabe«, sagte er an Puschkat gewandt. »Empfehle mich.« Der Pathologe tippte an die Hutkrempe und trieb dann seine Assistenten zur Tür hinaus.

Puschkat wandte sich an Maguniak. »Hatte der Gefreite Scheruleit Angehörige? War er verheiratet?«

»Das kann ich nicht sagen. Ich kannte den Mann nicht näher«, antwortete Maguniak lapidar.

»Ich hätte erwartet, dass sich ein Offizier für seine Männer interessiert.«

Maguniak sah Singer kühl an. »Der Gefreite gehörte nicht zu meiner Truppe. Die Wach- und Bereitschaftssoldaten werden in dieser Woche aus Freymanns Kompanie gestellt. Der Wachdienst wird immer von einem Offizier aus einer anderen Kompanie geleitet.«

Freymann schaltete sich ein. »Der Gefreite Scheruleit war nicht verheiratet. Lebte bei seinen Eltern. Ich lasse die Adresse in der Schreibstube heraussuchen. Sammer!« Freymann nahm den angesprochenen Gefreiten in den Blick und nickte knapp Richtung Flur.

Sammer schlug die Hacken zusammen. »Zu Befehl, Herr Oberleutnant!«

2

Als Singer und Puschkat wieder im Auto saßen, war es noch nicht einmal acht Uhr. Bevor sie die Kaserne verließen, hatten sie Lippert und Maag angewiesen, sich nach Abschluss der Spurensicherung umzuhören, ob irgendjemand etwas Verdächtiges bemerkt habe. Dazu sollten alle Soldaten der Bereitschaft vernommen werden. Jetzt waren die beiden Kommissare auf dem Weg zu Scheruleits Eltern, um ihnen die Nachricht vom gewaltsamen Tod ihres Sohnes zu überbringen. Dies war mit Abstand die schlimmste Aufgabe, die der Beruf für Singer bereithielt.

Die Scheruleits wohnten im Stadtteil Haberberg am Südufer des Pregels, einer Gegend, in der sich zahlreiche Gewerbebetriebe und kleinere Ladengeschäfte befanden. Auf dem Haberberg lebten die kleinen Angestellten und Beamten. Viele gepflegte Mehrfamilienwohnhäuser zeugten von bescheidenem Wohlstand. Die Scheruleits wohnten in einem kleinen Haus Ecke Artilleriestraße im ersten Stock. Puschkat parkte den Wagen direkt vor dem Hauseingang. Sie zögerten nicht lange. Bevor neugierige Nachbarn aufmerksam werden konnten, hatten sie bereits das Haus betreten.

Eine Frau um die fünfzig öffnete die Wohnungstür. Frau Scheruleit trug die Haare hochgesteckt, wie es zu Kaisers Zeiten Mode gewesen war. Sie hatte eine Kittelschürze umgebunden und sah den fremden Männern skeptisch entgegen.

»Frau Scheruleit?« Puschkat lüpfte höflich den Hut.

»Ja, bitte? Was wünschen Sie? Mein Mann ist nicht zu Hause«, erwiderte die Angesprochene, während ihr Blick zwischen Singer und Puschkat hin und her ging.

»Ich bin Kommissar Puschkat, und das ist mein Kollege Singer. Wir sind von der Kriminalpolizei.«

»Mein Mann ist bei der Reichsbahn …« Irene Scheruleits Miene nahm einen verängstigten Ausdruck an.

»Wir sollten vielleicht lieber drinnen reden, Frau Scheruleit.« Singer warf einen Blick hinter sich ins Treppenhaus.

»Natürlich, kommen Sie bitte herein.«

Puschkat und Singer betraten eine kleine, sehr gepflegte Wohnung. In der Stube tickte eine alte Standuhr. Über dem Sofa hing ein billiger Motivdruck von Spitzweg. Häkeldeckchen lagen auf Büfett und Kommode. Unbeholfen blieb Irene Scheruleit mitten im Raum stehen. Puschkat drehte den Hut in den Händen.

»Ist etwas mit unserem Sohn? Er hat doch nichts verbrochen, oder? Er ist Soldat, und er hält auf seine Ehre …«

»Frau Scheruleit, Ihr Sohn ist tot«, unterbrach Singer den Redefluss der Frau.

Irene Scheruleit starrte die beiden Männer fassungslos an. Sie schlug eine Hand vor den Mund. »Tot? Was sagen Sie denn da? Das ist unmöglich. Paul hat Bereitschaftsdienst. Er … er ist die ganze Woche in der Kaserne. Das muss ein Irrtum sein.« Sie stützte sich auf der Lehne eines Sessels ab.

»Leider nein«, erwiderte Singer.

Die Frau ließ sich in den Sessel fallen. Tränen liefen über ihre Wangen. »Aber, das kann doch unmöglich wahr sein …«, sagte sie mit brechender Stimme.

Puschkat und Singer schwiegen betroffen, obwohl sie als Kriminalbeamte diese Art einer menschlichen Tragödie nicht zum ersten Mal erlebten.

Singer räusperte sich. »Frau Scheruleit, wir wissen, es muss schrecklich für Sie sein, aber fühlen Sie sich in der Lage, uns einige Fragen zu beantworten?«

Sie nickte schwach und mit leerem Blick.

Puschkat reichte ihr ein Taschentuch, das sie nahm, um die Tränen abzutupfen.

»Ihr Sohn hat sein Leben in Erfüllung seiner Pflicht für das Vaterland hingegeben«, sagte Puschkat mit fester Stimme.

Singer warf ihm einen vorwurfsvollen Blick zu. Das Feld der Ehre. Für Kaiser und Vaterland. Man konnte gar nicht zählen, wie viele verblendete junge Menschen in den Mahlstrom des Krieges gerissen worden waren, und Puschkat fiel nichts Besseres ein, als einmal mehr das Vaterland zu bemühen?

Doch auf Irene Scheruleit hatten die Worte eindeutig eine wohltuende Wirkung. Sie sah Puschkat mit großen Augen an.

»Ihr Sohn Paul ist gestorben, nachdem er sich entschlossen einem feigen Saboteur entgegengestellt hat.«

Erneutes Nicken und Schniefen.

Singer meldete sich zu Wort: »Frau Scheruleit, hat Ihr

Sohn Ihnen womöglich von besonderen Vorkommnissen in der Kaserne erzählt? Hat er vielleicht etwas beobachtet, was ihm verdächtig vorgekommen ist? Oder hatte er Probleme mit den Kameraden oder dem ein oder anderen Offizier?«

Irene Scheruleit sah Singer verwundert an und schüttelte den Kopf. »Nein, nein. Paul ist gut mit seinen Kameraden ausgekommen und hat sich nie etwas zuschulden kommen lassen. Das kann Ihnen sein Kompaniechef bestätigen.«

Singer nickte. »Frau Scheruleit, wann kommt Ihr Mann denn nach Hause?« fragte er.

»Gegen sieben, mit dem Abendzug aus Berlin. Er hat dann seinen freien Tag.«

»Sollen wir jemanden benachrichtigen, der Ihnen so lange beisteht?«

Sie schüttelte den Kopf. Eine Weile sah sie starr zu Boden. Dann hob sie den Kopf, sah Singer an. »Herr Kommissar, versprechen Sie mir, dass Sie seinen Mörder finden werden?«

Mit dieser Art Versprechen war es so eine Sache, dachte Singer. Dennoch sagte er laut: »Aber ja, Frau Scheruleit, das versprechen wir Ihnen.«

Im Polizeipräsidium teilte ihnen die Schreibkraft Henny Hübner mit, dass sich die Kommandantur gemeldet hatte. Generalleutnant Heye, ranghöchster Militär der Provinz Ostpreußen, erwartete die Ermittler kurzfristig zu einem Gespräch. Puschkat und Singer machten daraufhin auf dem Absatz kehrt und fuhren auf die gegenüberliegende Seite des Schlossteichs, in den Stadtteil Rossgarten.

Inzwischen stand die Sonne hoch am Himmel. Es versprach, ein Sommertag wie aus dem Bilderbuch zu werden. Singer genoss die kurze Fahrt durch die von Platanen beschatteten Straßen mit ihren vornehmen Patrizierhäusern. Das gute Wetter vertrieb auch die trüben Gedanken an das Leid der Familie Scheruleit.

Puschkat parkte den Phaeton vor dem Eingang zur Kommandantur. Das Generalkommando Königsberg residierte in einem alten Adelspalais. Die Kommissare wurden von einem schneidigen Adjutanten in Empfang genommen. Singer und Puschkat folgten dem goldbetressten Leutnant durch ein beeindruckendes Treppenhaus in den ersten Stock. Vor einer großen Flügeltür bedeutete der Mann ihnen zu warten. Dann klopfte er und trat, nachdem »Herein« gerufen worden war, allein in den Raum. Die Tür wurde halb geschlossen.

»Herr General, die Herren Kommissare sind da«, war zu vernehmen. Erneutes Hackenschlagen, dann wurde den Besuchern die Tür ganz geöffnet.

»Der Herr General lässt bitten«, sagte der Adjutant und entfernte sich mit einer knappen Verbeugung.

Singer und Puschkat betraten einen prachtvollen Raum, der in früheren Zeiten zweifellos als eine Art Empfangssaal gedient hatte. Nun war er offenbar das Dienstzimmer von Generalleutnant Wilhelm Heye. Neben dem General befand sich noch ein weiterer ranghoher Offizier im Raum.

Singer wollte Puschkat den Vortritt lassen, was das Reden anging, doch der hatte sich unwillkürlich versteift und schien kein Wort herauszubringen.

Singer sah keinen Grund, sich vom Habitus der Militärs beeindrucken zu lassen. Sie hatten einen Mord aufzuklären – nicht mehr, aber auch nicht weniger. »Singer, Kripo Königsberg und das ist mein Kollege Puschkat. Sie wollen, wie wir hören, eine Aussage machen?«, eröffnete Singer das Gespräch.

Die beiden Offiziere sahen ihn erstaunt an.

»Eine Aussage? Wie soll ich das verstehen?« fragte der General verblüfft.

Singer spürte Puschkats nervösen Blick. »Sie haben uns hierhergerufen, Herr General. Ich nehme doch an, um eine Aussage im Mordfall Scheruleit zu machen«, erwiderte Singer.

Heye, ein Mann von Mitte fünfzig, untersetzt, mit Glatze und einem mächtigen Kaiser-Wilhelm-Bart, holte hörbar Luft. Bevor der General jedoch etwas entgegnen konnte, meldete sich der zweite Mann zu Wort.

»Gestatten! Oberst von Trenck. Ich bin der Regimentskommandeur.« Er deutete auf den Besprechungstisch. »Bitte nehmen Sie doch Platz, meine Herren. Wir sind Ihnen außerordentlich dankbar, dass Sie unserer Einladung so rasch gefolgt sind.«

Sie setzten sich an den Tisch, der General mit demonstrativ grimmiger Miene.

»Dieser Waffendiebstahl ist eine Katastrophe«, begann der Regimentskommandeur. »Ich erwarte von Ihnen eine unverzügliche und vollständige Aufklärung. Es versteht sich von selbst, dass wir alles in unserer Macht Stehende tun werden, um Sie dabei zu unterstützen.«

»Gibt es wenigstens schon erste Erkenntnisse?« Heye musterte die Kommissare mit ernstem Blick.

»Nun, dafür ist es noch zu früh, Herr General, aber wir werden uns natürlich bemühen ...«, erwiderte Puschkat.

Singer gefiel dessen defensive Art ganz und gar nicht. »Was mein Kollege meint«, fiel er ihm daher ins Wort, »ist, dass wir es hier zunächst einmal mit einem Mord zu tun haben. Wir werden selbstverständlich alles unternehmen, um den Mörder zu fassen. Und wenn wir den Täter haben, werden wir vermutlich wissen, was mit den Waffen geschehen ist. Aber bis es so weit ist ...«

Von Trenck hob beschwichtigend die Hand. »Sie haben natürlich recht, Herr Singer. Es sollte nicht so aussehen, als läge uns der tote Soldat nicht am Herzen.«

»Das ist gut und wir können Unterstützung wahrlich gebrauchen. Von daher wäre es hilfreich, wenn Sie uns – da wir schon einmal hier sind – ein paar Fragen beantworten könnten.«

Von Trenck willigte mit einer generösen Geste ein.

Singer holte sein Notizheft hervor. »Wir halten es für wahrscheinlich, dass die Täter Unterstützung aus dem Führungskreis innerhalb der Kaserne erhalten haben.«

Heye stemmte die Hände auf den Tisch. »Das ist eine ungeheuerliche Unterstellung. Für mein Offizierskorps lege ich die Hand ins Feuer«, empörte er sich.

Singer blieb ungerührt. »Mit Verlaub, Herr General, aber wie sollte jemand ohne Hilfe von innen in eine Ihrer Kasernen hineinkommen, eine Waffenkammer ausräumen und dann unbemerkt verschwinden können? Wirft das vielleicht ein besseres Bild auf Ihre Truppe?«

Von Trenck warf dem General einen beschwörenden Blick zu. Dessen Unterkiefer mahlte. Der Bart zuckte vor Empörung.

Puschkat wandte sich an von Trenck. »Haben Sie eine Idee, wer die Waffen gebrauchen könnte?«

»Wir leben in unruhigen Zeiten, das muss ich Ihnen nicht erzählen. Völkische Gruppen hätten sicherlich ebenso dafür Verwendung wie die Bolschewiken. Die hoffen doch immer noch auf eine deutsche Oktoberrevolution nach sowjetischem Vorbild.«

Heye schüttelte missmutig den Kopf. »Sie glauben doch nicht ernsthaft, dass in unserer Truppe solche vaterlandslosen Gesellen dienen. Die Truppe steht geschlossen zum Reich, das sag ich Ihnen, meine Herren«, erklärte er.

»Wie steht es mit ehemaligen Freikorpskämpfern? Viele von denen verrichten mittlerweile wieder regulären Dienst im Offizierskorps«, warf Singer ein.

»Sie denken an einen möglichen Militärputsch?« Von Trenck war das Unbehagen deutlich anzumerken.

Heye schüttelte erneut den Kopf. »Nein und nochmals nein! Kommen Sie mir nicht mit der Sozi-Propaganda von der ominösen Schwarzen Reichswehr. Das sind doch alles Hirngespinste!«

»Und was war mit Kapp und Lüttwitz?«, gab Singer zurück. »Sie glauben nicht, dass sich so etwas wiederholen könnte?« Der von mehreren Freikorps getragene Putsch des Wolfgang Kapp war gerade einmal vier Jahre her. Damals hatte es auch in der Reichswehr viele Sympathien für den ostpreußischen Generallandschaftsdirektor Kapp gegeben, der während des Krieges immer wieder als Scharfmacher aufgetreten war. General Walther von Lüttwitz hatte dem Reichspräsidenten Ebert ein Ultimatum gesetzt und sich anschließend mit der Marinebrigade »Erhardt« an die Spitze des sogenannten Kapp-Putsches gesetzt. Nur ein konsequenter Generalstreik von Beamten, Arbeitern und Angestellten hatte dem Spuk ein Ende gesetzt und den Fortbestand der jungen Republik gesichert.

Heye seufzte und nahm Singer fest in den Blick. »In meiner Truppe wird keine Politik gemacht. Wir stehen hier in Ostpreußen mehr denn je auf vorgeschobenem Posten, meine Herren. Das Diktat von Versailles lässt uns nur wenig Handlungsspielraum. Nicht nur Polen bedrängt uns, sondern seit letztem Jahr auch noch Litauen, das nicht nur dreist das Memelgebiet annektiert hat, sondern auch schon Ansprüche auf den halben Regierungsbezirk Gumbinnen angemeldet hat.« Er holte tief Luft, bevor er in ruhigerem Ton fortfuhr. »Finden Sie heraus, wo die Waffen abgeblieben sind, aber seien Sie um Himmels willen diskret. Nächsten Monat wird es hier in der Kommandantur einen Festakt anlässlich des zehnten Jahrestages der Tannenberg-Schlacht geben. Mit Ausnahme von Ludendorff werden alle Generäle erwartet, die an diesem historischen Sieg über die Armee des Zaren beteiligt waren. Allen voran natürlich Hindenburg und Mackensen. Wenn dieser Diebstahl publik wird, wird das Ansehen der Reichswehr schwer beschädigt. Von den persönlichen Konsequenzen für meine Person will ich gar nicht erst reden. Ich müsste meine Demission anbieten.«

Singer stöhnte innerlich. Als wenn der Fall nicht schon brisant genug gewesen wäre, wurde ihnen jetzt auch noch ein Ultimatum gestellt. »Wann soll die Feier stattfinden?«, fragte er schließlich, und bekannte damit freimütig, dass ihm das historische Datum nicht geläufig war.

»Am 24. August werden die Herren hier erwartet«, erwiderte von Trenck.

»Sie haben also noch fast einen Monat«, stellte der General fest.

Puschkat meldete sich zu Wort. »Was ist mit Freymann und Maguniak? Stehen diese Männer loyal zur Republik? Haben die beiden eventuell eine Freikorps-Vergangenheit?«

Heye blickte zu von Trenck.

Der Regimentskommandeur straffte sich. »Das sind fähige Offiziere. Wie kommen Sie auf Maguniak?«

»Nun, als Führer der Bereitschaft hatte er Zugang zu den benötigten Schlüsseln. Und bei Freymann stellt sich die Frage, warum er überhaupt vor Ort war, selbst wenn die Männer aus seiner Kompanie stammten. Immerhin war schon lange Dienstschluss.«

»Dafür wird es sicherlich eine plausible Erklärung geben. Dass Maguniak diesen Raub organisiert und sich dann bereitwillig Ihrer Befragung stellt, das ist doch absurd.«

»Dennoch benötigen wir Einblick in die Personalakten des Offizierskorps, die Unteroffiziersdienstgrade eingeschlossen«, legte Singer nach.

»Das ist doch unerhört ...« Der General schnappte nach Luft.

Singer wandte sich an von Trenck. »Ich nehme Sie nur

beim Wort, Herr Oberst. Sie haben uns jedwede Unterstützung zugesagt. Wir müssen uns schnell ein Bild machen. Jemand aus Ihren eigenen Reihen hat den Dieben im wahrsten Sinne Tür und Tor geöffnet.«

Wenige Minuten später saßen Singer und Puschkat wieder im Phaeton. In Puschkat brodelte es.

»Dass Sie das Datum der Tannenberg-Schlacht nicht kennen, ist Ihrer Berliner Ignoranz geschuldet, aber mussten Sie dem General derart auf die Füße treten? Was, wenn die beiden sich postwendend beim Polizeipräsidenten beschweren?«

»Ich wollte den Herren nur klar machen, dass dies unsere Ermittlung ist und wir uns nicht vor deren Karren spannen lassen«, erwiderte Singer.

»Abgesehen davon, können wir jetzt ein paar hundert Personalakten durcharbeiten …«

»Angst vor Überstunden, Puschkat?«

Puschkat warf seinem Kollegen einen finsteren Blick zu und wedelte mit dem Zeigefinger. »Die Suppe sollte ich Sie ganz alleine auslöffeln lassen, Singer!«

»Wir werden das Maag und Lippert erledigen lassen. Notfalls kann Henny den beiden zur Hand gehen«, lenkte Singer ein.

3

Die Abfahrt der Kommissare blieb nicht unbeobachtet. Von Trenck und Heye standen am Fenster und sahen dem Wagen nach.

»Mit Verlaub, Herr General, ich weiß nicht, ob das eine gute Idee war, die Akteneinsicht zu ermöglichen.«

Heye wandte sich seufzend vom Fenster ab und ging zurück zu seinem Schreibtisch. »Mein lieber von Trenck. Ich hätte es wohl kaum ablehnen können. Dieser Singer hätte uns glatt in die völkische Ecke gestellt. Ich kann – für Sie – nur hoffen, dass wir damit keine böse Überraschung erleben.« Der General musterte seinen Regimentskommandeur mit einem durchdringenden Blick, der dazu führte, dass dieser unwillkürlich Haltung annahm.

»Für mein Offizierskorps lege ich die Hand ins Feuer, Herr General.«

Dem war nichts hinzuzufügen.

In der knapp sechshundert Kilometer entfernten Reichshauptstadt war Oberstleutnant Kurt von Schleicher in bester Stimmung, als er um kurz vor neun nach seinem allmorgendlichen Ausritt im Tiergarten das Reichswehrministerium im Bendlerblock betrat. In seiner Funktion als Leiter des politischen Referats im Truppenamt – dem verkappten Generalstab – war er der engste Vertraute von Generaloberst Hans von Seeckt, dem Chef der Heeresleitung. Schleichers größtes Talent war zweifelsohne das Knüpfen von vertraulichen Verbindungen in die Politik und zu den Wirtschaftsbaronen der jungen Republik. Während die Militärs alter Prägung die Truppe gegen Einflüsse von außen weitgehend abzuschotten versuchten, war der mit beiden Seiten vertraute und akzeptierte Leiter des Truppenamts ein Wandler zwischen den Welten. Von Seeckt, der die Reichswehr mit eiserner Hand führte, ließ sich für gewöhnlich nicht in die Karten schauen und nur höchst ungern beraten. Von Zivilisten schon einmal gar nicht. Wenn er auf jemandes Rat hörte, dann auf den Schleichers. Leichtfüßig betrat dieser den Bürotrakt des Truppenamts.

»Guten Morgen, meine Herren!«, rief er aufgeräumt in die Runde seiner sechs Stabsoffiziere.

Winzer passte ihn ab, bevor er sein Büro betreten konnte.

»Herr Oberstleutnant, das Generalkommando Königsberg hat ein vertrauliches Gespräch angemeldet. Es scheint dringend zu sein.«

Schleicher zog die Augenbrauen hoch. »Heye? Was kann der wollen? Haben die nichts gesagt?«

Winzer zuckte die Schultern. »Scheint vertraulich zu sein.«

»Na schön, dann sehen Sie mal zu, dass ich eine Leitung zu Heye bekomme.«

Schleicher schloss die Bürotür hinter sich. Er hatte gerade

an seinem Schreibtisch Platz genommen und die Dienstmütze abgelegt, als bereits das Telefon klingelte.

»Herr General, was verschafft mir die Ehre?«

Heye verschwendete keine Zeit mit Höflichkeitsfloskeln und setzte Schleicher sofort ins Bild.

Als der seinen Bericht beendet hatte, stieß Schleicher einen leisen Pfiff aus. »Das ist in der Tat eine ernste Situation, Herr General. Wie kann ich Ihnen behilflich sein?«

»Nun, um es freiheraus zu sagen – mir gefällt es ganz und gar nicht, dass diese Kriminalpolizisten sich in unsere Angelegenheiten einmischen. Ich hatte gehofft, dass Sie mit Ihren Verbindungen in der Lage wären, herauszufinden, wer hinter dieser Aktion steckt. Sie könnten uns eine Menge Unannehmlichkeiten ersparen.«

Schleicher wusste, an wen Heye dachte – an ihren gemeinsamen Dienstherrn von Seeckt. In diesen Zeiten war vieles möglich. Die Schwarze Reichswehr? Schleicher wusste nur zu gut, dass diese Armee im Schatten tatsächlich existierte. Allerdings bestand diese Truppe aus fronterprobten Kämpfern aus diversen Einheiten und nicht alle wurden diskret aus dem Reichswehrministerium geführt und unterstützt. Einige ließen sich nur mit Mühe im Zaum halten. War hier womöglich jemand eigenmächtig aktiv geworden? Vielleicht sogar mit von Seeckts Segen?

»Nun, was sagen Sie, Schleicher?« Heyes schnarrende Stimme riss den Oberstleutnant aus seinen Überlegungen.

»Sie haben gut daran getan, mich zu informieren. Geben Sie mir ein paar Tage Zeit, damit ich Erkundigungen einholen kann.«

»Wir haben alles, nur keine Zeit, Schleicher. In gut einem Monat findet hier das Tannenberg-Treffen statt. Hindenburg wird kommen.«

»Schon verstanden. Und was werden Sie tun? Sie werden doch wohl nicht untätig bleiben. Sind Sie nicht gemeinsam mit dem Polizeipräsidenten Mitglied in einem informellen Zirkel, in dem über die Geschicke der Stadt entschieden wird?«

Dass Schleicher das wusste, verblüffte Heye. Er konnte sich nicht erinnern, ihn über die Königsberger »Montagsgesellschaft« informiert zu haben. Das war in der Tat eine Möglichkeit, um Einfluss zu nehmen. Diese Runde, zu der seit 1815 immer nur zwölf Mitglieder berufen wurden. traf sich an jedem ersten Montag im Monat.

»Ich werde mit Giersching reden. Dieser Kommissar Singer macht mir Sorgen. Der Mann wurde erst vor Kurzem aus Berlin hierher versetzt und scheint der Reichswehr kritisch gegenüberzustehen. Würde dem glatt zutrauen, dass er etwas an die Journaille durchsticht.«

»Herr General, machen Sie sich keine Sorgen. Geben Sie mir achtundvierzig Stunden, dann sehen wir klarer. Ich werde mich bei Ihnen melden.«

»Halten Sie es für möglich, dass die Aktion ihren Segen von ganz oben erhalten haben könnte, Schleicher?«

Das war die Frage, die der Oberstleutnant gefürchtet hatte. Wenig bis nichts geschah in der auf hunderttausend Mann begrenzten Reichswehr, von dem der Chef der Heeresleitung Hans von Seeckt nichts wusste oder was er nicht befohlen hatte. Schleicher beschlich ein ungutes Gefühl.

Etwas Großes ging offenbar vor sich. Er musste dringend ein paar Gespräche führen. Das erste würde ihn auf die andere Seite des Ganges führen. Dort hatte die Abteilung Abwehr unter Oberstleutnant Friedrich Grenz ihre Büros. Den Namen Singer hatte er sich bereits notiert.

4

Als die Kommissare zum zweiten Mal an diesem Morgen ihr Büro im zweiten Stock des Königsberger Polizeipräsidiums betraten, wurden sie von Henny Hübner bereits ungeduldig erwartet.

»Gut, dass Sie endlich da sind. Die Jaroschke hat schon zweimal angerufen. Der Polizeipräsident wünscht Sie zu sprechen.«

Puschkat warf Singer einen missmutigen Blick zu. Der zuckte resigniert die Schultern. Ohne ein Wort machten sie kehrt, stiegen die Treppe nach oben und begaben sich in die »Bel Etage«, wie sie im Kollegenkreis genannt wurde. Hier residierte seit dem gescheiterten Kapp-Putsch Peter Giersching als oberster Diensther der Königsberger Polizei.

Als die Jaroschke, seine Sekretärin, sie sah, kam sie sofort hinter ihrem Schreibtisch hervor.

»Da sind sie ja endlich. Der Herr Polizeipräsident erwartet sie bereits.«

Sie öffnete ihnen dienstbeflissen die Tür.

Puschkat deutete ein säuerliches Lächeln an, dann traten sie ein.

Der Polizeipräsident saß kerzengerade hinter seinem imposanten Schreibtisch. Der Raum mit seiner Holzvertäfelung, dem Kamin, dem Ensemble aus Sesseln und Sofa, dem großen Besprechungstisch und der modernen Anrichte hätte einem Minister zur Ehre gereicht. Von einem großen Bild hinter dem Schreibtisch blickte Reichspräsident Friedrich Ebert würdevoll in den Raum.

Für Singers Geschmack war Giersching zu sehr Politiker und an seiner eigenen Karriere interessiert, als an Überlegungen, wie er den städtischen Polizeiapparat weiter entwickeln könnte. Allerdings war Giersching auch viel zu sehr Pragmatiker, als dass er sich von erzkonservativen Gutsherren oder völkischen Republikfeinden vereinnahmen ließ. Giersching war auch kein Antisemit, auch wenn er während der entscheidenden Phase der Ermittlungen im Fall der Blutgericht-Morde Singer schon als Bauernopfer ins Visier genommen hatte. Das war zwar unschön, hatte aber nichts mit Judenhass, dafür umso mehr mit einem ausgeprägten Opportunismus zu tun.

Giersching wies wortlos auf die Besucherstühle vor seinem Schreibtisch. Puschkat und Singer setzten sich. Ihr Vorgesetzter kam gleich zur Sache.

»Das ist ja ein Riesenschlamassel, meine Herren.« Er sah vom einen zum andern. »Und? Wie gedenken Sie vorzugehen?«

»Nun, die Kollegen Lippert und Maag befragen zur Stunde die Soldaten in der Kaserne, die Bereitschaft hatte …«, begann Singer.

Doch Giersching verzog gequält das Gesicht. »Sie müssen diesen Totschläger schnellstens finden. Wenn uns das gelingt, dann sind wir aus dem Schneider. Die Waffen sind schließlich Sache der Reichswehr.« Er machte eine wegwerfende Handbewegung. »Da sollten wir uns tunlichst raushalten, auch wenn dem Heye das nicht passen wird …«

»Wenn ich unterbrechen darf, Herr Giersching«, wandte Singer ein. »Ich … wir denken, dass der Mord an dem Gefreiten Scheruleit und der Raub der Waffen ganz unmittelbar zusammenhängen. Dr. Caillé hat bereits bestätigt, dass der Mann direkt vor der Waffenkammer erschlagen wurde. Wir werden die Dinge wohl kaum voneinander trennen können.«

»Singer, es muss dem General klar sein, dass wir für die Aufklärung des Mordes verantwortlich sind. Unsere Stadt – unsere Verantwortung! Wenn wir im Rahmen unserer Ermittlungen über die verschwundenen Waffen stolpern sollten – auch gut! Wenn nicht, ist das ein Problem, das die Reichswehr zu lösen hat. Es gibt hier klare Verantwortlichkeiten und ich möchte, dass Ihnen beiden das klar ist.« Giersching sah seine Untergebenen an. Puschkat nickte, Singer nicht. »Ich will nicht, dass meine Behörde am Ende mit dem Schwarzen Peter dasteht. Ich hoffe, dass ich mich da klar ausgedrückt habe.«

»Sehr klar, Herr Polizeipräsident«, kam es prompt von Puschkat.

»Halten Sie vor dem Kasino, Stemmler!«, wies Freymann seinen Fahrer an. Es war kurz vor zwei. Die Kompanie war soeben vom Übungsgelände in die Kaserne zurückgekehrt. Vor dem Eingang sprang der Oberleutnant aus dem Wagen.

»Lassen Sie Essen fassen, danach Waffen reinigen. Leutnant Sonnleitner hat das Kommando. Ich bin in einer halben Stunde zurück.«

Während sich der Wagen entfernte, betrat Freymann das Offizierskasino. Er warf einen Blick in den Speisesaal, in dem man um diese Zeit nur wenige Gäste antraf. Ein wenig abseits in einem Klubsessel saß Maguniak, rauchend, in eine Zeitung vertieft. Zielstrebig durchquerte Freymann den Saal, orderte bei der Ordonnanz ein Glas Rotwein und ließ sich neben Maguniak in den freien Sessel fallen.

»Ich verlange eine Erklärung!«

Maguniak sah vom *Alldeutschen Blatt* auf. »Was gibt's, Freymann? Nervös wegen den Kriminalern?«

»Scheruleit ist tot! So hatten wir nicht gewettet! Hast du davon gewusst?« Freymann konnte sich nur mit Mühe beherrschen.

Maguniak blieb gelassen. »Na, und wenn schon?«

»*Und wenn schon*?«, zischte Freymann und riss Maguniak die Zeitung aus der Hand. »Einer unserer eigenen Männer ist erschlagen worden! Und dich lässt das kalt, Maguniak? Ich will wissen, was da passiert ist!«

Maguniak warf einen verstohlenen Blick in den Speisesaal. »Ich habe keine Ahnung, warum der Kerl erschlagen wurde. Warum hat der sich überhaupt gewehrt?«

»Es hieß, wir sollen wegschauen! Aber das hier ist Mord! Mord an einem aufrechten deutschen Soldaten, Maguniak! Damit will ich nichts zu tun haben.«

»Dafür ist es aber zu spät, Freymann. Du steckst da mit drin, ob es dir passt oder nicht«, entgegnete Maguniak scharf. »Das Geld hast du schließlich genommen, oder etwa nicht?«

Freymann schnaubte verächtlich. Dann ließ er sich in den Sessel sinken. Er schloss für einen Moment die Augen. Maguniak hatte recht. Sie hatten ihn überredet. Es sei für eine gute Sache. Todsicher und ohne Risiko hatte es geheißen. Sie mussten nur wegsehen und dafür sorgen, dass die Luft rein war. Dafür hatte Freymann zweitausend Reichsmark bekommen. Viel Geld. Geld, das er dringend gebrauchen konnte.

»Was haben wir getan, Maguniak?«, sagte er mit gepresster Stimme. »Das ist Vaterlandsverrat!« Er klang verzweifelt.

»Reiß dich zusammen, Freymann«, sagte Maguniak verärgert und nahm die Zeitung wieder auf. »Wenn wir dichthalten, wird uns nichts passieren. Und wenn alle Stricke reißen, gibt es immer noch diesen Befehl aus Berlin«, erwiderte Maguniak gelassen.

»Es gab einen Befehl aus Berlin?«, fragte Freymann. Überrascht beugte er sich vor. »Was für einen Befehl?«

5

Ella hatte nur vage mitbekommen, dass Aaron die Wohnung zu nachtschlafender Zeit verlassen hatte, und hatte danach noch fast vier Stunden geschlafen. Um kurz nach neun schien die Sonne durch die Ritzen der Rollläden und die Hitze des Tages hatte sie schließlich aus dem Bett getrieben. Zum Glück hatte sie in weiser Voraussicht Kleidung zum Wechseln in Aarons Kleiderschrank deponiert. Sie ließ sich Zeit für die Morgentoilette. Kurz vor zehn musterte sie sich kritisch vor dem bodenlangen Spiegel. Das modische Sommerkleid betonte ihre atemberaubende Figur. Mit schwarzen, schulterlangen Haaren trotzte sie der allgegenwärtigen Bubikopfmode. Ihr schneewittchenhafter Teint tat ein Übriges zu ihrer erotischen Ausstrahlung. Lippenstift und Rouge hatte sie nur dezent aufgetragen. Kurzum, ihr gefiel, was sie sah. Nach einem Blick in die Küche entschied sie sich dazu, das Frühstück außer Haus einzunehmen. An so einem schönen Tag konnte ein wenig Luxus nicht schaden. Die Badeanstalt Prussia mit ihrer Restauration lag nur wenige Schritte von Aarons Wohnung entfernt am Ufer des Oberteichs. Nach dem Frühstück ließ sie sich von einer Kraftdroschke durch das sommerliche Königsberg in die Augusta Straße fahren. Hier in der Hausnummer 4 im Stadtteil Neue

Sorge wohnte ihre Freundin und Kollegin Greta Blücher in einer einfachen, aber sauberen Etagenwohnung.

Greta hatte einen Morgenmantel umgeschlungen und sah Ella aus verschlafenen Augen an. »Es ist noch nicht einmal Mittag. Lass mich schlafen!« Sie drehte sich um und trottete zurück in die kleine Wohnung. Die offen gelassene Tür interpretierte Ella als Einladung, ihr zu folgen.

»Du willst doch wohl nicht den ganzen Tag verschlafen? Draußen ist herrliches Sommerwetter«, rief sie Greta nach.

»Morgen ist auch noch Sommer und übermorgen auch«, kam es aus dem Schlafzimmer.

Greta war wieder ins Bett gestiegen. »Komm lieber zu mir unter die Decke, dann machen wir's uns nett.«

Ella lächelte. Normalerweise wusste sie solch eine Einladung durchaus zu schätzen, doch heute wollte sie etwas erleben, bevor sie den Abend und die halbe Nacht wieder im Bel Ami verbrachten.

»Sonst jederzeit gerne, aber heute bestimme ich, was getan wird«, erwiderte sie und zog Greta mit einem Ruck die Decke weg. Dann scheuchte sie die Freundin zur Waschkommode und inspizierte deren Kleiderschrank.

»Hier zieh das an und dann ab in die Stadt. Männern den Kopf verdrehen und schöne Dinge kaufen!«

»Du hast gut reden, ich habe keinen reichen Berliner an der Angel, der mich aushält«, murrte Greta.

Ella stand hinter Greta und bewunderte ihre Kurven.

»Red kein Blech. Du weißt, dass ich mich von keinem Kerl abhängig mache. Nie. Ich gebe nur *mein* Geld aus. Aber allein macht das keinen Spaß. Und nun beeil dich.«

Neckisch ließ sie ihre Hand über Gretas Po gleiten, gab ihr noch einen Klaps und nahm dann im Wohnzimmersessel Platz, um dort auf ihre Freundin zu warten.

Königsberg war zwar nicht Berlin, doch auch in der östlichsten Großstadt Deutschlands gab es exquisite Modesalons, Putzmacher, edle Juweliere und Parfümerien. Da Ella ebenso wie Aaron erst im Frühjahr aus Berlin an den Pregel gekommen war, überließ sie der einheimischen Greta die Führung. Nachdem Ella sich und ihrer Freundin bei »Siebert« ein neues Sommerkleid spendiert hatte, zogen die beiden Frauen noch durch die Warenhäuser rund um den Altstädter Markt.

Als sie bei »Reinhold & Horten« vor die Tür traten, blieb Greta stehen und hielt eine Hand auf den Bauch, als habe sie plötzlich Schmerzen. »Ich glaube, ich brauche dringend eine Stärkung, sonst falle ich noch vom Fleisch.« Ella lachte. »Fleck oder Klopse?«

Greta sah sich um. »Ich weiß doch, was du von unseren Spezialitäten hältst. Du hast bestimmt an was Feineres gedacht. Ich wüsste da was ...« Sie musterte ihre Freundin mit leicht zusammengekniffenen Augen. »Du zahlst?«

Ella hob die Hand zum Schwur. »Ehrenwort.«

Greta hakte sich bei Ella unter und zog sie auf den Altstädter Marktplatz. »Also gut. Du hast es so gewollt.«

Dann hob sie den Arm und gab der freien Kraftdroschke ein Zeichen.

Der »Reichshof« lag in unmittelbarer Nähe des städtischen Theaters. Die Droschke hatte nur knapp fünf Minuten für den kurzen Weg um das gewaltige Ordensschloss herum benötigt. Der elegante Speisesaal des Restaurants war zu vorgerückter Mittagsstunde knapp zur Hälfte gefüllt. Der Kellner führte seine Gäste zu einem Tisch mit Blick auf das Theatergebäude, rückte sodann die Stühle zurecht und übergab mit lässigem Schwung aus dem Handgelenk die Speisekarten.

»Ein Gläschen Sekt, die Damen?«

»Warum nicht? Was können Sie uns denn da anbieten?«

»Nun, wir haben Grünberger, Kessler oder Geldermann. Ganz wie die Damen wünschen.«

»Dann bitte eine Flasche Kessler und eine Flasche Selters.«

Der Ober nickte und verschwand, während Greta und Ella sich in die Speisekarten vertieften. Ella entschied sich für Steinbutt à la Mornay, Greta wählte das Stettiner Kalbsfrikassee. Während die beiden auf ihr Essen warteten, betrachtete Greta ihre Freundin neugierig.

»Und – wie läuft's mit deinem Kommissar?«

Ella lächelte geheimnisvoll. »Was interessiert dich denn genau?«, konterte sie, während sie an ihrem Sekt nippte.

»Na, ich meine, du könntest dir den doch angeln. Das ist immerhin eine gute Partie. Der Herr Papa Bankier …« Greta nahm einen großen Schluck aus ihrer Sektflöte und grinste.

Ella dachte nach. Das lag natürlich auf der Hand. Es gab vermutlich kaum ein Mädchen in ihrem Gewerbe, das nicht davon träumte, eines Tages von einem reichen Freier erlöst zu werden – oder eher ausgelöst zu werden. Doch die Wirklichkeit sah in der Regel anders aus. Der erotischen

Ausstrahlung einer Frau war kein langes Leben beschieden. Und was danach kam, daran wollten die wenigsten denken.

»Sein Geld interessiert mich nicht. Ich kann sehr gut für mich selbst sorgen«, antwortete sie und griff erneut zur Sektflöte. Schon bevor sie mit Igor Raguschin nach Königsberg gekommen war, hatte sie geschworen, sich niemals von einem Mann abhängig zu machen. Zwar hatte sie Igor viel zu verdanken und sie war auch noch immer auf ihn angewiesen, doch die ersten Monate seit der Wiedereröffnung des Bel Ami hatten gezeigt, dass der beeindruckende Erfolg eindeutig Ellas Strahlkraft zuzuschreiben war. So war es ihr schließlich auch gelungen, dem Russen nach harten Verhandlungen eine stillschweigende Beteiligung von immerhin fünf Prozent abzuringen.

Das Essen kam. Ella widmete sich ihrem Fisch und beobachtete amüsiert, wie wenig damenhaft, dafür umso genussvoller Greta ihr Kalbsfrikassee aß. Zwischendurch schloss sie die Augen, um genießerisch zu schnurren: »Hmmm, das ist himmlisch. Hierher darfst du mich ruhig öfter ausführen, meine Liebe.« Sie aßen eine Weile schweigend, bis Greta den Faden wieder aufnahm. »Ist der denn nicht eifersüchtig? Ich meine, der weiß doch aus erster Hand, was du so treibst.«

Ella zuckte mit den Schultern und pickte mit der Gabel eine Erbsenschote auf. »Ich glaube, es gefällt ihm«, erwiderte sie. Das war in der Tat erstaunlich. Sie selbst hatte nicht gedacht, dass sich aus der lockeren Affäre eine beständige Beziehung entwickeln würde. Doch zu ihrem eigenen Erstaunen war genau das passiert.

Sie hatten sich erst Mitte März im Nachtexpress Berlin–Königsberg kennengelernt. Einige Tage später war Aaron dann zur Neueröffnung im Bel Ami erschienen, und sie waren prompt zusammen im Bett gelandet. Am nächsten Morgen war er verschwunden, und als er einige Abende später wieder im Nachtklub aufkreuzte, ließ sie ihn stehen und gab einem solventen Kunden den Vorzug. Sie hatte erwartet, Singer nie wieder zu sehen. Doch sie hatte sich getäuscht. Einige Abende später war er wieder da. Auch ihre intime Beziehung zu Greta hatte ihn nicht abgeschreckt. Diese Einstellung – neben Singers körperlichen Vorzügen – hatte Ella imponiert. Solche Männer waren selten. Und so hatte sich zwischen den beiden auf dem Fundament der physischen Anziehungskraft eine Beziehung entwickelt, die an den jeweils anderen keine Ansprüche stellte und die mittlerweile auch schon zu gemeinsamen Unternehmungen jenseits des Schlafzimmers geführt hatte. Doch Ella forcierte nichts, und ihr schien, dass dies Aaron nur recht war. Es war gut, wie es gerade war.

»Sag, was du willst, aber ich finde es ganz schön schräg, dass es ihm gefällt, dich beim Pimpern zu beobachten.«

»Die Damen haben noch einen Wunsch?« Der Kellner war lautlos erschienen und räusperte sich.

Greta schlug die Hand vor den Mund.

Ella konnte sich ein Grinsen nicht verkneifen. »Wir nehmen noch zwei Mokka«, sagte sie dann an den Kellner gewandt.

Der nickte. »Sehr wohl.« Und verschwand.

Nun mussten beide lachen. Als der Kellner mit den beiden Mokkagedecken wieder an ihren Tisch trat, schwiegen sie damenhaft, bis die Tässchen eingegossen waren.

»Du kannst wieder offen reden«, sagte Ella, als der Kellner erneut gegangen war. Sie nahm einen Schluck von dem Mokka. Heiß, aromatisch, stark – ganz so, wie er sein musste.

»Ja, mach dich nur über mich lustig«, entgegnete Greta. »Aber was würdest du sagen, wenn dein Kommissar nebenher auch noch etwas laufen hätte?«

Ella stellte ihre Mokkatasse ab. »Und wenn schon? Wir sind schließlich nicht verheiratet«, erwiderte sie. Doch insgeheim wollte sie es gar nicht so genau wissen. Es wurde Zeit, das Thema zu wechseln.

»Ich habe mir übrigens eine neue Nummer überlegt, so etwas hat es noch nicht gegeben.«

Ella lehnte sich mit übereinandergeschlagenen Beinen zurück.

Greta wurde zappelig vor Neugier. »Du weißt, dass ich es hasse, wenn man mich so auf die Folter spannt. Nun sag schon. Was ist es? Für die Bühne?«

Für den Bruchteil einer Sekunde erschien ein leicht anzügliches Grinsen auf Ellas Gesicht.

»Also für hinten«, Greta sah sich rasch um, ob jemand mithörte. »Lass hören. Ich sterbe vor Neugier.«

»Hinten« – das war der diskrete Bereich des Bel Ami. Dort wo die geheimen Wünsche der Kunden erfüllt wurden. Dort hatte Zutritt, wer sich Raguschins Vertrauen erworben hatte, das nötige Kleingeld besaß und schweigen konnte. Prostitution, Drogen, Pornografie – all das war auch in der jungen Republik verboten. Doch die Zeiten hatten sich dennoch geändert. Aus aller Herren Länder kamen sensationshungrige Touristen ins Reich. Berlin war die Stadt, die niemals schlief und wo man jedem nur erdenklichen Laster frönen konnte. Igor Raguschin, der vor den Bolschewiken aus seiner russischen Heimat fliehen musste, war es gelungen, mit Ellas Hilfe ein kleines Stück der sündigen Großstadt ins bürgerlich-hanseatische Königsberg zu verpflanzen. Damit das Bel Ami auch weiterhin florierte und das Maß aller Dinge zumindest östlich der Oder blieb, war Einfallsreichtum gefragt. Und genau das war – neben ihrer Unerschrockenheit – Ellas zweite große Stärke. Sie beugte sich verschwörerisch vor. »Das Glied von der Decke.«

Greta machte große Augen. »Was soll das denn sein?«

Ella lehnte sich wieder zurück.

»Ich muss es erst noch mit Igor besprechen. Lass dich überraschen.«

»Wenn man vom Teufel spricht ...« Greta deutete mit den Augen in Richtung Eingang. Ella unterdrückte den Impuls, sich umzudrehen, und wartete, bis sie den Besucher aus den Augenwinkeln wahrnehmen konnte.

Igor Raguschin hatte das Restaurant betreten und wurde vom Oberkellner an einen der besten Tische geführt. Dass der Nachtklubbesitzer in den Reichshof ging, überraschte Ella weniger als die attraktive Blondine in seiner Begleitung.

»Weißt du, wer das ist?«, flüsterte Greta ihrer Freundin

zu. »Ich hab den Chef noch nie in Damenbegleitung gesehen. Dachte schon, der ist vom anderen Ufer.«

»Keine Ahnung, wer das ist«, erwiderte Ella nachdenklich. »Aber ich werde es herausbekommen. Besonders verliebt wirken die beiden jedenfalls nicht.«

6

Der erste Tag ihrer Ermittlungen war schnell herumge-
gangen, ohne dass es neue Erkenntnisse gegeben hätte.
Inspektor Lippert und Kriminalassistent Maag hatten in
der Kaserne jeden einzelnen Mann befragt, doch hinter
den hohen Mauern gaben sich die einfachen Soldaten und
die Herren Offiziere gleichermaßen zugeknöpft. Niemand
hatte angeblich etwas gesehen oder gehört. Es war eine ab-
geschottete Welt, wo die Polizei als Büttel der unbeliebten,
weil vermeintlich schwachen Republik galt. Am frühen
Abend hatte Puschkat sich noch mit Maag und Lippert
in Verbindung gesetzt und im Übrigen für den heutigen
Mittwochvormittag eine Lagebesprechung angesetzt, zu
der auch Dr. Caillé von der Gerichtsmedizin hergebeten
worden war.

Es war Punkt neun Uhr, und die Truppe saß vollzählig
um den großen Besprechungstisch im Kommissariat.

»Na schön, fangen wir an«, brummte Puschkat. »Vielleicht möchten Sie uns etwas zu den Obduktionsergebnis-
sen sagen, Herr Doktor?«

Johann Caillé zwirbelte seinen Spitzbart, rückte das Monokel zurecht, dann nickte er würdevoll. »Vielen Dank,
mein lieber Puschkat. Wie ich gestern schon sagte, ist der

arme Scheruleit an einem Genickbruch gestorben. Um es wissenschaftlich präzise auszudrücken – es ist zu einer Fraktur des Dens axis gekommen, was dazu geführt hat, dass die Medulla oblongata, also das verlängerte Mark, abgequetscht wurde. Dies wiederum hatte die Destruktion des Atem- und des Kreislaufzentrums zur Folge. Kurzum – der Mann war sofort tot. Der Effekt entsprach dem einer Enthauptung.«

Henny Hübner holte hörbar Luft. »Mein Gott …«

»Na, wenigstens kein Ritualmord«, sagte Lippert süffisant in Anspielung auf die damalige Polemik rund um die Blutgericht-Morde.

»Können Sie etwas zur Tatwaffe sagen, Herr Doktor?«, fasste Singer nach.

»Mit an Sicherheit grenzender Wahrscheinlichkeit ein Gewehrkolben. Ich würde sagen, passend zum Tatort.«

»Todeszeitpunkt?«, brummte Puschkat.

Dr. Caillé wiegte den Kopf. »Gegen zwei Uhr früh. Der Rigor mortis war noch nicht voll ausgeprägt.«

Puschkat wandte sich an Lippert. »Gibt die Spurenlage etwas her?«

Lippert zuckte resigniert mit den Schultern. »Bis auf die Schleifspuren haben wir nichts, was uns weiterbringen würde. Wir haben viele Fingerabdrücke an den Türen gefunden, zu viele, als dass sie uns von Nutzen sein könnten.«

»Gab es Abwehrspuren an den Händen oder Armen des Toten?« Singer blickte in Richtung des Pathologen.

»Nein. Es scheint so, als hätten der oder die Täter das Opfer überrumpelt.«

»Wie kann das sein? Der Mann war immerhin Soldat«, wunderte sich Henny.

»Ganz offensichtlich sind ihm seine Mörder trotz der nächtlichen Stunde unverdächtig erschienen«, folgerte Puschkat.

»Das lässt nur zwei Schlüsse zu – entweder er hat den Täter persönlich gekannt oder der Täter hat ebenfalls Uniform getragen«, sagte Singer nachdenklich.

Puschkat seufzte. »Es könnten also Waffendiebe in Uniform gewesen sein, oder es waren tatsächlich Soldaten.« Damit würde der Fall eine noch höhere Sprengkraft entwickeln als ohnehin schon.

»Vielleicht ergibt sich ja eine Spur aus dem persönlichen Umfeld des Opfers«, sagte Lippert.

»Der junge Mann ist offenbar ein unbeschriebenes Blatt«, berichtete Singer vom Besuch bei den Scheruleits. Er öffnete sein Notizheft, überflog die jüngsten Eintragungen. »Erst seit Oktober '22 bei der Reichswehr. Ordentlich zum Gefreiten befördert. Hatte weder Feinde noch riskante Leidenschaften, sagt zumindest seine Mutter.« Er schloss sein Notizheft. »Wie sieht es denn mit den Hintergründen der Bereitschaftssoldaten aus?«

Maag warf seinem älteren Kollegen Lippert einen unsicheren Blick zu. Doch der Inspektor war in Geberlaune.

»Nur zu, Herr Kollege!«

Maag räusperte sich und nestelte nervös in seinen Aufzeichnungen. An seinem Hals zeichneten sich hektische rote Flecken ab.

Puschkat runzelte die Stirn und trommelte ungeduldig mit den Fingern auf der Tischplatte.

»Moment, ich hab's gleich. Ach, hier ...« Maag schob die Blätter auseinander. »Der Kollege Lippert und ich, wir haben uns also die Personalakten vorgenommen. Sinnvollerweise haben wir zunächst die Unterlagen der Bereitschaft eingesehen. Den Oberst können wir wohl außen vor lassen ...«

Lippert schaltete sich ein. »Von Trenck, stammt aus Graudenz. Alter westpreußischer Adel. Schon seit '95 bei der Truppe. Nichts Auffälliges laut Aktenlage.«

Maag fuhr fort. »Hubert von Breskow ... das war der Hauptmann, der uns empfangen hat. Dient seit 1907. War im Krieg zunächst an der Westfront. Wurde 1917 in den Osten versetzt und – jetzt wird es interessant ...«, Maag wagte eine kleine Kunstpause, »er ist erst Ende 1919 mit der Eisernen Division heimgekehrt.«

»Eiserne Division?«, fragte Singer.

Maag nickte. Offensichtlich hatte er sich gut vorbereitet. »Ja, die sogenannte Eiserne Division bestand zu Beginn aus rund sechshundert Freiwilligen der 8. Armee. Nach Kriegsende mussten die sich aus dem Baltikum in Richtung Reich vor der Roten Armee zurückziehen. Ursprünglich hatte die Truppe die Aufgabe, den Abtransport von Material und Soldaten in den Bürgerkriegswirren rund um Riga zu schützen. Tja, und als man nach dem Fall von Riga den Vormarsch der Bolschewiken in Richtung Ostpreußen fürchtete, da beteiligte sich das Freikorps kurzerhand am Unabhängigkeitskampf der Letten ...« Maag sah unsicher in die Runde. Aber da niemand Anstalten machte, seinen kleinen Vortrag zu unterbrechen, fuhr er fort. »Bis zum Sommer '19 war die Truppe auf fast vierzehntausend Mann angewachsen. Dabei wurden auch im Reich Kriegsheimkehrer und ausgemusterte Berufssoldaten angeworben. Davon durften die Siegermächte natürlich nichts mitbekommen. Auch als die offizielle Räumung des Baltikums begann, blieb die Truppe unter Waffen und lief zur weißrussischen Befreiungsarmee über.« Maag holte tief Luft, bevor er schloss: »Erst auf Druck von Frankreich und England und als die Reichsregierung den Nachschub eingestellt hat, ist die Truppe widerstrebend über die Memel ins Reich zurückgekehrt.«

Puschkat machte eine skeptische Miene. »Die wurden doch dann nicht alle in die Reichswehr übernommen«, stellte er fest.

Maag schüttelte den Kopf. »Natürlich nicht. Von Breskow hatte Glück, weil er zur Kerntruppe der 8. Armee gehörte. Für die erfahrenen und kampferprobten Offiziere hatte man in der neu aufgestellten Reichswehr natürlich Verwendung. Und da war Hubert von Breskow dann dabei.«

»Sehr gut, Erwin«, lobte Singer. »Sehr informativ. Das könnte durchaus ein Ansatz sein.«

Der junge Kriminalassistent strahlte über das ganze Gesicht.

Der knorrige Lippert räusperte sich vernehmlich. »Das ist aber noch nicht alles«, sagte er und nickte Maag zu.

Dieser reagierte prompt. »So ist es, denn von Breskow ist bei Weitem nicht der Einzige, der in der Eisernen Division war. Oberleutnant Freymann zum Beispiel hat unter von Breskow dort gedient. Gut möglich, dass von Breskow auch für seinen Kameraden Freymann seinerzeit ein gutes Wort eingelegt hat.«

»Jetzt fehlt bloß noch, dass auch dieser Maguniak in der Eisernen Division war«, sagte Puschkat.

»Nee, das nicht, aber auch der Maguniak hat einen interessanten Werdegang«, erwiderte Lippert. »Der war im VI. Armeekorps und als Teil der 4. Armee zunächst an der Westfront. Später dann in der Ukraine, bevor die Truppe im Februar '18 der 8. Armee unterstellt und in den Großraum Riga verlegt wurde.«

»Das heißt also, dass von Breskow, Freymann und Maguniak sehr wahrscheinlich schon lange in einem engen kameradschaftlichen Verhältnis stehen«, fasste Singer das Gehörte zusammen.

»Und was genau heißt das?«, wagte Henny Hübner zu fragen.

Singer hob die Hände. »Zunächst einmal nicht mehr als das, was ich gerade sagte. Alle drei Offiziere waren Angehörige der Eisernen Division. Das muss natürlich noch nichts über eine mögliche republikfeindliche Gesinnung aussagen. Aber es erscheint mir immerhin als ein Indiz. Oder sehen Sie das anders, Puschkat?«

Der strich sich nachdenklich durch seinen stattlichen Schnauzer. »Nun ja, die meisten wehrpflichtigen Männer von hier haben im I. Armeekorps der 8. Armee gedient. Nicht umsonst gibt es im Stadtkreis Königsberg und Umgebung die vielen Kasernen. Aber es ist sicherlich kein Zufall, dass diese drei Kandidaten allesamt später in diesem Freikorps gelandet sind.«

Wieder ergriff Maag das Wort. »Die Eiserne Division war bei Weitem nicht die einzige, nicht legitimierte Truppe, die nach Kriegsende noch jenseits der Reichsgrenzen gekämpft hat. Es gab da noch die Freikorps Roßbach und Lützow. Ganz zu schweigen von den anderen Verbänden wie Lichtschlag, Hülsen, Oberland, die in Oberschlesien, Bayern, Thüringen und Berlin gekämpft haben, allen voran die Marinebrigade Erhardt. Mittlerweile wurden alle aufgelöst, und wie Herr Puschkat bereits sagte – nur die allerwenigsten Ehemaligen sind bei der Reichswehr untergekommen ... Nun ja, das sind sicherlich alles keine Republikfreunde.«

Puschkat brummte zustimmend. »Mich wundert ja nur, dass das alles in den Personalakten zu finden ist. Man sollte doch meinen, dass die Reichswehr ein Interesse daran hat, diese Informationen unter Verschluss zu halten.«

»Muss schließlich alles seine preußische Ordnung haben, Heinrich«, entgegnete Lippert, der schon seit fast dreißig Jahren mit Puschkat gemeinsam im Polizeidienst arbeitete. »Aber ich kann dich beruhigen, die werden die Akten nicht aus der Hand geben. Wir durften die Papiere zwar einsehen, aber es war immer der Adjutant von diesem Trenck dabei.«

»Na schön«, meldete sich Singer zu Wort, »der Vollständigkeit halber – gibt es etwas über die beiden Gefreiten, die den Toten angeblich gefunden haben?«

Maag schüttelte den Kopf. »Nichts Besonderes. Wilkat war nicht im Krieg, wurde erst kürzlich zum Gefreiten befördert. Sammer ist zwar ein ehemaliger Frontkämpfer, aber er ist mit dem Gros der 8. Armee im Winter '18/19 nach

Ostpreußen zurückgekehrt und hat dann anscheinend einfach Glück gehabt, dass er von der vorläufigen Reichswehr übernommen wurde.«

»Tja, ganz ohne Fußvolk geht es dann doch nicht«, witzelte der Pathologe.

»So eine Aktion trau ich diesem Sammer auch nicht zu«, sagte Lippert. »Er ist zwar stramm nationalkonservativ, aber wahrlich nicht der Hellste. Einer wie der taugt allenfalls zum Handlanger.«

»Und von den übrigen Soldaten war nichts herauszubekommen?«, hakte Singer nach. »Niemand will irgendetwas Verdächtiges bemerkt haben in der Nacht?«

Lippert blätterte in seinen Notizen, blies die Wangen auf und schüttelte den Kopf. »Bedauere. Wir haben insgesamt zwanzig Mann befragt. Acht davon waren die gesamte Zeit im Wachlokal und haben demzufolge nichts bemerken können. Den anderen, die zwischenzeitlich in den verschiedenen Patrouillen unterwegs waren, ist auch nichts aufgefallen.«

Singer war aufgestanden und lief unruhig auf und ab.

»Eine Sache frage ich mich schon die ganze Zeit«, sagte er. »Warum war der Freymann eigentlich vor Ort?«

Die Anwesenden am Tisch sahen sich ratlos an. Lippert ergriff schließlich das Wort. »Nun, ein Offizier nachts in der Kaserne ist nicht *so* ungewöhnlich …«

»Na ja, schon«, widersprach Maag. »In der Mottenburg war er der Einzige, der keine Funktion hatte. Von Breskow war der Offizier der Führungsbereitschaft, der in dieser Nacht Dienst hatte. Maguniak war der Offizier vom

Wachdienst. Wilkat und Sammer hatten Bereitschaft. Was Freymann zu dieser nachtschlafenden Zeit dort zu suchen hatte, ist in der Tat noch völlig unklar.«

Puschkat zog seinen Schreibblock heran und machte sich eine Notiz. »Schon notiert. Ich denke, dass wir uns den Mann einmal vornehmen sollten.«

Singer nickte. »Schön. Kommen wir zu den verschwundenen Waffen. Hat die Spurensuche dazu etwas ergeben?«

Lippert erhob sich und öffnete eine Papierrolle mit einem Lageplan auf dem Tisch. Singer erkannte das Kasernengelände und die umliegenden Liegenschaften im großen Maßstab. Der Kriminalinspektor nahm ein Lineal zur Hand und benutzte es als Zeigestock. »Die Kaserne ist komplett von Mauern und Maschendraht umschlossen. Derzeit stehen mehr als die Hälfte der Gebäude leer, da, wie wir ja alle wissen, der Versailler Vertrag die Gesamtstärke der Reichswehr auf hunderttausend Mann beschränkt. Die Kaserne ist noch dazu nicht die einzige am Ort und aus diesen Gründen nur zu rund dreißig Prozent belegt. Die Mannschaftsunterkünfte im Gebäudekomplex der sogenannten ›Mottenburg‹ werden daher nicht verwendet. Tagsüber sind dort einige Schreibstuben und ein Raum, der als Werkstatt dient, besetzt. Nach fünf ist dort nur noch ein Gefreiter vom Dienst anwesend. Der einzige offizielle Weg in die Kaserne und heraus führt über die Verlängerung der Exerzierplatz-Straße. Dort befindet sich auch das Wachlokal, das rund um die Uhr besetzt ist.«

»Ist das das einzige Tor?«, fragte Puschkat.

»Es gibt ein weiteres, unweit vom Verwaltungskomplex,

das auf die Olivierstraße mündet.« Lippert wies mit dem Lineal auf die Stelle. »Dieses Tor wird aber nur bei besonderen Anlässen wie Ausfahrten zu Übungen im Gelände oder dergleichen besetzt und geöffnet. Es existiert noch ein drittes Tor, an dem wir schließlich Spuren sicherstellen konnten. Es liegt direkt dem Flughafengelände gegenüber.« Lippert zeigte mit dem Lineal. »Es wird ebenfalls nur in Ausnahmefällen genutzt. Ich bin mir sicher, dass die Täter die Kaserne über diesen Weg verlassen haben.«

»Warum?«, fragte Singer.

»Die haben sich bei ihrem Abgang nicht die Mühe gemacht, das Tor vollständig zu schließen.«

Singer nickte.

Henny Hübner meldete sich zu Wort. »Vielleicht hat es dort Augenzeugen gegeben, also außerhalb der Kaserne.«

»Unwahrscheinlich«, sagte Puschkat. »Kalthof ist ein kleines Viertel, das nur aus zwei, drei kleinen Straßenzügen besteht, die vis-à-vis zur Kaserne liegen. Der Flughafen grenzt dagegen an die andere Flanke. Dort wohnt niemand. Empfangshalle und Restauration schließen spätestens gegen zehn. Der Betrieb in den Hangars endet, wenn die letzte Maschine abgefertigt wurde. Das ist in der Regel schon am frühen Abend.«

»Die werden doch bestimmt einen Nachtwächter da draußen haben«, wandte Henny Hübner ein. »Immerhin gibt es doch einiges von großem Wert auf dem Gelände ...«

Singer nickte auffordernd Maag zu.

»Schon notiert, Chef!«

Bei dem Wort »Chef« runzelte Puschkat deutlich die

Stirn. Singer wusste, dass Puschkat mit ihrer gleichberechtigten Führung des Kommissariats, die Giersching aus irgendeiner unerfindlichen Laune heraus immer noch aufrechterhielt, seine Probleme hatte. Nun, das war vorerst nicht zu ändern.

»Wissen wir schon Genaueres über das verschwundene Material?«, fragte Singer in die Runde.

»Leider nein. Wir warten noch auf eine endgültige Aufstellung«, erwiderte Henny Hübner.

»Auf jeden Fall werden die das ganze Zeug wohl kaum zu Fuß aus der Kaserne gebracht haben«, fuhr Singer fort. »Die hatten mindestens einen Lastwagen dabei.«

»Ein Wagen, drei Mann, maximal vier, um so wenig Aufsehen wie möglich zu erregen«, überlegte Puschkat laut. »Und die müssen Hilfe aus der Kaserne heraus gehabt haben. Wie sonst erklärt es sich, dass sie mit dem Lastwagen genau zu rechten Zeit vorgefahren sind, als keine Patrouille unterwegs war?«

Singer nickte. »Stellt sich die Frage nach Auftraggeber und Empfänger der Waffen.« Er blickte in die Runde.

»Irgendeine Diebesbande?«, mutmaßte Lippert.

»Wir sind doch hier nicht in Berlin, Anton«, hielt Puschkat dagegen. »Ganoven von solchem Kaliber gibt's in ganz Ostpreußen nicht, die mit dieser Art und Menge der Waffen etwas anfangen könnten.«

»Wir wär's mit professionellen Waffenschiebern?«

»Warum gerade hier bei uns?«, fragte Singer.

Als niemand antwortete, zuckte Puschkat mit den Schultern. »Also schön. Das heißt Klinkenputzen draußen in

Kalthof und auf dem Flugplatz und dann sollten wir uns die drei Eisernen noch mal vornehmen …«

In diesem Moment klopfte es energisch an der Tür.

»Ach Gottchen, die Jaroschke«, entfuhr es Henny Hübner, die sofort aufsprang und zur Tür lief. Als sie öffnete, deutete die Sekretärin des Polizeipräsidenten ungnädig auf das verwaiste Vorzimmer.

»Wieso ist das Sekretariat nicht besetzt? Schöne Zustände sind das. Ich weiß auch gar nicht, wieso Kommissar Puschkat sich so ein Verhalten bieten lässt …«

Henny Hübner ließ sie nicht ausreden. »Frau Jaroschke, was gibt es denn? Wir haben gerade eine wichtige Besprechung.«

Die Jaroschke verzog die Miene, als hätte sie in eine saure Zitrone gebissen. Dann drückte sie Henny einen Umschlag in die Hand. »Das ist vor einer guten halben Stunde gekommen. Ein Telegramm aus Berlin für Herrn Singer.«

Bevor Henny noch etwas entgegnen konnte, hatte sie sich bereits umgedreht und war aus dem Büro gestürmt.

Henny schüttelte den Kopf und ging zurück in das Gemeinschaftsbüro.

Puschkat sah ihr fragend entgegen. »Was Dringendes?«

Henny reichte Singer den Umschlag über den Tisch. »Ein Telegramm für Sie.«

Singer öffnete den Umschlag und las die drei Sätze, deren Bedeutung sich ihm aber auch nach wiederholter Lektüre nicht erschließen wollte. Als er aufblickte, sah er in neugierige Gesichter. »Bitte, entschuldigen Sie mich, ich muss dringend telefonieren.« Er stand auf und ging in sein Büro.

Puschkat sah ihm verwundert nach. Dann wandte er sich an die restliche Truppe.

»Also dann – frisch ans Werk!« Er stand auf, ging zur Garderobe und langte nach seinem Hut. »Anton, wir fahren raus nach Kalthof.«

7

Es war bereits kurz nach halb zwei, als sich Heinrich Puschkat und Anton Lippert unter einer uralten, prachtvollen
Linde an einen freien Tisch vor dem Gasthaus »Königshöh«
in der Labiauer Straße setzten. Hier unter der grünen Kup-
pel des alten Baumes war es angenehm schattig. Puschkat
legte den Hut auf einen freien Stuhl und knöpfte das Jackett
auf. Die Hitze war kaum auszuhalten. Lippert tat es seinem
Kollegen gleich und gab der Bedienung ein Zeichen.

Eine stämmige Mittzwanzigerin, das brünette Haar zu
Affenschaukeln geflochten, trat an den Tisch. »Hüt gifft
dat nur noch dat Tajesjäricht, mine Härrn.«

»Wat gifft datt denn?«, fragte Puschkat im breiten ostpreußischen Platt.

»Kenichsbärcher Fleck.«

Der Kommissar warf einen prüfenden Blick auf den Kollegen. Als von dort kein Einspruch kam, nickte er würdig
in Richtung Bedienung. »Se hebbt da obber orndlich Mostrich un Majoran bi!«

»Dat versteiht sick wohl vun sälbs«, lachte die Bedienung.

»Nun denn – Aujuste durch musste!«, sagte Puschkat wenig später, als die Biere gekommen waren, und hob das Glas.

Lippert stieß mit ihm an, und beide tranken einen ordentlichen Schluck. Immerhin war »Schönbusch« im Ausschank. Lippert ließ ein zufriedenes »Ahhh« folgen und streckte wie Puschkat die müden Beine unter dem Tisch aus.

Gut drei Stunden lang hatten sie damit verbracht, im kleinen Stadtteil Kalthof Augenzeugen zu finden, die in der Nacht von Montag auf Dienstag irgendetwas bemerkt hatten. Doch weder in den neuen Mietshäusern in der Olivierstraße oder der Kleiststraße direkt gegenüber der Kaserne noch in der angrenzenden katholischen Kirchstraße oder der kurzen Pionierstraße, die das Viertel mit der Labiauer Landstraße verband, hatte irgendjemand etwas gehört oder gesehen. Sie hatten sich die Hacken umsonst abgeschiewelt.

Zum Glück hatte sich Heinrich Puschkat rechtzeitig an das Gasthaus erinnert. So gab es wenigstens noch ein schönes kaltes Bier zum Essen, das in diesem Moment an den Tisch gebracht wurde.

»Moltidt, wohl bekommt's, die Herren.«

Vor ihnen stand eine ordentliche Portion Fleck. Mit feierlichem Ernst steckte sich Puschkat die Serviette in den Kragen, dann löffelten die beiden Kriminaler in genießerischer Stille ihren Eintopf.

Nach einer Weile stellte Lippert die Frage, die ihm schon länger unter den Nägeln brannte. »Sag mal, Heinrich, was hältst du eigentlich so von diesem Singer?«

Puschkat runzelte die Stirn. »Berliner, halt.« Er zuckte mit den Schultern. »Kocht aber auch nur mit Wasser.«

»Wieso?«

»Na, dass der jetzt genau so viel zu sagen hat wie du. Wo gibt's denn so was? Zwei Indianer und zwei Häuptlinge. Stinkt dir das denn nicht?«

»Wenn, dann drei Indianer. Du hast Henny vergessen.«

Lippert merkte sehr wohl, dass Puschkat ihm auswich.

»Na, die zählt doch nicht«, erwiderte Lippert und nahm einen ordentlichen Schluck vom Schönbusch.

»Das würde ich ihr aber nicht persönlich sagen.«

Lippert ließ sich nicht beirren. »Der Singer gehört einfach nicht hierher.« Er fuchtelte mit dem Löffel herum. »Bankierssöhnchen, hab ich gehört. Ist dem doch alles viel zu provinziell hier. Wenn's dem hier unkommod wird, dann ab zu Papi nach Berlin ins gemachte Nest. Und dass der noch 'n Jude ist, macht die Sache auch nicht besser.«

Heinrich Puschkat schüttelte den Kopf. »Der Mann kann einen schon mal auf die Palme treiben, aber er ist ein guter Kriminaler und wir können seine Hilfe gut gebrauchen. Dass er Jude ist, spielt für mich keine Rolle und das sollte es für dich auch nicht tun. Jeder soll nach seiner Fasson selig werden, wie schon der alte Fritz gesagt hat.«

Lippert spürte, dass er zu weit gegangen war, und hob beschwichtigend die Hände. »Schon gut. So war das nicht gemeint. Bin ja schließlich kein Judenhasser.«

Puschkat sah Lippert fest in die Augen, bis dieser verlegen wegblickte. Dann löffelte er seinen Teller leer, bevor das Essen ganz kalt wurde. »Ich geb dir einen Rat unter Kollegen«, sagte er schließlich und schob den Teller von sich. »Arrangiere dich lieber mit dem Kollegen Singer. Ich denke, dass er uns noch eine Weile erhalten bleibt. Immerhin hat der Bürgermeister höchstpersönlich Singers neue Planstelle mittels Osthilfe-Fördergeldern aus dem Hut gezogen.«

»Noch 'n klejnes Blondes, die Herren?«

Die Bedienung sah die beiden Kriminaler an. Lippert warf Puschkat einen aufmunternden Blick zu.

»Nee, danke. Sind im Dienst«, erwiderte Puschkat.

Lippert murrte. »Watt denn, Heinrich? Die lassen uns hier aus Kostengründen mit der Straßenbahn rausfahren, wir schieweln uns hier die Hacken ab und dann is nuscht mit Erfrischungspause, bei den Temperaturen?«

Puschkat sah sinnierend in den wolkenlosen Himmel. »Na schön. Noch zwee kleijne Schönbusch, Freilein.«

Eine gute Viertelstunde später standen die beiden Kriminaler vor dem Haupteingang des Königsberger Flughafens. Zwischen zwei großen Hangars lag das elegante Verwaltungs- und Abfertigungsgebäude des erst im Vorjahr eröffneten, ersten rein zivilen Flughafens des Deutschen Reiches. Davor befand sich ein akkurat gemähtes Rasenfeld, das die Zufahrt begrenzte. Insgesamt wirkte das Gebäude eher wie ein englischer Herrensitz denn wie ein Flugbahnhof.

Zwei Stufen führten zum Eingangsportal. Puschkat und Lippert betraten die Abfertigungshalle. Sie waren die einzigen Besucher.

»Nicht gerade viel los«, raunte Lippert.

Puschkat nickte. »Ich glaub ja nicht, dass sich das Reisen in den fliegenden Blechbüchsen auf Dauer durchsetzen wird. Viel zu gefährlich. Wenn es schon sein muss, dann fahr ich lieber mit der Reichsbahn. Auf die ist in jedem Fall Verlass.«

Er wandte sich an einen der Beamten der DeRuLuft, deren Schalter sich unter maurisch anmutenden Rundbögen befanden.

»Puschkat, Kripo Königsberg. Wir würden gern den Direktor sprechen, wenn das möglich ist.«

Der Schalterbeamte lächelte und wies mit der Hand in die Mitte der Halle. »Sie haben Glück, meine Herren, Herr Direktor Heidasch kommt soeben.«

Puschkat und Lippert sahen einen Mann mittleren Alters im dunkelblauen Anzug, der bei Nennung seines Namens aufblickte und seine Schritte in ihre Richtung lenkte.

»Guten Tag, die Herren. Sie wünschen mich zu sprechen?«

»Puschkat, Kripo Königsberg, und das ist mein Kollege Lippert. Wir ermitteln in einem Mordfall, der sich in den gestrigen Morgenstunden unweit von hier ereignet hat. Wir sind auf der Suche nach möglichen Zeugen. Wir würden gern einmal mit Ihrem Wachpersonal sprechen.«

»Natürlich.« Heidasch nickte und wandte sich zum Gehen. »Wenn Sie mir bitte folgen wollen. Ich bringe Sie zu Herrn Bendrien. Er ist unser Hausmeister hier und auch für die nächtlichen Kontrollgänge zuständig.«

Sie folgten dem Flughafendirektor durch einen schmalen Korridor hinaus auf das Flugfeld und mussten etwa weitere fünfzig Meter in der prallen Sonne laufen, bis sie einen Hangar erreichten. Dort standen drei Passagiermaschinen und ein alter Doppeldecker. An den Maschinen wurde gearbeitet. Männer mit graubraunen Latzhosen schraubten an Motoren und Triebwerken. Der Lärmpegel war beträchtlich.

Heidasch führte die Kriminaler zur Rückseite des Hangars. Dort gab es eine Art Schuppen, in dessen Schatten ein älterer Mann mit Walrossschnauzer saß, vor sich auf einem Tischchen eine offene Brotdose, in den Händen die *Königsberger Allgemeine Zeitung*. Als er den Direktor kommen sah, legte er die Zeitung beiseite. Er erhob sich und strich den grauen Kittel glatt.

»Moin, Härr Direkter.«

»Guten Tag, Bendrien. Die Herren hier sind von der Kriminalpolizei und wollen Ihnen ein paar Fragen stellen.«

Bendrien riss überrascht die Augen auf. »Ik heff nuscht jemacht.«

»Das behauptet ja auch keiner«, beschwichtigte Puschkat. »Mein Kollege und ich, wir ermitteln in einem Fall, der sich in der Nacht von Montag auf Dienstag zugetragen hat und …«

»Watt denn? Hier is wat wechkömmt? Dat wüsst ik obber! Ik wor all da, as de Iwan '14/15 hekömmt is.« Bendriens Schnauzer bebte vor Entrüstung.

Puschkat winkte ab. »Niemand macht Ihnen einen Vorwurf, Herr Bendrien. Es geht darum, ob Sie in dieser Nacht etwas Auffälliges bemerkt haben, bei einem Ihrer Rundgänge. Nicht hier auf dem Gelände, draußen auf der Straße vielleicht?«

Bendrien kratzte sich nachdenklich auf der hohen Stirn. Dann schüttelte er den Kopf. »Nee, nuscht«, sagte er. »Nur Militär.«

Lippert trat näher. »Militär? Wann genau war das?«

»Muss so um drei, halb vier gewesen sein. Da kam da drüben ein Laster aus dem Tor.«

»Kommt so etwas häufig vor, dass nachts Militärfahrzeuge das Kasernengelände verlassen?«

Bendrien schüttelte den Kopf. »Nee, nie. Hab mich auch jewundert. Dacht schon, der Iwan steht wieder vor der Stadt.«

Als Puschkat und Lippert wenig später zurückgingen, beobachteten sie eine Junkers F13, die soeben auf dem Flugfeld landete. Interessiert verfolgten die beiden Kriminaler das Manöver.

»Mensch, Heinrich, sieh dir das an. Der Pilot sitzt ja im Freien!«, staunte Lippert.

Puschkat schüttelte den Kopf. »Sag ich doch, nur Verrückte setzen sich in so ein Ding.«

In diesem Moment kam eine Gruppe von drei Männern aus dem Abfertigungsgebäude. Eiligen Schritts gingen sie auf die abflugbereite Maschine zu.

Lippert blieb stehen und wies mit der Hand auf sie. »Ich glaub es nicht. Den kennen wir doch.«

Jetzt sah auch Puschkat den Mann – hochgewachsen, schlank, einen modischen Fedora auf dem Kopf: Kriminalkommissar Aaron Singer.

8

»Der Herr Doktor lässt bitten!«

Die freundliche Sprechstundenhilfe riss Arnold Freymann aus seinen trüben Gedanken. Freymann war nervös. Erst vor einigen Tagen hatte Dr. Bernheimer seine Frau Luise erneut untersucht. Abstriche gemacht. Zu einer Diagnose hatte sich der Arzt damals nicht hinreißen lassen. Nun hatte er Freymann in seine elegante Praxis auf dem Steindamm gebeten. Dass er ihn allein sprechen wollte, verhieß nichts Gutes. Der Oberleutnant folgte der jungen Frau daher mit gemischten Gefühlen in das ärztliche Ordinationszimmer.

Freymann liebte seine Frau wie am ersten Tag. Seit 1912 waren sie verheiratet. Kennengelernt hatten sie sich im Winter '10/11 beim Schlittschuhlaufen auf dem zugefrorenen Schlossteich. Luise stammte aus einfachen Verhältnissen. Auch mit Freymanns Sold waren große Sprünge nie möglich gewesen. Immerhin kamen sie schon bald nach der Hochzeit in den Genuss einer Neubauwohnung für verheiratete Offiziere nahe der Kaserne. Doch ihre Liebe wurde von Luises Krankheit überschattet. Seine Frau litt an Schwindsucht. Sie war bereits daran erkrankt, als Freymann aus dem Krieg heimkehrte. So gut es ging, versuchten sie damit zu leben. Freymann hatte mehrere Ärzte konsultiert, doch Luises Gesundheitszustand hatte sich immer mehr verschlechtert. Mittlerweile war sie, erst dreißigjährig, so geschwächt, dass sie die Wohnung nicht mehr allein verlassen konnte. Freymann konnte und wollte sich damit nicht abfinden. Immer wieder hatten sie den Arzt gewechselt. Dr. Bernheimer, der auch im städtischen Krankenhaus praktizierte und einen hervorragenden Ruf genoss, war ihre letzte Hoffnung.

Als Freymann das Zimmer betrat, deutete Bernheimer auf den Besucherstuhl vor seinem Schreibtisch. In seinem Rücken befand sich eine imposante Bücherwand. Die hohen Fenster ließen viel Licht herein. Eine moderne Liege und das Modell eines menschlichen Skelettes rundeten die Ausstattung ab.

»Bitte nehmen Sie Platz, mein lieber Freymann.«

Freymann nahm seine Dienstmütze ab und setzte sich. »Sie wollten mich sprechen, Herr Doktor?«

Bernheimer nickte stumm und blätterte in seinen Unterlagen.

»Sie wird doch wieder gesund, Herr Doktor?«, sagte Freymann in die Stille hinein.

Bernheimer nahm die Brille ab und seufzte. »Nun, Freymann. Ich fürchte, der Zustand Ihrer Gattin wird sich hier nicht verbessern können. Eher im Gegenteil …«

»Was soll das heißen – *hier nicht*?«

»Die Schwindsucht ist ein unberechenbarer Gegner. Für viele andere Krankheiten verspricht unser maritimes Reizklima Linderung. Leider wird dieses Klima Ihrer Gattin eher schaden als nutzen.«

»Aber man muss doch etwas tun können, Herr Doktor!«

Bernheimer faltete die Hände vor sich auf dem Schreibtisch. »Sie muss ins Hochgebirge, Freymann. Nur im alpinen Höhenklima besteht Hoffnung auf Heilung. Davos oder Arosa in der Schweiz – sie muss in eine Höhenklinik.«

»Was ist denn mit ›Frauenwohl‹, bei Allenstein? Könnte man Luise nicht dort unterbringen? Ich habe neulich in der Zeitung darüber gelesen ...«

Bernheimer schüttelte bedauernd den Kopf. »Es ist das Klima, mein lieber Freymann. Um den rasanten Fortschritt der Krankheit aufzuhalten, muss Ihre Gemahlin in die Hochalpen. Nur so besteht Aussicht, dass sich ihr Zustand stabilisiert. Dann wird man weitersehen. Die Kollegen in den Schweizer Sanatorien sind schon lange auf solch schwierige Fälle wie diesen spezialisiert.«

Freymann nickte und rieb sich nachdenklich das Kinn. »Und was kostet so ein Aufenthalt?«

Bernheimer drehte sich auf seinem Stuhl halb um und entnahm seinem Bücherregal einen schmalen Band. Freymann sah, dass es sich um die aktuelle Ausgabe des *Bäder-Almanachs* handelte. Der Arzt blätterte rasch durch die Seiten, bis er gefunden hatte, was er suchte. Dann drehte er den aufgeschlagenen Band herum, sodass Freymann lesen konnte.

»Acht bis sechszehn Franken für Kost und Logis pro Tag ...«

»Das sind dann zehn bis achtzehn Reichsmark«, erklärte Bernheimer. Das war viel Geld.

»Und wie lange muss meine Frau dort bleiben, bis sie wieder genesen ist?«

Bernheimer seufzte. »Sie werden Geduld haben müssen,

Freymann. Es wäre ein großer Erfolg, wenn sich der Verlauf der Krankheit dort oben in den ersten drei Monaten abschwächen würde. Erst dann wird man über die nächsten Schritte befinden können.«

»Drei Monate?« Freymann konnte nicht länger stillsitzen. Er erhob sich abrupt und trat ans Fenster, sah gedankenverloren hinaus. Drei Monate! Wie sollte er das nur bezahlen?

Bernheimer wandte sich zu Freymann um. »Damit habe ich nicht gesagt, dass sie dann als geheilt nach Hause entlassen werden kann.«

»Aber das ist völlig unmöglich. Woher soll ich das Geld nehmen? Ich stehe im Sold der Reichswehr. Da verdient man kaum mehr als ein Facharbeiter, ich …«

Freymann ließ den Rest des Satzes unausgesprochen. Es war ihm unangenehm, vor Dr. Bernheimer über seine Geldsorgen zu reden, die dieser wohlhabende Mann wohl kaum nachvollziehen konnte.

»Es geht natürlich auch günstiger. Aber in den bekannten Sanatorien wird neben der intensiven medizinischen Betreuung und den Liegekuren ebenso großer Wert auf eine umfängliche, exzellente Verpflegung gelegt. Sie sollten da keine Kompromisse eingehen, Freymann.«

»Was würde geschehen, wenn Luise nicht in die Schweiz führe?«

Bernheimer sah den Oberleutnant mit durchdringendem Blick an. »Ich sage es in aller Deutlichkeit und so leid es mir tut. Bleibt Ihre Gemahlin hier, kann ich nichts mehr für sie tun.«

9

Das Schillertheater an der Grolmann-Straße in Berlin-Charlottenburg war für eine Vorstellung an einem sommerlichen Mittwochabend sehr gut besucht. In dem Saal, der über tausend Zuschauer fasste, waren mehr als zwei Drittel der Plätze belegt. Gegeben wurde *Die Frau ohne Kuss*, eine Operette von Walter Kollo. Die Handlung drehte sich um die Bemühungen einer Sekretärin, die Liebe ihres Chefs, eines Frauenarztes, zu gewinnen, der als eingefleischter Junggeselle in ihr nur die tüchtige Schreibkraft sieht. Die Besucher waren in freudiger Erwartung eines besonderen Abends, nachdem selbst der große Kritiker Kerr die Uraufführung zwei Wochen zuvor gnädig aufgenommen hatte.

Aaron Singer saß neben seinem Vater in einer Loge im Ober-Ring. Von freudiger Erwartung konnte bei ihm keine Rede sein. Er konnte es noch immer nicht fassen. Erst schickte sein Vater ihm ein kryptisches Telegramm, das er denken musste, der alte Herr liege im Sterben. Auch auf Telefonanrufe wurde nicht reagiert, sodass ihm gar nichts anderes übrig blieb, als das Schlimmste anzunehmen und mit fliegenden Fahnen nach Berlin zu eilen, nur um den Vater dann bei bester Gesundheit anzutreffen. Und all das wegen eines Operettenbesuchs?

Jetzt, wo sie so dicht beieinandersaßen, rutschte Jakob Singer sichtlich nervös auf seinem Sitz herum und brummte beschwichtigend. Aaron dachte jedoch nicht daran, seinen alten Herrn mit dieser Nummer so leicht davonkommen zu lassen. Er riskierte Kopf und Kragen und wollte gar nicht daran denken, was passierte, wenn Giersching von dieser Reise mitten in einer laufenden Ermittlung Wind bekam.

In den unteren Ringen verebbten die Gespräche. Die Lichter erloschen nach und nach. Die Tür zur Loge wurde noch einmal für einen späten Gast geöffnet. Ein Mann im braunen Anzug, Anfang vierzig, Oberlippenbart, Glatze, stämmige Statur. Er nickte ihnen zu und nahm seinen Platz ein.

»Ich habe dreieinhalb Stunden in dieser fliegenden Kiste verbracht!«, zischte Aaron, wieder an seinen Vater gewandt.

»Du warst seit März nicht mehr zu Hause«, sagte er, als wäre das Erklärung genug. Er holte tief Luft. »Und Kultur hat noch niemandem geschadet.«

Singer schüttelte den Kopf. »Wir stecken mitten in einer Mordermittlung.«

»Mord, Mord!«, murrte der alte Mann. »Wenn ich das schon höre. Ich habe nie verstanden, warum du dich so dagegen sträubst, deinen Platz in der Bank einzunehmen.« Er hob einen belehrenden Zeigefinger. »Mehr als hundert Jahre Tradition. Stattdessen jagst du Ganoven in der Provinz …«

Der Mann, der zuletzt gekommen war, räusperte sich. »Verzeihung, aber das Stück beginnt.«

Aaron Singer nickte grimmig, und so blieb seinem Vater eine wütende Replik erspart.

Fast eine Stunde lang musste er schweigend dem heiteren Treiben auf der Bühne folgen. Als endlich der Vorhang zur Pause fiel, drängte Singer senior hinaus ins Foyer. Rund um den Ausschanktresen standen bereits dicht an dicht Besucher, die sich mit Sekt und anderen Erfrischungen versorgen wollten. Doch der alte Singer lenkte seine Schritte zum Café, dessen unscheinbarer Eingang sich neben der Garderobe befand. Als leidenschaftlicher Theatergänger gehörte der Bankier zum Kreis der Förderer des Schillertheaters und hatte selbstverständlich im Café einen reservierten Tisch. Ein livrierter Kellner geleitete Vater und Sohn durch das Getümmel der Reichen und Schönen zu ihrem Platz. Es roch nach teurem Parfüm, Zigaretten und Zigarren.

»Ein Gläschen Grünberger, die Herren?«

»Bringen Sie man gleich drei Gläser, Karl.«

»Sehr wohl, Herr Singer.«

»Erwarten wir noch jemanden, Vater?« Aaron sah sich in der Menge um. Junge Frauen in modisch kurzen Röcken. Ältere Damen in eleganten Abendkleidern. Die meisten Herren im Frack. Einige Offiziere der Reichswehr in Uniform und in Damenbegleitung. Man sprach mit gedämpften Stimmen, hier und da war Gelächter zu hören.

»Ich hoffe, ich störe nicht?«

Singer erkannte den Mann aus der Loge, der an ihren Tisch getreten war.

»Aber nein, Herr Oberstleutnant.« Jakob Singer erhob sich und wies mit der Hand auf einen freien Stuhl. In diesem Moment wurde der Sekt gebracht. »Bedienen Sie sich«, sagte der Bankier an den Gast gewandt. »Embargo-bedingt kein Champagner, sondern schlesischer Sekt. Aber nun gut.«

Er wandte sich seinem Sohn zu. »Aaron, darf ich vor-stellen – Oberstleutnant von Schleicher. Herr Oberstleut-nant – mein Sohn Aaron. Wohlsein!«

Aaron Singer blickte ungläubig zwischen diesem und sei-nem Vater hin und her, er verstand gar nichts mehr. Griff aber zum Glas und prostete den anderen zu.

»Dann schießen Sie mal los, Schleicher«, sagte der Ban-kier, als sie ihre Gläser wieder abgestellt hatten.

»Nehmen Sie es Ihrem Herrn Vater nicht übel. Ich habe ihn zu dieser Scharade angestiftet«, entschuldigte sich der Oberstleutnant lächelnd.

»Sie?« Aaron kam aus dem Staunen nicht heraus. Er sah seinen Vater an, der nur mit den Schultern zuckte. »Dann darf ich wohl um eine Erklärung bitten.«

Der Oberstleutnant nickte. »Gewiss doch.« Er lächelte wieder, sah sich um. »Ich weiß nicht, wie es Ihnen geht, Herr Singer. Ich habe heute noch nichts gegessen und für Sie ist das bislang ja auch ein langer Tag gewesen. Was hal-ten Sie davon, wenn wir uns die zweite Hälfte schenken und stattdessen etwas essen gehen? Dann kann ich Ihnen in Ruhe einige Dinge erklären, die für Ihre Ermittlung re-levant sein könnten.«

In diesem Moment ertönte der Gong. Die ersten Zu-schauer traten den Rückweg in den Saal an.

»Auf mich musst du keine Rücksicht nehmen«, sagte Singer senior und nahm einen letzten Schluck aus seinem

Sektglas. »Ich kann den turbulenten Verwicklungen auf der Bühne auch gut ohne dich folgen.«

Das »Horcher« gehörte zu Berlins besten Adressen. Das Restaurant lag nur wenige Minuten vom Schillertheater entfernt in unmittelbarer Nähe zum KaDeWe. Hinter einer süddeutsch anmutenden Fassade mit überbordenden Blumenkästen verbarg sich ein wahres Labyrinth aus großen und kleinen Sälen bis hin zu verschwiegenen Séparées.

Im Vestibül wurden Singer und von Schleicher die Mäntel abgenommen. Ein Kellner führte die beiden Männer an einen Tisch in einem der kleineren Säle, ein weiterer Kellner brachte ihnen die Karten.

Von Schleicher warf Singer über den Rand seiner Karte einen Blick zu. »Gibt es etwas, das Sie gar nicht essen?«

»Sie meinen, weil ich Jude bin? Ich nehme es mit den Speisevorschriften nicht so genau. Können Sie etwas empfehlen?«

Der Oberstleutnant nickte. »Die Rinderfiletmedaillons à la Horcher sind ein Gedicht. Und als Entrée empfehle ich Vol-au-vent mit Hummerragout.«

Singer schlug seine Karte zu. »Klingt gut. Ich schließe mich Ihnen an.«

Von Schleicher lächelte und gab beim Kellner die Bestellung in Auftrag.

»Darf ich fragen, woher Sie meinen Vater kennen?«, begann Singer, als sie wieder allein waren.

»Nun, wir teilen eine Leidenschaft für die leichte Muse. Und ich bin wie er Förderer des Theaters. Darüber hinaus schätze ich Ihren Herrn Vater sehr als diskreten Berater in Finanzfragen.«

»Der Reichswehr?«, fragte Singer erstaunt.

In diesem Moment wurde der Wein gebracht – eine Flasche Rheingauer Riesling –, und sie schwiegen, während der Kellner die Flasche öffnete und von Schleicher probieren ließ.

Dieser kostete, nickte anerkennend und ließ den Kellner einschenken. Schließlich fuhr er fort. »Der Versailler Vertrag lässt uns nicht viel Spielraum. Die Entente beobachtet die Reichswehr mit Argusaugen. Da heißt es erfindungsreich sein. Im Übrigen ist Ihr Vater auch Mitglied in der Expertenkommission, die die Reichsregierung zum Dawes-Plan berät.«

»Sie sind gut informiert«, sagte Singer.

Von Schleicher lachte. »Ich bin im Truppenamt zuständig für innen- und militärpolitische Angelegenheiten. Zu wissen, was vorgeht, gehört zu meiner Arbeit. Die meisten Offiziere denken immer noch, es gehe allein um Befehl und Gehorsam, das Beherrschen des Kriegshandwerks und den Umgang mit modernen Waffen.« Er machte eine raumgreifende Handbewegung. »Doch das hier kann ein Minenfeld sein. Mein Schlachtfeld sind Politik und Wirtschaft.«

»Truppenamt klingt mehr nach Schreibstube als nach Schlachtfeld«, entgegnete Singer.

Von Schleicher lachte erneut. »Ihr Humor gefällt mir, Singer. Truppenamt ist der Deckmantel für den Generalstab, der uns nach dem Versailler Vertrag verboten ist. Man hat durch die Nachkriegswirren dazugelernt. Nur deshalb gibt es dieses Referat, das sich um die politischen Fragestellungen kümmert. In dieser Funktion rapportiere ich zum einen an General von Seeckt und zum anderen an Reichswehrminister Geßler.«

Die Blätterteigpasteten wurden serviert. Einen Moment aßen die Männer schweigend.

»Ich dachte immer, das Militär sei unpolitisch«, fuhr Singer schließlich fort. »Mit dem ungebührlichen Gezerre um Kompromisse im Parlament will es doch nichts zu tun haben.«

»Verstehen Sie mich nicht falsch, Singer. Ich bin kein Freund der neuen Ordnung. Ich war mit dem Kaiserreich sehr zufrieden. Alles hatte seine Ordnung, seinen Platz. Meiner Meinung nach geht die Stärkung der Staatsgewalt mit einer starken Reichswehr und der Sanierung der Wirtschaft einher.«

»Und in dieser Gemengelage von Militär, Politik und Wirtschaft, da wirken Sie, Herr Oberstleutnant?«, fragte Singer.

»Könnte man so sagen.« Von Schleicher legte das Besteck auf seinen Teller und ließ den restlichen Weißwein auf die Gläser verteilen. »Aber zur Sache, Herr Kommissar. Ich habe den unauffälligen Kontakt zu Ihnen gesucht, weil Sie in einem Fall ermitteln, der eine immense Sprengkraft birgt. Es geht um weit mehr als einen erschlagenen Soldaten in einer Kaserne fernab in der Provinz.« Er beugte sich vor, senkte die Stimme. »Wenn der Mord in Verbindung mit dem dreisten Diebstahl der Waffen publik wird und erst recht, wenn besagte Waffen in die falschen Hände geraten, dann droht dieser Republik eine Katastrophe.«

Singer legte ebenfalls sein Besteck zusammen und lehnte sich auf seinem Stuhl zurück. »Vorläufig ermitteln wir in einem Mordfall«, entgegnete er vorsichtig. Er hielt Schleichers Eröffnung für reichlich überzogen. Gewiss, es waren Waffen gestohlen worden, und in den letzten Jahren hatte es immer wieder bewaffnete Aufstände im Reich gegeben – Spartakus, Kapp-Putsch, die Unruhen in Sachsen und Thüringen und zu guter Letzt der Ludendorff-Hitler-Putsch. Doch seit Jahresbeginn zeichneten sich erstmals eine Stabilisierung der Lage und ein konjunktureller Aufschwung ab. Die Waffen konnten genauso gut ins benachbarte Ausland verschoben worden sein.

Der Kellner brachte den Hauptgang, dazu eine Flasche Rotwein – einen La Tâche, der mit großer Geste kredenzt wurde.

Als von Schleicher einen ersten Bissen zu sich genommen hatte, griff er den Gesprächsfaden wieder auf. »Generalleutnant Heye hat mich angerufen, kurz nachdem Sie bei ihm in der Kommandantur waren. Ich habe ihm versprochen, Ihnen bei Ihren Ermittlungen zu helfen.«

»Und wie wollen Sie das tun, Herr Oberstleutnant?«

Von Schleicher beugte sich erneut vor. »Wir können mit an Sicherheit grenzender Wahrscheinlichkeit davon ausgehen, dass die Waffen für das Memelgebiet bestimmt sind.«

Singer machte große Augen. »Ein pro-deutscher Aufstand an der Memel?«

Von Schleicher nickte. »Denken Sie an die Schlagzeilen vom Januar letzten Jahres, als sich die memelländischen Litauer gegen die französische Mandatsmacht erhoben und den Anschluss an die Republik Litauen durchgesetzt haben.«

Singer nickte. »Aber schon damals gab es erhebliche Zweifel an dieser Darstellung. War es nicht eher so, dass der Aufstand aus Litauen heraus vorbereitet wurde?«

Von Schleicher nahm einen Schluck Rotwein. Er nickte. »Eine Inszenierung, könnte man sagen. Aber was die wenigsten wissen – *vor* dieser Inszenierung hat Staatspräsident Galvanauskas mit Stresemann gesprochen.«

Singer stutzte. »Wollen Sie damit sagen, dass Litauen das Memelgebiet mit dem Segen der Reichsregierung annektiert hat? Ich hätte nie gedacht, dass Stresemann den Anspruch auf das Memelgebiet so einfach aufgibt.«

»Sie denken eben nicht wie ein Politiker, Singer. So sehr Stresemann im Westen den Ausgleich vor allem mit den Franzosen sucht, so sehr hat er eine Revision der willkürlichen Grenzziehung im Osten im Blick. Im Moment ist die Reichswehr den Polen weit unterlegen. Darüber hinaus genießt Polen die Unterstützung der Franzosen. Als Mandatsmacht im *Territoire de Memel* hat Frankreich sich beim Völkerbund für einen stärkeren Einfluss Polens an der Memel ähnlich wie in Danzig stark gemacht. Dann wäre Ostpreußen komplett von Polen umschlossen.«

Singer begriff. »Deshalb hat Stresemann Galvanauskas zu dem Aufstand ermuntert und somit ein Fait accompli an der Memel geschaffen.«

»Ganz recht.« Von Schleicher nahm einen Bissen von seinem Medaillon und spülte mit Rotwein nach, bevor er fortfuhr. »In der Öffentlichkeit jedoch wurde von offizieller Seite protestiert. Der litauische Botschafter wurde ins Außenministerium einbestellt … Alles Theaterdonner.«

»Ihrem Chef dürfte das wenig gefallen haben«, entgegnete Singer.

Von Schleicher schnaubte. »General von Seeckt ist der mächtigste Mann im Staat. Präsident Ebert hat ihn mit umfassenden Vollmachten ausgestattet. Ihm ist es in erster Linie zu verdanken, dass diese Republik heute noch existiert.«

»Ein Freund der Republik im Waffenrock, das hat man eher selten«, spöttelte Singer.

»Er hat den kommunistischen Putschversuch in Sachsen im November '23 niedergeschlagen und in der Folge sowohl die KPD wie auch die NSDAP verboten. Die Demokraten haben dem Militär einiges zu verdanken.« Von Schleicher wiegte den Kopf. »Aber ich denke, Sie haben recht. Von Seeckt wird diese Aktion hinter seinem Rücken ganz und gar nicht gefallen haben. Hinzu kommt, dass das Verhältnis von ihm zu Stresemann von tiefem Misstrauen und gegenseitiger herzlicher Abneigung geprägt ist.«

Als der Kellner kam, um die Teller abzuräumen, bestellte von Schleicher einen Cognac. Er sah Singer fragend an, doch der winkte ab.

»Ich passe, vielen Dank«, sagte er, holte eine Packung Batschari hervor und zündete sich eine Zigarette an.

Als sie wieder ungestört waren, sprach von Schleicher weiter. »Wie gesagt, nach dem Telefonat mit Generalleutnant Heye habe ich einige Gespräche geführt. Wir gehen davon aus, dass die gestohlenen Waffen für den memelländischen Heimatschutz bestimmt sind.«

»Der memelländische Heimatschutz? Was sind das für Leute?«

Der Oberstleutnant machte eine unbestimmte Handbewegung. »Stramm deutschnationale Gutsbesitzer und ehemalige Freikorps-Offiziere, die heim ins Reich wollen. Für die war die litauische Machtübernahme eine wahre Schmach.«

Singer blies Rauch in die Luft und sagte: »Diese Leute ahnen natürlich auch nicht, dass die Reichsregierung sie de facto verkauft hat.«

Der Kellner kehrte mit dem Cognac zurück. »Sehr zum Wohl, der Herr.«

Von Schleicher ließ die Flüssigkeit im Glas kreisen, bevor er die Augen schloss und genussvoll einen Schluck nahm.

Singer beobachtete ihn dabei. Das exzellente Mahl auf Kosten der Reichswehr war beendet, und noch immer war Singer nicht recht klar, warum er hier war.

Er drückte seine Zigarette im Aschenbecher aus. Zeit, Klartext zu reden. »Herr von Schleicher, ich verstehe Ihre Sorge, den Waffendiebstahl betreffend. Aber es bleibt dabei – wir müssen einen Mord aufklären.«

»Vergessen Sie für einen Moment das bedauerliche Schicksal dieses Gefreiten. Sie können die Mordermittlung nicht von der Spur der Waffendiebe trennen. Wenn wir die Waffen haben, haben wir auch den Mörder. Es ist wichtig, dass wir in dieser Sache von nationaler Bedeutung an einem Strang ziehen, Herr Singer.«

»Und wie genau stellen Sie sich das vor?«

Von Schleicher griff in die Innentasche seines Jacketts und holte einen schmalen, längs gefalteten Papierstoß hervor und schob ihn über den Tisch.

»Das sind Informationen über den Heimatschutz und seine wichtigsten Akteure. Ich bin mir ziemlich sicher, dass alle Fäden bei einem gewissen Dr. Ernst Taundler zusammenlaufen. Der Heimatschutz ist – nach allem, was wir wissen – straff organisiert. Es gibt noch weitere prominente Gestalten, Hermann Warthun etwa oder Max Galland, aber Taundler ist zweifelsfrei der führende Kopf.«

»Und auf unserer Seite? Diese Frage ist doch mindestens genauso interessant.«

Von Schleicher holte tief Luft. »In unseren Reihen und insbesondere innerhalb der ostpreußischen Garnisonen gibt es viel Sympathie für einen Anschluss des Memelgebiets an das Reich. Schließlich handelt es sich um deutsches Siedlungsgebiet, das willkürlich vom Reich abgetrennt wurde.«

»Mit anderen Worten, Sie gehen davon aus, dass die Täter Unterstützung aus dem inneren Zirkel des Wehrkreiskommandos I bekommen haben. Daran haben wir auch schon gedacht.«

»Die Situation wird noch unübersichtlicher, mein lieber Singer. Ein Großteil der Angehörigen des Offizierskorps verfügt über eine Freikorps-Vergangenheit. Die meisten von ihnen stehen loyal zur Führung …«

»Zur Staatsführung?«

Von Schleicher lächelte verhalten. »Zur Führung der Reichswehr. Allerdings pflegen einige der ehemaligen Freikorps-Offiziere gleichermaßen enge Verbindungen in das völkische Lager. Eine ungute Melange. Das Offizierskorps der Reichswehr darf sich mit solchen Leuten nicht gemein machen.«

»Das ist Ihre Überzeugung, Herr Oberstleutnant.«

»Das ist auch die Überzeugung von General von Seeckt.« Von Schleicher wiegte den kahlen Kopf. »Wäre da nicht der Affront von Stresemanns Hinterzimmerabsprache mit den Litauern gewesen.«

»Sie halten es tatsächlich für möglich, dass der Chef der Heeresleitung persönlich in diese Sache involviert ist?«

Von Schleicher schüttelte den Kopf. »Nein, ich bin mir nicht sicher. Der General lässt sich nicht in die Karten schauen. Ich darf zwar wöchentlich bei ihm vortragen, doch gestern hat er dieses Thema mit keiner Silbe erwähnt. Wie auch immer ...« Von Schleicher reckte sich. Es war deutlich, dass er zum Ende kommen wollte. »Um die Drahtzieher innerhalb der Reichswehr werde ich mich kümmern«, fuhr er fort. Dann reckte er einen Zeigefinger in Singers Richtung. »*Sie* dagegen sollten dafür sorgen, dass die Waffenlieferung ihr Ziel nicht erreicht. Die Täter sind ohne unnötiges Aufsehen festzusetzen und an die Reichswehr zu überstellen. Es versteht sich von selbst, dass gegenüber der Presse absolutes Stillschweigen zu wahren ist.«

Von Schleichers Ton hatte sich geändert und verriet den befehlsgewohnten Offizier.

Singer nahm die Unterlagen an sich und steckte sie seinerseits in die Innentasche seines Jacketts. »Presse könnte schwierig werden«, entgegnete er. »Dass es einen Toten in der Kaserne gegeben hat, lässt sich nicht so einfach verschweigen.«

»Heye wird bereits mit Ihrem Vorgesetzten gesprochen haben. Der Waffendiebstahl wird nicht erwähnt.«

Singer nickte. »Gut. Was glauben Sie, wie die Waffenlieferung verschoben wird?«

»Der Grenzschutz ist bereits alarmiert, ohne dass wir Details herausgegeben haben. Auch in den Häfen wird verstärkt kontrolliert. Ich gehe davon aus, dass man die Waffen irgendwo über die Nehrung und das kurische Haff außer Landes bringen wird – sobald sich die erste Aufregung gelegt hat und die Kontrollen wieder nachlässiger werden. Wir haben es schließlich mit Tätern zu tun, die wissen, wie der Laden läuft. Das Haff ist nur schwer zu kontrollieren und in den Seebädern auf der Nehrung herrscht um diese Jahreszeit viel Betrieb, der eine gute Deckung abgibt. Dort wird meiner Meinung nach die Übergabe stattfinden. In den Unterlagen finden Sie auch ein Bevollmächtigungsschreiben, das Ihnen bei Bedarf einige Türen öffnen wird.«

Singer runzelte die Stirn. »Sie glauben wirklich, die Waffenschieber könnten die Kulisse der Strandbäder benutzen, um die Waffen außer Landes zu schaffen?«

»Der Landweg ist weitaus riskanter. Auf dem Haff gibt es keine Patrouillenboote. Dafür jede Menge private Schiffe, Boote, Kähne, arglose Fischer ...«

Singer seufzte vernehmlich. Sie würden also die berühmte Stecknadel im Heuhaufen finden müssen.

10

»Alle Achtung, da haben die Diebe ganz schön was weggeschafft«, sagte Heinrich Puschkat mit Blick auf die detaillierte Liste, die ihm Hauptmann von Breskow über den Tisch geschoben hatte. Gemeinsam mit Anton Lippert saßen sie in dem kleinen Dienstzimmer, das im Wachlokal für den Offizier der Führungsbereitschaft reserviert war. In dem Kabuff war es stickig, aber Puschkat war heilfroh hier zu sein – einem Ort, an dem er für den Polizeipräsidenten nicht erreichbar war. Er hatte immer noch keine Ahnung, warum Aaron Singer Hals über Kopf und vor allem ohne ein Wort der Erklärung nach Berlin geflogen war. Ebenso wenig wusste er, ob und wann mit seiner Rückkehr zu rechnen war. Was sollte er Giersching sagen? Er hatte keine Ahnung und er war mächtig sauer auf seinen Kollegen, der ihn damit in eine unmögliche Situation gebracht hatte.

Lippert hatte die Liste zur Hand genommen. »Zwanzig fabrikneue Maschinengewehre und hundert Mauser-Gewehre, dazu zwanzig Kisten mit Munition – damit lässt sich einiges anstellen.«

Von Breskow trommelte nervös mit den Fingern auf der Schreibunterlage. »Bei den Maschinengewehren handelt es sich um den neuen Typ 08/18. Die sind gegenüber dem guten alten 08/15 fast drei Kilo leichter. Auch bei den Gewehren war man offensichtlich wählerisch und hat sich für die neuen Mauser Karabiner Typ 98b entschieden und den alten Kram links liegen gelassen.«

Er seufzte und wischte sich fahrig über die Stirn.

Puschkat hatte fast Mitleid mit dem Mann. Er holte einen Notizblock hervor. »Wir haben einen Zeugen, der gesehen hat, dass zur Tatzeit ein Lastwagen die Kaserne durch das Tor gegenüber dem Flughafen verlassen hat. Ein Mann hat das Tor geschlossen und ist dann in der Kaserne verschwunden.« Puschkat ließ die Nachricht eine Weile wirken. Bevor er fortfuhr: »In Ihren Reihen gibt es ganz offensichtlich einen Verräter, Herr Hauptmann.«

Lippert meldete sich zu Wort. »Den Personalakten war zu entnehmen, dass Maguniak, Freymann und Sie sich aus Ihrer Zeit in der Eisernen Division kennen. Viele von den ehemaligen Freikorpslern sind stramm nationalistisch eingestellt, oder?«

»Was wollen Sie damit andeuten? Etwa, dass ich da selbst mit drinstecke?« Von Breskow blickte aufgebracht zwischen Puschkat und Lippert hin und her.

»Ich hatte da mehr an die Herren Freymann und Maguniak gedacht«, erwiderte Lippert ruhig. »Wieso war Oberleutnant Freymann eigentlich am Tatort, mitten in der Nacht?«

Von Breskow zuckte mit den Schultern. »Was weiß ich? Freymann wohnt wie viele andere verheiratete Offiziere in der Neubausiedlung Tannenhof hier ganz in der Nähe. Als Zugführer hat er aber auch ein Dienstzimmer drüben im Block C.

Ab und an, wenn es der Dienst erfordert, bleibt er schon mal über Nacht in der Kaserne. Das ist nicht so ungewöhnlich.«

»Dann hat er allen Anschein nach einen leichten Schlaf, wenn er weit nach Mitternacht am Tatort auftaucht«, sagte Puschkat trocken, »sein Dienstzimmer befindet sich ja in einem ganz anderen Gebäude.«

Von Breskow schüttelte den Kopf. »Daran kann ich nichts Verdächtiges erkennen. Immerhin waren Freymanns Männer zur Bereitschaft eingeteilt. Er wollte die Männer sicherlich unangekündigt überprüfen.«

»Wie steht es um seine Gesinnung?«, fragte Lippert.

»Freymann ist kein Radikaler. Er ist ein guter Soldat und ein loyaler Offizier der Reichswehr«, erklärte von Breskow.

»Und wie sieht es mit Oberleutnant Maguniak aus?«

Hier ließ die Antwort auf sich warten. Von Breskow schien seine Worte abzuwägen.

»Freymann und Maguniak sind über jeden Zweifel erhaben …«, begann von Breskow.

»Aber?«, fasste Puschkat nach.

Breskow wiegte den Kopf. »Nun ja, Maguniak ist Anhänger oder, wenn Sie so wollen, Sympathisant der Alldeutschen Bewegung. Er macht daraus auch keinen Hehl.«

Puschkat nickte zufrieden. »Na, das ist doch mal ein Anfang. Und jetzt würden wir gern noch mal mit dem Unteroffizier sprechen, der in der Tatnacht Wache geschoben hat.«

Unteroffizier Eugen Stelzer sah sich prüfend nach allen Seiten um. Doch niemand schien davon Notiz zu nehmen, dass er im Windschatten des Wachlokals mit einem Zivilisten eine Zigarette rauchte. Lippert hatte dem Mann eine Juno angeboten und wartete nun auf eine Antwort.

»Ik kann Ihnen dazu nuscht veel sagen. Datt mött Sie verstahn ...«

Der Kriminalinspektor machte eine unbestimmte Handbewegung. »Na, Stelzer nu zieren Sie sich mal nicht so. Es geht immerhin um den Mord an einem Kameraden.«

»Obber dat war nich der Freymann und erst recht nich der Maguniak, Herr Inspekter.«

»Wenn Sie das sagen.«

Stelzer zog nervös an seiner Zigarette, wollte den lästigen Kriminaler schnell wieder loswerden. »Ik hebb doch den ganzen Oawend em Wachlokal seten. Der Maguniak wor de ganze Tied doa.«

»Der hat da die ganze Zeit neben Ihnen gesessen?«

»Jo, nee. So nu ook wedder nich. Der OvWa ... der Offizier vom Wachdienst – der hat schließlich ein eigenes Dienstzimmer. Watt soll der auch die ganze Zeit das Tor angucken. Dat mokt ja nu keinen Sinn.«

»Und wenn er sein Zimmer verlassen hätte, dann hätte er zwangsläufig an Ihnen vorbeigemusst?«

Stelzer trat von einem Fuß auf den anderen, machte ein gequältes Gesicht. »Jetzt wo Sie es sagen, Herr Inspektor, hätte er auch hinten rausgekonnt. Gibt ja noch 'n Hinterausgang bei den Latrinen.«

Arnold Freymann hatte die Straßenbahn der Linie 9 Richtung Sackheimer Tor im Viertel Löbenicht beim Neuen Markt verlassen. Er dachte an Dr. Bernheimer und seine niederschmetternde Diagnose und an das Gespräch danach zu Hause mit Luise.

»Ich kann dich doch hier nicht alleine lassen, Arnold!«, hatte seine Frau verzweifelt gesagt. »Jetzt wo der Krieg endlich vorbei ist.«

»Du musst ins Gebirge, mein Herz«, hatte er geantwortet und dabei ihre Hände umfasst. Sie hatte seine Verzweiflung gespürt und die Entschlossenheit in seinen Augen gesehen.

»Was hat Dr. Bernheimer gesagt? Steht es so schlimm?«

»Aussicht auf Heilung besteht nur, wenn du dem Rat des Arztes folgst«, hatte er ausweichend geantwortet.

Alles in Luise sträubte sich gegen eine Trennung, und ihm, Arnold, ging es ja genauso so. Doch er durfte dieser Regung nicht nachgeben. Er musste stark sein. Stark für sie beide.

Doch da war noch die finanzielle Frage, und Luise hatte sie auch sofort angesprochen.

»Aber Arnold, so ein Aufenthalt in einem Sanatorium, das kostet doch viel Geld. Geld, das wir nicht haben.«

»Mach dir darum keine Sorgen, mein Herz. Ich habe vorgesorgt. Vertrau mir.«

Er merkte, dass sie zweifelte. Zum Glück drang sie nicht weiter in ihn. Am Morgen war er wie gewohnt zum Dienst in die Kaserne gegangen.

Noch am Vormittag hatte Dr. Bernheimer angerufen. Der Arzt hatte seine Verbindungen spielen lassen. Für Luise Freymann stand ein Therapieplatz im Sanatorium Dr. Wolfer in Davos bereit. Die Anreise müsse allerdings schon in den nächsten Tagen erfolgen. Ansonsten würde der Platz anderweitig vergeben. Freymann war sofort bei Hauptmann Kämmereit vorstellig geworden und hatte um einige Tage Urlaub gebeten. Kämmereit, der Freymanns familiäre Situation kannte, hatte ihm aufgrund der außergewöhnlichen Umstände sieben Tage gewährt. Nachdem er Sonnleitner das Kommando übertragen hatte, tauschte er zu Hause die Uniform gegen seinen einzigen Anzug und fuhr mit der Straßenbahn in die Stadt. Er brauchte Geld. Mehr als die Summe, die sie bekommen hatten, um wegzuschauen und den Waffendiebstahl zu ermöglichen. Was er vorhatte, war heikel, und ohne Zweifel sogar gefährlich. Er wurde zum Verräter an der nationalen Sache. Doch ihm blieb keine andere Wahl – Luises Leben stand auf dem Spiel.

Um kurz nach elf herrschte in den Geschäften rund um den Neuen Markt reges Treiben. Es war hochsommerlich heiß. Die Händler hatten die Markisen herausgedreht, um ihren Kunden einen schattigen Einkaufsbummel zu ermöglichen.

Freymann nahm den Hut ab und wischte sich den Schweiß von der Stirn. Er war nervös, bildete sich ein, dass jedermann ihn beobachte, um seine heikle Mission wusste. Doch niemand nahm Notiz von dem unauffällig gekleideten Mann, der nun eilends vom Neuen Markt in die schmale Löbenichter Holzstraße einbog. Hier im Schatten der schmalen Häuserzeilen, unmittelbar am Pregel, befand sich in einem ehemaligen Ladenlokal das Büro des Völkisch-Sozialen Freiheitsblocks, der sich nach dem NSDAP-Verbot erst kürzlich formiert hatte. Immerhin hatte die

Partei bei den letzten Reichstagswahlen Anfang Mai fast neun Prozent erhalten. Hier würde er den Mann finden, der für die Aktion verantwortlich war.

Er warf einen Blick durch das Schaufenster und betrat dann den Laden. Eine Klingel ertönte. An den Wänden des großen Raums hingen Propagandaplakate. Auf einem davon das Porträt von Adolf Hitler. Andere Plakate machten Stimmung gegen das Diktat von Versailles oder thematisierten den Dolchstoß am deutschen Soldaten. Auf einem Tresen lagen zahlreiche Schriften und die aktuellen Ausgaben der *Großdeutschen Zeitung* und des *Völkischen Beobachters* aus. Aus einem Hinterzimmer kommend, betrat ein schmächtiger Mann mit schütterem Haar und spitz zulaufendem Wieselgesicht den Raum. Die wachen Augen taxierten Freymann.

»Sie wünschen?«

»Herr von Rellentin?«

Der Mann mit dem Wieselgesicht versteifte sich. »Wer will das wissen?«

»Keine Sorge, ich bin nicht von der Polizei.« Freymann hob beschwichtigend die Hände.

»Ich habe keine Angst vor der Polizei. Wir leben schließlich in einem Rechtsstaat«, erwiderte von Rellentin. »Wer sind Sie und was wollen Sie?«

Freymann griff in seine Brusttasche, zog ein Papier hervor und faltete es auseinander, sodass sein Gegenüber den Text lesen konnte.

Von Rellentins Gesicht wurde eine Spur blasser. »Woher haben Sie das?«

»Ich denke, das spielt keine Rolle, Herr von Rellentin. Wichtig für Sie ist nur, dass ich es habe und dass Sie sich vorstellen können, mit welchen Konsequenzen zu rechnen wäre, wenn dieses Papier in die falschen Hände gelangt«, erwiderte Freymann so ruhig, wie ihm dies möglich war.

Von Rellentin schien ihn mit Blicken durchbohren zu wollen. »Sie wissen nicht, mit wem Sie sich da anlegen! Geben Sie mir das Papier und machen Sie, dass Sie wegkommen. Dann will ich noch einmal Gnade vor Recht ergehen lassen«, zischte er mühsam beherrscht.

Freymann lächelte knapp. »Ich werde Ihnen sagen, zu welchen Bedingungen wir ins Geschäft kommen. Zehntausend Reichsmark sollte Ihrer Organisation der Erfolg dieser Operation wert sein. Ich denke, Ihre Kriegskasse ist gut gefüllt.«

»Zehntausend Reichsmark? Sind Sie noch bei Trost, Mann? Jeder von euch hat bereits tausend fürs Wegschauen bekommen. Viel Geld für wenig Risiko, wie ich finde«, schäumte von Rellentin.

»Waffendiebstahl ist eine Sache. Mord eine ganz andere.«

11

»Sind Sie noch ganz bei Trost, Singer? Sie verschwinden Hals über Kopf nach Berlin und lassen uns hier im Unklaren? Sie haben mehr Glück als Verstand, dass der Alte nicht nach Ihnen verlangt hat. Was hätte ich dem wohl sagen sollen, hm? Der Herr Kommissar Singer hat einen wichtigen Außer-Haus-Termin in der Reichshauptstadt?«

Heinrich Puschkat hatte sich in Rage geredet. Er stand wuchtig wie ein Kriegerdenkmal in Singers Büro und funkelte den jüngeren Kollegen wütend an. Eine steile Zornesfalte hatte sich auf seiner Stirn gebildet. Singer war vor wenigen Minuten im Kommissariat aufgetaucht. Nun hob er beschwichtigend die Arme, ging in respektvollem Abstand um Puschkat herum und betrat das Gemeinschaftsbüro. Er sah in die neugierigen Gesichter von Henny Hübner, Erwin Maag und Anton Lippert.

»Setzen Sie sich, bitte. Es gibt Neuigkeiten.«

Während sich die Männer bereits Stühle rückend am großen Besprechungstisch platzierten, besorgte Henny Kaffee, Tee und Tassen. Als alle versorgt waren, berichtete Singer von seinem Gespräch mit Schleicher.

Als er geendet hatte, herrschte einen Moment betretenes Schweigen, dann sagte Puschkat: »Habe ich das richtig verstanden? Dieser Oberstleutnant von Schleicher geht davon aus, dass einflussreiche Kreise innerhalb der Reichswehrführung einen pro-deutschen Putsch im Memelgebiet vorbereiten?«

»So scheint es.«

»Und sogar Generaloberst von Seeckt könnte da mit drinhängen?« Erwin Maag war sichtlich aufgeregt.

Singer machte eine vage Handbewegung. »Das ist nur eine Vermutung. Jedenfalls verfügt dieser von Schleicher über sehr gute Beziehungen. Er ist das Bindeglied zwischen Reichswehr, Politik und Wirtschaft. Von Seeckt betrachtet die Reichswehr offensichtlich als Staat im Staate. Bisher hat er loyal zur Republik gestanden, auch wenn er sie persönlich nicht schätzt. Indes scheint er auch Realist zu sein, denn ihm ist klar, dass er auf die informellen Beziehungen, die von Schleicher knüpft, angewiesen ist.«

»Aber eine pro-deutsche Erhebung im Memelgebiet hätte unabsehbare Folgen«, warf Puschkat ein. »Polen würde mit seinen französischen Verbündeten sofort Stellung beziehen. Und die Reichswehr mit ihren hunderttausend Mann wäre einer militärischen Konfrontation doch gar nicht gewachsen.«

Singer nickte. »Deshalb müssen wir diesen Fall so schnell wie möglich aufklären. Von Schleicher hat mir Carte blanche erteilt.« Er tippte auf einen Briefumschlag, in dem sich die Vollmacht befand, die ihm die sonst verschlossenen Türen bei der Reichswehr öffnen sollten.

»Und wie sollen die Waffen verschoben werden? Hatte dieser von Schleicher dazu auch eine Idee?« Die Frage kam von Henny.

»Der Oberstleutnant hat die Grenzposten informiert, ohne zu verraten, dass es um Waffenschmuggel geht. Er vermutet, dass die Diebe es über die kurische Nehrung versuchen werden.«

»Wäre das nicht viel zu auffällig?«, erwiderte Maag.

»Und vor allem viel zu umständlich«, ergänzte Lippert.

Auch Puschkat war skeptisch. »Die fahren doch nicht mit einem Lastwagen, voll bepackt mit Waffen und Munition, mitten in die Sommerfrische, wo es von neugierigen Touristen nur so wimmelt.« Er schüttelte den Kopf.

»Habe ich zuerst auch gedacht«, erwiderte Singer. »Aber wenn man es recht bedenkt, ist die Theorie nicht so abwegig. Über die kleinen Häfen in den Seebädern hat man Zugang zum Haff, das nur schwer zu kontrollieren ist. Ein Lastwagen fällt dort auch nicht unbedingt auf. Schließlich werden die Hotels und Gästehäuser dort bis rauf zur litauischen Grenze ständig mit Lebensmitteln, Hygieneartikeln, Post und sonstigem Bedarf für die zahlreichen Gäste versorgt.«

»Und wo zum Teufel sollen wir anfangen zu suchen?«, schimpfte Puschkat. Er deutete auf die große Samland-Karte, die neben dem Stadtplan von Königsberg an der Wand hing. »Mit Cranzbeek, Sarkau, Rossitten und Pillkoppen kommen gleich vier Seebäder mit haffseitigen Häfen infrage.«

»Ich denke, dass wir Cranzbeek ausschließen können«, sagte Maag.

»Ach ja? Und wieso, bitte schön?«, fragte Lippert.

Maag räusperte sich. An seinem Hals erschienen die unvermeidlichen roten Flecken. »Na ja, Cranzbeek ist ein Hafen rein für die Linienschifffahrt des Seebäderdienstes von und nach Memel. Da ist auch der Zoll vertreten und die haben dort auch eine kleine Hafenkommandantur. Das wäre für so einen Umschlag doch wohl etwas zu riskant.«

Singer nickte anerkennend. »Gutes Argument, Erwin. Dann kommen nur noch drei mögliche Häfen in Betracht.«

»Wenn die Diebe mit den Waffen nicht schon außer Landes sind«, brummte Puschkat.

»Das können wir natürlich nicht ausschließen. Ich glaube es allerdings nicht. Die Diebe mussten damit rechnen, dass alle Grenzübergangsstellen informiert sind, wenn sie dort eintreffen. Sicherer ist es in jedem Fall, die Waffen zunächst an einem sicheren Ort zu verwahren und auf eine günstige Gelegenheit zu warten, um sie an Bord eines Schiffes zu bringen«, erwiderte Singer.

»Na fein«, unkte Lippert, »dann müssen wir uns nur noch auf drei Seebäder verteilen, die natürlich gerade Hochsaison haben, und tagelang auf die Lauer legen.« Er schnaubte. »Der Alte wird begeistert sein.«

Singer versuchte einzulenken. »Eins nach dem anderen. Kehren wir noch einmal zur Kaserne zurück. Immerhin wissen wir inzwischen mit Bestimmtheit, dass jemand aus der Truppe mit den Dieben unter einer Decke steckt, und ich würde davon ausgehen, dass es sich hier nicht um einen einfachen Mannschaftsdienstgrad handelt. Wir suchen vom Unteroffizier aufwärts, und ganz oben auf der Liste stehen da für mich die Herren Maguniak und Freymann.«

Lippert nickte. »Ich hab mich noch einmal unter den Bereitschaftssoldaten umgehört. Maguniak hatte sich für längere Zeit in das Dienstzimmer des Offiziers vom Wachdienst zurückgezogen, während die anderen entweder vorn im Wachlokal gesessen haben oder Patrouille gelaufen sind. Theoretisch hätte er sich gut und gerne für zwanzig Minuten davonstehlen können.«

Henny meldete sich zu Wort. »Das Tor auf der Flughafenseite hätte er auch am Abend vorher heimlich aufschließen können, oder nicht?«

Lippert runzelte die Stirn. Was waren das für neue Sitten, dass die Stenotypistin zu einem laufenden Fall ihre Meinung äußern durfte?

Doch Henny Hübner ließ sich von Lipperts Blick nicht beirren. »In so einer Kaserne, da ist doch um fünf Dienstschluss, oder? Und die meisten Offiziere sind Heimschläfer. Viele von denen wohnen in den neuen Siedlungen Tannenhof und Borkenhof an der Labiauer Landstraße. Wäre doch sicher niemandem aufgefallen, wenn der Maguniak, der Freymann oder wer auch immer nach Dienstschluss in aller Ruhe zum Tor geschlendert wäre und es aufgeschlossen hätte.«

»Und in der Nacht wäre der Maguniak in zehn Minuten vom Wachlokal zum Tor und wieder retour gewesen, um das Tor zu schließen«, ergänzte Erwin Maag.

Lippert musste sich eingestehen, dass da etwas dran war. »Das trifft auf Freymann auch zu«, ergänzte er zögernd. »Der hätte es wahrscheinlich noch einfacher gehabt, weil er nicht im Dienst war. War angeblich auf seiner Stube. Er wurde am Abend zwar gesehen, aber die Aussagen bezüglich der Zeit sind ziemlich ungenau.«

»Dieser Freymann ist nicht koscher«, brummte Puschkat. »Den sollten wir uns noch mal vornehmen. Ich denke, dass er mehr weiß, als er uns bislang erzählt hat.«

In diesem Moment schrillte das Telefon. Henny Hübner sprang auf und nahm das Gespräch an. Sie lauschte wenige Sekunden lang und legte dann auf. Sie sah zum Besprechungstisch. »Herr Puschkat, Herr Singer – der Herr Polizeipräsident wünscht Sie zu sprechen.«

»Und? Wie gedenken Sie weiter vorzugehen?«

Giersching stand am Fenster hinter seinem wuchtigen Schreibtisch, die Daumen in die Taschen seiner Weste gehakt, und sah auf den Hansaplatz hinunter. Dort klingelte gerade die Linie 4 Richtung Ratshof vorbei. Die beiden Kriminalkommissare hatten auf den Besucherstühlen Platz genommen. Singer hatte soeben den aktuellen Ermittlungsstand zusammengefasst. Die befürchtete Strafpredigt wegen des unautorisierten Flugs nach Berlin war überraschenderweise ausgeblieben. Offenbar hatte der Chef ganz andere Sorgen.

Puschkat räusperte sich. »Nun, zum einen werden wir den Druck auf Maguniak und Freymann erhöhen. Früher oder später werden wir von ihnen was erfahren, da sind wir sicher. Zum anderen sollten wir die Seebäder Sarkau, Rossitten und Pillkoppen in unsere Ermittlungen einbeziehen, aus den von Kommissar Singer genannten Gründen.«

Giersching schnaubte. »Wie stellen Sie sich das vor? Meinen Sie, der Staat finanziert der Königsberger Kriminalpolizei ein paar schöne Tage am Meer?«

Singer meldete sich zu Wort. »Da wäre noch etwas. Ich habe mit Oberstleutnant Kurt von Schleicher gesprochen.«

»Von Schleicher? Kenn ich nicht. Wer soll das sein?«, fragte Giersching ungehalten. Er trat an den Schreibtisch und ließ sich in seinen Bürosessel sinken.

»Der Mann leitet im Truppenamt der Reichswehr das Referat für die innenpolitischen Kontakte. Seinen Informationen zufolge sind die Waffen für den memelländischen Heimatschutz bestimmt.«

»Das ist sein Problem und das von Heye!«

Singer seufzte vernehmlich. »Von Schleicher betont zurecht, das werden wir nicht trennen können. Die Reichswehr ist auf unsere diskreten Ermittlungen angewiesen. Wenn mit diesen Waffen an der Memel auf litauische Bürger geschossen wird, dann kann das einen neuen Krieg zur Folge haben.«

Giersching nahm seine Zigarre, die im Aschenbecher fast ausgegangen war, und entfachte sie erneut. Es war zum Verrücktwerden. Die Reichswehr machte Druck. Heye saß ihm im Nacken. Konnte er sich den General vom Hals halten? Wohl kaum! Falls die Bombe platzte, dann würde seine Behörde sicherlich nicht ungeschoren davonkommen. Es würde ihn sicherlich nicht wie Heye den Kopf kosten, aber ob es dann mit dem nächsten Karriereschritt noch was würde? Sehr unwahrscheinlich. Und er hatte nicht vor, bis zur Rente hier in der Provinz zu versauern. Er zog noch ein-, zweimal an der Zigarre.

»Na schön, meine Herren. Verfahren Sie, wie Sie es für richtig halten. Aber ich warne Sie. Wenn wir im August zur Tannenberg-Feier mit leeren Händen dastehen, dann geht es uns allen an den Kragen.«

12

Im Innenhof des imposanten Königsberger Schlosses, im
Nordflügel, unter einem bescheidenen Vorbau fast verborgen, befand sich der Eingang zu dem weit über die Pro-
vinzgrenzen hinaus bekannten »Blutgericht«. Das Weinlo-
kal bestand seit fast zweihundert Jahren in den historischen
Räumen des ehemaligen Kerkers und den dazugehörigen
Folterkammern. Die Namen der einzelnen Räume dieses gastronomischen Katakombenlabyrinths erinnerten an
ihre ehemaligen Bestimmungen: »Marterkammer«, »Pein-
kammer«, »Große Glocke« oder »Spanische Nadel«. Grobe
Brauhausmöbel, radartige, schmiedeeiserne Wand- und
Deckenleuchter, große, geschnitzte Prunkfässer im Hintergrund und Modelle von alten, berühmten Hansekoggen,
die von der Decke hingen, sorgten für den einzigartigen
Charme dieser Lokalität. Man saß an blank geschrubbten
Holztischen. Die Kellner bedienten die Gäste in blauen
Kitteln und der sogenannten »Krupsch«, einer vorgebunde-
nen Lederschürze, die sie wie Hufschmiede aussehen ließen.
Wer Königsberg besuchte, der ging ins Blutgericht, daran
führte kein Weg vorbei.

Doch das Blutgericht wurde nicht nur von mit *Baede-
kern* bewaffneten Reisenden aufgesucht. Es gab auch ein

Stammpublikum – honorige Männer, angesehene Kaufleute, Professoren der Universität, Studenten, Gutsbesitzer, Offiziere und Unteroffiziere der Reichswehr. Als Ernst von Rellentin gegen sieben Uhr am Abend die ausgetretenen Stufen der jahrhundertalten Treppe hinunterstieg, schlug ihm das übliche Stimmengewirr entgegen – ein Sprachenwirrwarr aus ostpreußischem Platt und Hochdeutsch, Berlinerisch und Englisch und sogar Schwedisch. Kerzenschein warf flackerndes Licht an die grob behauenen Steinwände. Die Luft war geschwängert vom Alkohol-, Zigarren- und Zigarettendunst. Um ein Haar wurde von Rellentin von einem Kellner umgerannt, der ein schwer beladenes Tablett mit Eisbeinen und Sauerkraut trug. In einer der drei Nischen im Durchgang zur »Marterkammer« wurde er bei seiner Suche schließlich fündig. Dort saß ein Mann mittleren Alters, edle Gesichtszüge, gute Statur, dem man seine militärische Erziehung ansah. Das musste Karl Peukert sein. Ihm gegenüber saß, sichtlich nervös, dieser Oberleutnant Maguniak – ihr direkter Kontakt in der Kaserne. Von Rellentin hielt den Mann für einen unsicheren Kantonisten. Vor ihnen stand eine Flasche Rotwein mit drei Gläsern. Zwei waren bereits gefüllt. Er hängte seinen Hut an einen Haken an der Wand und setzte sich auf den freien Platz.

Sofort nahm Maguniak die Flasche – »Blutgericht Nr. 7«, die beliebte Hausmarke –, um von Rellentin einzuschenken. Der Oberleutnant sah von Rellentin an, dann Peukert, und hob sein Glas. »Auf Deutschland!«

»Auf Deutschland!«, sagten die Tischgenossen, dann tranken sie.

Als sie die Gläser abgesetzt hatten, kam von Rellentin zur Sache. Er hielt nichts davon, lange mit den Dingen hinter dem Berg zu halten. »Meine Herren, es gibt ein Problem.«

Maguniak hatte das Rotweinglas bereits geleert und wischte sich mit dem Handrücken über den Mund. »Wenn Sie die Polizei meinen, da können Sie ganz beruhigt sein. Die haben nichts in der Hand.«

Bevor er erneut nach der Flasche greifen konnte, packte von Rellentin das Handgelenk des Offiziers. »Ich rede nicht von der Polizei. Das Problem ist Ihr Kamerad Freymann! Können Sie mir erklären, wie er in den Besitz der Order gekommen ist?«

Maguniak wurde blass. »Ich ... ich musste sie ihm zeigen ... damit er bei der Fahne bleibt ...«

Von Rellentin war außer sich. »Das erklärt nicht, wie er eine Kopie von dem Dokument in die Hand bekommen konnte«, zischte er. »Das kann die gesamte Operation gefährden!«

Maguniak blickte betreten in sein leeres Glas.

Peukert meldete sich zu Wort. »Ich nehme an, dass Freymann sich gesprächsbereit gezeigt hat?«, fragte er mit einem Lächeln.

Von Rellentin warf dem Mann einen scharfen Blick zu. Er war nicht in Stimmung für süffisante Spitzen. »Und ob er das war. Er will zehntausend Reichsmark für sein Schweigen. Irgendwelche Vorschläge, wie wir diese unangenehme Situation bereinigen können?«

Maguniak kratzte sich verlegen die Wange.

Peukerts Miene blieb undurchdringlich. »Wir sollten kein Risiko eingehen«, sagte er ruhig. »Ich übernehme das.«

Von Rellentin nickte. Berlin hatte offenbar einen fähigen Mann geschickt.

»Was ... was wollen Sie tun?«, fragte Maguniak.

Peukert sah Maguniak abschätzig an. »Ich werde für Sie die Scharte auswetzen, Herr Oberleutnant, das werde ich tun«, gab er zurück.

Von Rellentin fixierte Maguniak. »Hören Sie. Sie halten ab sofort Augen und Ohren offen. Ich will über jeden Schritt, den diese Polizisten in der Kaserne unternehmen, umgehend informiert werden. Ist das klar?«

Maguniaks Unterkiefer mahlte. Er nickte stumm und schenkte sich ein neues Glas ein.

Dann wandte von Rellentin sich Peukert zu. »Sie sollten schnellstmöglich aktiv werden. Dennoch darf diese ... besondere Maßnahme Ihre übrigen Aufgaben nicht beeinträchtigen. Ich hoffe, wir verstehen uns.« Er sah Peukert eindringlich an.

Der blieb gelassen, trank von seinem Rotwein. »Die Fracht ist sicher verstaut«, sagte er schließlich. »Wir sollten den ursprünglichen Plan nicht aufgeben. Wir müssen jetzt einen kühlen Kopf behalten. Es ist zu riskant, die Auslieferung vorzuziehen. Die Kontrollen auf den Straßen werden noch einige Tage andauern. Doch schon bald wird man die Leute wieder abziehen. Personalmangel!« Peukert deutete ein Grinsen an, das genauso schnell verschwand, wie es gekommen war. »Meine Männer lassen die Ladung nicht aus den Augen.« Damit stand er auf. »Ich werde mich morgen um Freymann kümmern«, sagte er und klopfte auf den blank geschrubbten Holztisch.

Von Rellentin ärgerte das selbstbewusste Auftreten des Mannes.

»Ich erwarte umgehend Ihre Vollzugsmeldung, Peukert«, rief er ihm nach, um das letzte Wort zu behalten. Es war schließlich immer noch seine Operation.

13

Es war kurz nach sieben, als Arnold Freymann die Wohnungstür aufschloss. Sie hatten großes Glück gehabt, dass sie die moderne Drei-Zimmer-Wohnung in der Neubausiedlung Tannenhof vor knapp zwei Jahren gefunden hatten. Hier im Carré von Tannenallee und Batocki-Straße lebten vor allem Offiziere und höhere Unteroffiziersdienstgrade sowie Angestellte des nahen Flughafens mit ihren Familien.

Freymann wusste den Luxus des Heimschläfers zu schätzen. So konnte er sich neben dem Dienst immer auch um Luise kümmern, deren Gesundheitszustand sich in den vergangenen Monaten rapide verschlechtert hatte.

»Hallo, mein Herz, ich bin zu Hause«, rief er in die stille Wohnung, während er die Dienstmütze an die Garderobe hängte und seine Jacke aufknöpfte. Er setzte sich auf einen Schemel und zog die Stiefel aus. Dabei reckte er den Hals, um einen Blick in die Stube zu werfen. Luise war nicht zu sehen. Nur das Ticken der Standuhr.

»Alles in Ordnung, Luise?«, fragte er besorgt.

Hastig schlüpfte er in die bereitstehenden Puschen und betrat die Stube.

Luise lag auf dem Sofa und rührte sich nicht. Das Sommerkleid war verrutscht. Ein Arm hing schlaff herunter. Auf dem Boden eine Illustrierte. Der Schreck fuhr ihm durch alle Glieder. Er stürzte zum Sofa und schüttelte seine Frau. »Luise!«

Im selben Moment schlug sie die Augen auf, blinzelte verstört. »Arnold, du bist schon da?«, hauchte sie mit schläfriger Stimme. Sie versuchte sich aufzurichten.

Arnold half ihr dabei. »Ich dachte …« Er konnte den Satz nicht beenden, der Gedanke war zu furchtbar.

Luise schenkte ihm ein schwaches Lächeln und fuhr sich mit der Hand durch die dunklen Haare. Dann streichelte sie zärtlich seine Wange. »Du musst nicht immer solche Angst um mich haben, Liebster. Ich bin nur kurz eingenickt. Die Hitze tut mir nicht gut.«

Trotz ihrer Krankheit war Luise Freymann immer noch eine schöne Frau. Mit ihren dreißig Jahren war sie vier Jahre jünger als ihr Mann. Arnold setzte sich erleichtert neben seiner Frau auf das Sofa. Ein kurzer Blick in die Küche machte ihm klar, dass sie schon eine ganze Weile geschlafen haben musste. Luise hatte seinen Blick bemerkt.

»Entschuldige, ich habe noch nicht gekocht. Aber ich war auf einmal so furchtbar müde …«

Er berührte sie zärtlich an der Schulter. »Mach dir darüber keine Gedanken, Liebes. Ich werde uns rasch etwas zaubern. Es ist wichtig, dass du bei Kräften bleibst.«

Luise lächelte gequält. »Ich habe einfach keinen Appetit.« Sie seufzte, schloss für einen Moment die Augen. »Ach Gott, ich bin dir keine gute Ehefrau und du tust so viel für mich.«

Als sie ihn wieder ansah, standen Tränen in ihren Augen. Arnold nahm sie in den Arm.

»Unsinn! Du bist krank und brauchst Hilfe. Wenn du wieder gesund bist, dann lass ich mich jeden Tag von dir von vorn bis hinten bedienen.« Er lächelte sie aufmunternd an, bis Luise schließlich ebenfalls lächelte.

»Ach, Arnold. Ob es jemals wieder so wird wie früher? Mit mir, meine ich. Sieh mich doch nur an.«

»Für mich bist du wunderschön, Luise. Wir dürfen jetzt nicht die Hoffnung aufgeben, hörst du?«, erwiderte Arnold.

Luise nickte tapfer, ihr Blick jedoch strafte den aufgesetzten Optimismus Lügen.

Arnold seufzte. Er hatte sich alles genau überlegt. Dr. Bernheimer hatte recht. Ihre Zukunft lag in der Schweizer Klinik. Für Arnold war es wie ein Wink des Himmels gewesen, als der Arzt ihm gesagt hatte, dass er kurzfristig einen Platz für Luise in einem renommierten Bergsanatorium besorgen könne. Der Arzt hatte ihm unumwunden mitgeteilt, dass Luise unter den hiesigen Bedingungen vielleicht noch ein Jahr habe, wenn es hochkam, anderthalb. Der weitere körperliche Verfall würde sich bald schon beschleunigen.

Arnold verfluchte die Schwindsucht, gegen die es keine wirksame Medizin gab. Schon viel zu lange sah er Luise dabei zu, wie sie von Tag zu Tag schwächer wurde und die heimtückische Krankheit immer mehr von ihr Besitz ergriff. Was hatten sie denn vom Leben gehabt? Im Juni 1914 hatten sie in Königsberg geheiratet, danach ein paar wenige glückliche Tage an der Samlandküste verbracht. Dann war Krieg. Tannenberg, die Schlacht an den masurischen Seen und danach fast fünf lange Jahre blutiger Kampf im Baltikum. Während der ganzen Zeit war er ganze drei Mal für wenige Wochen auf Heimaturlaub gewesen. Damals hatten sie noch in einer kleinen Wohnung in der Vorstadt gewohnt und Luise hatte als Verkäuferin im Warenhaus Siebert gearbeitet. Und als der Krieg dann endlich zu Ende war ging es weiter – mit der Eisernen Division und dem Kampf um Riga.

Als er Weihnachten 1919 zu Hause in der Tür stand, war Luise schon krank gewesen. Zum Glück hatte von Breskow dafür gesorgt, dass er einen der wenigen Plätze im Offizierskorps der neuen Reichswehr bekam. Und Freymann war immer loyal gewesen, ein guter Soldat und Offizier. Der Dienst an der Waffe, die Verantwortung für seine Männer – das war sein Beruf. Er hatte nichts anderes gelernt. Gegen die nicht ausbleibenden Verluste von guten Kameraden wusste er sich mit der Zeit innerlich zu wappnen. Die tückische Krankheit seiner Frau dagegen machte Arnold Freymann Angst. War das etwa gerecht, nach all dem, was er durchgemacht hatte?

Bereits beim Verlassen von Dr. Bernheimers Praxis hatte sein Entschluss festgestanden. Er war sich sicher, dass von Rellentin das geforderte Geld beschaffen würde. Für den Mann vom Völkisch-Sozialen Freiheitsblock stand schließlich viel auf dem Spiel. Freymann war klug genug gewesen, einen belebten Platz für die diskrete Übergabe zu bestimmen. Er würde das Geld einstreichen und gleich danach erneut abkassieren. Die *Königsberger Allgemeine* hatte angebissen. Es war ihm gelungen, einen Reporter für die brisante Geschichte zu gewinnen. Natürlich nur gegen entsprechendes Honorar. Der Mann hieß Belgen und war bis vor Kurzem in Berlin als Hauptstadtkorrespondent tätig gewesen. Schien ziemlich ehrgeizig und von sich eingenommen zu sein. Letzteres war Freymann herzlich egal, solange der Mann morgen bei »Schwermer« mit den geforderten zehntausend Reichsmark erscheinen würde. Mit insgesamt zwanzigtausend Reichsmark konnte Freymann das Sanatorium für Luise bezahlen und sich in der Schweiz eine neue Existenz aufbauen …

»An was denkst du, Arnold?«

Luises leise Stimme holte ihn in die Gegenwart zurück. Er musste seiner Frau endlich reinen Wein einschenken. Er umfasste ihre Hände.

»Ich habe dir doch gesagt, dass ich gestern bei Dr. Bernheimer war.«

Luise nickte, sah ihn abwartend an.

»Er hält es für dringend erforderlich, dass du eine Höhenkur in den Schweizer Alpen machst.«

»Aber …«

»Lass mich ausreden, Liebes. Dr. Bernheimer hat betont, dass wir keine Zeit verlieren dürfen. Und jetzt halt dich fest …« Er sah sie eindringlich an. »Er hat seine Beziehungen spielen lassen und einen Platz in einem renommierten Sanatorium gefunden, in Davos.« Er lächelte aufmunternd.

Doch Luise blieb ernst. »In der Schweiz? Aber das geht doch nicht, Arnold.« Sie hatte ihre Hände reflexartig zurückgezogen. »Das kostet doch sicher ein Vermögen.«

»Das Geld lass nur meine Sorge sein.« Arnold versuchte, seiner Stimme einen festen Klang zu geben.

»Aber was willst du denn tun? Einen Kredit wird uns die Bank bestimmt nicht geben, nicht ohne Sicherheiten.« Luise sah ihn mit einer Mischung aus Besorgnis und Skepsis an.

»Wie gesagt, lass das meine Sorge sein. Das Einzige, was zählt, ist, dass du wieder gesund wirst, Luise. Ich habe für alles gesorgt. Wir müssen nur noch packen.«

Arnold war voller Entschlossenheit aufgesprungen und hinüber ins Schlafzimmer gegangen. Er holte den Koffer vom Schrank und öffnete den Kleiderschrank.

Luise starrte ihren Mann mit großen Augen fassungslos an.

»Du meinst es wirklich ernst, Arnold.«

Er nickte, wies auf den offenen Schrank. »Du musst mir nur sagen, was du mitnehmen möchtest. Ich lasse den Koffer morgen Vormittag abholen und zum Bahnhof bringen.«

Mühsam erhob sich Luise vom Sofa. Sie strich ihr Kleid glatt, dann trat sie zu ihm ins Schlafzimmer. »Morgen schon?«

Arnold nickte. »Morgen Abend werden wir Königsberg mit dem Nachtzug verlassen. Samstagabend sind wir in Basel. Ich habe bereits ein Hotelzimmer für uns reserviert. Montag fahren wir dann in die Berge.«

»Was ist mit deinem Dienst, Arnold? Man wird dich doch nicht so lange beurlauben.«

Arnold zog den Urlaubsschein aus der Jackentasche hervor und hielt ihn Luise hin.

»Das sind aber nur zehn Tage. Danach musst du wieder zum Dienst.«

Arnold nahm Luises Hand und küsste sie. Dann sah er sie lange an. »Es wird keinen Dienst mehr geben, Luise.«

Das Bel Ami lag versteckt in einer Seitengasse im Schatten der alten Burgkirche. Von außen deuteten nur das Schild mit der stilisierten Zeichnung einer langbeinigen Schönheit mit Monokel, Frack und Zigarettenspitze sowie ein kleiner Baldachin über der Eingangstür auf die exklusive Lokalität hin. Im Frühjahr hatte der Exilrusse Igor Raguschin die üble Spelunke, in der neben ahnungslosen Matrosen auf Landgang allerhand zwielichtige Gestalten verkehrten, übernommen und ihr neues Leben eingehaucht. Dabei war es Raguschin gelungen, mithilfe ebenso potenter wie diskreter Geldgeber einen Nachtklub aufzubauen, der den Vergleich mit den bekannten Etablissements in Berlin nicht zu scheuen brauchte. Mit seiner Mischung aus Musik, Varieténummern und Erotik zog das Bel Ami mittlerweile Besucher sogar aus Skandinavien und dem Baltikum an. Das lag nicht zuletzt an Ella Landau, der »ungekrönten Königin des ästhetischen Ausdruckstanzes«, wie sie beworben wurde.

Ella war auch der Grund, warum Aaron Singer nach einem langen Tag im Präsidium auf der Empore allein an einem kleinen Tisch saß und das aufgekratzte Treiben im großen Saal und auf der Bühne beobachtete. Schwer auszumachen, welcher Herr seine Dame mitgebracht und wer sich hier mit einer professionellen Begleitung vergnügte. Auf der Empore gab es Séparées, in denen solvente Kunden vor neugierigen Blicken geschützt waren. Auch diese

Nischen waren gut frequentiert. An der Seite, auf halber Höhe zwischen Saal und Empore, mit bestem Blick auf die Bühne, gab es zwei größere Tische, die mit jeweils einem Dutzend Gäste besetzt waren. Dies war Ellas Reich. Singer erkannte sie schon aus der Ferne. Sie trug ein im Rücken tief ausgeschnittenes schwarzes Kleid, das auf hinreißende Weise ihre dunklen Haare und die atemberaubende Figur betonte. Ihre Kollegin Greta am Nachbartisch verkörperte im Gegensatz dazu den skandinavischen Typ – blond und blauäugig und auf ihre Art nicht minder erotisch. Die Herren in ihrer Gesellschaft waren offensichtlich bester Stimmung. Die Kellner erneuerten gerade gleich mehrere Eiskübel mit Sektflaschen. Die Luft schimmerte bläulich vom Dunst der ausgiebig konsumierten Zigaretten und Zigarren.

An der Bar wirbelte der zwergwüchsige Bob. Diskret an der Grenze zwischen Vestibül, Garderobe und Saal stand der dunkelhäutige Paul Lemalu. Der Samoaner trug wie immer ein weißes Jackett und hatte alles im Blick. Als sich ihre Blicke trafen, nickte Singer dem schweigsamen Majordomus zu.

Dann drehten sich seine Gedanken wieder um den neuen Fall. Die Waffendiebe zur Strecke zu bringen, bevor die Waffen in falsche Hände gerieten, war leichter gesagt als getan. Zwar hatte Oberstleutnant von Schleicher ihnen einige wichtige Informationen zukommen lassen, doch die halfen ihnen leider nicht bei der Suche. Die Nehrung war zwar ein lokal begrenzter Raum, aber angesichts ihrer knappen personellen Möglichkeiten war es doch ein großes Gebiet, mit gleich mehreren Orten, die für den Umschlag der heißen

Fracht infrage kamen. Und dabei war nicht auszuschließen, dass die Diebe womöglich einen ganz anderen Weg wählen würden. Noch entmutigender wurde die ganze Geschichte, wenn man sich vor Augen führte, wie wenig Zeit sie hatten. Drei Wochen bis zum Tannenberg-Treffen …

Singer ließ den Schwenker kreisen und trank den Rest seines Cognacs. Ellas Tischgesellschaft hatte sich derweil zerstreut. Der Samoaner war ebenfalls nirgendwo zu sehen. Singer wusste mittlerweile, was das bedeutete. Er stand auf und begab sich zur Galerie, an deren Ende die Séparées lagen. Zimmer 8 verfügte über einen Hintereingang. Leise öffnete er die Tür. Vor einer spanischen Wand saß der Samoaner im Halbdunkel. Singer legte ihm die Hand auf die Schulter. Lemalu nickte stumm und überließ Singer seinen Platz. Lautlos zog er sich zurück.

Singer blickte durch den gut getarnten Sehschlitz, der in die chinesische Malerei auf der Vorderseite eingearbeitet war, in den indirekt beleuchteten Raum. Er sah Ella, nackt in den Armen zweier Männer. Sah, wie sie ihnen Lust bereitete und wie sie selbst erregt wurde. Fremde Hände glitten über ihren Körper, umfassten ihre Brüste. Ihr Atem ging schwer, während der eine in sie eindrang. Sie umfasste seine Oberschenkel, um den Rhythmus zu forcieren, feuerte ihre Liebhaber an, die sich ebenfalls küssten. Singer selbst starrte wie gebannt auf die erotische Szenerie. Konnte den Blick nicht abwenden. Erst recht nicht, als sie seinen Blick mit ihren blauen Augen durch den Sehschlitz auffing.

14

Alexander Wyneken war trotz seiner sechsundsiebzig Jahre
eine imposante Erscheinung. Der weiße Bart modisch ge-
stutzt, der dreiteilige Anzug stets nach der neuesten Mode
geschneidert, die aufrechte Haltung, die durchdringende
Stimme – Karl Belgen ließ sich von Autoritäten nicht so
leicht beeindrucken, aber der Verleger der *Königsberger Allgemeinen Zeitung* bildete eine Ausnahme. Er galt als Grand-
seigneur des deutschen Pressewesens. Vor fast fünfzig Jahren
war er als junger Journalist aus Breslau nach Königsberg gekommen. Zu diesem Zeitpunkt lenkte er als einziger Re-
dakteur die Geschicke des *Kommunalblattes für Königsberg
und die Provinz Preußen.* Schon bald erfolgte die Umbe-
nennung in *Königsberger Allgemeine.* Heute hatte das Blatt
mehr als fünfzigtausend Abonnenten und wurde von allen
Bevölkerungsschichten gelesen – »vom Geheimrat bis zur
Frau auf dem Äppelkahn«, wie man in Königsberg sagte.
Wyneken war es gelungen, einen Stamm von Mitarbeitern
für die Zeitung zu gewinnen, um den ihn viele Verleger-
kollegen selbst in Berlin beneideten. Da war etwa der angesehene Musikkritiker Otto Besch, der berühmte Thea-
terkritiker Alfred Kerr, der wöchentliche Plauderbriefe aus
Berlin schickte – na, und nicht zuletzt er, Karl Belgen, der

ehemalige Starreporter und Korrespondent aus Berlin, der zurzeit allerdings nur das Lokalressort leitete.

An diesem Freitagvormittag saß Belgen nach der morgendlichen Redaktionskonferenz zusammen mit dem stellvertretenden Geschäftsführer und Chefredakteur Paul Anton in Wynekens geräumigem Büro, um über die Angelegenheit zu reden, die er dem Verleger schon gestern Abend unterbreitet hatte. Eine ganz heiße Sache, die keinen weiteren Aufschub duldete.

Seit er vor wenigen Wochen von Wyneken nach Königsberg beordert worden war, hatte er sich fast zu Tode gelangweilt. In Berlin war er am Puls der Zeit gewesen, ganz anders als hier in der betulichen ostpreußischen Provinz. Zwar vermutete er, dass mit seiner Rückbeorderung ins Stammhaus der nächste Karriereschritt für ihn vorbereitet wurde, doch ohne Verbrechen, ohne Skandale – wie sollte er die Zeit hier nur überstehen? Doch mit dem ungewöhnlichen Telefonanruf von gestern hatte sich alles geändert. Eben hatte er die Angelegenheit noch einmal für den Chefredakteur vorgetragen. Jetzt saßen sie schweigend da und rauchten – Wyneken schmauchte an seinem Zigarillo, während der bullige, glatzköpfige Anton auf seinem Zigarrenstumpen herumkaute. Belgen konnte dessen Kieferknochen mahlen sehen. Er selbst hatte sich eine Overstolz angezündet.

Schließlich legte Wyneken seinen Zigarillo in den wuchtigen Glaskristallaschenbecher, der in der Mitte des Besprechungstisches thronte. »Zehntausend Mark sind eine Menge Geld, mein lieber Belgen.«

Anton nickte mit finsterer Miene vor sich hin. »Also, ich lehne das rundheraus ab, Alexander. Solche Geschäfte haben wir noch nie gemacht.«

Belgen hob beschwichtigend die Hände. »Ich weiß natürlich auch, dass wir normalerweise nicht für Informationen bezahlen. Erst recht nicht solche Beträge. Aber das hier, das riecht nach einem echten Knüller.«

Anton stieß geräuschvoll die Luft aus. »Jungche, det hebb ik schon dusendmol heert.«

Belgen blieb geduldig. Es galt, Wyneken zu überzeugen. Wenn der Alte mitging, dann war die Schlacht geschlagen.

»Wenn das stimmt, was mir der Anrufer erzählt hat, dann hat es in der Kalthofer Kaserne einen Waffendiebstahl im ganz großen Stil gegeben. Dabei ist ein Soldat ums Leben gekommen.«

Die Augenbrauen des Verlegers gingen in die Höhe. »Und der Todesfall wurde nicht publik gemacht?«

Belgen schnippte Asche in den Aschenbecher. »Nein. Dann hätten sie sich etwas ausdenken müssen, wie es zu dem Vorfall gekommen ist. Und da fehlte den Herren von der Reichswehr ganz offensichtlich die nötige Fantasie. Bequemer ist es, alles schön unter Verschluss zu halten.«

»Weiß die Polizei von dem Vorfall?«

»Mein Informant sagt, dass die Kriminalpolizei Ermittlungen innerhalb der Kaserne angestellt hat. Aber alles sehr diskret. Bislang gibt es keine offiziellen Mitteilungen«, erklärte Belgen.

»Sieht denen ähnlich, dass die ihr eigenes Süppchen kochen«, knurrte Paul Anton.

»Hat der Informant auch eine Theorie darüber, wer hinter dem Diebstahl stehen könnte? Für wen die Waffen bestimmt sind?«, fragte Wyneken, während er wieder seinen Zigarillo zur Hand nahm.

»Er sagt, dass damit ein deutscher Aufstand im Memelgebiet unterstützt werden soll und dass zumindest Teile der Reichswehr darin involviert sind.«

Paul Anton strich sich über die Glatze. »Und dieser Informant – was ist das für eine Type? Ist er vertrauenswürdig?«

Seine Skepsis war unüberhörbar und beileibe nicht unberechtigt.

»Er hat seinen Namen nicht genannt, aber für mich besteht kein Zweifel, dass es sich um einen Soldaten handelt. Ich vermute, ein Offizier.«

»Söldnerseele!«, schnaubte Anton. »Und so einem soll man glauben?«

Wyneken lehnte sich zurück und strich sich nachdenklich durch den Bart. »Was bietet er für das Geld?«

»Namen und Orte«, sagte Belgen. »Er weiß offensichtlich, wo die Fäden zusammenlaufen, wann und wo die Waffen über die Grenze gebracht werden sollen.«

»Belege? Dokumente?«, fragte Anton. »Wenn wir das wirklich bringen wollen, dann brauchen wir handfeste Beweise, sonst nehmen uns die Deutschnationalen und die Völkischen auseinander.«

»Angeblich verfügt er über ein belastendes Schriftstück, das seine Aussagen bestätigt. Wir werden sehen. Aber stellen Sie sich vor, wir könnten bei der Übergabe zugegen sein, und das exklusiv – also, wenn das nicht ein Knüller ist, meine Herren, dann weiß ich auch nicht. Die Geschichte wird ein politisches Erdbeben auslösen.« Er machte eine dramatische Pause. »Und das ist keine Eintagsfliege. Die Leser werden die Entwicklungen noch tage- und wochenlang verfolgen.«

Wyneken warf einen Blick zu Anton. Der schien zu schwanken – wie der längst kalte Zigarrenstummel, der von einem Mundwinkel zum anderen rollte. Erneut strich er sich über den kahlen Schädel.

»Zugegeben, wenn wir es nicht machen, dann macht's ein anderer. *Tageblatt* oder *Volkszeitung*. Würde mich mächtig ärgern, wenn die am Ende mit so einer Geschichte renommieren könnten«, knurrte er schließlich.

Wyneken nickte. »Also schön, Belgen, Sie sollen Ihren Scheck bekommen. Zehntausend Mark. Ich hoffe, das Geld ist gut angelegt.«

Das hoffte Karl Belgen auch, während sie sich erhoben und Richtung Tür wandten.

Im Großraumbüro der Lokalredaktion wartete Hagen Söderberg derweil ungeduldig auf Belgens Rückkehr. Söderberg hatte im Frühjahr einen großen Coup gelandet, da er exklusiv über die Blutgericht-Mordserie berichtet hatte. Er war auch der Erste, der mit der Geschichte vom furiosen Finale im Bankhaus Brekdorf herauskam, als Singer und Puschkat den Mörder zur Strecke bringen konnten. Seit Belgens Rückkehr aus Berlin betrachtete sich Söderberg als dessen rechte Hand. Er wusste auch bereits von dem ominösen Anruf gestern. Nun hoffte er, dass es Karl gelungen war, das Geld loszueisen.

In der Redaktion ging es gerade hoch her. Söderbergs Kollegen waren mit der bevorstehenden Wochenendausgabe beschäftigt und eigentlich hätte er auch noch einige Dinge bis zum Redaktionsschluss zu erledigen gehabt. Doch das musste warten. Er war zu aufgeregt, um sich auf den alltäglichen Kleinkram zu konzentrieren. Als Belgen endlich vom Flur kommend seinen Glaskasten betrat, hielt es Söderberg nicht mehr auf seinem Platz. Er sprang auf und lief ihm hinterher.

»Und? Wie ist es gelaufen?«, fragte er, die Klinke noch in der Hand.

Belgen ließ sich in den Drehstuhl fallen. »Was soll ich sagen … Sie haben angebissen! Der Bote ist schon auf dem Weg zur Bank. Wenn alles nach Plan läuft, dann haben wir heute Abend die ganz fette Beute am Haken.«

»Wo triffst du dich mit dem Mann?«

»Um halb sechs bei ›Schwermer‹ auf der Schlossteichterrasse.«

»Nicht gerade ein verschwiegenes Plätzchen um diese Zeit.«

»Unser Mann ist vorsichtig. In der Masse kann er schnell verschwinden, wenn's brenzlig wird«, erwiderte Belgen. Dann setzte er sich aufrecht und knöpfte das Jackett zu. »Und nun entschuldige mich bitte. Ich muss noch einiges vorbereiten.«

»Ich begleite dich!«, platzte es aus Söderberg heraus.

»Das geht nicht, Hagen. Ich muss da allein hin.«

»Nichts da! Ich hänge da genauso mit drin wie du.«

Belgen musterte seinen jüngeren Kollegen. Söderberg hatte Schneid, das musste man ihm lassen. Er hatte Blut geleckt und ließ sich nicht so leicht abwimmeln. Natürlich wollte Belgen den Coup am liebsten allein landen. Andererseits, sollte das wirklich die ganz große Geschichte werden, dann würde er journalistische Unterstützung gut gebrauchen können.

»Na schön, Hagen. Meinetwegen. Aber nur, weil ich so ein netter Kerl bin.«

15

»Die Herren sind da!« Henny stand im Türrahmen zu Singers Büro.

Singer warf Puschkat, der vor seinem Schreibtisch saß, einen Blick zu. Der wandte sich zu Henny um. »Wir kommen gleich«, brummte er.

Die Stenotypistin zuckte mit den Schultern. »Ich hab die Herren jedenfalls erst einmal draußen auf dem Gang platziert«, sagte sie gut gelaunt.

Singer konnte sich ein Grinsen nicht verkneifen. Die Hübner ließ sich von Militärs ganz offenbar nicht einschüchtern.

»Vielen Dank, Henny. Führen Sie Hauptmann von Breskow schon mal in Verhörraum 1. Der Kollege Puschkat und ich, wir brauchen noch einen Moment.«

»Na klar, Herr Kommissar«, rief sie und verschwand.

»Wie wollen wir vorgehen?«, fragte Puschkat. Schließlich war es Singers Idee gewesen von Breskow, Freymann und Maguniak aufs Präsidium einzubestellen. Sie hatten gestern lange und hitzig über diesen Schritt debattiert, waren aber zu keinem Ergebnis gelangt.

»Wir werden uns die Kameraden einzeln vornehmen. Es kann nicht schaden, wenn wir den Druck im Kessel ein wenig erhöhen.«

»Diese Aktion könnte uns eine Menge Ärger einbringen. Was, wenn Generalleutnant Heye sich beim Alten beschwert?«, erwiderte Puschkat.

»Sie machen sich zu viele Gedanken. Immerhin sind alle drei unserer Einladung gefolgt. Das ist ein Anfang. Und nun sollten wir den Herren mal auf den Zahn fühlen.«

Puschkat seufzte. Er gab sich geschlagen. Sie tappten immer noch im Dunkeln und mussten sehen, dass sie bald etwas vorweisen konnten.

Die Verhörräume im Königsberger Polizeipräsidium waren durch eine außerordentliche Tristesse gekennzeichnet. Die Wände bis zur Hälfte in graugrüner Ölfarbe gestrichen, der Rest weiß gekalkt. Kein Fenster. Trübes Licht lieferte eine einzelne nackte Glühbirne. Ein kleiner Tisch und drei einfache Stühle bildeten das überschaubare Interieur. Als Singer und Puschkat Verhörraum 1 betraten, stand von Breskow mit dem Rücken zur Tür da, die Hände in den Hosentaschen, die Dienstmütze unter den Arm geklemmt. Er fuhr zu ihnen herum.

»Ich kann nur hoffen, dass Sie einen guten Grund haben, mich und meine Männer hier einzubestellen wie irgendwelchen Pöbel«, schnarrte der Hauptmann.

Singer ließ sich nicht beeindrucken und deutete auf einen der Stühle.

»Nehmen Sie doch bitte Platz, Herr Hauptmann. Mein Kollege und ich, wir haben noch ein paar Fragen. Ich gehe davon aus, dass auch Ihnen an einer zügigen Aufklärung im Mordfall Scheruleit gelegen ist.«

Puschkat und Singer hatten auf der gegenüberliegenden Seite Platz genommen und sahen von Breskow unbeirrt an. Der schien unentschlossen, setzte sich dann aber doch. Vor Singer lag eine aufgeschlagene Mappe mit Notizen. Von Breskow legte seine Dienstmütze akkurat auf den Tisch und schlug demonstrativ die Beine übereinander.

»Sie sollten sich lieber um die Waffendiebe kümmern«, sagte er, bevor einer der Polizisten auch nur eine Frage stellen konnte. »Es ist doch wohl offensichtlich, dass diese Banditen für den Tod des Gefreiten verantwortlich sind.«

Singer lehnte sich auf seinem Stuhl zurück. »Haben Sie sich noch nicht gefragt, wie es den Dieben gelingen konnte, unbemerkt in Ihre Kaserne zu kommen und genauso unerkannt wieder zu verschwinden? Hierzu würde mich Ihre Meinung interessieren«, entgegnete Singer mit ruhiger Stimme. Puschkat stopfte sich währenddessen eine Pfeife.

»Meine Männer sind loyale Angehörige der Reichswehr. Waffendiebstahl oder auch Beihilfe zum Waffendiebstahl ist Vaterlandsverrat. Die Täter gehören an die Wand gestellt, und es ist Ihre Aufgabe, diese Kerle zu finden.«

Puschkat paffte einige Wölkchen in die Luft, bevor er das Wort ergriff. »Was wäre, wenn die Waffen für einen – sagen wir …«, er machte eine vage Geste mit der Hand, »patriotischen Zweck benötigt würden?«

Von Breskow warf ihm einen irritierten Blick zu. »Wie meinen Sie das?«

»Mein Kollege meint, ob es sich auch dann um Vaterlandsverrat handelt, wenn die Waffen *für* das Vaterland verwendet würden?«, erklärte Singer.

»Ich weiß beim besten Willen nicht, was Sie sich da vorstellen. Sie scheinen ganz offensichtlich nicht gedient zu haben, sonst wüssten Sie, dass bei uns Befehl und Gehorsam herrschen. Welche persönliche Meinung der Einzelne vertritt, interessiert nicht«, erwiderte von Breskow.

Puschkat ließ sich nicht beirren. »Vielleicht gab es ja einen entsprechenden Befehl? Aus Berlin. Hohe Geheimhaltungsstufe.«

Singer sah, wie der Hauptmann erblasste. Er beschloss, nachzufassen: »Nur eine Handvoll verlässlicher Offiziere sind eingeweiht. Es geht um eine Operation von nationaler Bedeutung, die im Verborgenen ablaufen muss …«

Der Hauptmann blickte nervös zwischen den Kommissaren hin und her. Von der Arroganz, die er eben noch an den Tag gelegt hatte, war nicht mehr viel zu spüren.

»Ich bin nur ein einfacher Oberleutnant. Ein kleines Rädchen im großen Getriebe der Reichswehr«, beantwortete Gerhard Maguniak eine halbe Stunde später an gleicher Stelle eine Spur zu lässig die gleiche Frage. Dabei zog er nervös an seiner Zigarette.

Singer wiegte bedenklich den Kopf. »Um nachts ein Tor zu öffnen und wieder zu schließen, braucht es keinen General, sondern lediglich jemand, der eine gewisse Befehlsgewalt ausüben kann und der sich vor allem mit den örtlichen Gegebenheiten auskennt. Dafür ist ein einfacher Oberleutnant meines Erachtens genau der Richtige.«

Mit einem Ruck beugte sich Maguniak vor. »Hören Sie, ich habe mit dem Waffenraub nichts zu tun. Das ist völlig absurd!« Wütend zerdrückte er die halb aufgerauchte Zigarette im Aschenbecher. »Sie glauben doch nicht ernsthaft, dass der Generalstab dem Oberleutnant Maguniak den Befehl zum Waffendiebstahl gibt.« Maguniak lachte bitter.

»Immerhin hat man Sie in der Nacht zu verschiedenen Zeiten an verschiedenen Stellen der Kaserne gesehen. Was war denn der Grund für die nächtliche Umtriebigkeit, Herr Oberleutnant?«, schaltete sich Puschkat ein.

Maguniak breitete resigniert die Arme aus. »Was glauben Sie denn? Ich war der Offizier vom Wachdienst an diesem Abend. Als solcher obliegt mir die Kontrolle der eingeteilten Bereitschaftssoldaten. Ich bin schließlich kein Schreibstubenhengst. Wenn ich Dienst habe, dann müssen die Männer auf Zack sein!«

»Demnach hätten Sie auch Zeit und Gelegenheit gehabt, die Täter über das abseits gelegene Tor des Flughafens in die Kaserne zu lassen«, sagte Singer.

Puschkat stieß mit dem Pfeifenstiel in Maguniaks Richtung. »Und wissen Sie was? Wir haben einen Augenzeugen ausfindig gemacht, der den Vorgang beobachtet hat. Ich denke, wir sollten es auf eine Gegenüberstellung ankommen lassen, Herr Oberleutnant.«

»Wieso reiten Sie so darauf herum, dass ich am Tatort war? Das ist immerhin eine Kaserne, und ich bin ein dort stationierter Offizier. Damit sollte Ihre Frage eigentlich beantwortet sein.«

Oberleutnant Freymann, der überraschenderweise in Zivil erschienen war, versuchte, sie von oben herab zu behandeln, aber seine Nervosität konnte er nicht verbergen.

Puschkat paffte ein paar Wölkchen.

Singer blätterte in seinen Aufzeichnungen und sah schließlich auf. »Das erklärt nicht, warum Sie mitten in der Nacht, zu einer Zeit, in der nur die Torposten und die Bereitschaftssoldaten im Dienst sind, am Tatort waren.« Er legte seine Aufzeichnungen beiseite. »Was hat Sie zu nachtschlafender Zeit, außerhalb ihrer Dienstzeit, in die Kaserne beziehungsweise in die Mottenburg geführt?«

Freymann räusperte sich nervös.

»Dafür gibt es eine einfache Erklärung. Die Männer, die in dieser Nacht Bereitschaft hatten, stammen aus meiner Kompanie. Der Offizier vom Wachdienst wird grundsätzlich von einer anderen Kompanie gestellt. Ich wollte mich davon überzeugen, dass die Männer korrekt ihren Dienst versehen.«

Puschkat schob die Unterlippe vor und nickte bedächtig. »Respekt. Und das, obwohl Sie nur einen Steinwurf weit entfernt von der Kaserne wohnen.«

»Ein mögliches Fehlverhalten würde auch auf mich als Kompanieführer zurückfallen. Außerdem war es schon spät geworden. Da habe ich mich dafür entschieden, über Nacht in der Kaserne zu bleiben.«

»Warum ist es denn so spät geworden, Herr Oberleutnant?«, setzte Puschkat nach.

»Nun ja, wir haben nach dem Abendessen noch Karten gespielt ...«

Singer ergriff das Wort. »Und dafür gibt es Zeugen, nehme ich an.«

»Warum sollte das bitte erforderlich sein?«

»Wenn ich Sie daran erinnern darf – wir suchen immer noch denjenigen, der den Tätern das Tor zur Kaserne geöffnet hat und außerdem einen Mörder.«

»Ich habe damit jedenfalls nichts zu tun«, erwiderte Freymann. »Nach dem Abendessen hatte sich im Kasino eine kleine gesellige Runde zusammengefunden. Wir haben etwas getrunken und Pharo gespielt. Ich war jedenfalls bis kurz vor Mitternacht im Offiziersheim.«

»Und danach?«

»Die Runde hat sich aufgelöst und wir haben uns in unsere Dienstzimmer zurückgezogen.«

»Sie können uns sicherlich die Namen der Mitspieler nennen …« Puschkat tippte mit dem Bleistift auf sein aufgeklapptes Notizbuch.

»Kein Problem. Fähnrich Gärtner, Leutnant Reichenbacher, Leutnant Kugland und Oberleutnant Bremstaller.«

»Wo finden wir die Leute?«

»Sie scherzen! Sie wollen sie tatsächlich befragen? So werden Sie die Täter nie finden, meine Herren!« Freymann schüttelte energisch den Kopf.

»Die Namen, bitte!« Puschkat ließ nicht locker.

»Schon gut, schon gut. Dann also – Gärtner und Kugland gehören der Fahrabteilung an. Reichenbacher und Gärtner sind vom Pionierbataillon. Bremstaller gehört wie ich zum Artillerieregiment.«

»Wir werden Ihre Angaben überprüfen«, sagte Puschkat.

Singer war unzufrieden. Es war ihnen bislang nicht gelungen, Freymann unter Druck zu setzen. Er wagte einen neuerlichen Vorstoß.

»Ihr Kartenspiel endete ungefähr um Mitternacht, richtig?«

»Anzunehmen. Ich habe nicht auf die Uhr geschaut.«

»Was haben Sie dann gemacht? Haben Sie sich in Ihrem Dienstzimmer aufgehalten?«

»Ja, ich habe noch ein paar Unterlagen durchgesehen. Gibt ja immer etwas zu tun.«

Puschkat und Singer wechselten einen überraschten Blick.

»Um Mitternacht?« Puschkat machte eine skeptische Miene. »An einem Wochentag? Sie hatten nur noch sechs Stunden bis zum Wecken.«

»Ich benötige nicht viel Schlaf, was für einen Soldaten von Vorteil ist.«

»Mit anderen Worten, Sie waren noch wach und in Uniform, als der Lärm draußen losging. Da haben Sie sich dann spontan entschlossen, nach dem Rechten zu sehen?«

»Genauso ist es gewesen. Sie können mir doch nicht ernsthaft einen Strick daraus drehen wollen, dass ich sofort los bin, um womöglich einen Streit zu schlichten und Schaden von unserer Einheit abzuwenden.« Freymann sah die beiden Polizisten empört an.

Singer hatte genug von dem Theater. Er beugte sich vor, zielte mit dem Zeigefinger auf sein Gegenüber. »Wir werden Ihre Aussage überprüfen. Sie stecken in der Sache drin. Davon bin ich überzeugt und das werden wir auch beweisen.«

Freymann hielt dem Blick stand und erwiderte ruhig: »Wenn Sie sich da mal nicht übernehmen, Herr Kommissar. Kann ich jetzt gehen?«

Freymann war bereits aufgestanden und wandte sich der Tür zu, als Puschkat noch einmal das Wort ergriff.

»Warum tragen Sie heute eigentlich keine Uniform, Herr Freymann?«

Diese Frage verunsicherte Freymann sichtlich. Es dauerte einen Moment, bis er die richtigen Worte fand. »Nun, auch Berufssoldaten nehmen sich einmal ein paar Tage frei.« Er nickte kurz und verschwand mit eiligen Schritten auf dem Flur in Richtung Ausgang.

»Und was ist nun davon zu halten?«, fragte Puschkat, als sie schließlich allein waren. Er klopfte seine Pfeife am Tischbein aus und sah zu Singer auf, der unruhig auf und ab ging in dem kargen Verhörraum.

»Irgendetwas ist da oberfaul, Puschkat. Wann waren wir am Tatort? Kurz vor halb fünf! Der Kerl hat zuerst mehrere Stunden gezockt, war um Mitternacht auf seiner Stube und hat dann noch mehr als vier Stunden am Schreibtisch gesessen? Wer soll das denn glauben?«

»Sie glauben tatsächlich, dass der Freymann gegen zwei das Tor geöffnet und die Diebe in die Kaserne gelassen hat? Aber warum taucht der dann zu dem Zeitpunkt am Tatort auf, an dem wir dort mit voller Besetzung erscheinen. Warum sollte er so ein Risiko eingehen? Wenn er einfach in Deckung geblieben wäre, hätten wir nichts von ihm mitbekommen. Tut mir leid, Singer. Das passt nicht zusammen.«

Singer seufzte resigniert. »Sie haben ja recht. Aber es gibt noch eine andere Möglichkeit. Was, wenn Freymann aus irgendeinem Grunde wusste, was in dieser Nacht passieren würde und wenn der selbst auf der Lauer gelegen und die Täter beobachtet hätte?«

»Wenn er weiß, wer es war, wieso macht er dann keine Aussage?«

»Weil er für sein Schweigen bezahlt wird! Aber solange wir nichts Konkretes in der Hand haben, können wir ihn nicht in die Mangel nehmen.«

»Und was ist mit Maguniak?«

Singer dachte daran, wie sie Frau Scheruleit die Todesnachricht überbracht hatten.

»Maguniak ist nach wir vor genau so verdächtig wie Freymann. Und als Offizier vom Wachdienst hatte er zudem Zugang zu allen Schlüsseln.«

»Freymann hätte sich schon lange vorher einen Zweitschlüssel von dem Torschlüssel anfertigen lassen können«, überlegte Puschkat laut.

Singer nickte. »Ja, natürlich.«

»Und was jetzt?«, fragte Puschkat.

Singer zuckte mit den Schultern. »Maag und Lippert sollen sich die Namensliste von Freymann vornehmen. Wir müssen unbedingt auch die anderen Unteroffiziere und Offiziere durchleuchten.«

Puschkat erhob sich. »Na, schön.«

Als sie gemeinsam zur Tür gingen, blieb Singer noch einmal stehen. Ihm war ein Gedanke gekommen. »Und vielleicht sollten wir auch einmal der Frage nachgehen, warum Freymann ausgerechnet in diesen turbulenten Tagen um Urlaub gebeten hat.«

16

Am späten Vormittag erregte der schnittige NSU 14/40 in der kleinen Siedlung Tannenhof nur mäßiges Aufsehen. Die Straße lag wie ausgestorben in sommerlicher Stille da. Die Männer waren bei der Arbeit, die Frauen machten Besorgungen. Einige Kinder spielten auf der Wiese hinter den Wohnhäusern. Es waren Schulferien.

»Batocki-Straße. Hier muss es sein. Lass mich da vorne raus.«

Peukert warf seinem Fahrer einen ernsten Blick zu. Klemp trug Uniform wie er – Peukert die eines Hauptmanns, während Klemp an seinen Schulterklappen als Feldwebel zu erkennen war. Klemp war Peukerts Mann fürs Grobe mit einer eindeutig sadistischen Ader, doch hier war Diskretion und Feingefühl erforderlich. Deswegen hatte Peukert entschieden, den Fall Freymann eigenhändig zu klären.

»Zu Befehl, Herr Hauptmann!« Klemp bleckte die Zähne zu einem zynischen Grinsen. »Aber ich kann gerne mitkommen, falls der Kerl einen besonderen Zuspruch braucht.«

Was Klemp darunter verstand, war Peukert klar, doch zu viel stand auf dem Spiel, nachdem sie in der Kaserne erfahren hatten, dass Oberleutnant Freymann kurzfristig einige

Tage Urlaub genehmigt bekommen hatte. Peukert setzte die Schirmmütze auf und öffnete die Wagentür.

»Warte auf mich mit dem Wagen in der Rennparkallee. Verhalt dich unauffällig. Aufmerksamkeit ist das letzte, was wir gebrauchen können. Verstanden?«

Klemps gleichermaßen rosiges wie teigiges Gesicht mit den kleinen Schweinsäuglein nickte. »Sehr wohl, Herr Hauptmann.«

Peukert wartete noch, bis der NSU um die Ecke verschwunden war. Dann ging er ein paar Meter, bis er die Hausnummer 12 gefunden hatte. Die Wohnung der Freymanns befand sich im ersten Stock. Peukert sah sich um. Niemand auf der Straße, der Notiz von ihm nehmen könnte. Kein Wunder, denn Männer in Uniform fielen in dieser Siedlung nahe der Kalthöfer Kaserne kaum auf. Im ersten Stock angekommen, drehte Peukert an der Klingel. Es dauerte eine Weile, bis eine Frau Anfang dreißig mit auffallend blassem Teint öffnete.

Peukert lächelte. »Guten Tag, gnädige Frau. Ist Ihr Mann zu Hause? Ich müsste ihn kurz sprechen.«

»Das tut mir leid. Sie haben den Weg umsonst gemacht. Mein Mann ist in der Stadt unterwegs. Er hat einige Tage frei genommen und macht Besorgungen.«

Peukert machte eine entschuldigende Geste. »Wann kommt Ihr Mann denn nach Hause? Es wäre wirklich wichtig.«

Die blasse Frau zuckte mit den Schultern. »Ich weiß es nicht, tut mir leid. Wenn Sie mir Ihren Namen nennen, werde ich meinem Mann ausrichten, dass Sie ihn zu sprechen wünschen, Herr …«

Peukert ging nicht darauf ein. »Vielleicht können Sie mir sagen, wo Ihr Mann hingegangen ist?«

»Nein, tut mir leid, das weiß ich leider nicht, und jetzt möchte ich Sie bitten zu gehen. Ich fühle mich nicht wohl, ich muss … ich …«

Doch weiter kam sie nicht, denn in diesem Moment wurde Luise Freymann von einem Hustenanfall geschüttelt. Sie hatte Mühe, sich auf den Beinen zu halten. Ihre Hand griff nach dem Türrahmen. Sie schien kaum Luft zu bekommen.

Peukert war mit einem Schritt bei ihr, umfasste ihren Arm und führte die noch immer hustende Frau in die Stube. Sie wies mit der Hand zum Sofa, und Peukert half ihr, sich zu setzen.

»Sie sollten sich ein wenig ausruhen, liebe Frau Freymann.«

»Ja, danke. Aber es geht schon wieder«, keuchte sie, während sie ein Taschentuch vor den Mund presste. »Haben Sie vielen Dank. Ich möchte jetzt gern allein sein. Wären Sie so freundlich, jetzt zu gehen …«

Doch Peukert beugte sich abrupt über sie. Er spürte die Angst in ihr aufflackern. So sollte es sein. Sie sah das Springmesser in seiner Hand und erstarrte. Die Klinge war nur wenige Millimeter von ihrem Augapfel entfernt.

»Ich frage nur einmal. Wo ist Ihr Mann?«

Arnold Freymann war erleichtert gewesen, als er das Polizeipräsidium endlich verlassen konnte. Für einen Moment hatte er Angst bekommen, sie könnten ihn in Untersuchungshaft nehmen. Doch die Furcht war natürlich unbegründet gewesen. Ihm war nichts nachzuweisen. Mit Scheruleits Tod hatte er nichts zu schaffen. Hätte er vorher gewusst, wie sich alles entwickeln würde, dann wäre er nicht auf das Ansinnen eingegangen. Aber wer hätte das schon ahnen können. Und das Angebot war einfach zu verlockend gewesen – schnell verdientes Geld. Und die Aktion sollte schließlich der vaterländischen Sache dienen!

Diese ach so demokratische Republik war ein Witz. Die Politiker waren es doch gewesen, die dafür gesorgt hatten, dass Deutschland quasi über Nacht den Krieg verloren hatte. Im Felde unbesiegt war die Reichswehr heimgekommen. Niemand hatte sich für die Verlierer interessiert. Stattdessen wurde im großen Stil ausgemustert, und noch immer – im sechsten Jahr nach Kriegsende – hatten die sogenannten Siegermächte das einst so stolze Reich fest im Griff.

Maguniak musste denn auch nicht viele Worte machen, um sich seiner Unterstützung zu versichern. Dass der Kamerad ihm ganz offenbar nur die halbe Wahrheit erzählt hatte, erfüllte ihn noch immer mit Zorn. Aber einerlei, denn er hatte seine Entscheidung getroffen. Und das mit einer Konsequenz, die ihn selbst überraschte.

Beim Verlassen des Polizeipräsidiums hatte er darauf geachtet, dass er von Breskow und Maguniak nicht begegnete. Die beiden hatten sich ohnehin schon über seinen Auftritt in Zivil gewundert. Umso wichtiger war es, dass er von nun an bis zur Abfahrt des Nachtzuges in Bewegung blieb. Es stand zu befürchten, dass von Rellentin ihm einen seiner Schläger auf den Hals hetzte. Luise würde am frühen Abend mit der Kraftdroschke zum Hauptbahnhof gefahren. Der Wagen war bereits bestellt, als er im Reisebüro Meyhöfer an der Börse den Nachtzug gebucht hatte.

Jetzt saß er zwei Treppen tiefer im Restaurant des Börsenkellers und ließ sich ein Schnitzel à la Holstein schmecken. Dazu hatte er sich ein Kulmbacher Bier bestellt. Um kurz nach halb zwei waren die meisten Mittagsgäste – Börsianer und Kaufleute unterschiedlichster Couleur – bereits im Aufbruch begriffen. Hier lief Freymann jedenfalls keine Gefahr, bekannte Gesichter aus der Kaserne zu treffen. Am Nachmittag würde Ilse Balduhn, die Nachbarin von gegenüber, seiner Frau beim Packen helfen. Luise konnte nicht verstehen, warum er nicht mit ihr gemeinsam zum Bahnhof fahren würde. Er hatte dringende Geschäfte vorgetäuscht. Freymann konnte nicht ausschließen, dass von Rellentin ihn beobachten ließ. Wenn er nicht in der Kaserne zu finden war, dann lag der Schluss nahe, ihm zu Hause aufzulauern.

»War alles recht, der Herr?«

Freymann erschrak. Der Kellner war an seinen Tisch getreten. Freymann tupfte sich die Lippen mit der Serviette ab und nickte.

»Ausgezeichnet.« Er warf einen Blick auf seine Armbanduhr und beschloss, sich noch eine Tasse Mokka zu gönnen. Er hatte noch Zeit und im Börsenkeller war er gut aufgehoben.

17

»Ein Anruf von den Kollegen der Schutzpolizei. Leichenfund draußen in Kalthof.«

Henny stand im Türrahmen und betrachtete die beiden Kommissare, die sich am Besprechungstisch durch unzählige Personalakten der Reichswehr quälten.

»Ein Mord?« Singer schob die grauen Mappen beiseite.

»Sieht nach Selbstmord aus, sagt die Schupo.«

»Nun, zuständig sind wir in jedem Fall«, brummte Puschkat und griff bereits nach seinem Hut. »Wo?«

Henny blickte auf ihren Stenoblock. »Batocki-Straße 12. Jendrossek ist vor Ort. Ich sag Dr. Caillé Bescheid.«

Die Fahrt über den Wallring am sommerlich glitzernden Oberteichufer entlang und an der Rennbahn vorbei dauerte nur wenige Minuten. Einen neuen Toten konnten sie in der gegenwärtigen Situation nun wahrlich nicht gebrauchen. Mit ihrer kleinen Truppe hatten sie schon viel zu viel zu tun. Als Puschkat in die kleine Neubausiedlung einbog, sahen sie schon von Weitem Schaulustige und einen Schutzpolizisten vor der Haustür zur Nummer 12 stehen.

»Na, wenigstens brauchen wir nicht lange zu suchen«, sagte Singer.

Der Schupo führte die Kommissare die Treppe hinauf in den ersten Stock. Im Wohnungsflur trafen sie auf Wachtmeister Jendrossek, der sich den Tschako unter dem Arm geklemmt hatte, um sich den Schweiß von der Stirn zu wischen. Neben ihm stand eine kleine korpulente Frau undefinierbaren Alters in Kittelschürze. In den fleischigen Händen knetete sie unentwegt ein Taschentuch. Die Augen waren verweint, die Wangen gerötet.

»Nu, was gibt's, Jendrossek?«, fragte Puschkat.

Der Wachtmeister deutete in die Wohnung. »Tragische Geschichte. Selbstmord, so wie es aussieht. Die arme Frau hat den Kopf in den Gasherd gesteckt. War wohl unheilbar krank.«

»Das kann gar nicht sein. Die Frau Freymann wollte doch verreisen«, protestierte die Frau schluchzend.

Singer wandte sich ihr zu. »Und Sie sind?«

Die Frau sah mit tränennassen Augen zu ihm auf. »Hertha Balduhn. Ich bin die Nachbarin.«

»Sie haben die Tote entdeckt?«

Frau Balduhn nickte. »Ich wollte ihr doch beim Packen helfen. Durch ihre Krankheit ist das alles sehr anstrengend für die arme Frau Freymann.«

»Freymann?«

Puschkat und Singer wechselten einen alarmierten Blick.

»Ja, ganz recht«, fuhr die Frau fort. »Ihr Mann ist Offizier bei der Reichswehr. So feine Leute …«

Hinter den Kommissaren erschien der Gerichtsmediziner mit Gefolge.

»Na, dann lassen Sie mich mal durch, meine Herren.«

Dr. Caillé drängte sich mit seiner Tasche an Puschkat und Singer vorbei in die Wohnung.

»Jendrossek, sehen Sie zu, dass Lippert und Maag ebenfalls herkommen. Wir müssen hier Spuren sichern«, wies Puschkat den Wachtmeister an.

Der schlug die Hacken zusammen und trat zu der Kommode im Flur, auf der ein Telefonapparat stand. Singer bedeutete Frau Balduhn, in ihrer Wohnung zu warten. Dann folgte er Puschkat in die Stube.

Dort lag die junge Frau Freymann leblos auf dem Parkett. Neben ihr stand ein Mann mit Vollbart, runder Brille und schütterem Haupthaar. Er hielt eine Arzttasche in seiner Hand.

Caillé trat auf die Kommissare zu. »Meine Herren, darf ich vorstellen – Dr. Bernheimer, ein geschätzter Kollege, und das sind die Kommissare Puschkat und Singer.«

Bernheimer nickte den Kommissaren mit betrübtem Gesichtsausdruck zu.

»Frau Freymann war bei Ihnen in Behandlung?«, fragte Singer.

»Es ist eine Tragödie. Frau Balduhn hat sie gefunden und mich sofort angerufen.« Bernheimer nahm seine runde Brille ab und putzte die Gläser, während Dr. Caillé in die Hocke ging, um die Tote zu begutachten.

»Erst gestern habe ich mit ihrem Mann über den Gesundheitszustand seiner Gattin gesprochen.«

»Sie war krank?«

Bernheimer seufzte. »Sie litt seit Jahren an Schwindsucht. Ich habe ihr dringend zu einer Klimaveränderung geraten.«

»Eine Höhenklinik ist in solchen Fällen unbedingt zu empfehlen«, meldete sich Caillé zu Wort.

Bernheimer nickte. »Das hatte ich Herrn Freymann bei unserem letzten Gespräch dringend angeraten, Herr Kollege. Ich konnte der guten Frau über Beziehungen kurzfristig einen Sanatoriumsaufenthalt in der Schweiz beschaffen. Im Sanatorium Dr. Wolfer in Davos. Es gehört zu den besten seiner Art.« In seiner Stimme schwang Stolz mit.

»Und das kann sich der Freymann leisten?«, hakte Puschkat nach. »Als Oberleutnant bei der Reichswehr verdient man sich nicht gerade eine goldene Nase.«

Bernheimer reagierte ungehalten. »Wie der Herr Oberleutnant den Aufenthalt in Davos finanzieren wollte, entzieht sich meiner Kenntnis, und es geht mich, mit Verlaub, auch nichts an.« Er zuckte mit den Schultern. »Vielleicht sind die Eltern ja vermögend.«

»Hat Freymann zu Ihnen gesagt, dass seine Frau die Therapie antreten wird? Wann sollte das geschehen?«, fragte Singer.

»Nun, das alles hat sich recht kurzfristig ergeben. Die Eheleute wollten noch heute Abend abreisen. Der Platz war auch nur verfügbar, weil ein anderer Patient verstorben ist. Ich musste dem Kollegen Wolfer versprechen, dass das Bett am kommenden Sonntag wieder belegt ist. Ansonsten würde er es anderweitig vergeben. Die Warteliste ist lang, das Sanatorium verfügt nur über dreißig Plätze. Klein, aber fein, so könnte man sagen.«

Puschkat und Singer wechselten einen Blick.

Puschkat sprach aus, was Singer dachte. »Und kurz vor der Abreise ins Sanatorium bringt sich die Frau dann um?«

Singer wandte sich an Caillé, der noch immer neben der Leiche kniete. »Können Sie uns schon etwas sagen?«

»Todesursächlich ist eine Atemdepression bis hin zum Atemstillstand«, erklärte der Pathologe.

Puschkat brummte: »Und was bitte ist eine Atemdepression? Ich meine, kann man das nicht auch ein bisschen einfacher ...«

Singer unterbrach ihn: »Moment!« Dann drehte er sich um: »Jendrossek, wie wurde die Frau aufgefunden?«, rief er dem Wachtmeister im Flur zu.

Der kam zu ihnen in die Stube. »Als wir ankamen, hat uns Frau Balduhn schon im Treppenhaus erwartet. Wir sind dann rein und da lag sie in der Küche vor dem offenen Herd«, erklärte der Schupo. »Ich hab dann hier erst einmal die Fenster aufgerissen. Roch ja überall nach Gas. Sie lag vornüber mit dem Kopf in der Bratröhre.«

Frau Balduhn stand ebenfalls im Türrahmen. Anscheinend hatte sie es nicht mehr in ihrer Wohnung ausgehalten.

Hinter ihr tauchten in diesem Moment Lippert und Maag mit zwei schweren Koffern auf.

»Wie soll man denn in diesem Chaos brauchbare Spuren sichern«, beschwerte sich der Kriminalinspektor lautstark.

Singer nickte und ging zu der Nachbarin. »Ja, Frau ...«

»Balduhn.«

»Frau Balduhn. Ich würde mich gern noch einmal mit Ihnen unterhalten. Aber das sollten wir besser in Ihrer Wohnung tun, wenn es recht ist.« Und damit führte er die noch immer schluchzende Frau hinaus ins Treppenhaus, während Puschkat die Kollegen einwies.

Die Stube von Frau Balduhn sah aus, als würde sie sie nur zu hohen Feiertagen und wichtigen Familienfesten betreten. Eine Befragung durch die Kriminalpolizei schien für die allein lebende Witwe in diese Kategorie zu fallen.

»Bitte nehmen Sie Platz, Herr Kommissar.« Sie deutete auf ein kleines Sofa, während sie selbst in einem Sessel Platz nahm.

Singer betrachtete die unzähligen Häkeldeckchen, die überall drapiert waren. Über dem Büfett hing ein Kunstdruck, der Jesus als Schafhirten zeigte.

»Frau Balduhn, wann genau haben Sie Frau Freymann gefunden?«

»Ich habe wie vereinbart um zwei Uhr bei ihr geklingelt. Ich wollte ihr doch beim Packen helfen.«

»Seit wann stand denn fest, dass Frau Freymann verreisen wird?«

»Na, das kam völlig überraschend für mich. Ihr Mann hat gestern bei mir geklingelt. Ach, ich hab mich ja so für die arme Frau gefreut, weil doch jetzt endlich Hoffnung bestand, dass sie wieder gesund wird.« Frau Balduhn schnäuzte in ihr Taschentuch.

Singer machte sich eine Notiz und warf einen Blick auf die Standuhr. Es war kurz vor drei.

»Haben Sie heute Vormittag etwas Auffälliges beobachtet? Eine fremde Person vielleicht?«

Die Balduhn schüttelte den Kopf. »Nein, nichts. Ich bin nicht eine von denen, die den ganzen Tag auf der Fensterbank liegen und die Nachbarn beobachten.«

»Ich verstehe. Und was ist mit Herrn Freymann? Wissen

Sie, wann er nach Hause kommen wollte, um seine Frau zum Bahnhof zu bringen?«

»Stellen Sie sich vor, er kommt *gar* nicht mehr nach Hause.« Frau Balduhn sah Singer mit großen Augen an.

»Wie? Er kommt nicht mehr nach Hause?«

»Nun, er hat ihr für heute Abend eine Kraftdroschke bestellt.«

Singer klappte sein Notizbuch zu. Nie im Leben war das hier ein Selbstmord. Er stand auf.

»Vielen Dank, Frau Balduhn. Sie haben mir sehr geholfen.«

Singer hatte nur einen Gedanken: Sie mussten so schnell wie möglich Freymann finden.

In der Freymannschen Wohnung berichtete Singer mit knappen Worten, was er soeben erfahren hatte.

Der Pathologe wiegte den Kopf. »Wenn Sie die Selbstmordthese anzweifeln, so kann ich Ihnen sagen – Sie haben allen Grund dazu.«

»Inwiefern?«, fragte Puschkat.

»Nun, ich will Sie nicht unnötig auf die Folter spannen, meine Herren, auch wenn ich die Leiche der jungen Dame im Institut noch eingehender untersuchen muss. Ich denke, dass wir einen Suizid ausschließen können. Wir haben es allerdings mit einem sehr geschickten Täter zu tun. Auf den ersten Blick sind an der Leiche kaum Spuren von Fremdeinwirkung zu erkennen. Die Frau ist sehr wohl erstickt ...«

»Also doch Gas?«, fiel ihm Puschkat ins Wort.

»Das Gas hat die Frau *nicht* getötet«, erwiderte Dr. Caillé.

»Was dann?«, fragte Singer.

»Ist Ihnen der Fall Burke ein Begriff?« Der Professor sah zwischen den Kommissaren hin und her.

Singer zwang sich zur Ruhe. »Burke? Nie gehört.«

»Nun, vorerst ist es nur ein Verdacht meinerseits. Aber beim Abtasten sind mir zwei angebrochene Rippen aufgefallen. Und da musste ich an William Burke denken, der zu Anfang des vorigen Jahrhunderts im schottischen Edinburgh sechzehn Menschen ermordete. Er setzte sich dabei rittlings auf seine Opfer, die auf dem Rücken lagen, und hielt ihnen zugleich Augen, Mund und Nase zu. Der Tod tritt dann durch Asphyxie ein, also eine Atemdepression, beschleunigt durch die Thoraxkompression. Die amerikanischen Kollegen bezeichnen diese Art zu töten – für meinen Geschmack etwas salopp – als *Burking*. Nun ja.« Dr. Caillé wandte sich zum Gehen. »Ich empfehle mich. Näheres entnehmen Sie bitte meinem Bericht.«

Puschkat und Singer sahen dem quirligen Gerichtsmediziner nach, der im Treppenhaus verschwand. Dann betrat Singer die Küche.

»Schon fündig geworden?«, fragte er die Kollegen Lippert und Maag.

Lipperts Augenbrauen zogen sich bedrohlich zusammen. Er war dabei, die Ofenklappe mit einem speziellen Puder zu bestäuben. Maag war derweil mit dem Aufbau des Fotoapparats beschäftigt.

»Wir können uns mal wieder gar nicht retten vor Fingerabdrücken.«

Singer nickte verständnisvoll. Es war wirklich ein Ärgernis, dass die Kollegen von der Schutzpolizei sich nicht angewöhnen konnten, an einem Tatort möglichst nichts anzurühren.

Lippert richtete sich auf und deutete auf die Stange, mit der man den heißen Ofen öffnete.

»Da haben wir verwischte Fingerabdrücke. Vermutlich von der Frau. Der Mörder wird sie wohl an anderer Stelle auf den Boden gedrückt und dort erstickt haben. Dann hat er sie mit dem Kopf in die Bratröhre gesteckt und das Gas aufgedreht. Und so wie es aussieht, hat er dabei Handschuhe getragen, mit denen er die vorhandenen Fingerabdrücke an der Stange verwischt hat.« Lippert sah sich um. »Wir werden hier wohl noch eine Weile beschäftigt sein.«

Wenig später standen Singer und Puschkat vor der Tür des Mietshauses. Die frische Luft tat gut.

»Die arme Frau«, brummte Puschkat. Er sah zu Singer, der sich eine Batschari ansteckte. »Glauben Sie, der Mörder hatte es eigentlich auf den Mann abgesehen?«

Singer nickte. »Ganz sicher. Der Mann hat Dreck am Stecken. Woher käme sonst plötzlich das Geld, um einen Sanatoriumsaufenthalt in der Schweiz zu bezahlen.«

Puschkat machte eine ratlose Miene. »Aber das versteh ich nicht. Wenn er mit den Waffendieben zusammenarbeitet und Geld von ihnen einsteckt, warum will man ihn dann jetzt um die Ecke bringen?«

Singer sah vor sich auf den Boden und überlegte. »Freymann hat sich vielleicht nicht an die Vereinbarung gehalten«, sinnierte er vor sich hin. »Aber warum? Irgendwas hat sich verändert …« Er sah auf, seine Miene verriet, dass ihm eine Erkenntnis gekommen war. »Natürlich! Freymann kassiert zunächst für seine direkte Beteiligung. Dabei wäre es geblieben, wenn Dr. Bernheimer ihm nicht überraschend die Aussicht auf Heilung für seine Frau eröffnet hätte. Freymann musste jetzt sehr schnell an weiteres Geld kommen ...«

Puschkat strich sich über den mächtigen Schnauzer. »Hm, und da kommt er auf die verwegene Idee, mehr Geld zu verlangen? Wenn er nicht mehr Geld bekommt, dann ...?«

»Dann nennt er bei der Polizei Orte und Namen, und alles fliegt auf.«

Singer warf seine Zigarette auf den Boden und trat sie aus. »Wir müssen Freymann finden, bevor die Waffendiebe ihn finden. Wenn wir Freymann haben, dann kommen wir auch an die Hintermänner heran.«

»Und wo sollen wir ihn suchen? Hierher wird er nicht mehr zurückkommen«, sagte Puschkat.

»Vielleicht wartet er in der Nähe des Bahnhofs. Wenn allerdings seine Frau nicht zur vereinbarten Zeit eintrifft, wo immer sie sich verabredet haben, wird er ahnen, dass etwas schiefgelaufen ist, und er wird ganz untertauchen.«

Puschkat nickte grimmig. »Dann müssen wir ihn vorher schnappen.«

Singer ging bereits Richtung Wagen. »Ja, wir müssen alle Reviere und Schupos so schnell wie möglich mit einer genauen Personenbeschreibung versorgen. Sie sollen die Gegend um den Bahnhof durchkämmen. Vielleicht haben wir Glück.«

Die beiden Kommissare stiegen in den Wagen und fuhren zurück ins Polizeipräsidium.

18

Am Freitagnachmittag herrschte rings um den Königsberger Schlossteich reger Betrieb. Die Sonne schien schon den ganzen Tag von einem makellos blauen Himmel, und viele Bürger hielt es nicht mehr in ihren Wohnungen. Wer konnte, verließ früher als üblich seinen Arbeitsplatz und genoss das schöne Wetter draußen. Der Schlossteich mit seinen Promenaden, den Badeanstalten, Gaststätten und Cafés bildete das Herz und die Seele der alten Provinzhauptstadt. Viele Paare und Familien flanierten über die Promenaden am Teich oder suchten sich ein schattiges Plätzchen auf den gut besuchten Caféhausterrassen.

Der Treffpunkt war klug gewählt. Belgen und Söderberg waren eine Viertelstunde vor der Zeit in der Konditorei »Schwermer« erschienen und ließen ihren Blick über die volle Terrasse schweifen. Irgendwo spielte eine kleine Kapelle Tanzmusik. Belgen sah attraktive junge Damen mit Bubikopf in luftiger Sommergarderobe. Einige waren mit Freundinnen unterwegs, andere in männlicher Begleitung. Viele Herren trugen helle Sommeranzüge. Interessant waren natürlich die Tische, die rein weiblich besetzt waren. Söderberg konnte den Blick kaum abwenden von den vielen Schönheiten.

Belgen stupste seinen Kollegen in die Seite. »He, wir sind dienstlich hier. Schau dich lieber nach einem freien Platz um.«

Söderberg deutete auf einen Tisch, an dem sich gerade ein älteres Paar erhob.

»Da wird etwas frei, direkt am Geländer. Von da haben wir auch die Promenade im Blick und können ihn schon von Weitem sehen.«

Belgen setzte sich und legte seinen Hut auf den freien Platz neben sich.

»Und wie sollen wir ihn finden, bei dem Auftrieb, der hier herrscht?«, fragte Söderberg, der sich ihm gegenübersetzte.

»Er wird *uns* finden. Es gibt ein Erkennungszeichen.« Belgen holte einen *Baedeker* aus seiner Jacketttasche und legte ihn auf den Tisch.

»Stockholm?«, wunderte sich Söderberg.

Belgen machte eine unbestimmte Handbewegung. »Die Königsberg-Ausgabe liegt hier ja wohl etwas zu häufig herum.«

»Haben die Herren gewählt?«

Söderberg sah zu der hübschen Bedienung mit dem geflochtenen blonden Zopf auf. »Was können Sie uns denn empfehlen, Fräulein?«, fragte er lächelnd.

»Zu empfehlen ist selbstverständlich alles«, antwortete sie keck.

»Was haben Sie für Torten?«

»Heute gibt es noch Makronentorte, Marzipantorte, Apfelsinentörtchen, Luisenschnitte, Prager Cremetorte,

Alliancetorte, Genfer Torte, Schmandkuchen, Baumtorte oder weiße Damentorte. Falls der gnädige Herr lieber Eis möchte – da hätten wir noch Nesselrode oder Muskateller.«

Söderberg blies die Backen auf. Zu viel Auswahl war auch nicht gut.

Belgen grinste. »Für mich bitte ein Kännchen Kaffee.«

»Ja, für mich auch Kaffee und ein Apfelsinentörtchen.« Söderberg verfolgte die junge Frau mit gierigen Blicken, als sie zurück in die Konditorei verschwand.

»Vielleicht können wir uns jetzt auf das bevorstehende Treffen konzentrieren.«

Söderberg riss sich zusammen. »Na klar.«

Belgen sah auf seine Armbanduhr. Noch fünf Minuten. Um halb fünf waren sie mit dem Informanten verabredet. Er war angespannt. Immerhin stand einiges auf dem Spiel. Belgen hatte sich weit aus dem Fenster gelehnt. Die Geschichte durfte kein Flop werden, wenn er Paul Anton in absehbarer Zeit als Chefredakteur beerben wollte.

Arnold Freymann fühlte eine gewisse Euphorie in sich aufsteigen. Schon bald würde er ein neues Leben beginnen, zusammen mit Luise, in der Schweiz. Die insgesamt zwanzigtausend Mark würden es ermöglichen. Luise würde wieder gesund werden. Doch jetzt galt es, konzentriert zu bleiben. Er durfte sich keinen Fehler leisten. Es war nicht auszuschließen, dass dieser Belgen versuchen würde, ihn über den Tisch zu ziehen. Freymann nahm sich vor, erst zu reden, wenn er das Geld in Händen hatte.

Seit dem Mittagessen im Börsenkeller hatte er sich wie

andere Müßiggänger durch die Geschäftsstraßen der Stadt treiben lassen. Nun stand er auf dem belebten Rossgärter Markt und sah auf seine Armbanduhr. Zehn nach vier. Er würde pünktlich bei Schwermer erscheinen. Von Rellentins Geld hatte er von einem der Roten Radler abholen lassen und das Päckchen in der Geschäftsstelle des Kurierdienstes auf dem Kneiphof abgeholt. Jetzt trug er es zusammen mit den Zugfahrkarten in einer Aktenmappe unter dem Arm.

Freymann ging die Straße hinunter bis zur Fußgängerbrücke, die über den Schlossteich führte. Das Café Schwermer lag am Scheitelpunkt des Gewässers auf der gegenüberliegenden Seite. Er konnte über die Brücke gehen und würde sich dann dem Café von Norden nähern. Er konnte aber auch die diesseitige Promenade wählen. Von Süden kommend würde er die Caféhausterrasse schon aus einer gewissen Entfernung im Blick haben. Er wählte die letztere Variante – nicht ahnend, dass es die falsche Entscheidung war.

»Der Kuchen hier ist 'ne Wucht!«, rief Söderberg aus und stopfte sich ein neues Stück in den Mund.

Belgen stöhnte leise. Er bereute bereits, den jüngeren Kollegen mitgenommen zu haben. Erneut sah er auf die Uhr. Fünf nach halb und noch immer war weit und breit niemand zu sehen, der seiner Vorstellung des Informanten entsprach.

»Ruhig Blut, Karl. Der wird schon kommen. Immerhin haben wir sein Geld«, versuchte Söderberg Belgen zu beruhigen.

»Du hast Nerven! Geht ja schließlich nicht um deine Karriere«, erwiderte Belgen scharf, während er die halb gerauchte Zigarette ausdrückte und aufstand.

Söderberg legte die Kuchengabel ab. »Was ist denn?«

Belgen nahm seinen Hut. »Du hältst hier die Stellung. Ich sehe mich mal auf der Promenade um.«

Mit diesen Worten sprang Belgen salopp über das Geländer und mischte sich auf der Schlossteichpromenade unter die Flaneure. Söderberg beobachtete zwei gut aussehende junge Damen, die Belgens lässigen Auftritt kokett tuschelnd verfolgt hatten.

»Dann zahlen Sie für den Herrn?«

Söderberg sah auf und wurde von einem kühlen Blick der blonden Bedienung getroffen. Er kehrte schlagartig den Charmeur hervor und probierte es mit: »Was kann ich tun, um Sie glücklich zu machen, Fräulein?«

»Sie könnten die Rechnung bezahlen oder noch einen Kaffee bestellen«, schlug die Bedienung ungerührt vor.

Rauchend ging Belgen auf der Promenade vor der Caféhausterrasse auf und ab, ließ den Blick schweifen. Sommerlich gekleidete Paare schlenderten vorbei, auf dem Teich fuhren Ruderboote. Gut gelaunte Gesichter, wohin man sah. Belgen wandte sich um, ob sich auf der Terrasse unterdessen etwas getan hatte, doch dort sah er nur Söderberg im Gespräch mit der jungen Bedienung. Er beschloss, noch um die Südspitze des Schlossteichs zu gehen. Dabei konnte er noch nicht einmal sicher sein, dass der Informant den Weg über die Promenade wählen würde. Immerhin lag der

Haupteingang der Konditorei in der Münzstraße. Nun, dann würde er Söderberg und den *Baedeker* finden.

Gerade als er wieder umkehren wollte, fiel ihm ein Mann im beigen Sommeranzug auf, der schnellen Schrittes mit einer Aktenmappe unter dem Arm die Stufen von der Schlossteichbrücke zur Promenade herunterkam. Er wirkte gehetzt, kam schnell näher. Das musste ihr Mann sein! Belgen warf die Zigarette weg und beschloss, dem Unbekannten entgegenzugehen …

Freymann stutzte. In einiger Entfernung vor ihm kam ihm ein Mann auf der Promenade entgegen, der sich auffällig unauffällig verhielt. Freymann fühlte sich von dem Fremden beobachtet. War das eine Falle? Niemand konnte wissen, dass er bei Schwermer verabredet war. Waren sie ihm trotz aller Vorsicht gefolgt? Hier in diesem Abschnitt der Promenade zwischen Schlossteichbrücke und dem Münzplatz waren nur wenige Fußgänger unterwegs. Links von ihm lag das Ernst-Wiechert-Denkmal. Aus dessen Schatten löste sich plötzlich eine Gestalt. Freymann wollte ausweichen, doch jetzt stand auch jemand hinter ihm, rempelte ihn an.

»He, erlauben Sie mal! Was soll das?«

Reflexartig fuhr Freymann herum. Da spürte er einen brennenden Schmerz. Er ließ die Tasche fallen und fasste sich an die Seite. Seine Hand war voller Blut. Er sah das Messer in der Hand des Angreifers. Der Fremde sah ihn mit kalten Augen an, bevor er noch einmal mit voller Wucht zustach.

Belgen erstarrte. Was geschah dort am Denkmal? Gerade hatte er noch überlegt, wie er sich zu erkennen geben könnte, als der Mann plötzlich stehen geblieben war. Dann waren zwei Männer aus dem Nichts aufgetaucht, und im nächsten Moment musste er fassungslos mit ansehen, wie der Mann mit der Aktenmappe zusammenbrach, während die beiden Fremden schnellen Schrittes in Richtung Schlossteichbrücke verschwanden. Belgen rannte sofort los.

Freymann kniete mit gekrümmten Rücken auf dem Boden und kippte dann langsam zur Seite. Der Schmerz war kaum auszuhalten. Schlagartig wurde ihm klar, dass er sterben würde. Er hatte seinen Gegner sträflich unterschätzt. Was sollte jetzt nur aus Luise werden? Unter ihm hatte sich bereits eine große Blutlache gebildet. Das Atmen fiel ihm schwer. Alles, was er noch tun konnte, war sein Wissen an diesen Reporter weiterzugeben, damit von Rellentin nicht davonkam. Aus der Ferne nahm er wahr, dass sich eine Person über ihn beugte.

»Ich bin Karl Belgen«, hörte er eine Stimme. »Bleiben Sie ruhig liegen. Ich hole einen Arzt ...«

Der Sterbende krallte sich an seinem Arm fest. Der Atem ging rasselnd. Überall war Blut. Das Messer steckte noch. Einem Impuls folgend zog Belgen es aus der Wunde. Der Mann stöhnte auf. Belgen holte ein Taschentuch hervor und drückte es auf die Stichwunde.

»Die Waffen ...«, keuchte der Mann. »Reichswehr ... nach Memel ...«

»Sie dürfen sich nicht anstrengen. Ich hole Hilfe.«

»Rossitten … in vier Tagen … Sie müssen … meine Frau …«

Der Mann verstummte, der Mund stand offen. Belgen war sich sicher – der Mann war tot.

Panisch sah er sich um. Erste Passanten waren auf die Szene aufmerksam geworden. In der Jacketttasche fand er einen Reisepass. Der Mann hieß Freymann. Hastig steckte er den Pass zurück in die Tasche. Wo war die Aktenmappe geblieben? Belgen blickte sich hektisch um, doch die Mappe war nirgends zu sehen. Eine Pfeife ertönte. Belgen sah einen Schupo im Laufschritt herankommen.

Söderberg hatte sich gerade aus dem neuen Kännchen Kaffee eingeschenkt, als er den schrillen Pfiff hörte. Er stand auf und ging bis ans Ende der Terrasse, um einen besseren Blick auf die Promenade zu haben. Da lag ein Mann am Boden – und Belgen war bei ihm! Söderberg hastete zurück an den Tisch und kramte hektisch Geld hervor, bevor er über das Geländer sprang und in Richtung Denkmal lief.

»Was tun Sie da? Sie haben den Mann niedergestochen!«

Belgen sah hoch. Vor ihm stand ein alter Herr mit bebendem Schnauzbart, der drohend den Spazierstock hob. Immer mehr Schaulustige kamen hinzu. Auch ein Schutzpolizist tauchte auf, blickte einen Moment wie gelähmt auf die Szene, die sich ihm bot. Unterdessen schrie der alte Herr: »Der Kerl da hat diesen Mann niedergestochen, Herr Wachtmeister!«

»Das ist ein Missverständnis«, beteuerte Belgen. »Ich bin lediglich zu Hilfe gekommen.«

»Los, stehen Sie auf, Mann!« Der Polizist packte Belgen am Arm und zog ihn auf die Beine.

Mittlerweile war ein weiterer Schupo erschienen, der sich um Freymann kümmerte. Er tastete nach der Halsschlagader. »Du, Karl, ich glaube, der Mann ist tot«, sagte er und sah in die Runde der Schaulustigen.

»Wer von Ihnen hat gesehen, was hier passiert ist?«

»Na, der Kerl da hat den Mann niedergestochen«, rief der alte Herr erneut.

»Das stimmt nicht, Herr Wachtmeister! Ich habe aus einiger Entfernung gesehen, dass das Opfer von zwei Männern angegriffen wurde und dann zu Boden ging. Ich bin zu ihm hingelaufen, um Erste Hilfe zu leisten«, beteuerte Belgen.

Der Schupo ging nicht darauf ein, sondern wandte sich an seinen Kollegen: »Fritz, lauf zu Schwermer und ruf im Präsidium an. Die sollen die Kripo schicken, und sag denen, dass wir einen Tatverdächtigen im Gewahrsam haben!«

Der so Angesprochene lief sofort los und wäre dabei fast mit Hagen Söderberg zusammengestoßen.

Söderberg drehte sich rasch zur Seite. Unter diesen Umständen war es wahrscheinlich besser, möglichst unauffällig vom Tatort zu verschwinden, zumal er nicht wusste, ob Belgen sich gegenüber der Polizei als Journalist zu erkennen geben wollte.

Söderberg löste sich aus der Menschentraube und ging im allgemeinen Tumult unbemerkt davon.

19

Es war bereits nach acht als Johann Caillé das Polizeipräsidium an der Fuchsberger Allee betrat. Die Nachricht von dem Überfall auf der Schlossteichpromenade hatte sich in Windeseile verbreitet. Es war der Schutzpolizei mehr schlecht als recht gelungen, die Schaulustigen vom Tatort zu entfernen, damit eine Spurensicherung durchgeführt werden konnte. Caillé hatte die Leiche unverzüglich in die Gerichtsmedizin bringen lassen und sich dort ans Werk begeben, kaum dass er die Obduktion von Luise Freymann beendet hatte. Zwei Obduktionen an einem Tag: Wann hatte es das zuletzt gegeben im beschaulichen Königsberg? Nun war er mit den ersten Ergebnissen auf dem Weg zur Kripo. Trotz der vorgerückten Stunde war die Mannschaft vollzählig vertreten.

Henny Hübner nahm ihm Hut und Stock ab.

»Na endlich, Doktor!«, rief Singer erleichtert und wies auf den Besprechungstisch.

Caillé setzte sich auf den Stuhl, den Puschkat beflissen zurechtrückte. Er schlug seinen Hefter auf, rückte sein Monokel zurecht und begann: »Todesursächlich waren die beiden Messerstiche.«

Singer trommelte nervös mit den Fingern.

Caillé sah mit tadelnder Miene auf. Singer machte eine entschuldigende Geste, faltete dann die Hände auf dem Tisch.

Der Pathologe räusperte sich: »Nun, der Täter hat mit einem Stich die Aorta thoracica erwischt, zu Deutsch die Brustaorta. Sie wies eine Ruptur von zwei Zentimetern auf. Das Opfer ist in kürzester Zeit verblutet.«

»Kann man etwas über die Tatwaffe sagen?«

»Ein Dolchmesser M17. Wurde von der Waffenschmiede Glock entwickelt und gehörte zur Standardausrüstung der k. u. k. Armee. Erfreute sich im Krieg beim Nahkampf großer Beliebtheit.«

»Dann könnte der Täter ein Österreicher sein?«, fragte Henny Hübner.

»Das müssen Sie schon selbst herausfinden, liebe Kollegen.«

»Haben sich aus der Obduktion von Luise Freymann noch Details ergeben, die uns weiterhelfen könnten?«

»Nun, hier hat sich meine erste Einschätzung bestätigt. Für mich besteht kein Zweifel daran, dass die Frau gewaltsam erstickt wurde. Im Falle eines gewaltsamen Erstickens findet man in aller Regel verräterische Einblutungen, sogenannte Petechien, in der Bindehaut, so auch hier.«

Singer nickte. »Vielen Dank, Herr Doktor.« Er sah in die Runde. »Ich denke, dass wir uns einig sind, dass die Ermordung von Luise und Arnold Freymann an ein und demselben Tag kein Zufall sein kann.«

Zustimmendes Gemurmel.

»Wie sieht es mit Fingerabdrücken aus?« Die Frage kam von Puschkat.

Lippert antwortete. »Auf dem Messer finden sich Fingerabdrücke von diesem Belgen. In der Küche der Freymanns konnten wir sie bislang nicht entdecken. Aber wir sind dran.«

»Und wie sieht es mit Zeugenaussagen aus? Irgendwas Neues?«, wollte Singer wissen.

Maag blätterte durch sein Notizbuch. »Nein. Wir haben die fünf Augenzeugen vernommen, die zur Tatzeit in unmittelbarer Nähe des Tatorts waren. Alle behaupten, dass es der Kerl war, den wir verhaftet haben.«

»Aber keiner von den Zeugen hat gesehen, dass der Tatverdächtige die Waffe wirklich geführt hat, richtig?«, hakte Singer nach.

Lippert schnaubte verächtlich. »Was soll denn diese Frage? Er war beim Opfer, er hatte Blut an den Händen, hatte die Tatwaffe. Was wollen Sie mehr?«

Singer war vom Tisch aufgestanden, lief unruhig auf und ab. »Solche Zeugenaussagen sind immer mit Vorsicht zu genießen, meine Herren. Die fünf waren zur selben Zeit am Tatort. Bis wir dort ankamen, hatten sie ausreichend Zeit, über den Vorfall zu sprechen. Fehlende Kausalzusammenhänge konstruiert sich das menschliche Gedächtnis ganz leicht von selbst. Ich glaube nicht, dass das so abgelaufen ist, wie die Zeugenaussagen es suggerieren.«

»Aber niemand hat etwas anderes gesehen«, warf Puschkat ein. »Glauben Sie, dass ein Reporter grundsätzlich nicht zu einem Mord fähig ist, Singer?«

»Es passt einfach nicht zusammen. Welches Motiv sollte der Mann haben?«

Puschkat trommelte unentschlossen mit den Fingern auf der Tischplatte. »Dann sollten wir uns den Kerl wohl noch mal vornehmen.«

Die Arrestzellen befanden sich im Souterrain des Polizeipräsidiums. Durch ein schmales Gitterfenster knapp unter der Decke fiel nur wenig Tageslicht in den schmalen, graugrün gestrichenen Raum, in den Karl Belgen nach seiner ersten Befragung – wenn man sie denn so nennen konnte – gesteckt worden war. Eine Pritsche, die an Ketten an der Wand befestigt war und ein Blecheimer für die Notdurft bildeten das einzige Mobiliar. Man hatte ihn nach seiner Verhaftung wie einen Schwerverbrecher behandelt, all seinen Beteuerungen zum Trotz, dass er nur Zeuge der Mordtat gewesen sei und dem Opfer zu Hilfe eilen wollte. Seit Stunden ließ man ihn nun schon schmoren. Immer wieder hatte er gegen die Zellentür gehämmert. Er wollte mit dem Leiter der Ermittlungen reden. Dieser schwachköpfige Inspektor – Lippert, oder wie er sich nannte – hatte ihn ja überhaupt nicht zu Wort kommen lassen.

Belgen wollte sich gerade erneut der Tür zuwenden, als diese aufging und ein Wachtmeister erschien.

»Mitkommen!«

»Wurde aber auch Zeit«, murrte Belgen und folgte dem Wachtmeister die kurze Treppe hinauf ins Parterre und von dort in einen Vernehmungsraum. Keine Fenster. Ein Tisch mit drei Stühlen und eine trübe Glühbirne an der Decke. Der Wachtmeister wies auf einen der Stühle.

»Hinsetzen!«

»Besten Dank«, sagte Belgen mit kaum verhohlenem Sarkasmus.

Der Wachtmeister bezog neben der Tür Posten, breitbeinig, die Hand demonstrativ auf dem Waffenholster.

Belgen musste nicht lange warten. Zwei Polizisten in Zivil betraten den Raum, die sich als Kriminalkommissare Singer und Puschkat vorstellten. Sie setzten sich. Der jüngere von beiden, Singer, holte ein Notizheft samt Bleistift hervor. Er wirkte nicht unfreundlich, wie Belgen fand.

Der Reporter schöpfte neue Hoffnung. »Hören Sie, ich weiß nicht, was Ihnen der Inspektor, der mich vernommen hat, erzählt hat, aber ich war es nicht. Ich habe diesen Mann nicht erstochen. Ich wollte ihm helfen ...«

Singer gebot Belgen mit einer Handbewegung zu schweigen. »Immer mit der Ruhe, Herr Belgen«, sagte er. »Schön der Reihe nach. Zunächst einmal – wieso waren Sie zur fraglichen Zeit am Tatort?«

Belgen zögerte. Er hatte nicht vor, den beiden Kriminalern die Wahrheit auf die Nase zu binden. Er hatte die Hoffnung auf seine Skandalgeschichte noch nicht aufgegeben. Immerhin stand seine Karriere auf dem Spiel. »Nun, ich arbeite bei der *KAZ*, wie ich Ihrem Kollegen bereits sagte. Meine Stelle bietet den Vorzug, dass ich mir die Arbeit einteilen kann, tja, und es war ein prächtiger Sommertag, da hab ich mich entschlossen, früher Schluss zu machen und die Sonne am Schlossteich zu genießen. Wie so viele andere in der Stadt.« Er lächelte.

»Sie sind also über die Promenade geschlendert. Und was dann?«, wollte der ältere Kommissar wissen, der mit dem mächtigen Schnauzbart, der weit weniger freundlich wirkte.

»Na ja. Irgendwann kam mir dieser Herr entgegen. Dann blieb er plötzlich stehen. Zwei Männer waren aus unterschiedlichen Richtungen an ihn herangetreten. Der eine muss unmittelbar hinter ihm gegangen sein, sonst hätte ich ihn schon früher bemerkt. Der andere hat anscheinend hinter dem Wiechert-Denkmal gestanden und war dann mit zwei schnellen Schritten an der Seite des Opfers.«

»Wie weit waren Sie zu diesem Zeitpunkt vom Opfer entfernt?«

»Das werden noch gut hundert Meter gewesen sein«, sagte Belgen.

»Und dann?«, fragte Singer.

»Der eine hielt ihn fest, während der, der hinter dem Denkmal gestanden hatte, mit dem Messer zweimal zugestochen hat. Die sind dann nach hinten weg in Richtung Schlossteichbrücke zur Weißgerberstraße. Als ich sehe, wie der Mann zusammenbricht, bin ich sofort zu ihm hingelaufen. Na ja, den Rest kennen Sie ja.«

Kommissar Puschkat sah ihn ungerührt an. »Für die beiden ominösen Täter gibt es bislang keine weiteren Zeugen.«

»Aber sie waren da! Wenn ich es doch sage! Was kann ich dafür, dass der hysterische Alte mit seinem Geschrei die Aufmerksamkeit der übrigen Passanten allein auf sich gezogen hat?«, erwiderte Belgen gereizt.

»Die Aussagen der Passanten stimmen aber alle überein«, hielt Puschkat dagegen.

Belgen sackte auf seinem Stuhl zusammen. Es war zum Verrücktwerden.

»Können Sie die Täter beschreiben?«, setzte Singer neu an.

Belgen zuckte mit den Schultern. »Was soll ich sagen? Mittelalt. Der eine vielleicht etwas älter als der andere. Durchschnittlich groß. Sommerliche Anzüge.«

»Eine Beschreibung, die auf so ziemlich jeden zutrifft«, brummte Puschkat.

Belgen breitete die Arme aus, was so viel besagte wie: Ich kann es nicht ändern.

»Warum hat es für die Zeugen so ausgesehen, als hätten Sie die Taschen des Opfers durchsucht?«, wollte Singer wissen.

Belgen zögerte einen Moment, bevor er antwortete. »Ich ... ich war auf der Suche nach einem Taschentuch, irgendwas, mit dem man die Blutung stillen konnte ...«

»Merkwürdig. Wir haben Ihre Fingerabdrücke auf Freymanns Reisepass gefunden.«

»Ich habe in großer Hast in den Taschen gewühlt. Dabei werde ich wohl den Pass angefasst haben. Das kann durchaus sein.«

Singer beugte sich vor, sah ihn eindringlich an. »Sie hatten Blut an den Händen. Sie haben daraufhin seine Kleidung durchsucht. Das erklärt die Schmierspur auf Vorder- und Rückseite des Passes. Jedoch nicht den Fingerabdruck, den wir auf einer der Innenseiten gefunden haben. Dort, wo das Foto klebt und wo sich die Angaben zur Person befinden.« Er machte eine Kunstpause, bevor er fortfuhr. »Für mich, Herr Belgen, sieht es ganz so aus, als hätten Sie den Ausweis gezielt aufgeschlagen. Warum?«

Belgens Gedanken rasten. Während er noch nach einer plausiblen Antwort suchte, fuhr Singer bereits fort.

»Herr Belgen, waren Sie mit dem Mann eventuell verabredet?«

Belgen schüttelte energisch den Kopf. »Aber nein, wie kommen Sie denn darauf? Ich kenne den Mann doch überhaupt nicht. Ich habe wirklich nur nach einem Tuch gesucht …«

Singer fuhr fort. »War der Mann zu diesem Zeitpunkt noch ansprechbar? Hat er Ihnen etwas sagen können? Er hat Sie laut Zeugenaussagen am Arm festgehalten.«

»Nein, er hat nichts mehr sagen können. Er hat sich in meinem Arm verkrampft, ein letztes Aufbäumen, dann war er tot.«

Puschkat legte die Arme auf den Tisch: »Was hat es mit dem hohen Geldbetrag auf sich, den Sie bei sich hatten?«

»Herr Wyneken hatte mich gebeten, den Betrag bei der Stadtbank abzuholen. So etwas kommt vor.«

»Zehntausend Reichsmark sind eine Menge Geld. Noch dazu in Hunderter-Noten. Die wurden ihnen ohne Quittungsbeleg ausgehändigt?«, setzte Puschkat nach.

Belgen schluckte. »Den … den Beleg habe ich unmittelbar nach dem Bankbesuch weggeworfen. Den benötigt ja nur die Bank, nicht meine Zeitung«, sagte er und lächelte gequält. Langsam wurde es unangenehm für ihn.

»Natürlich, Herr Belgen. Und Herr Wyneken wird uns das gewiss bestätigen können.« Singer sah ihn herausfordernd an.

»Bestätigen? Ich verstehe nicht, warum ist es in diesem Zusammenhang wichtig, wie viel Geld ich dabei hatte?«

Ihm wurde bewusst, dass er einen Fehler gemacht hatte. Spätestens morgen früh würde man wissen, dass er das Geld gar nicht von der Bank geholt hatte, ein Anruf bei Wyneken genügte. Aber der Kommissar war noch nicht fertig.

»Ich glaube Ihnen die Geschichte mit dem Geld nicht, Belgen«, fuhr dieser fort. »Ich glaube vielmehr, dass Sie das Mordopfer kannten. Dass Sie mit ihm verabredet waren.« Belgen spürte, wie ihm der Schweiß auf die Stirn trat.

»Und dass das Geld für Arnold Freymann bestimmt war, der Ihnen Informationen verkaufen wollte.«

Der schnauzbärtige Kommissar sah seinen Kollegen kopfschüttelnd an. »Was ist denn das für eine Geschichte, Singer? Dieser Mann ist unser Hauptverdächtiger, Punktum«, stellte er klar. »Ich denke, wir sind für heute hier fertig. Wir werden Ihre Angaben überprüfen, Herr Belgen, und dann sehen wir weiter.«

Puschkat erhob sich. »Kommen Sie?«, sagte er, an Singer gewandt.

Der wollte etwas erwidern, überlegte es sich dann aber anders und folgte seinem Kollegen hinaus.

20

Das Viertel Maraunenhof lag am nördlichen Ende des Oberteichs. Erst vor gut fünfzehn Jahren hatte die Königsberger
Stadtentwicklung das Potenzial dieses bis dahin dünn besie-
delten Fleckens erkannt. Seitdem war dem verlorenen Weltkrieg zum Trotz viel passiert. Rechts und links der breiten
Herzog-Albrecht-Allee mit ihren frisch gepflanzten Hain-
buchen und rund um den Bismarckplatz konnte man viele
prachtvolle Villen im Stil des Neoklassizismus bewundern.
Peukert hatte keine Mühe, das elegante Anwesen direkt am
Oberteichufer zu finden. Der protzige Stil des großzügigen
Gebäudes passte zum Auftreten seines Besitzers.

Peukert parkte den Wagen an der nächsten Straßenecke
und ging dann zur genannten Adresse zurück. Die Vor-
sicht war unbegründet, denn hier in dieser noblen Ge-
gend war um diese Uhrzeit niemand mehr auf der Straße.
Der Hauptmann warf einen Blick auf seine Armbanduhr.
Zwanzig vor neun. Etwas spät für einen Besuch, aber die
Nachricht, die er zu überbringen hatte, war gewiss zu jeder
Zeit willkommen.

Bevor er an dem eindrucksvollen Portal die elektrische
Klingel betätigte, sah er sich noch einmal um. Ein Diener
in gestreifter Weste öffnete.

»Ich möchte zu Herrn von Rellentin«, sagte Peukert.

»Wen darf ich melden?«, fragte der Diener.

Peukert, der eigens seine Ausgehuniform angezogen hatte, nahm seine Dienstmütze ab. »Hauptmann Peukert.«

Der Diener bat Peukert in die Halle und verschwand durch eine große Schiebetür im Salon. Von Rellentin ließ nicht lange auf sich warten. Er trug einen Smoking und hielt eine Zigarre in der Hand.

»Kommen Sie, Peukert, wir gehen in die Bibliothek. Dort sind wir ungestört.«

Peukert folgte dem Baron in einen weitläufigen Raum, der rechter Hand bis an die Decke mit Bücherregalen bestanden war. Die gegenüberliegende Fensterfront gab den Blick auf eine parkähnliche Gartenanlage frei, die sich dunkel gegen den glutroten Abendhimmel abhob. Von Rellentin bediente sich aus einer Karaffe, die auf der Anrichte zur Linken standen, dann setzte er sich in einen der Klubsessel.

»Nur zu, genehmigen Sie sich auch einen, Peukert.«

Der Hauptmann klemmte die Dienstmütze unter den linken Arm, blieb aber stehen, wo er war.

»Ich will Sie nicht lange aufhalten, Herr Baron. Ich dachte, Sie sollten aus erster Hand erfahren, dass sich das Problem Freymann erledigt hat.« Peukert zog den Umschlag mit dem Geld hervor, trat einen Schritt vor und legte ihn auf einen niedrigen Beistelltisch.

Von Rellentin beugte sich vor, nahm den Umschlag und sah hinein. »Scheint alles in bester Ordnung zu sein.« Der Baron paffte an seiner Zigarre und nickte anerkennend.

»Gut so, Peukert. Ich hoffe, Sie sind mit der gebotenen Diskretion vorgegangen.«

»Nun, wir mussten ein wenig … improvisieren«, antwortete der Hauptmann ausweichend. Peukert dachte an das Messer, das Klemp hatte stecken lassen. »Aber Ziel war es schließlich, dass dieser Freymann die Operation nicht mehr gefährden kann.«

Doch hinter dem Wieselgesicht des Barons lauerte ein wacher Verstand. »Improvisieren? Das klingt nicht nach einem planmäßigen Verlauf …«

»Wir mussten den Mann zunächst einmal aufspüren. Er war nicht in der Kaserne, also habe ich seiner Frau einen Besuch abgestattet …«

»Und?«

»Ich erfuhr von ihr, dass sie und ihr Mann die Stadt noch heute mit dem Nachtzug verlassen wollten. Zuvor hatte der Gatte noch eine Verabredung bei Schwermer, die er aber nicht mehr einhalten konnte.«

Der Baron hob fragend die Augenbrauen in die Höhe.

»Meine Männer haben ihn auf der Schlossteichpromenade erwischt«, fuhr Peukert fort. »Es war rasches Handeln gefragt. Zwei Messerstiche. Der Mann war sofort tot.«

»Am helllichten Tag auf der Schlossteichpromenade?« Das Wieselgesicht war eine Spur blasser geworden. »Sie wissen, was auf dem Spiel steht, Peukert. Das war sehr riskant. Und was ist mit der Frau?«

»Frau Freymann war unheilbar krank. Sie hat das Gas im Ofen aufgedreht und ihrem Leben ein Ende bereitet«, erwiderte der Hauptmann.

Von Rellentin war aufgestanden und lief in der Bibliothek auf und ab. Er deutete mit der Zigarre auf Peukert. »Die beiden sterben am selben Tag? Das wird die Kripo nicht schlucken. Wir dürfen diesen Singer nicht unterschätzen.«

Der Hauptmann blieb gelassen. Er hatte seinen Auftrag und von Rellentin war nicht der Kopf der Operation. Die maßgeblichen Befehle kamen aus Berlin. »Ich musste die kritische Lage klären, Herr Baron. Nun haben wir eine neue Lage und die ist wieder um einiges überschaubarer.«

Von Rellentin sah das anders. »Noch bin ich für die Aktion verantwortlich, Herr Hauptmann. Vergessen Sie das nicht. Und ohne mich und meine Verbindungen wird diese Aktion scheitern! Ich leite den Völkisch-sozialen Freiheitsblock. Meine Person darf nicht beschädigt werden. Bei der Reichstagswahl im Mai haben wir fast neun Prozent erzielt. Einen Skandal können wir uns jetzt absolut nicht leisten.«

Peukert schwieg. Er hasste Politiker! Und die Völkischen bildeten da keine Ausnahme. Hitler saß in Festungshaft. Die NSDAP war verboten. Um dieses Verbot zu umgehen und die völkische Bewegung am Leben zu halten, hatte man den Block gegründet. Immerhin war es von Rellentin geglückt, auf diese Weise ein Reichstagsmandat zu erhalten. Jetzt schwang er große Reden gegen das Versailler Diktat, doch die Drecksarbeit durften andere machen. Der feine Herr Baron sorgte sich mehr um seine gesellschaftliche Reputation.

»Also bleibt es beim vereinbarten Zeitplan?«, fragte Peukert.

Von Rellentin sah eine Weile gedankenverloren in den

dunklen Garten. Dann drehte er sich um und drückte den Zigarrenstumpen in dem Aschenbecher auf dem Beistelltisch aus. »Es bleibt dabei. Rossitten in vier Tagen. Die Kameraden vom Heimatschutz werden die Lieferung dort übernehmen. Sehen Sie zu, dass Sie und Ihre Männer am späten Nachmittag dort sind. Ich werde Sie erwarten.«

Peukert setzte die Mütze auf und wandte sich zum Gehen. »Wir sehen uns dann auf der Nehrung. Ich finde allein hinaus.«

Eine knappe Stunde noch bis zur Sperrstunde. Ella ließ den Blick durch den Saal des Bel Ami schweifen. Die Band spielte einen Two Step. Die Tanzfläche war voll. Tische und Séparées waren ebenfalls noch gut besetzt. Ellas Tischrunde hatte sich soeben aufgelöst, sodass sie die Gelegenheit für eine Stippvisite an der Bar nutzte.

»Na, Kleene, kann ik dir wat Jutes tun?«, fragte Bob, während er im Akkord Gläser polierte. »Warst ja wieder der Star des Abends. Könnt mir jlatt in dich valiebn.« Der zwergwüchsige Barkeeper grinste breit.

»Nu, werd mal nicht sentimental, kleiner Mann. Mach mir lieber einen Mimosa.«

Ella setzte sich auf einen Barhocker und schlug die langen Beine übereinander. Mit lässiger Geste stellte Bob den Sekt-Cocktail vor ihr ab.

»Weest ja, Schampamja is nüscht.«

»Elendes Embargo«, seufzte Ella. »Trinken wir halt patriotisch mit deutschem Sekt aufs deutsche Vaterland.« Ella hob ihr Glas und prostete Bob zu.

»So is det recht, Frollein.«

Während sie an ihrem Cocktail nippte, fiel ihr Blick auf einen Tisch auf der Empore. Dort hatte sich Igor Raguschin soeben erhoben. An seiner Seite erkannte Ella die Blondine aus dem »Reichshof«. Raguschin begleitete die attraktive Mittdreißigerin zum Ausgang. Bob war Ellas Blick gefolgt.

»Weißt du, wer das ist, Bob?«

»Keene Ahnung. Ik wees nur, det die jute Dame schon einmal hier war. Nach jroßer Liebe sah det jedenfalls nicht aus«, sinnierte der Barkeeper. »Vielleicht wat Jeschäftliches?«

Genau dieser Gedanke war Ella auch in den Sinn gekommen. Sie beschloss, der Sache auf den Grund zu gehen.

Zehn Minuten später fand sie den Russen in seinem Büro am Schreibtisch sitzend vor. Raguschin war offensichtlich in Gedanken versunken, vor sich einen Cognac, in der Hand eine Zigarre.

»Ach, du bist es. Wie ist der Abend gelaufen?«

»Ein gut besuchter Freitagabend, kein Ärger, zufriedene Gäste, ausgelassene Stimmung. So wie es sein sollte. Und bei dir?«

Raguschin deutete auf den freien Besuchersessel. Ella setzte sich und zündete sich eine Garbáty Kalif an. Der Nachtklubbesitzer zog an seiner Zigarre und warf Ella einen taxierenden Blick zu. »Du willst wissen, wer die Frau war?«

Ella ließ den Rauch entweichen und nickte knapp zur Bestätigung. Raguschin wusste, dass sie nicht lockerlassen würde. Er war zwar der Boss, doch ihm war klar, welch großen Anteil Ellas Engagement am kometenhaften Aufstieg des Bel Ami hatte. Er würde seinem besten Pferd im Stall reinen Wein einschenken müssen, zumal er sie aus einer Laune heraus sogar mit fünf Prozent an den Einnahmen beteiligt hatte.

»Mathilde von Brekdorf«, sagte er knapp.

Ella zog überrascht die gezupften Augenbrauen hoch. »Von Brekdorf? Das gleichnamige Bankhaus? War der Juniorchef nicht eins der Opfer der Blutgericht-Morde im Frühjahr?«

Raguschin bleckte die Zähne und nickte. Sollte wohl ein Lächeln werden.

»Seine Frau, das heißt – Witwe. Kannst ja mal deinen Kommissar nach ihr fragen.«

Das war nicht nötig. Ella hatte den Bankier gekannt. Er war oft im Bel Ami gewesen, hatte ihre Dienste in Anspruch genommen und zunächst auch gut dafür gezahlt, bis er eines Tages eine Grenze überschritt und Singer sie aus einer sehr unangenehmen Lage befreien musste. Wie sich später herausstellte, hatte Brekdorf zudem vor gut zehn Jahren mit drei Kommilitonen eine junge Frau vergewaltigt und getötet. Sein gewaltsamer Tod hatte sie daher nicht gerade betrübt.

»Und was will die lustige Witwe von dir?«, fragte sie und spürte, noch während sie die Worte aussprach, dass dem Russen die Frage mehr als unangenehm war.

Raguschin kippte den Rest seines Cognacs herunter. Er griff nach der Karaffe auf seinem Schreibtisch und schenkte sich ein.

»Ludwig von Brekdorf«, begann er schließlich, »ist …

war als stiller Teilhaber an allem hier beteiligt.« Er machte eine ausladende Handbewegung.

Ella stieß hörbar die Luft aus. »Mit wie viel?«

»Dreißig Prozent.«

»Dreißig Prozent? Und nun will sie, dass du sie auszahlst?«

Raguschin schnaubte. »Wenn es so einfach wäre ...«

»Was will sie dann?«

»Mitverdienen.«

»Das darf doch nicht wahr sein! Ich hoffe, du konntest ihr das ausreden, Igor. Was will denn eine Von-und-zu in einem Nachtklub wie diesem?«

»Beruhig dich, Ella. Ich werde sie schon aus allen Entscheidungen heraushalten.«

Ella konnte nicht glauben, was sie da hörte. Sie drückte die halb gerauchte Zigarette aus, warf Raguschin einen wütenden Blick zu. »Wenn sie dreißig Prozent hält, dann wird sie mitbestimmen wollen. Ich weiß nicht, wie das funktionieren soll. Wir beide, Igor, wir haben in unserem Leben schon Dreck gefressen. Wir haben uns von ganz unten bis hierher hochgearbeitet. Wir beide haben das Bel Ami zu dem gemacht, was es heute ist. Madame kommt aus reichem Hause und hat Langeweile, jetzt wo der Gatte tot ist. Da sucht sie sich ausgerechnet das Bel Ami als Spielwiese? Das kann unmöglich dein Ernst sein, Igor.«

»Was soll ich machen? Mir sind die Hände gebunden. Sie weiß ganz genau, was hier im Laden vor sich geht. Prostitution und Glücksspiel sind immer noch verboten in diesem Land, auch wenn niemand mehr so genau hinschaut.

Wenn Madame will, kann sie hier eine Menge Ärger machen.« Raguschin hob resigniert die Hände.

Ella hielt es nicht mehr in ihrem Sessel. Sie stand auf, stemmte die Hände auf den Schreibtisch. »Du musst sie loswerden!«

Jetzt erhob sich auch Raguschin. Er brachte sein Gesicht dicht an das ihre heran, sodass sie seinen Atem riechen konnte, Cognac und Zigarre. Seine Stimme war nur ein Flüstern. »Was bildest du dir ein? So spricht niemand mit mir. Noch habe ich hier das Sagen …«

Ella wich nicht zurück. »Ohne mich wärst du nie dahin gekommen, wo du heute bist. Vergiss das besser nie. Ich gebe dir eine Woche Zeit zum Nachdenken.« Damit wandte sie sich um und ging zur Tür.

Raguschin sah ihr hinterher. »Was soll das denn heißen?«, rief er aufgebracht.

Doch da hatte Ella schon die Tür aufgerissen und das Büro verlassen.

21

Die Stimmung im Büro der Königsberger Kriminalpolizei war auf dem Nullpunkt, und das lag nicht nur daran, dass Samstagmorgen war und mal wieder Wochenenddienst anstand. Puschkat und Lippert saßen am Besprechungstisch und verfolgten mit grimmigen Mienen, wie Aaron Singer die große Übersichtstafel auf den neusten Stand brachte, auf der sie alle Fakten erfassten und miteinander in Beziehung setzten. Es hatte Singer einige Mühe gekostet, die Kollegen für diese neue Methode zu gewinnen. Von der Notwendigkeit der Freilassung ihres Hauptverdächtigen hatte er sie dagegen noch nicht überzeugen können.

Ein Anruf im Büro des Verlegers der *Königsberger Allgemeinen* hatte genügt, um Singer zu bestätigen, was er bereits geahnt hatte. Das Geld, das Belgen bei sich getragen hatte, war für einen Informanten bestimmt gewesen. Wyneken wollte keinen Namen nennen und auch sonst keine Details verraten, aber Singer hatte damit bereits genug erfahren. Unverzüglich hatte er dafür gesorgt, dass Belgen auf freien Fuß kam – nicht ohne den diensteifrigen Kriminalassistenten Maag damit zu beauftragen, sich dem Reporter unauffällig an die Fersen zu heften.

»Ich versteh es einfach nicht«, schimpfte Lippert erneut

und schlug mit der flachen Hand auf den Tisch. »Der Kerl wurde mit dem Messer in der Hand am Tatort aufgegriffen. Reportage hin oder her – für mich bleibt er ein Verdächtiger.«

Singer drehte sich zu seinen Kollegen um. »Er war es nicht. Er hat doch überhaupt kein Motiv.«

»Bravo«, brummte Puschkat. »Und wir stehen wieder mit nuscht da. Mittlerweile drei Tote und immer noch kein Tatverdächtiger in Sicht.«

»Nicht ganz, Puschkat«, sagte Singer. Er wies auf das Schaubild, wo der Name Freymann durchgestrichen worden war. Von seinem Namen führte dafür jetzt eine direkte Linie zu Belgen. »Wir halten uns ab sofort an den Reporter. Möglicherweise hat er doch noch mit dem Sterbenden sprechen können. Wir werden abwarten müssen, bis Erwin sich meldet.«

»Hab ich etwas verpasst?« Lippert blickte von Singer zu Puschkat.

»Das wüsste ich auch gerne«, erwiderte Puschkat.

»Ich habe ihm den Auftrag erteilt, sich an Belgens Fersen zu heften. Belgen ist ehrgeizig. Für die große Skandalgeschichte wird er alles tun. Nach dem Gespräch gestern bin ich mir sicher, dass der uns wesentliche Informationen vorenthalten hat.«

»Das ist ja allerhand!« Puschkat machte große Augen. »Und wann gedenkt der Herr Kriminalassistent sich zu melden? Der Junge ist doch noch grün hinter den Ohren. Wenn ich das gewusst hätte, dann hätte ich dem nie zugestimmt.«

Singer blieb gelassen. »Ruhig Blut, Puschkat! Sie müssen dem Jungen auch mal was zutrauen. Jetzt kann er sich beweisen.«

Bevor Puschkat etwas darauf entgegnen konnte, schrillte das Telefon, und wenige Sekunden später steckte Henny Hübner aufgeregt ihren Kopf durch die Tür. »Herr Singer, der Erwin.«

»Was hab ich gesagt, Puschkat. Auf den Jungen ist Verlass!«

Singer ging zu Henny ins Vorzimmer. Puschkat und Lippert blieb somit nichts anderes übrig, als sich in Geduld zu üben. Schließlich kehrte Singer an den Besprechungstisch zurück.

»Und?«, fragten Lippert und Puschkat wie aus einem Mund.

Singer konnte sich ein zufriedenes Grinsen nicht verkneifen. »Erwin hat sich aus Cranzbeek gemeldet. Der gute Herr Belgen ist mit dem Dampfer auf dem Weg nach Rossitten. Es sieht ganz so aus, als würde er eine Spur verfolgen, und damit sind auch wir wieder im Spiel, meine Herren.«

Puschkats finstere Miene verflüchtigte sich. Er nickte anerkennend. Dann sah er Singer fragend an. »Und wie geht es jetzt weiter?«

»Die Frage sollten die Herren später klären«, platzte Henny dazwischen. »Die Jaroschke hat gerade angerufen. Der Herr Polizeipräsident erwartet die Herren Kommissare umgehend zum Rapport.«

Auf dem Schreibtisch des Polizeipräsidenten lag der komplette Pressespiegel. *Allgemeine*, *Hartungsche*, *Tageblatt*,

Volkszeitung und die *Voss'sche*. In allen Königsberger Blättern hatte es die tödliche Messerattacke am helllichten Tag auf die erste Seite geschafft.

»Eine schöne Bescherung, meine Herren!«, rief Giersching mit Blick auf die Zeitungen, kaum dass die Kommissare auf den unbequemen Besucherstühlen Platz genommen hatten. »Hier!« Er griff die *Hartungsche* heraus. »›Tödliche Messerattacke auf der Schlossteichpromenade. Drohen Berliner Verhältnisse?‹ Oder hier das *Tageblatt*: ›Reichswehroffizier hinterrücks niedergestochen. Die feige Tat eines Anarchisten?‹. Und dann die *KAZ:* ›Tückisches Attentat auf Reichswehroffizier. Polizei verhaftet renommierten Reporter und lässt die wahren Täter entkommen‹.« Er sah vom einen zum anderen. »Was hat es nun auf sich mit diesem Reporter, diesem – Belgen?«

Puschkat sah zu Singer. Der räusperte sich.

»Nun, Belgen war ganz offensichtlich mit dem Mordopfer verabredet. Oberleutnant Freymann wusste offenbar, wer hinter dem Waffendiebstahl steckt und damit auch für den Mord an Scheruleit verantwortlich ist. Er hat sich entschlossen, sein Wissen zu versilbern. Belgen ist ihm auf der Promenade entgegengekommen und hat die Täter wahrscheinlich noch flüchten gesehen.«

Giersching nickte. »Schön. Sie haben den Mann verhört. Haben Sie irgendetwas aus ihm herausbekommen?«

Puschkat schüttelte den Kopf. »Nein. Er hat abgestritten, Freymann gekannt zu haben, hat behauptet, er sei nur zufällig Augenzeuge der Tat geworden.«

»Aber wie wir jetzt vom Verleger wissen, stimmt das

nicht. Wir gehen nunmehr davon aus, dass Freymann der Informant war, mit dem Belgen sich treffen wollte. Für ihn waren die Zehntausend bestimmt.« Giersching hatte sich in seinem Bürostuhl zurückgelehnt. Singer deutete dies als gutes Zeichen. Deshalb fuhr er fort: »Es hängt alles zusammen – Scheruleits Tod in der Kaserne, der Waffendiebstahl und der Mord an Freymann …«

»Und der Mord an der Ehefrau«, ergänzte Puschkat.

»Mord?«, fragte Giersching. »Mein letzter Kenntnisstand war, dass es draußen in Kalthof einen Suizid gegeben haben soll.«

Singer schüttelte den Kopf. »Es deutet alles darauf hin, dass sie umgebracht wurde, nachdem sie die Mörder auf die Spur ihres Mannes geführt hatte.«

Giersching nickte gedankenverloren. »Der Mord an Freymann – könnte der nicht auch einen anderen Hintergrund haben?« Er warf Singer einen herausfordernden Blick zu. »Ist das nicht das Credo Ihres alten Chefs Gennat, sich nie zu früh festzulegen, stattdessen in alle Richtungen zu ermitteln?«

Giersching konnte es nicht sein lassen, Singer dessen ehemalige Zugehörigkeit zu Ernst Gennats Berliner Mordinspektion regelmäßig unter die Nase zu reiben. Gennat hatte einen Ruf wie Donnerhall. Selbst in Amerika kannte man Deutschlands gewichtigsten Kriminalisten, der mit seinen Methoden neue Maßstäbe gesetzt hatte. Singers Versetzung in die ostpreußische Provinz war beileibe keine Beförderung. In Berlin regierte der Rotstift. Auch Gennat hatte personelle Opfer bringen müssen und war froh gewesen, dass sich für Singer nach der erfolgreichen Aufklärung der Blutgericht-Morde die Option Königsberg ergeben hatte.

»Zu hundert Prozent auszuschließen ist das nicht«, gab Singer zu, »aber wie wahrscheinlich ist das, unter den gegebenen Umständen? Wir gehen zum jetzigen Zeitpunkt davon aus, dass Belgen von Freymann Informationen zu den Drahtziehern des Waffendiebstahls bekommen sollte. Wir gehen außerdem davon aus, dass Freymann, entgegen seinen Behauptungen, mit Belgen noch sprechen konnte, bevor dieser starb.«

»Wie kommen Sie zu diesem Schluss?«

»Belgen hat heute Morgen in Cranzbeek ein Billet nach Rossitten gelöst und ist mit dem Dampfer auf die kurische Nehrung gefahren. Wir werden ihm dorthin folgen und unauffällig im Auge behalten. Belgen wird uns früher oder später zu den Waffendieben führen.«

»Sie wollen also außerhalb Königbergs eine Observation vornehmen? Wie lange soll das dauern?«

»Da Belgen sofort abgereist ist, denke ich, dass die Übergabe innerhalb der nächsten Tage stattfindet.«

»Wie ist Ihre Meinung dazu, Puschkat?«

Puschkat warf Singer einen kurzen Blick zu, bevor er antwortete. »Es ist unsere einzige Spur.«

Giersching sah von einem zum anderen. »Na schön. Aber Sie fahren allein«, sagte er an Singer gewandt. »Wenn es ernst wird, können sie immer noch Verstärkung anfordern.« Dann wandte er sich wieder Puschkat zu. »Und Sie bleiben schön hier. Und sorgen Sie dafür, dass keiner von der Journaille davon Wind bekommt, dass wir einen Kommissar an den Strand schicken, während in der Stadt Raubmörder die Straßen unsicher machen!«

Damit waren sie entlassen.

Als die Kommissare kurz darauf den Vorraum zu ihren Büros betraten, kam ihnen Henny Hübner entgegen.

»Herr Singer, ich habe bereits eine Unterkunft und die Schiffspassage für Sie gebucht. Das Bahnbillet liegt ebenfalls bereit. Sie fahren mit dem Dampfer um kurz nach zwei und wohnen im Hotel »Kurisches Haff«. Ich habe das Zimmer sicherheitshalber für die ganze Woche reserviert. Sollten Sie vorher Erfolg haben und wieder abreisen, so müssen die fehlenden Nächte nicht bezahlt werden. Herr Hillinger, der Hotelier, scheint sehr kulant zu sein.«

Singer war sprachlos. Die Hübner war einfach eine Wucht.

Wenig später stieg Singer in der Wartenburgstraße aus dem Wagen der Fahrbereitschaft. Mit schnellem Schritt nahm er die Stufen im Treppenhaus und öffnete seine Wohnungstür. Er spürte es sofort. Er war nicht allein. Ein schwacher Duft, der ihm nur allzu bekannt war, lag in der Luft. Singer warf einen Blick ins Wohnzimmer. Niemand. Vorsichtig öffnete er die Schlafzimmertür.

Ella lag nackt auf dem Bett. Als sie die Tür hörte, drehte sie sich zu ihm um und musterte ihn amüsiert. »Bei der Hitze schickt man doch keinen Hund vor die Tür. Da dachte ich mir, ich mache es mir ein wenig bequem und erwarte deine Rückkehr. Ich sehe, mein bloßer Anblick treibt dir schon die Schweißperlen ins Gesicht.«

Singer fuhr sich über die Stirn.

»Ähm, nein, ich bin zu schnell die Treppen rauf … aber ja, natürlich lässt mich dein Anblick … alles andere als kalt.«

Mein Gott, was redete er denn da? Er stammelte ja wie ein Pennäler. Erotische Ausstrahlung hin oder her, er hatte jetzt keine Zeit, sonst fuhr das Schiff ohne ihn.

»Na los, kommen Sie schon zu mir, Herr Kommissar. Leibesvisitation!« Ella grinste.

»Alles zu seiner Zeit, meine Liebe. Jetzt geht es wirklich nicht. Ich muss verreisen.«

Ella machte große Augen. Mit einem eleganten Schwung saß sie plötzlich auf der Bettkante.

»Das kommt aber sehr überraschend«, sagte Ella. Singer kannte die Nachtklubtänzerin mittlerweile gut genug, dass ihm der Anflug echter Enttäuschung in ihrer Stimme nicht entging. Während sie ihn beobachtete und dabei begann, sich wieder anzuziehen, lief er im Schlafzimmer hin und her, um seine Tasche zu packen. Schnell wurde ihm klar, dass er mit einer nicht auskommen würde.

»Wo soll es denn hingehen?«, fragte Ella, während sie einen Strumpf am Strumpfhalter befestigte und dann den zweiten zur Hand nahm.

Singer wusste, dass er ihr eine Erklärung liefern musste.

»Das wird keine Vergnügungsreise. Wir ermitteln auf der Nehrung. Das Ganze dauert vier, fünf Tage. Dann bin ich wieder da.«

Ella musterte Singer mit einem unergründlichen Blick.

Singer hielt einen Moment inne. War sie verärgert? Glaubte sie ihm die Geschichte nicht?

Doch dann hellte sich Ellas Miene plötzlich auf. Sie drückte sich mit ihrem nackten Oberkörper an ihn und küsste Singer auf den Mund. »Aber das ist doch ganz wunderbar!«

»Was meinst du?« Singer hielt irritiert mit zwei Hemden in der Hand inne.

»Ich werde dich begleiten, und wir verleben zusammen ein paar herrliche Tage an der See!« Ella zog sich fröhlich ihr Kleid über. »Machst du mir bitte den Verschluss zu?«

»Aber du kannst nicht so einfach mitkommen. Ich meine, das ist eine Dienstreise. Ich komme in Teufels Küche.«

Singer mochte sich gar nicht vorstellen, was passieren würde, wenn Giersching davon Wind bekäme. Andererseits hatte Ellas verwegene Idee durchaus ihren Reiz.

»Sieh es doch einfach so – ich bin ein Teil deiner Tarnung. Als Ehepaar fallen wir in so einem Seebad nicht auf. Aber ein allein reisender Herr, mitten in den Sommerferien, in einem kleinen Seebad auf der kurischen Nehrung? Du wirst auffallen wie ein bunter Hund!«

Singer fuhr sich mit der Hand durch die Haare. Ella hatte ja durchaus recht. Er seufzte. »Na schön, meinetwegen. Wir fahren als Herr und Frau Singer an die See. Aber ich habe das Sagen!« Er drohte ihr halbherzig mit erhobenem Zeigefinger.

Ella, die bereits vor dem Spiegel ihren Lidstrich und die geschminkten Lippen überprüfte, schenkte ihrem Kommissar ein Lächeln und einen tiefgründigen Blick.

»Du weißt doch, dass ich eine Schwäche für Männer habe, die wissen, wo es langgeht. Wann geht unser Schiff?«

»Um zwei. Für die knapp vierzig Kilometer nach Cranz-beek wird die Kraftdroschke bestimmt vierzig Minuten brauchen.«

»Na, dann los. Wir müssen noch zum Katzensteig – meine Sachen holen!«

TEIL III

AUF DER NEHRUNG

Wer blöden Aug's vorüberzieht,
der sieht hier nichts als Sand;
Doch in wess' Herz die Schönheit glüht,
den dünkt's ein Wunderland.

Eintrag ins Fremdenbuch des Gasthauses
»Matzkies« in Pillkoppen

1

Vom Sonnendeck verfolgte Singer, wie sich der kleine Salondampfer langsam von der Anlegestelle Cranzbeek löste, behäbig in die Beek glitt und durch die grüne Auenlandschaft dem Haff entgegendampfte. Nur mit Ach und Krach war es ihm gelungen, den Dampfer zu erreichen, denn es hatte einige Zeit gedauert, bis Ella ihre Sachen gepackt hatte. Singer verschlug es die Sprache, als er den sperrigen Überseekoffer erblickte, den Ella bis obenhin gefüllt hatte. Selbst wenn sie sich drei Wochen auf der Nehrung aufhalten würden, wäre Ella in der Lage, sich dreimal am Tag umzuziehen. Erwartungsgemäß waren seine Einwände an ihr abgeperlt. Sie war in Urlaubsstimmung, und die ließ sie sich nicht von ihm verderben. Nun saßen sie einträchtig nebeneinander in Liegestühlen und ließen die Weite von Himmel und Landschaft auf sich wirken.

Mit dem Nachmittagsschiff fuhren offensichtlich nur wenige Besucher in die kleinen Seebäder. Da es zudem Kaffeezeit war, hatten die meisten Passagiere einen Schattenplatz im Salon vorgezogen. Dort wurde am Tisch bedient. Nach einer Weile ließ sich allerdings auch auf dem Sonnendeck ein junger Kellner blicken, der zunächst große Augen machte, als er Ella sah, und dann die Getränkewünsche aufnahm. Singer bestellte zwei »Apfelblümchen«.

Ella beschirmte die Augen mit der Hand und warf ihm einen spöttischen Blick zu. »Oh, der Herr will abstinent bleiben?«

»Schon vergessen? Das ist keine Urlaubsreise. Ich bin im Dienst.« Singers Miene blieb ernst, obwohl er sich schon ein wenig albern vorkam. »Außerdem genau das richtige bei der Hitze. Sehr erfrischend.«

Als der junge Mann mit den Getränken – Apfelmost mit Kohlensäure versetzt – zurückkam, lief der kleine Dampfer in das Haff ein. Die Weite des Binnengewässers war beeindruckend. Während der Saum der Nehrung noch gut zu erkennen war, blieb die Festlandküste mit der Elchniederung im blauen Dunst verborgen. In einiger Entfernung waren die markanten Segel einiger Kurenkähne zu erkennen. Am Himmel zog in großer Höhe ein Vogelschwarm dahin. Ein friedliches Bild.

»Entschuldigung? Wissen Sie zufällig, was das für Vögel sind?«

Singer drehte sich um. Vor ihm stand eine junge Frau, Mitte zwanzig, dunkelblonde Lockenmähne, mühsam gebändigt von einer Baskenmütze. Ihrem Akzent nach kam sie aus dem Süddeutschen oder womöglich aus Österreich. Leute von dort traf man in Ostpreußen selten. Singer fühlte sich an Maxi Mattern erinnert, was ihm einen kleinen Stich versetzte. Während der Ermittlungen im Fall der Blutgericht-Morde waren er und die attraktive, warmherzige Blumenhändlerin sich sehr nahe gekommen.

»Sie hat dich etwas gefragt, Schatz.«

Ellas Stimme riss Singer aus seinen Gedanken. Was war bloß mit ihm los? Und seit wann nannte sie ihn *Schatz?*

»Entschuldigen Sie bitte, wie war Ihre Frage?«

Die junge Frau lächelte und blickte dann in den Himmel. »Wissen Sie zufällig, was für Vögel das wohl sind?«

Ella schmunzelte und nippte an ihrer Apfelbrause. Singer sah ebenfalls in den azurblauen Himmel. Was mochten das für Vögel sein. Störche? Kraniche? Reiher? Er hatte keine Ahnung.

»Ich denke, wir haben es hier mit einer Gruppe recht großer Vögel zu tun.«

Die junge Frau blinzelte ihn irritiert an. Ella kicherte und knuffte Singer in die Seite.

»Nehmen Sie es ihm nicht übel. An meinem Mann ist nun wirklich kein Vogelkundler verloren gegangen. Der will Sie nur auf den Arm nehmen«, sagte Ella.

»Nun ja, dass es sich um große Vögel handelt, ist immerhin unstrittig. Überlassen wir die Feinheiten dann besser den Ornithologen«, erwiderte sie lachend.

Ella richtete sich auf und hielt der jungen Frau die Hand hin. »Ella Landau.«

»Anna Freud, sehr angenehm.«

Singer reichte ihr ebenfalls die Hand. »Aaron Singer. Und verzeihen Sie mir meine freche Antwort.«

Anna Freud stemmte die Hände in die Hüften. »Aber natürlich. Ich bin zum ersten Mal in dieser Gegend. Normalerweise verbringe ich den Sommer mit meiner Familie in den Bergen. Eine gute Freundin hat mich zu dem Besuch auf der Nehrung überredet. Und Sie? Kommen Sie regelmäßig hierher? Ich meine, das ist ja geradezu paradiesisch hier.« Sie sah sich bewundernd um.

»Wir wohnen in Königsberg. Aber für uns ist es auch das erste Mal. Wir werden ein paar Tage in Rossitten verbringen«, erwiderte Ella, noch bevor Singer sich die passende Antwort zurechtgelegt hatte. Ella war berufsbedingt einfach eine Meisterin in Sachen Plauderei. Singer unterstrich das Gesagte mit einem knappen Lächeln.

»Sie fahren nach Rossitten? Ach, wie schön! Ich auch. Meine Freundin hat uns im Hotel ›Kurisches Haff‹ einquartiert«, freute sich die junge Frau.

»Na, das nenn ich einen Zufall. Wir wohnen auch dort.«

Singer seufzte verstohlen. Sie waren noch nicht angekommen und Ella hatte schon die erste Reisebekanntschaft geschlossen. Jetzt erhob sie sich, und während die beiden Frauen auf dem Deck flanierend ihr Gespräch fortsetzten, schweiften Singers Gedanken in Richtung der Ermittlung ab. Die sommerliche Idylle konnte nicht darüber hinwegtäuschen, dass sie unter großem Erfolgsdruck standen. Seine Karriere stand einmal mehr auf dem Spiel. Giersching würde nicht zögern, ihn ans Messer zu liefern, sollten sich Singers Annahmen als falsch erweisen.

»Na, die Ausbeute ist ja nicht so doll!«

Der junge Karl Bullies betrachtete die fein säuberlich aufgereihten toten Krähen, während sein Freund Fritz Kurschat ein noch lebendes Exemplar unter dem Fangnetz hervorholte. Geschickt hielt er den Vogel, indem er ihm die Flügel an den Körper drückte. Dann tötete er ihn durch einen gezielten Biss in die Schädeldecke. Anschließend warf er das tote Tier zu den übrigen.

»Könntest ruhig mit anpacken, anstatt hier Maulaffen feilzuhalten«, sagte Fritz. Immerhin war es Karl gewesen, der ihn am späten Vormittag von zu Hause weggelockt hatte, um auf Müllershöh Krähen zu fangen. Von der rund fünfzig Meter hohen befestigten Düne aus hatte man einen fantastischen Blick auf Rossitten, die Ostsee und das Haff. Dies war ihre kleine Welt – Müllershöh, die Bruchberge, Rossitten, die Dünen und natürlich das Haff. Alles, was darüber hinausging, das gut dreißig Kilometer entfernte Seebad Cranz und erst recht die Provinzhauptstadt Königsberg, lag für die beiden Neunzehnjährigen in unerreichbarer Ferne.

»Ist nun mal keine Saison für Krähen«, sagte Fritz, nachdem er einen weiteren Vogel ins Jenseits befördert hatte.

»Aber wenn der olle Hillinger die Vögel haben will ...« Karl zuckte mit den Schultern. »Der tischt die seinen Sommergästen auf. Für die ist das was Besonderes. Das kennen die feinen Herrschaften aus dem Reich nicht.«

Für die beiden jungen Nehrungsfischer war es ein hübscher Nebenverdienst.

Fritz warf den letzten Vogel zu den übrigen. »Haste was zu rauchen, Karli?«

Karl klopfte seine Taschen ab und holte eine Packung Juno hervor. »Hab noch drei Stück. Müssen wir uns einteilen.«

Sie zündeten die Zigaretten an und ließen sich ins Gras fallen. Eine Weile rauchten sie schweigend. Oben auf dem Dünenkamm schienen sich einige Krähen über den hinterhältigen Mord an ihren Artgenossen zu beschweren.

»Die haben's gut. Die können überall hin«, sagte Karl.

»Bis auf die, die uns auf den Leim gegangen sind«, grinste Fritz.

»Ich wünschte, ich könnte auch was sehen von der Welt. Du etwa nicht, Fritz?«

Der stützte sich auf einem Ellenbogen auf und grinste seinen Freund an. »Kommt jetzt wieder das Lied der Handelsmarine?«

»Ja und? Was ist daran falsch? Mensch, Fritz, stell dir das doch nur mal vor. Wir beide in schnieker Uniform auf einem Dampfer. New York! Tokyo! Schanghai …«

»Ja, klar und in jedem Hafen 'ne Braut, oder was?« Fritz lachte.

Karl ließ sich nicht beirren. »Willste vielleicht dein ganzes Leben hier verbringen? Wie dein Vater? Dein Opa?«

»Wer sagt denn, dass ich keine Pläne habe?«

Karl kniff argwöhnisch die Augen zusammen. Seit wann hatte sein bester Freund Geheimnisse vor ihm? »Du hast Pläne? Na, das ist ja ganz neu.« Es klang beleidigt, und Karl ärgerte sich darüber.

Fritz drückte die Zigarette aus und kam auf die Beine. »O ja, die habe ich. Aber wieso in die Ferne schweifen, sieh, das Gute liegt so nah – sagt man doch«, erwiderte er mit einem überlegenen Lächeln.

»Ich kenne diesen Blick, mein Lieber. Hör bloß auf damit, dieser Madame schöne Augen zu machen. Da kommste nie zum Zug. Oder glaubste vielleicht, die gibt sich ausgerechnet in ihren Flitterwochen mit einem andern ab?«

Fritz schnaubte abfällig. Karl konnte das nicht verstehen. »Wirste schon sehen«, sagte er etwas lahm.

»Ja, bestimmt, Fritz«, schnaubte Karl. »Lass uns mal die

Vögel zusammenpacken. Der Hillinger wartet auf seine Bestellung. Außerdem kommt der Dampfer bald.«

In diesem Moment hörte man schon das lang anhaltende Tuten. Unwillkürlich blickten die beiden jungen Männer zum Haff hinunter. Am Horizont löste sich nach und nach, einer Fata Morgana gleich, der kleine Dampfer *Cranz* aus dem sommerlichen Dunst.

»Schau doch mal! Das macht doch einen richtig romantischen Eindruck.«

Ella, obwohl wie eine Filmdiva gekleidet, konnte sich plötzlich für ländliche Idylle begeistern. Singer staunte nicht schlecht. Vor ihnen kam der kleine Ort Rossitten in Sicht. Eine Mole, ein kleiner rot-weiß gestrichener Leuchtturm, dahinter ein staubiger Dorfplatz, um den sich zahlreiche Fischerkaten duckten. Zwischendrin erkannte man zweigeschossige Häuser, weiß getüncht, mit Fahnen im Vorgarten. Ganz offensichtlich die Gasthöfe für die Sommerfrischler und einige Häuser aus rotem Backstein, wie sie überall in Norddeutschland zu finden waren. Überragt wurde das malerische Ensemble vom Glockenturm der Dorfkirche und den mächtigen, befestigten Dünen im Hintergrund.

Singer, der die Sommer oft auf Usedom verbracht hatte, musste feststellen, dass die Badeorte auf der kurischen Nehrung ganz offensichtlich nicht viel mit den mondänen Kaiserbädern wie Ahlbeck, Bansin oder Heringsdorf gemein hatten. Er beobachtete, wie der Kapitän die *Cranz* geschickt an das Kopfende der langen Mole manövrierte. Unverständliche Kommandos auf Kurisch waren zu hören. Taue wurden über die Reling geworfen, die von zwei Matrosen an Pollern befestigt wurden. Eine Metallplatte schepperte und verband Mole und Schiff. Die Motoren erstarben. Die letzte dunkle Wolke aus dem Schornstein löste sich rasch im tiefblauen Himmel auf. Die ersten Passagiere verließen den Dampfer und reihten sich an Land vor einem Pavillon zur Anmeldung auf.

»Ich geh schon einmal. Wir sehen uns dann ja gewiss später.« Anna Freud grüßte zum vorläufigen Abschied und verschwand unter Deck, während Ella ihren Gruß erwiderte.

»Eine nette Person und sehr interessant.«

»Interessant inwiefern?«, fragte Singer mit mäßigem Interesse, während er das Treiben auf der Mole beobachtete. Es war keine Eile geboten. Gerade erst wurde damit begonnen, das Gepäck an Land zu befördern.

»Sie ist Psychoanalytikerin und hat vor einem Jahr in Wien eine eigene Praxis eröffnet. Und jetzt rate mal, wer ihr Vater ist?«

Singer starrte verblüfft zu der jungen Frau hinunter, die mittlerweile in ihrem flatternden, altmodischen Sommerkleid vor dem Pavillon wartete. Als sie zu ihnen aufsah, winkte Ella ihr fröhlich zu.

»Wie? Das ist die Tochter von Sigmund Freud? *Dem* Freud? Was führt die denn aus Wien auf die Nehrung?«

»Vielleicht hat sie die Berge einfach satt.« Ella hakte sich bei ihm unter und steuerte den Abgang an. »So, Herr Kommissar, und jetzt ist es Zeit für unseren Landgang.«

Als sie auf die Mole traten, eröffnete ein korpulenter Landjäger gerade den Pavillon. Vor seinem Schalter hatten sich rund zwanzig Besucher versammelt. Doch bevor er sich ihnen zuwandte, setzte er als Erstes den Tschako ab und klemmte ihn sich unter den Arm – es war einfach zu heiß. Dann ließ er sich die Pässe vorlegen. Er begutachtete sie und erfasste die Angaben anschließend in der Fremdenliste. Nach bestandener Prüfung konnten die Ankömmlinge weitergehen, Richtung Dorf.

»Sind wir hier schon in Litauen, oder warum kontrolliert man die Pässe?«, raunte Ella Singer zu.

»Die Namen der Sommergäste werden in der *Königsberger Allgemeinen* veröffentlicht …« Singer stutzte. Das hatte er nicht bedacht. Er musste verhindern, dass sein Name morgen in der Zeitung erscheinen würde. Als alle übrigen Ankömmlinge abgefertigt waren, hielt er dem Landjäger diskret seine Dienstmarke hin.

»Ich wäre Ihnen sehr verbunden, wenn wir das hier vertraulich behandeln würden.«

Der Mann blickte überrascht von der Marke auf.

»Sie sprechen Deutsch, nehme ich an?«, fuhr Singer fort.

»Ähm, ja natierlich«, sagte der Uniformierte, der unwillkürlich Haltung angenommen hatte.

»Sehr gut. Wachtmeister …?«

»Jurgis, Herr Kommissar, zu Ihrer Verfiejung!«

Singer beugte sich vertraulich vor. »Ich bin dienstlich hier, Jurgis. Es ist von größter Wichtigkeit, dass mein Name nicht in der Fremdenliste auftaucht.«

»Selbstverständlich, Herr Kommissar, aber …« Er zögerte, sah unsicher von Singer auf seine Liste und wieder zurück. »Aber irgendwas müssen wir ja schreiben …«

»Schreiben Sie Heinrich Landau, Justizrat, und Frau, Königsberg.« Er zögerte, dann ergänzte er: »Im ›Kurischen Haff‹.«

»Sehr wohl, Herr … Justizrat.« Der Landjäger nickte.

»Ach, und Jurgis …« Singer deutete auf die Liste. »Heute Morgen ist hier ein gewisser Karl Belgen angekommen. Können Sie mir sagen, wo er abgestiegen ist und wie lange er bleiben will?«

Jurgis nahm dem Schreiber die Liste aus der Hand. »Beljen?« Er blätterte zurück. »Ja. Der kam mit ’m Morjen-Dampfer. Wohnt im ›Gasthaus am Meer‹. Liegt direkt dort hinten, jejenieber vom Leuchtturm.« Jurgis deutete quer über die Bucht zu dem Leuchtfeuer. »Jar nicht zu verfehlen. Überhaupt is es bei uns viel jemietlicher als in Cranz.«

Singer bedankte sich bei Jurgis und wandte sich Ella zu, die wartend auf ihrem Koffer aß.

Jurgis war seinem Blick gefolgt. »Sie könnten Hilfe beim Gepäck jebrauchen, wie ich sehe?« Er hatte gerade den Pavillon geschlossen und war zu ihnen getreten. Ohne zu zögern, steckte er Daumen und Zeigefinger in den Mund und brachte einen beeindruckenden Pfiff zustande.

Singer sah, wie sich zwei junge Männer im Laufschritt näherten.

»Das sind Fritz und Karl. Gute Jungs. Die kümmern sich darum. Jejen eine kleine Jebiehr, versteht sich.«

»Versteht sich«, wiederholte Singer.

Der eine der beiden riss sich die Mütze vom Kopf und deutete eine Verbeugung an. »Tag, die Herrschaften. Wenn Sie möchten, bringen wir Sie zu Ihrem Quartier.«

Kaum hatte Singer sein Einverständnis signalisiert und den Namen des Hotels genannt, schnappte sich Karl dessen Tasche, während Fritz sich mit Ellas sperrigem Koffer abmühen musste. Ella bedachte den jungen Mann mit einem dankbaren Lächeln, bevor sie sich bei Singer unterhakte und gemächlich die Mole in Richtung Strand entlangflanierte, während der Wachtmeister und die jungen Männer ihnen folgten.

»Sie sind zum ersten Mal in Rossitten?«, fragte der junge Mann, der Ellas Koffer trug. Offensichtlich wusste er, dass die Gäste mehr Trinkgeld gaben, wenn man ein wenig Konversation betrieb.

Ella wandte sich zu ihm um und nickte. »Ja, das ist unser erster Urlaub auf der Nehrung, nicht wahr, mein Schatz?« Sie klopfte Singer lächelnd auf den Arm. Doch der brummte nur.

»Es wird Ihnen bei uns gefallen. Ist nicht so etepetete wie in Rauschen und Cranz.«

Mittlerweile waren sie am Ende der Mole angelangt. Jurgis bog nach rechts ab und salutierte zum Abschied.

Ella stieß Singer an und deutete auf die Fischerkaten und wenigen geduckten Backsteinhäuser, die die Vorderreihe des kleinen Seebades bildeten. Einige Fischer saßen Pfeife rauchend an ihren Netzen und waren mit Ausbesserungsarbeiten beschäftigt.

»Schau Aaron, wie malerisch.«

Singer warf ihr einen tadelnden Seitenblick zu.

»Es war eine famose Idee von dir hierherzukommen«, fuhr Ella unbeirrt fort.

»Ich wusste, dass es dir gefallen würde«, erwiderte Singer und ließ sich widerstrebend auf das Geplauder ein.

»Bei uns finden Sie die höchsten Dünen im gesamten Reich«, ließ sich der junge Mann mit Ellas Koffer wieder vernehmen. »Und in den Dünenwäldern gibt es sogar Elche. Von den Stränden natürlich ganz zu schweigen. Und hier ist es längst nicht so voll wie in ...«

»Cranz oder Rauschen«, fiel Singer ihm ins Wort.

»Genau!« Der junge Mann ließ sich in seinem Fremdenführerelan nicht bremsen. »Sie können jederzeit Kutschen oder Boote für eine Landpartie oder einen Ausflug auf dem Haff mieten ...«

Die kleine Gruppe erreichte die sandige Dorfstraße. Wenige hundert Meter vom Hafen entfernt überragte ein weiß getünchtes, zweigeschossiges Backsteingebäude die etwas ärmlich wirkenden Nachbarhäuser aus Holz. Singer war erleichtert. Das Haus schien immerhin einen gewissen Standard zu haben.

Die beiden jungen Männer gingen voraus und trugen das Gepäck hinein. Singer hielt Ella die Tür auf und betrat schließlich selbst den kleinen Empfangsraum.

Parkettboden und dunkle Wandtäfelung. Ein Elchgeweih und das Gemälde eines Dünenwalds an der Wand. Von der Decke hing ein ausladender Kronleuchter und neben dem Treppenaufgang standen zwei Tischchen mit kleinen Sesseln. Hinter den blank polierten Empfangstresen trat jetzt ein mittelalter Mann, pomadisierter Scheitel, Schnauzbart, offenbar der Geschäftsführer. Er sah sie erwartungsvoll lächelnd an.

Singer ging zu ihm an den Tresen. »Guten Tag, es müsste eine Reservierung vorliegen – auf den Namen Singer«, sagte er mit gedämpfter Stimme.

Der Mann sah in das Reservierungsbuch, das vor ihm aufgeschlagen auf dem Schreibtisch lag, und nickte. »Ganz recht, Polizeipräsidium Königsberg.« Er stutzte. »Allerdings nur ein Einzelzimmer …«

Singer nickte. »Ich wäre Ihnen sehr verbunden, wenn Sie mir und meiner Begleiterin ein Doppelzimmer geben könnten. Aus Gründen der Tarnung, wenn Sie verstehen, was ich meine?«

Der Mann gestattete sich ein konspiratives Augenzwinkern. »Sehr wohl, Herr Kriminal …«

Singer fiel ihm ins Wort. »Bitte! Wir sind inkognito hier. Herr und Frau Justizrat Landau aus Berlin, wenn es recht ist.«

»Ganz wie Sie wünschen.« Der Hotelier deutete eine Verbeugung an und wandte sich dann an die jungen Männer. »Karl! Fritz! Bringt das Gepäck der Herrschaften auf Zimmer 9.« Und während sich die beiden Angesprochenen die Treppen hinaufmühten, hielt er Singer den Zimmerschlüssel entgegen. »Im ersten Stock. Von dort haben Sie einen schönen Blick in unseren Garten. Obwohl die Nehrung so ein schmales Band ist, gibt die Lage unseres Hauses leider weder Meer- noch Haffblick her.«

Singer zuckte mit den Schultern. »Nun, wegen der Aussicht sind wir nicht gekommen.«

»Dir scheint es ja richtig Spaß zu machen, die verliebte Ehefrau zu spielen.«

Singer lag auf dem Bett und beobachtete Ellas attraktive Rückenansicht, während sie sich für das Abendessen zurechtmachte.

»Du hast gesagt, dass wir inkognito ermitteln. Da muss ich meine Rolle doch perfekt spielen«, erwiderte sie und warf ihm einen koketten Blick über die Schulter zu.

»Nicht *wir* ermitteln. *Ich* ermittele«, sagte Singer mit Nachdruck.

»Natürlich! Keine Sorge, ich werde dir schon nicht die Schau stehlen.«

Ihre Blicke trafen sich im Spiegel. Singer sah, dass sie grinste. Seufzend stieg er aus dem Bett, trat nackt hinter Ella und küsste ihren Nacken. »Da bin ich mir nicht so sicher.«

Als Singer mit Ella am Arm wenig später den Speisesaal betrat, war es kurz vor sieben. Zwei Tischreihen waren an den Längswänden des nicht besonders großen Raumes eingedeckt. Die meisten Plätze waren besetzt. Man unterhielt sich angeregt. Auf einer Anrichte zur Linken, gleich neben dem Durchgang zur Küche, waren zwei Serviermädchen damit beschäftigt, die Flaschenbatterie für den Aperitif aufzubauen.

»Ah, da sind ja unsere Neuankömmlinge.«

Der Geschäftsführer war hinter sie getreten. Als Singer und Ella sich umwandten, ergriff er Ellas Hand und führte sie bis auf wenige Millimeter an seine Lippen. »Ich hoffe, die Herrschaften konnten sich schon ein bissl von der strapaziösen Anreise erholen? Warten S', ich mach Sie mit den übrigen Hausgästen bekannt.«

Noch bevor Singer etwas erwidern konnte, trat der Hotelier in die Mitte des Raumes. Einem Impresario gleich hob er die Arme, um die Aufmerksamkeit der Anwesenden auf sich zu ziehen.

»Herrschaften, entschuldigen S', bitt schön, aber ich habe die Ehre, Ihnen Herrn und Frau Justizrat Landau, heute frisch angereist aus Königsberg, vorzustellen und ihrer reizenden Gesellschaft anzuempfehlen. Am besten machen S' sich selber miteinander bekannt.«

Man nickte ihnen freundlich zu, dann folgten Singer und Ella Hillinger an das Ende der Tafel. Dort saß Anna Freud. Ihr gegenüber eine ältere Dame mit kurzem, krausem Haar in einem altmodischen Kleid. Zwischen den beiden und den nächsten Tischnachbarn waren noch zwei Plätze frei. Hillinger rückte Ella den Stuhl zurecht, die so neben Anna Freud zu sitzen kam. Singer ging notgedrungen um die Tafel herum und setzte sich Ella gegenüber. Er nickte der älteren Dame freundlich zu.

»Aaron Si … Landau, erfreut, Ihre Bekanntschaft zu machen.«

»Lou Andreas-Salomé. Aber nennen Sie mich ruhig Lou. Ich hoffe, Sie haben sich das gut überlegt mit der Platzwahl.«

»Nun, um ehrlich zu sein – wir hatten keine Wahl. Aber so gefährlich sehen Sie gar nicht aus«, erwiderte Singer.

»*Touché*!« Lou lachte. Sie deutete auf die Tischgesellschaft. »Allesamt furchtbare Leute. Kleinbürgerlich, deutsch-national und zu keinem einzigen interessanten Gedanken fähig.« Und an Anna gewandt: »Aber zum Glück habe ich ja dich. Gut, dass du meiner Einladung gefolgt bist.«

»Das habe ich doch gerne getan, Lou. Obwohl, ein Sommer ohne die Berge …«

»Kind, wir reden über zwei Wochen, die dich dein werter Herr Papa wohl wird entbehren können.«

Der berühmte Vater schien ein heikles Gesprächsthema zu sein. Anna hüstelte und deutete zur Ablenkung auf Ella. »Stell dir vor, Lou. Ella ist eine echte Schönheitstänzerin.«

Lou blickte Ella interessiert an. »Aufregend. Wie kommt man dazu?«

»Nun, man muss schon gewisses Interesse am männlichen Geschlecht haben«, erwiderte Ella leichthin.

Lou lachte und schlug Singer auf den Unterarm. »Erzählen Sie mir jetzt nicht, dass Sie Schönheitstänzer sind.«

»O nein, Gott bewahre, ich … ich bin im … Staatsdienst.«

Lous Augen blitzten amüsiert. »Eine Schönheitstänzerin, die mit einem Staatsdiener verheiratet ist. Das sind die neuen Zeiten. Darauf müssen wir anstoßen!«

Nach dem Essen zogen sich die Herren in den angrenzenden Rauchersalon zurück. Ella, Anna und Lou hatten sich offensichtlich gesucht und gefunden. Singer beschloss daher, sich unter die Herren zu mischen.

Er öffnete die Schiebetür und betrat einen Wintergarten, der seinen Besuchern einen prächtigen Blick in den abendlich illuminierten Garten bot.

»Ah, da kommt ja unser Neuzugang. Gesellen Sie sich zu uns!«

Der Mann, der aufgestanden und Singer mit Zigarre und Cognac entgegengekommen war, reichte ihm die Hand. »Georg Grambow aus Stettin. Habe die Ehre, wie der gute Hillinger sagen würde, wie?« Grambow lachte aufgekratzt über seine eigene Bemerkung. Schütteres Haar, schlank, gut und gern einen Meter neunzig groß.

Singer lächelte und schlug ein. »Aaron Landau, Königsberg. Sehr erfreut.«

Grambow winkte lässig mit der Zigarre ab. »Kommen Sie, Landau, ich mache Sie mit den anderen bekannt.« Er führte Singer zu seinem Tisch. Die drei Männer dort musterten den Neuling. Grambow deutete auf einen korpulenten Endfünfziger mit Oberlippenbart und streng gescheiteltem grauen Haar. »Das ist Walter Wengenröder aus Berlin.« Wengenröder ließ ein minimales Lächeln zwischen seinen Hängebacken aufblitzen. »Ein hohes Tier bei der Reichsbahn«, raunte Grambow gespielt vertraulich Singer ins Ohr.

»Ich bitte Sie, mein lieber Grambow. Wir sind schließlich privat hier. Wir sollten lieber sehen, dass der gute Landau etwas Ordentliches zu trinken bekommt.«

Während Singer den Männern zunickte und im einzigen freien Sessel Platz nahm, griff Wengenröder nach einer

Glocke, die auf dem Tisch stand. Kurz darauf erschien ein Kellner. Singer bestellte einen »Schippenbeiler Bürgermeister« – eine Art Punsch aus altem Burgunder mit einem Schuss Rum.

Singers Gegenüber, ein Mann von Mitte sechzig – runder, kahler Kopf, dicke Brille, Schnauzbart – lächelte. »Karl Haller, freut mich, Ihre Bekanntschaft zu machen. Ich sehe, Sie kennen sich aus mit unseren ostpreußischen Trinkgewohnheiten. Aber Sie sind Berliner, oder täusche ich mich?«

Singer erwiderte das Lächeln. »Sie haben recht. Mich hat es beruflich nach Königsberg verschlagen. Ich bin im Staatsdienst.«

Grambow hatte sich einen weiteren Cognac bringen lassen und sich zwischen Wengenröder und Singer gesetzt. Mit dem Zigarrenstumpen deutete er auf Haller. »Mein lieber Landau, zu Ihrer Linken sitzt der Kaufhauskönig von Königsberg.« Er lachte laut. Er hatte offensichtlich schon einen intus. Dann lehnte er sich konspirativ zu Singer vor. »Der Mann ist ein wahrer Glückspilz. Verbringt hier seine Flitterwochen.«

Haller blickte verlegen lächelnd zu Boden.

»Meinen Glückwunsch, Herr Haller«, entgegnete Singer höflich, während er an seinem Glas nippte.

»Nun ja, Grambow hat recht«, sagte Haller. »Immerhin war ich bis zu meinem sechzigsten Lebensjahr ein eingefleischter Junggeselle. Ich hätte es mir selbst nie träumen lassen …«

Grambow grinste anzüglich. »Und wenn ich Ihre werte Gattin so sehe, dann würde ich mal sagen, das Warten hat sich gelohnt.«

»Grambow!« Dies wandte der Vierte im Bunde ein, der Singer noch nicht namentlich vorgestellt worden war. Das tat er jetzt selbst.

»Dr. Lorenz Balzer«, sagte er an Singer gewandt.

Damit hatten nun alle Anwesenden für Singer einen Namen. Balzer, ein Mann von Ende fünfzig, hatte etwas von einem Raubvogel. Er taxierte Singer mit stechenden Augen. »Landau ...«, sinnierte er, »das klingt ...« Er sprach nicht weiter.

»Sie meinen jüdisch?«, half Singer ihm auf die Sprünge.

»Entschuldigen Sie, bitte. Ich wollte Ihnen nicht zu nahe treten«, erwiderte Balzer.

Singer nahm einen Schluck vom Punsch und schüttelte den Kopf. »Keine Sorge, das sind Sie nicht.«

Balzer schlug die Beine übereinander. Vor ihm lag die *Hartungsche Zeitung.* Er tippte mit dem Zeigefinger auf das Blatt. »Man sollte sich den Tort der Zeitungslektüre in diesen Zeiten gar nicht mehr antun. Was die sich da in Berlin zusammenregieren, das ist einfach skandalös. Erst die Inflation und jetzt sollen auch noch Reichsbank und Reichsbahn unter internationale Kontrolle kommen.«

»Das darf doch nicht wahr sein!« Wengenröder griff aufgeregt nach der Zeitung.

»Ich hab's Ihnen gesagt, mein lieber Wengenröder. Dahinter steckt das internationale Finanzjudentum. Die bekommen den Hals nicht voll.« Balzer wedelte mit dem Zeigefinger. »Bis '28 sollen die Reparationen auf zweieinhalb Milliarden Reichsmark steigen. Nie und nimmer kann das Reich das bezahlen.«

»Mir scheint dieser Dawes-Plan ganz vernünftig«, wagte Singer einzuwerfen. »Immerhin passen sich dadurch die Reparationsleistungen der Wirtschaftskraft unseres Landes an.« Alle Augen waren auf ihn gerichtet. Als kein Protest erhoben wurde, fuhr Singer fort. »Um das Risiko der Währungsabwertung gegenüber den Gläubigerwährungen zu minimieren, ist ein neues Reichsbankgesetz im Vertragswerk enthalten. Reichsbank und Reichsbahn werden deshalb in Aktiengesellschaften umgewandelt, damit eine internationale Beteiligung und damit natürlich auch eine Kontrolle möglich sind. Gleichzeitig gibt es eine internationale Anleihe, deren Basisdeckung die Kreditvergabe an deutsche Unternehmen ermöglicht.« Singer lächelte in die Runde. »Wenn Sie mich fragen, ist das schon eine ziemlich kluge Lösung.«

Die Herren sahen ihn verblüfft an.

»Sie sagten, Sie sind im Staatsdienst?«, fragte Grambow neugierig.

Singer lachte demonstrativ. »Oh, mein Interesse für die Finanzwelt ist rein privater Natur, wenn Sie das meinen …«, sagte er ausweichend.

Balzer wollte ganz offensichtlich etwas sagen, doch Grambow ließ ihn nicht zu Wort kommen.

Er klatschte in die Hände. »So, die Herren. Wer trinkt noch einen Kurisch Gold?« Damit wandte er sich um und winkte den Kellner heran.

Der Kellner hatte sich gerade auf den Weg zu der Herrenrunde gemacht, als die Schiebetür aufging.

»Ich glaube, es ist genug für heute, Georg.«

Die Stimme seiner Frau Clara ließ Grambow erstarren.

Singer sah sich um. Eine Frau in einem eleganten Sommerkleid, Ende dreißig, dunkelblondes, gewelltes Haar, stolze Haltung. Grambow stellte seinen Cognacschwenker auf dem Tisch ab und machte eine bedauernde Geste.

»Nun, denn. Sie haben es gehört. Ich empfehle mich den Herren und wünsche noch einen geselligen Abend.«

Clara Grambow hatte da schon auf dem Absatz kehrtgemacht. Ihr Mann folgte ihr mit schwankenden Schritten.

Für einen Moment herrschte Stille.

Balzer warf Haller einen spöttischen Blick zu. »Ich hoffe für Sie, dass es Ihnen nicht bald genauso ergeht wie dem armen Grambow«, sagte er lächelnd.

»Wie kommen Sie darauf? Nur weil auch ich eine junge Frau habe? Seien Sie versichert, Angelika ist ein wahrer Engel. Sie verabscheut öffentliche Szenen.«

Balzer warf Wengenröder einen verschwörerischen Blick zu. »Wenn du zum Weibe gehst, vergiss die Peitsche nicht!«, zitierte er Nietzsche. Doch Wengenröder ging nicht darauf ein.

Haller erhob sich und nickte in die Runde. »Ich denke, ich werde mich auch zurückziehen. Es ist schon spät. Die Herren!«

»Diese Lou und Anna sind schon ein seltsames Gespann«, sagte Ella später auf ihrem Zimmer, während sie sich die schwarzen Haare bürstete.

Singer lag, noch angekleidet, auf dem Bett und sinnierte vor sich hin.

»Lou hat bereits mehrere Bücher veröffentlicht und ist

sogar mit Rilke befreundet«, fuhr Ella fort, »vom großen Sigmund Freud mal ganz zu schweigen. Sie ist wirklich eine beeindruckende Persönlichkeit. Wenn sie nur mehr aus ihrem Typ machen würde!« Sie wandte sich zu Singer um. »Und? Wie war's bei den Herren?«

Singer schnaufte. »Wie nicht anders zu erwarten. Die üblichen Kleingeister, die über den Dawes-Plan schimpfen.«

Ella warf ihm ein süffisantes Lächeln über den Spiegel zu. »Oh, du hast dich gleich am ersten Abend unbeliebt gemacht? Ich hoffe, das hat keine negativen Auswirkungen auf deine Ermittlungen.«

Singer verzog die Miene. »Ich habe mich zurückgehalten. Aber da hat sich eine illustre Runde zusammengefunden. Diesem Haller gehören mehrere Warenhäuser. Er ist sechzig. Seine Frau scheint um einiges jünger zu sein.«

»Ich habe kurz mit ihr gesprochen. Sie saß am Nebentisch. Sehr freundlich. Eine echte Schönheit.«

»Kann man von ihm nicht gerade sagen. Dicke Brille, Eierkopp, Glatze – wie ein Maulwurf. Aber durchaus nett. Macht nicht viel Aufhebens um seine Person. War sein Lebtag Junggeselle und genießt jetzt seine Flitterwochen.«

»Wo die Liebe hinfällt, mein Lieber«, kommentierte Ella. »Allerdings steigert ein dickes Konto und Immobilienbesitz die Attraktivität des Gatten sicherlich ungemein.«

Singer schmunzelte. »Wie gut, dass du nicht berechnend bist, mein Engel.«

Sie drehte sich um und gönnte ihm einen Blick auf ihre wohlgeformten nackten Brüste.

»Keine Unterstellungen, bitte! Ich bin *durch und durch*

berechnend«, entgegnete sie treuherzig, bevor sie sich wieder umdrehte und mit Wattebäuschen ihr Gesicht reinigte. »Und die anderen?«, fuhr sie fort. »Wie waren die so?«

»Dieser Wengenröder ist anscheinend eine große Nummer bei der Reichsbahndirektion in Berlin. Stockkonservativ und ein wenig dröge.«

»Seine Frau ist Schwedin«, wusste Ella zu berichten. »Sie heißt Yva und scheint eine recht introvertierte Person zu sein. Die Grambow dagegen hat Haare auf den Zähnen. Sieht aus wie ein Filmsternchen und führt sich auch so auf.«

»Scheint ihren Mann ziemlich unter der Fuchtel zu haben. Als ich dazukam, hatte er schon zu tief ins Glas geguckt. Aber leutseliger Typ. Ihm gehört eine Süßwarenfabrik in Stettin. ›Grambows Nougatschnitten‹ oder so ähnlich. Haben zwei Jungs, die auch im Speisesaal saßen.« Er seufzte. »Auf jeden Fall möchte ich nicht mit ihm tauschen. Der kann sich bestimmt so einiges anhören heute Abend. Drum prüfe, wer sich ewig bindet …«

»Vielleicht solltest du dich mal zwecks Psychoanalyse in Annas Hände begeben?«

»So weit kommt es noch! Nur weil ich auch die Schattenseite der Ehe sehe, muss ich doch nicht mein Innerstes nach außen kehren.«

Ella drehte sich erneut herum. »Vielleicht hättest du doch der kleinen Blumenhändlerin den Hof machen sollen. Für ihren Vater wäre das doch bestimmt eine standesgemäße Hochzeit gewesen und sie ist immerhin *a sheyn meydele*, oder nicht?«

Die Bemerkung versetzte Singer einen Stich. Maximiliane Mattern kam wie er aus einer großbürgerlichen jüdischen Familie. Sie hatte bei der Aufklärung der Blutgericht-Morde eine wichtige Rolle gespielt. Singer hatte im Zuge der Ermittlungen auch ihre Eltern kennengelernt. Die Matterns besaßen ein alteingesessenes Juweliergeschäft in Königsberg. Die Tochter führte einen gut gehenden Blumenladen und stand finanziell auf eigenen Beinen. Vielleicht wäre mehr aus der aufkeimenden Beziehung geworden, wenn Singer nicht herausgefunden hätte, dass Maxi den Mörder gedeckt hatte, jedenfalls für eine Weile …

»Entschuldige bitte. Das hätte ich nicht sagen sollen.«

Ella hatte seine versteinerte Miene bemerkt und drehte sich zu ihm um.

Singer schüttelte schnell den Kopf. »Schon gut.« Er setzte sich auf. »Woher kannst du so gut Jiddisch?«

»Eine Frau in meinem Metier muss über viele Talente verfügen, wenn sie erfolgreich sein will«, erwiderte Ella, die mittlerweile bei der Pflegecreme angekommen war.

Einmal mehr wurde Singer klar, dass er nur sehr wenig über Ella wusste. Persönliche Fragen ließ sie gern an sich abperlen. Nicht dass Singer ihr oft welche gestellt hätte. Doch im Grunde blieb Ella unergründlich wie ein dunkler Bergsee. Vielleicht hatte dieser Balzer ja recht und der Familienname Landau war jüdisch? Er schob diese Gedanken über Ella beiseite. Als sie wenige Minuten später zu ihm ins Bett kam und er ihren warmen Körper spürte, verflüchtigten sich alle übrigen Gedanken.

3

»Ich habe einen Bärenhunger!«, verkündete Ella, als sie mit Singer im Schlepptau und mit beschwingten Schritten gegen halb zehn den Speisesaal betrat. Gerade noch rechtzeitig, denn im selben Moment ließ das Serviermädchen enttäuscht die Hände sinken, mit denen sie das Büfett abräumen wollte. Herr und Frau Wengenröder hatten sich soeben erhoben und wandten sich zum Gehen. Ella lächelte der Schwedin zu. Der korpulente Reichsbahndirektor bedachte Singer mit einem stummen Kopfnicken.

Singer saß bereits am Tisch und bestellte Tee für Ella, Kaffee für sich und Eier für beide, während Ella noch mit Yva Wengenröder plauderte. Der Gatte stand stocksteif daneben und sah verstohlen auf die Uhr.

Schließlich kam Ella an den Tisch.

»Was gab es denn Interessantes?«, fragte Singer.

»Für heute Abend ist ein Tanzvergnügen geplant. Wie nett! Ich hoffe, ich finde etwas Passendes in meiner Garderobe«, erzählte Ella.

Singer konnte sich ein Grinsen nicht verkneifen. Es war klar, dass Ella am Abend einen unvergleichlichen Auftritt hinlegen würde. Zurückhaltung in Modefragen war nicht ihre Sache. Eine Weile ließen sich die beiden ihr

Frühstück schmecken. Dann erschien der Geschäftsführer im Saal.

»Ah, gut, dass ich die Herrschaften noch antreffe. Ist das nicht ein herrliches Wetter?« Der Hotelier breitete die Arme aus, wie ein Zirkusdirektor, der den verdienten Applaus einfordert.

Pflichtschuldigst warf Singer einen Blick in den sonnenüberfluteten Garten. »Tatsächlich. Kaiserwetter«, sagte er anerkennend.

»Heute Abend geben wir einen kleinen Ball für unsere Gäste. Sie werden dann Gelegenheit haben, Bekanntschaft auch mit anderen Herrschaften aus anderen Gasthäusern zu machen.« So wie Hillinger von den anderen Hotels und Pensionen sprach, wurde deutlich, dass sich das »Kurische Haff« als erstes Haus am Platz verstand. »Wir haben sogar eine Tanzkapelle aus Königsberg engagieren können. Die Musiker sind allesamt Mitglieder des Königsberger Stadttheaters.« Er wandte sich an Ella. »Da können Sie mit dem Herrn Gemahl einmal so richtig das Tanzbein schwingen, gnä' Frau. Haben S' denn schon Anschluss gefunden, wenn ich fragen darf?«

Singer warf Ella einen kurzen Blick zu, den diese intuitiv verstand.

Sie erhob sich. »Die Herren entschuldigen mich bitte, ich bin mit den Damen Salomé und Freud verabredet und muss mich noch ein wenig für den Strandbesuch herrichten.« Sie lächelte dem Hotelier zu, der sich tief vor ihr verbeugte.

»Gnä' Frau!«

Singer, der sich mit Ella erhoben hatte, setzte sich wieder und wies auf den freien Platz. »Setzen Sie sich doch einen Moment zu mir.« Singer deutete aufmunternd auf den freigewordenen Platz.

Der Hotelier nickte dankend und setzte sich.

»Ich will nicht lange um den heißen Brei herumreden, Herr …«

»Hillinger.«

»Herr Hillinger. Sie wissen, dass ich von der Kriminalpolizei bin und dass mein eigentlicher Name Aaron Singer ist.«

Hillinger nickte. »Freilich, Herr Kommissar. San S’ versichert, dass Ihr kleines Geheimnis bei mir in den allerbesten Händen ist.«

Singer nickte. »Und vielleicht können Sie mir bei meinen Ermittlungen helfen. Ich bin auf der Suche nach einem gewissen Karl Belgen. Ein Reporter aus Königsberg, der gestern hier angekommen ist. Wissen Sie zufällig davon?«

Der Hotelier wiegte den Kopf. »Na, leider nein. Unser Gast ist er nicht. In Rossitten gibt es noch das ›Kurhaus‹ und die Gasthäuser ›Zur Mole‹, ›Wanderers Ruh‹, ›Am Meer‹, ›Zum Triebsand‹ und ›Zur Linde‹. Soll ich mich einmal kundig machen?«

»Nein, das wird nicht nötig sein, Herr Hillinger. Aber vielleicht können Sie mir etwas über die Herren sagen, die in Ihrem Haus zu Gast sind.«

Hillingers Miene spiegelte leichtes Unbehagen wider. »Wissen S’, für einen Hotelier lautet das oberste Gebot Diskretion …«

Singer setzte ein unschuldiges Lächeln auf. »Natürlich, das verstehe ich, aber Sie sollen mir ja keine Pikanterien anvertrauen. Nur das, was ohnehin allgemein bekannt ist.«

Hillinger seufzte. »Nun, des sann bis auf den Balzer alles Stammgäste. Der Wengenröder zum Beispiel, der hockt da in Berlin als Abteilungsleiter in der Reichsbahnzentrale. Des is a Piefke wie er im Buche steht. Oh, verzeihen S', bittschön. Mitunter geht mein Wiener Temperament a bissl mit mir durch.«

»Tun Sie sich keinen Zwang an, mein lieber Hillinger«, entgegnete Singer großzügig.

»Der Grambow macht in Schokolade. Die Gattin haben Sie ja wohl bereits kennengelernt ... Die beiden Jungs gehören dazu.«

»Und die Hallers?«

Hillinger strich sich gedankenverloren über den Schnauzbart. »Ja, der Haller. Der ist in den letzten Jahren immer maximal für a paar Tog auf die Nehrung kommen. Für länger hat's nie gelangt. Der Mann lebt für seine Warenhäuser. Seit seiner letzten Abreise im August '23 muss ihn der Amor aber richtig dawischt hobn. Die Hallers haben sich heuer für vier Wochen eingemietet. Flitterwochen. Auch wenn er zwischendurch immer mal für ein bis zwei Tage zurück nach Königsberg fährt.« Der Hotelier schüttelte den Kopf. »Des hätt ich nie für möglich gehalten. So a fesche Frau.«

»Und dieser Balzer – ist Arzt?«

Hillinger nickte. »Die Herrschaften san zum ersten Mal zu Gast. Sind vor gut fünf Tagen angereist. Der Herr Doktor ist Kreisveterinär in Tilsit, kommt aber ursprünglich von der anderen Seite vom Fluss.«

»Ein Memelländer also?«, hakte Singer nach.

»Ja, der war Kreisveterinär in Heydekrug, des liegt im Memelgebiet und g'hört ja heut zu Litauen. Des wor für ihn eine unhaltbare Situation. Deshalb hat er die Stelle dort aufgegeben und ist ins Reich gezogen.«

Singer war hellhörig geworden. »Was ist Ihr Eindruck von dem Mann?«

Hillinger sah sich um, bevor er weitersprach. »Nun – wie soll ich sagen. Er wirkt auf mich a bissl verbiestert, wenn S' wissen, was i maan. Hat's noch net verwunden, des kaan Kaiser mehr gibt.«

Singer lief eiligen Schritts über die sandige Dorfstraße ins Dorf. An der Jugendherberge auf der Haffseite angekommen, öffnete sich ein schöner Blick auf die Mole mit den davor liegenden Kurenkähnen. Kurz vor Mittag herrschte hier reges Treiben. Kisten mit fangfrischem Fisch wurden an Land gebracht und Netze zum Klären und Flicken am Strand aufgehängt. Am Molenkopf hatte der Salondampfer festgemacht. Touristen zogen einer Prozession gleich der *Cranz* entgegen, die von Memel kommend auf dem Weg nach Cranzbeek abreisende Urlauber aufnahm. Als Singer die Mole erreicht hatte, traf er auf das Ehepaar Haller.

»Guten Tag, mein lieber Landau«, rief ihm Haller lächelnd entgegen.

Seine Frau hatte sich bei ihm untergehakt. Singer fand, sie sah umwerfend aus. Die blonden Haare trug sie zu einem modischen kurzen Bob frisiert. Dazu ein ebenso modisches Oberteil in Pastelltönen, das ihre Schultern freiließ und den Blick auf ein hinreißendes Dekolleté eröffnete. Ihre langen Beine steckten in einer weiten, weißen Sommerhose.

»Guten Tag«, erwiderte Singer die Begrüßung und runzelte verwundert die Stirn. »Sie reisen schon ab?«

Haller lachte. »Aber nein, ich muss nur vorübergehend nach Königsberg. Sie wissen – die Geschäfte …« Er seufzte.

»Mein Mann ist polygam. Er ist leider auch mit seinen Warenhäusern verheiratet«, erklärte Angelika Haller lächelnd. Ihr Mann verzog bedauernd die Mundwinkel.

»Meine Frau hat leider recht. Morgen habe ich eine wichtige Besprechung mit einem bedeutenden Lieferanten. Den Termin muss ich leider selbst wahrnehmen. Das Los des erfolgreichen Unternehmers«, sagte Haller und zuckte mit den Schultern. »Ich bin ja so froh, dass Angelika mir dies nachsieht. Nicht alle Ehemänner dürfen auf so viel Verständnis hoffen …«

Singer nickte. »Nur schade, dass Sie dann den Tanzabend verpassen.«

»Oh, mein Mann ist leider kein großer Tänzer. Nicht wahr?« Angelika Haller zwinkerte ihrem Mann keck zu.

Dieser räusperte sich verlegen. »Hier rächt sich meine gesellschaftliche Zurückgezogenheit der letzten Jahre.« Er sah seine Frau an. »Ich wünsche dir aber einen schönen Abend, mein Herz, und dass du dich gut amüsierst.« Er küsste sie auf die Stirn.

»Mach dir um mich keine Sorgen. Ich bin heute Abend

in bester Gesellschaft. Und nun sieh zu, dass du an Bord kommst, bevor der Dampfer noch ohne dich ablegt.«

Haller griff nach seiner Tasche. »Also denn, mein Herz. Wir sehen uns morgen Abend wieder. Landau!«

»Gute Fahrt!«, wünschte Singer.

Angelika Haller und Aaron Singer warteten noch einen Moment, bis Haller den Dampfer betreten hatte. In diesem Moment tutete das Horn. Zwei Matrosen lösten die Leinen, und auf der *Cranz* wurden die Motoren angeworfen. Die Frischvermählten winkten sich zum Abschied zu, und Singer machte bereits Anstalten zu gehen, als Angelika Haller sich ihm zuwandte.

»Gehen Sie zufällig zurück zum Hotel?«

»Leider nein, ich muss … zum …«, begann Singer zögerlich. Doch Angelika Haller ließ ihn gar nicht ausreden.

»Und wo haben Sie überhaupt Ihre charmante Gattin gelassen?«

Singer zuckte mit den Schultern. »Im Gegensatz zu mir ist meine Frau sehr sportlich. Sie ist mit einigen Damen schwimmen gegangen.«

Angelika Haller betrachtete ihn mit ihren eisblauen Augen. »Unsportlich wirken Sie nun gerade nicht auf mich, Herr Landau. Ich wette, Sie spielen das ganze Jahr über Tennis.«

Singer lachte. »Nein, tut mir leid, auch das nicht.«

»Na, dann will ich Sie mal nicht länger aufhalten. Ich finde den Weg zum Hotel auch allein«, sagte sie und warf ihm ein letztes strahlendes Lächeln zu, bevor sie sich abwandte und dem Hotel zustrebte.

Der Polizeiposten befand sich am Ende der Dorfstraße. Ein Emailleschild *Landjägerkommando Rossitten* prangte neben der grün gestrichenen Eingangstür. Als Singer die Wachstube mit der niedrigen Decke betrat, blieb ihm vor Verblüffung die Spucke weg. Mitten im Raum stand Heinrich Puschkat im Gespräch mit Wachtmeister Jurgis. Als die beiden die Tür gehen hörten, sahen sie auf.

»Puschkat, was machen Sie denn hier?« Singer betrachtete seinen Kollegen, den Mantel über dem Arm, mit rotem Kopf, der Schweiß lief ihm über die Stirn. Neben ihm auf dem Boden stand eine verbeulte Reisetasche.

Puschkats Miene verfinsterte sich. »Glauben Sie man ja nicht, dass ich freiwillig hier bin«, murrte er. »Ich saß gestern mit der Familie beim Abendbrot, da klingelte plötzlich das Telefon.« Puschkat hatte das Wort förmlich ausgespuckt. Seit man ihm vor einigen Monaten einen dieser neumodischen Telefonapparate auf dienstliche Veranlassung hin in seiner Wohnung installiert hatte, stand er mit der Technologie auf Kriegsfuß. »Giersching persönlich war am Apparat!«

»Nach Feierabend?«, wunderte sich Singer.

»Die Geschichte hat ihm offenbar keine Ruhe gelassen. Falls Sie mit Ihrer Theorie richtig lägen, solle seiner Meinung nach ein weiterer Beamter vor Ort sein. Man könne Ihnen das unmöglich allein überlassen.«

»So, so«, sagte Singer, der ahnte, was als Nächstes kam.

»Tja, und weil alles so holterdiepolter ging, habe ich noch kein Logis«, erklärte Puschkat. »Ist in Ihrem Hotel noch etwas frei?«

»Das geht auf gar keinen Fall«, entgegnete Singer alarmiert. »Alles belegt. Das ist wirklich bedauerlich.« Er sah zu Jurgis. »Das Beste wäre, wenn Sie bis Dienstag hier in der Wache unterkommen könnten.«

Jurgis hob die Hand, um etwas einzuwenden, doch Puschkat wetterte bereits los.

»Wie bitte? Soll ich in der Zelle auf einer Pritsche schlafen, während der Herr Kollege im ersten Haus am Platz logiert?«

Jurgis versuchte einzulenken. »Es gibt noch die Dienststube, dort haben wir ein Sofa.«

Singer nickte eifrig. »Na bitte. Es wäre ja auch nur für zwei, drei Nächte, Puschkat.« Er sah von Jurgis zu Puschkat und wieder zurück.

Der Wachtmeister kratzte sich im Nacken.

»Natürlich werden Sie für Kost und Logis gebührend entschädigt«, sagte Singer an Jurgis gewandt.

»Mir soll es recht sein.« Der Wachtmeister zuckte mit den Schultern. »Na, dann kommse mal mit, Herr Kriminalkommissar. Is nicht der Berliner Hof, aber reinlich ist es doch.«

Als Singer sich dem Hotel näherte, hörte er einen sonderbaren Singsang.

»Krähenbeißer! Krähenbeißer!«

Dann sah er die beiden Grambow-Söhne. Sie hatten sich vor den beiden jungen Männern aufgebaut, die Singers und Ellas Gepäck getragen hatten.

»Was willste, Ludwig?«, rief der junge Einheimische, der sich Fritz nannte.

»Vögeln in 'n Kopp beißen – das ist einfach nur krank!«,

entgegnete der jüngere der Grabow-Söhne. Er mochte etwa sechzehn sein.

»Komm lass ihn, Fritz. Das gibt nur Ärger«, versuchte sein Freund, Karl, zu warnen.

Der ältere der Brüder versuchte ebenfalls einzulenken. »Lass gut sein, Ludwig.«

Doch Ludwig Grambow wollte es wissen. »Krähenbeißer! Krähenbeißer!«

Plötzlich machte Fritz einen Ausfallschritt, ein Arm schnellte vor und eine Faust traf Ludwig mit voller Wucht auf der Brust. Der taumelte einen Schritt zurück.

Im selben Moment trat Erich Grambow vor und schlug Fritz kräftig ins Gesicht. Der ging zu Boden. Mit einem Satz war Erich über ihm und riss seinen Gegner am Kragen.

Singer sah, wie er erneut zum Schlag ausholte. Er eilte zu ihnen, ging dazwischen.

»He, immer schön langsam mit den jungen Pferden! Seid ihr noch bei Trost?«

Singer zog Erich von dem am Boden liegenden Fritz weg.

»Er hat meinen Bruder geschlagen!«, empörte sich der ältere Grambow.

Nur mühsam kam Fritz auf die Beine. Aus seiner Nase lief Blut. Vom Lärm auf den Plan gerufen, tauchte der Geschäftsführer vor dem Hoteleingang auf.

»Was ist denn hier los? Um Himmels willen! Seid's noch g'scheit?«

Erich zog seinen Bruder mit sich fort. Beide gingen zurück ins Hotel, nicht ohne wütende Blicke zurück auf die beiden Kontrahenten zu werfen.

Hillinger sah Fritz und Karl fragend an. »Was ist mit euch? Habts mir nix zu sagen? Schlägt man sich etwa mit der Kundschaft?«

Die beiden jungen Männer sahen schuldbewusst zu Boden.

»Die Grambows san Stammgäste!«, fuhr der Hotelier fort.

»Gehen Sie nicht zu hart mit den Jungs ins Gericht, Hillinger. Der jüngere Grambow hat Streit gesucht. Ich denke, Fritz hat seine Lektion gelernt, nicht wahr?« Singer warf dem jungen Mann einen aufmunternden Blick zu. Der nickte knapp.

»Na los, dann schleichts euch!«, rief der Hotelier. »Und seid ja pünktlich heute Abend!«

Als Singer mit dem Hotelier allein war, fragte er: »Ist das eine übliche Beleidigung hier – Krähenbeißer?«

Hillinger lachte: »Na! Krähen san eine Delikatesse auf der Nehrung. Die werden gefangen und eingepökelt. Wanns denen den Garaus mochen wuist, musst eana in den Kopf beißen.«

Singer verzog das Gesicht. Sah man von den Klopsen ab, war die ostpreußische Küche für ihn bislang kein Quell kulinarischer Erbauung gewesen. Wenn er allein an den allerorten so beliebten Fleck dachte, den Puschkat mit Todesverachtung und Genuss aß. Pansen! Singer schüttelte allein der Gedanke daran. Und jetzt aß man hier sogar Krähen, denen man vorher in den Kopf biss?

»Ja, das geht leider net humaner. Man könnt die Vögerl auch schießen, aber dann hams den Schrot im Leib. Meist im Herbst, wanns nimmer aufs Haff können, dann legen sich die Fischer auf d'Lauer. Ansonsten verdienen die Jungs sich immer a bissl wos dobei, in dem sie die Gastronomie mit Krähen versorgen. Butterzart, des sag ich Eana.« Hillinger küsste die Fingerspitzen seiner Hand.

Singer schüttelte ungläubig den Kopf.

Hillinger breitete die Arme aus. »Sehen S', das ist wieder typisch. Tauben essens die feinen Herrschoftn in Berlin, aber bei so aaner delikaten Saatkrähe, da rümpfens die Nase.«

4

Der Tanzabend wurde ein voller Erfolg. Der Hotelier, im weißen Smoking, hielt Hof, nickte den Gästen zu, schüttelte Hände, während die kleine Kapelle »Simon Balasz« für flotte Tanzmusik sorgte. Die Kellner hatten alle Hände voll zu tun, die Wünsche der durstigen und tanzwütigen Gäste zu erfüllen. An der Bar bereitete Oberkellner Egon die nächste Reihe mit Gläsern vor.

»Ich hoffe, ihr habts genug Champagner auf dem Eis«, sagte der Hotelier.

»Hauptsächlich Sekt, Herr Hillinger«, erwiderte der Oberkellner.

Hillinger machte eine wegwerfende Handbewegung. »Ja, ja ... Schick den Fritz runter in den Keller. Der soll die restlichen Flaschen aufs Eis legen. Heut moch'ma Umsatz.«

Singer hatte mit Ella bereits eine gute Runde getanzt. Nun saßen sie gemeinsam mit Anna Freud an einem Tisch und sahen sich das Treiben an. Lou hatte sich nach dem Abendessen zurückgezogen. Sie war aus dem Alter heraus, wie sie trocken bemerkte, und Anna wäre ihr gewiss aus Verbundenheit gefolgt, wenn Ella sie nicht beschworen hätte, zu bleiben. Und so saßen sie zusammen an einem Tisch. Während Ella in ihrem Abendkleid einmal mehr eine atemberaubende Figur machte, wirkte Anna in ihrer alt-backenen Garderobe wie aus der Zeit gefallen. Aber das schien sie nicht zu stören. Da sich die beiden gerade angeregt unterhielten, beschloss Singer, für einen Augenblick in den Garten zu gehen, um etwas frische Luft zu schöpfen.

Die erfrischende Abendluft unter dem leuchtenden Sternenhimmel ließ ihn aufatmen. Es roch nach Meer und man hörte schwach das leise Rauschen der Ostseewellen. *Das hier könnte auch Italien sein,* dachte Singer. *Hoffentlich kommt Puschkat mit Jurgis zurecht,* war der zweite Gedanke, der ihm in den Sinn kam. Immerhin hatte man sich friedlich getrennt. Singer mochte gar nicht daran denken, was passiert wäre, wenn Puschkat im »Kurischen Haff« Quartier bezogen und unweigerlich Ella entdeckt hätte. Nun, er würde sie noch früh genug bemerken. Aber das war ein Problem, dem Singer sich stellen würde, wenn es so weit war, nicht heute Abend …

»Nanu? So nachdenklich, Herr Landau?« Eine weibliche Stimme.

Singer drehte sich um. Vor ihm stand Angelika Haller.

»Frau Haller, wie angenehm.«

»Ich habe Sie hier im Garten sinnieren sehen. Da dachte ich, vielleicht muss man sie auf andere Gedanken bringen.«

Singer erwiderte ihr Lächeln. Hallers blaue Augen blitzten verschwörerisch, während sie aus ihrer Sektflöte trank. Mit ihren strohblonden Haaren und dem hellen Teint entsprach sie dem Klischee der kühlen, nordischen Schönheit. Ihre Lippen waren dunkelrot geschminkt. Der gleiche Farbton fand sich in ihrem sommerlichen Abendkleid, das ihre schlanke Figur betonte. Keine Frage, Angelika Haller war eine äußerst attraktive Person. Dies verrieten auch die bewundernden Blicke einiger Herren, die zum Rauchen in den Garten getreten waren.

»Amüsieren Sie sich gut?«, fragte Singer.

»Ja, die Kapelle ist ganz ausgezeichnet. Wer hätte das gedacht, hier in der Provinz.«

»Ein Jammer, dass Ihr Mann nach Königsberg musste.«

Angelika Haller zuckte mit den Schultern. »Wenn man liebt, muss man den anderen so nehmen, wie er ist. Karl lebt für die Firma und seine Angestellten. Seine Warenhäuser – das ist wie eine große Familie. Er weiß um seine soziale Verantwortung, und er hat ein großes Herz. Das ist wohl auch der Grund dafür, dass ich meins an ihn verschenkt habe.«

Singer dachte an den zurückhaltenden und unscheinbaren Mann. Es war ihm schleierhaft, wie Haller es geschafft hatte, eine so hinreißende Frau zu gewinnen. Wo die Liebe hinfällt? Oder war es am Ende doch nur sein Reichtum?

In diesem Moment legte sich die Kapelle wieder ins Zeug. Angelika Haller hob den Unterarm.

»So mein Lieber, jetzt sind Sie fällig. Damenwahl!« Ohne Singers Reaktion abzuwarten, zog sie ihn in den Saal zurück.

Dort herrschte ausgelassene Stimmung. Die Tanzfläche war voll. Singer tanzte fast eine ganze Runde mit Angelika Haller. Das dritte Stück war soeben verklungen, da stand Ella vor den beiden. Haller schenkte ihr ein strahlendes Lächeln.

»Oh, Frau Landau. Sie können sich glücklich schätzen. Ihr Mann ist ein begnadeter Tänzer.«

»Ja, so sagt man. Ich sollte das vielleicht selbst einmal überprüfen«, gab Ella lächelnd zurück. Sie griff Singers Hand. »Sie entschuldigen uns?«

In diesem Moment setzte die Musik mit einem langsamen Walzer wieder ein. Singer zog Ella zu sich heran, und sie drehten sich in die Mitte der Tanzfläche.

»Du bist doch nicht etwa eifersüchtig?« Singer konnte sich die Bemerkung nicht verkneifen.

Ella warf ihm einen dieser schwer zu deutenden Blicke zu. »Überschätzen Sie sich mal nicht, Herr Kommissar. Ich kam lediglich zu Ihrer Rettung.«

»Ich hatte nicht den Eindruck, dass ich in Gefahr war.«

Ella schmiegte sich an ihn und seufzte theatralisch. »Ihr Männer seid so naiv. Diese Frau ist eine Sirene.«

Singer zog die Augenbrauen hoch. »*Du* bist eine Sirene, meine Liebe.«

»Und genau deshalb muss ich es wissen«, konterte Ella.

Damit war das Thema beendet und sie tanzten weiter. Als die Kapelle eine Pause einlegte, führte Singer Ella zurück an den Tisch, wo Anna Freud sich gerade mit einem älteren Herrn vom Nachbartisch unterhielt.

Singer griff nach seinem Wasserglas. Mittlerweile war die Luft im Saal förmlich zum Schneiden. Er wischte sich den Schweiß von der Stirn, streckte die Beine unter den Tisch und ließ das ausgelassene Treiben auf sich wirken. Nicht weit entfernt saß die Frau von Dr. Balzer mit den Wengenröders. Während dessen schwedische Gattin selig lächelte und den Abend zu genießen schien, hatte das Gesicht des dicken Reichsbahndirektors eine bedenklich dunkelrote Färbung angenommen. Offenbar war der Mann strapaziöse Tanzveranstaltungen nicht mehr gewohnt. Aber wo war eigentlich der Herr Veterinär …?

»Grüße Sie, mein lieber Landau!« Georg Grambow kreiselte, seine elegante Frau im Arm, lässig an Singers Tisch vorbei. »Sie sollten auch mal das Tanzbein schwingen. Oder ist Ihnen Ihre bezaubernde Gattin abhandengekommen?«

Erst jetzt bemerkte Singer, dass Ella verschwunden war. Er sah sich um und fand sie bei der Kapelle. Sie wechselte ein paar Worte mit dem Kapellmeister. Jetzt kam sie durch das Getümmel auf ihn zu.

»Ich habe bei Georg Goldberg einen ›Black Bottom‹ bestellt«, rief sie ihm gegen das Getöse zu.

»Georg Goldberg? Wer soll das sein?«

»Der Kapellmeister.«

»Ich denk der heißt Balasz?«

Ella verdrehte die Augen. »Das ist natürlich nur ein Künstlername. Wenn du mit deinem Orchester erfolgreich sein willst, musst du dir einen ungarischen Namen zulegen. Denk nur an Dajos Bela …«

Singer stutzte. »Wie? Der ist gar kein Ungar?«

»Der heißt in Wirklichkeit Leon Golzmann.« Ella griff nach Singers Hand. »So und nun komm!«

Singer hob die Hände. »O nein. Ich habe mein Pflichtprogramm für heute erfüllt.«

Anna Freud hatte ihrer Unterhaltung gelauscht. Jetzt schaltete sie sich ein: »Black Bottom, sagten Sie? Den würde ich gerne einmal ausprobieren«, rief sie. »Aber Sie müssen mir zeigen, wie es geht.«

»Na, dann kommen Sie«, sagte Ella. »Machen Sie mir einfach alles nach.«

Während die beiden Frauen sich wieder ins Getümmel stürzten, unternahm Singer einen kleinen Rundgang.

Im Rauchersalon diskutierten die Nichttänzer in einer dicken Wolke aus Zigarrenrauch die politische Weltlage. Singer sah den jungen Kofferträger oder Fischer oder was er war, Fritz, der im weißen Kellnerjackett ein Tablett mit Sekt- und Weingläsern durch den Dunst balancierte. Singer rechnete noch immer mit dem baldigen Auftauchen von Belgen. So wie er den Reporter einschätzte, würde der sich eine solche Gelegenheit kaum entgehen lassen.

Nach einem kurzen Abstecher auf die Toilette ging Singer in den kleinen Empfangsraum des Hotels. Auch hier saßen Gäste in den Korbsesseln und unterhielten sich. Singer wollte sich gerade zurück in den Saal begeben, als er den Veterinär Dr. Balzer sah. Er war an den Empfangstresen getreten, offensichtlich um zu telefonieren. Singer trat unauffällig näher.

»Prökuls 3 …«, hörte er den Tierarzt sagen.

Von dem nachfolgenden Gespräch konnte Singer wegen des allgemeinen Lärmens nichts verstehen. Das Telefonat dauerte kaum eine Minute. Balzer hängte ein, sah sich prüfend um und öffnete die Tür zur Hotelbar. Singer ließ zwei weitere Minuten verstreichen, dann folgte er dem Mann.

In der Bar war es ruhiger als in den anderen Räumlichkeiten. Während im Rauchersalon die Männer fast unter sich waren, waren hier auch einige Paare zu finden. Singer sah Balzer, der am anderen Ende der Bar zwei Weingläser entgegennahm und in den großen Saal weiterging. In diesem Moment entdeckte Singer Karl Belgen. Der Reporter lehnte am Tresen und hatte gerade seine Bestellung aufgegeben. Hinter der Theke kümmerte sich Edgar Hillinger persönlich um dessen Apfelbowle.

»Wo Sie gerade dabei sind, mein lieber Hillinger. Ich nehme auch ein Glas«, erklärte Singer jovial, während er sich direkt neben Belgen stellte. »Herr Belgen, was für ein Zufall …«

Belgen zuckte leicht zusammen. Er sah sich um, als erwartete er, dass Singer mit einem Rollkommando zu seiner Verhaftung erschienen wäre.

»Überrascht?«, fragte Singer.

Belgen deutete ein Lächeln an. Seine erste Verblüffung war verflogen. »Sie sind hoffentlich nicht wegen mir hier. Das wäre eine reine Verschwendung von Steuergeldern. Ich mach hier nämlich nur ein paar Tage Urlaub. Einfach mal den Kopf frei bekommen, nach allem, was in den letzten Tagen so passiert ist.« Er nahm das Cocktailglas, prostete Singer zu und kippte die Bowle in einem Zug hinunter. »Und jetzt entschuldigen Sie mich bitte, ich will mich noch ein wenig amüsieren. Sind ja schließlich eine Menge attraktiver Damen hier.« Belgen grinste und wollte gehen.

Singer hielt den Reporter am Arm fest. »Ich lass mich von Ihnen nicht für dumm verkaufen, Belgen. Ich weiß ganz genau, warum Sie hier sind. Was hat Freymann Ihnen verraten?«

Belgen riss sich los. »Ich habe keine Ahnung, wovon Sie

sprechen. Ich wollte dem Mann lediglich helfen. Doch leider konnte ich für ihn nichts mehr tun.« Er sah Singer herausfordernd an. »Wenn das alles war, dann würde ich jetzt gerne tanzen gehen.«

»Wenn ich herausbekomme, dass Sie uns Informationen vorenthalten, die zur Aufklärung einer schweren Straftat führen könnten, dann sind Sie dran, Belgen. Wir reden hier immerhin über Mord und Waffenraub.«

Belgen zeigte sich unbeeindruckt. »Sie machen Ihre Arbeit, Singer, und ich meine. Die Zeiten, da die Obrigkeit der Presse nach Belieben einen Maulkorb umhängen konnte, sind glücklicherweise vorbei. Sie gewöhnen sich besser daran.« Der Reporter hob die Hand in Richtung Hillinger und deutete auf Singers Glas. »Das Glas geht auf mich.« Er legte ein paar Münzen auf den Tresen. Dann drehte er sich um und verschwand in Richtung Saal.

Singer kochte vor Wut. Was bildete sich dieser Kerl ein? Er war überzeugt, dass Belgen von Freymann erfahren hatte, wann es zu der Waffenübergabe kommen würde. Möglicherweise auch, wie die Waffen über die Grenze gebracht werden sollten. Er ließ die Bowle stehen und folgte Belgen in den Tanzsaal.

Ella hatte ihre Tanzpartnerinnen Angelika Haller und Anna Freud untergehakt und mit ihnen Kurs auf den jungen Fritz genommen, der mit einem Tablett voller eisgekühlter Sektgläser gerade wieder seinen Posten an der Tanzfläche bezogen hatte. Anna lachte ausgelassen, und Ella fand, dass man mit der Haller gut feiern konnte.

»So, dann wollen wir dem jungen Mann mal ein wenig von seiner Last abnehmen«, kicherte Ella und griff mit beiden Händen zu.

Fritz riss angstvoll die Augen auf, weil er fürchtete, dass die Damen ihm das Tablett aus der Hand schlagen könnten.

»Keine Sorge, mein Lieber. Wir haben es nur auf den Sekt abgesehen«, sagte Anna.

»Auf uns!« Angelika Haller hielt den beiden Damen ihr Glas hin. Sie stießen an.

»Ah, da kommt Ihr Mann, Ella. Und ich hatte gedacht, er wäre schon zu Bett«, kicherte Anna.

Ella sah Singer entgegen und merkte, wie Angelika neben ihr erstarrte. Einige Meter vor Singer war ein attraktiver, dunkelhaariger Mann mitten auf der Tanzfläche stehen geblieben und blickte offensichtlich überrascht in ihre Richtung.

Ella sah Angelika Haller fragend an. »Kennen Sie sich?«, fragte sie halb im Scherz.

Die Haller lächelte schmallippig. »Kennen wäre zu viel gesagt. Sie entschuldigen mich? Ich bin gleich wieder da.« Schon war sie mit dem Unbekannten im Getümmel verschwunden.

Singer kam zu Ihnen. Er hatte die Szene verfolgt.

»Da bist du ja wieder. Es wurde schon gemunkelt, du seist schlafen gegangen«, sagte Ella neckend.

»Kennen die sich etwa?«, fragte Singer.

»Du meinst Angelika Haller und der unbekannte Schönling?«

»Der unbekannte Schönling ist der Grund, warum wir

hier sind«, erwiderte Singer und warf einen schnellen Seitenblick auf Anna Freud.

»Oh, ich glaube, ich habe für heute genug«, sagte sie vergnügt. »Ich ziehe mich dann mal zurück.«

Ella und Anna verabschiedeten sich mit Wangenküssen, während Singer versuchte, Belgen und Angelika Haller im Blick zu behalten. Die beiden unterhielten sich am Rande der Tanzfläche.

»Sieht jedenfalls nicht nach einem Techtelmechtel aus«, meinte Ella.

»Nein«, sagte Singer. »Und bei jemandem wie Belgen ist genau das verdächtig.«

5

Als Heinrich Puschkat erwachte, brauchte er einige Sekunden, um sich zu orientieren. Sein Blick wanderte durch die Stube und sein steifer Nacken tat ein Übriges, um ihn daran zu erinnern, dass er nicht gemütlich zu Hause auf dem Königsberger Kneiphof in seinem Bett lag. Vorsichtig richtete er sich auf und hatte dabei das Gefühl, der Schädel wolle ihm platzen. Er saß auf dem Sofa der Dienststube des Landjägerkommandos. Vom Wachtmeister fehlte allerdings jede Spur.

Nur langsam kehrten die Erinnerungen in Puschkats Bewusstsein zurück. Sie waren zusammen zum Essen gegangen. Jurgis hatte den »Dorfkrug« vorgeschlagen. Der Abend ließ sich auch gut an. Die beiden Männer leerten zunächst zwei amtliche Krüge mit gutem Ponarther Bier und stillten ihren Hunger mit dem empfohlenen Rippenbraten nach Wartenburger Art.

»Nu, die Fro vom Jendrikeit is eene Wartenburgische. Braten dat könnense in Masuren«, hatte Jurgis erklärt. In der Tat war der saftige Krustenbraten mit Apfel- und Backpflaumenfüllung ein Genuss. Puschkat war augenblicklich mit seinem Schicksal versöhnt.

»Und ich hatte schon befürchtet, hier gibt es nur Fisch, mein lieber Jurgis.«

Der Wachtmeister schüttelte entschieden den Kopf. Er hob einen dicken Zeigefinger: »Rossitten ist das einzige Dorf auf der Nehrung, das über Ackerboden verfügt und wo man auch Schweine züchten kann. Immerhin ist die Nehrung nirgendwo so breit wie hier. Fast vier Kilometer.«

Der Abend wäre geruhsam ausgeklungen, wenn Jurgis nach dem Essen nicht dem Ruf der Stammtischler gefolgt wäre. Dort saßen neben dem Landarzt und dem Postboten noch vier Fischer. Man unterhielt sich in breitem, ostpreußischem Platt. Puschkat gab zum Einstand eine Runde »Pillkaller« aus – Korn mit einer dicken Scheibe Leberwurst und einem Klecks Mostrich. Das kam gut an, und nach wenigen Minuten war der Städter in die Runde der Dörfler aufgenommen. Nun wurden weitere Runden »Kurengold« ausgegeben. Puschkat hatte keine Erinnerung mehr daran, wie er letztendlich auf Jurgis Sofa gelandet war.

Er sah auf die Uhr: Kurz nach zehn. In Königsberg hätte er sich überschlagen, wenn er so verschlafen hätte. Doch hier? Die Arbeit lief ihm schon nicht weg.

Er nahm die Waschschüssel, die Jurgis ihm bereitgestellt hatte, um an der Pumpe hinter dem Haus Wasser zu fassen.

Grelles Sonnenlicht, das bereits seit geraumer Zeit ins Zimmer fiel, weckte Singer. Er tastete auf die andere Bettseite. Leer. Von Ella keine Spur. Er hatte nicht mitbekommen, dass sie aufgestanden war. Singer setzte sich auf, fuhr sich mit der Hand durch das Gesicht und ging dann ins Bad. Am Waschbecken spritzte er sich kaltes Wasser ins Gesicht, um die Lebensgeister zu wecken.

Es war gestern noch spät geworden. Kurz nachdem sich Anna Freud verabschiedet hatte, begann dieser Balasz oder Golzmann oder wie immer der auch heißen mochte noch einmal groß aufzuspielen. Die Haller hatte Belgen stehen lassen und sich den verdutzten Fritz auf die Tanzfläche gezogen. Der Reporter war daraufhin gegangen.

Aber dann war dieser Süßwarenfabrikant mit einem Tablett voller Bowlegläser an ihrem Tisch aufgetaucht. Frau Grambow hatte sich soeben zurückgezogen, während sich ihr nunmehr unbeaufsichtigter Gatte in geselliger Runde einen Absacker gönnte. Der angetrunkene Unternehmer wollte ganz offensichtlich von Angelika Haller erhört werden. Doch Ella und die Strohwitwe machten sich einen Spaß daraus, dem armen Mann den Kopf zu verdrehen. Mangels weiterer Getränke löste sich die Runde schließlich weit nach Mitternacht auf. Kaum war die Zimmertür hinter ihnen ins Schloss gefallen, da hatten sich Ella und Singer die Kleider vom Leib gerissen und waren auf dem Bett gelandet. Ella hatte seinen Kopf zwischen ihre langen Beine gedrückt und für ihn war alles andere außer ihrem Stöhnen bedeutungslos geworden.

Als Singer kurz nach halb elf den Speisesaal betrat, deutete nichts darauf hin, dass hier erst vor wenigen Stunden ein großes Fest zu Ende gegangen war. Die Tische waren wie gehabt zu zwei langen Tafeln angeordnet, die in diesem Moment für das Mittagessen eingedeckt wurden. Singer wollte schon auf dem Absatz kehrt machen, als Hillinger um die Ecke lugte.

»Ah, der Herr Singer ... ähm, ich mein natürlich Landau. Sie sind der Letzte heut Morgen. Die anderen san alle schon ausgflogen. Wenn Sie wollen, lass ich Ihnen g'schwind a kleins Gabelfrühstück herrichten.«

»Lassen Sie nur, Hillinger. Ein starker Kaffee würde mir genügen«, erwiderte Singer.

»Dann kommen S' mit an den Tresen, bitt schön.«

Singer folgte Hillinger an die Hotelbar und wartete geduldig auf seinen Kaffee.

»Sie haben nicht zufällig meine Frau gesehen?«

Der Hotelier hob die Augenbrauen. »Für heut war doch die Bootstour zur hohen Düne nach Pillkoppen vorgesehen. Ich glaube, die Frau Gemahlin hat sich von Fräulein Freud und der gnädigen Frau Salomé zu dem Ausflug überreden lassen.«

Singer verspürte einen Stich, doch dann nickte er. Natürlich war es gut, dass Ella sich einen schönen Tag machte. Er, Singer, war schließlich nicht in den Ferien hier.

Er trank seinen Kaffee aus, dann klopfte er auf den blank polierten Tresen und trat hinaus auf die sandige Dorfstraße.

Ein wolkenloser Himmel, warm, aber nicht zu warm. Eine milde Brise ließ die Baumkronen sacht rascheln. Singer schlug den Weg in Richtung »Gasthaus am Meer« ein. Es war an der Zeit, sich Belgen noch einmal vorzunehmen. Anschließend würde er nachschauen, wie Puschkat die Nacht verbracht hatte. So ging er in aller Ruhe die Dorfstraße hinunter, vorbei an malerischen Fischerkaten und einigen wenigen Steinhäusern, wie dem der Falken-Drogerie und dem Dorfladen. Überall waren die Grundstücke von Staketenzäunen umgeben, darauf ausgebreitet Fischernetze. Hier und da liefen Gänse in kleinen Vorgärten herum. Kinder spielten. Dass in diesem verschlafenen kleinen Badeort womöglich eine Waffenschieberei in großem Stil über die Bühne gehen sollte, war in der Tat nur schwer vorstellbar.

Das »Gasthaus am Meer« befand sich direkt am Haffstrand in unmittelbarer Nähe zur Haffleuchte, einem kleinen Leuchtturm, der in der Dunkelheit die Anfahrt auf die Rossittener Mole markierte. Als Singer die Gaststube betrat, fand er sie verwaist vor. Vom Wirt, der kurz darauf erschien, erfuhr Singer, dass Belgen den Tag ebenfalls auf Bootstour gegangen war.

Es klatschte laut, als die Eckspanner-Mappen auf Söderbergs Schreibtisch fielen. Der junge Reporter fuhr erschrocken zusammen.

»Kleines Nickerchen im Dienst?«

Vor ihm stand Paul Anton, der auf einem erkalteten Zigarrenstumpen herumkaute.

»Nee, Herr Anton, hab Sie nur nicht kommen hören. Was gibt's denn?«

Der Redaktionsleiter der *Königsberger Allgemeinen* deutete mit seinem nikotingelben Finger auf die Unterlagen. »Kümmere dich darum. Da sind Artikel dabei, die sind noch für den Redaktionsschluss.«

Söderberg klappte die Mappen auf und blätterte die Aufzeichnungen durch.

»Lohmeyer zum geplanten Hafenausbau, Vorstellung des Theaterspielplan '24/25 … Das sind doch alles Karls Themen!«

»Belgen ist kurzfristig außer Haus. Deswegen musst du dich kümmern, Junge.«

Söderberg schüttelte den Kopf. Belgen machte frei, während in der Redaktion der Baum brannte? Der Mord am Schlossteich war kaum drei Tage her und seitdem das beherrschende Thema in der Stadt.

»Ach ja, und sieh zu, dass du was über die laufende Mordermittlung in Erfahrung bringst. Ich reiß dir persönlich den Kopf ab, wenn ich in der *Hartungschen* Dinge erfahre, die nicht vorher bei uns die erste Seite geziert haben. Also – an die Arbeit!« Damit machte er auf dem Absatz kehrt und stampfte davon in Richtung Nachrichtenzentrale.

Söderberg kochte vor Wut. Er sollte hier für Belgen die Stellung halten, während der Herr Hauptstadtkorrespondent den dicken Fisch an Land zog?

Söderberg reckte den Hals und sah in das gegenüberliegende Großraumbüro. Paul Anton diskutierte wild gestikulierend mit den Nachrichtenheinis. Mit ein wenig Glück würde das noch eine Weile dauern. Kurzentschlossen stand Söderberg auf, ging mit schnellen Schritten über den Gang, behielt dabei Anton immer im Blick. Als er unbeobachtet das Treppenhaus erreicht hatte, hastete er mehrere Stufen auf einmal nehmend in den zweiten Stock. Hier lagen die Büros von Verlags- und Redaktionsleitung sowie der Geschäftsführung. Söderberg wartete einen Moment, bis sich sein Atem normalisiert hatte. Dann betrat er das Vorzimmer des Chefredakteurs.

»Morgen, Frau Bernecker«, sagte er betont munter.

Die Angesprochene, eine Frau unbestimmten Alters, die Haare zum Dutt frisiert, betrachtete Söderberg über ihre Brille hinweg. »Herr Anton ist nicht in seinem Büro.«

Söderberg lächelte charmant. »Weiß ich doch, Frau Bernecker. Hab ihn unten schon getroffen. Ich müsste nur ein paar Dinge mit dem Kollegen Belgen klären. Sie wissen ja, der Kollege ist da einer ganz großen Sache auf der Spur, aber ...« Er holte tief Luft. »Hier muss es ja auch weitergehen. Deswegen wäre ich Ihnen sehr verbunden, wenn Sie mir sagen könnten, wo ich ihn erreichen kann.«

»Ich weiß nicht, Herr Söderberg. Herr Anton hat ausdrücklich gesagt, dass nur er allein den Kontakt mit Herrn Belgen hält.«

»Das versteh ich ja auch, Frau Bernecker. Aber wir haben doch hier tagtäglich eine Zeitung herauszugeben. Der Redaktionsschluss naht, und ich muss jetzt zusehen, dass die laufenden Artikel fertig werden. Dazu ist es dringend erforderlich, mit dem Kollegen zu sprechen. Ich möchte deswegen aber auch nicht den Chef bemühen. Der hat ja schon genug am Hals.«

Söderberg sah sie mit treuherzigen Augen an.

Frau Bernecker gab sich geschlagen. Sie seufzte, griff zu Stenoblock und Stift und notierte Söderberg die Adresse.

Als Singer den Kollegen Puschkat in der Dienststube aufsuchte, wurde er bereits sehnlich erwartet.

»Himmelherrgott«, murrte Puschkat. »Ich dachte, Sie würden gar nicht mehr kommen.«

Puschkat saß an einem kleinen Tisch, vor sich auf einem Brotbrett ein halber Laib Brot und ein Wurstende, an dem er sich bereits gütlich getan hatte. Offenbar das Frühstück, das Wachtmeister Jurgis ihm serviert hatte.

Puschkat erhob sich, wischte sich die Hände am Taschentuch ab, das er sich ins Hemd gestopft hatte. »So untätig herumzusitzen, gefällt mir gar nicht. Man kommt sich ja bald wirklich wie in der Sommerfrische vor. Wenn das der Giersching wüsste ...«

Singer lächelte. »Nun, er weiß es ja nicht.«

Puschkat ging zu dem Sofa, auf dem er die Nacht verbracht hatte, nahm sein Jackett, das dort lag, und zog es an. »Und wie wollen wir nun vorgehen?«, erkundigte er sich.

»Wir sollten weiterhin das Terrain erkunden. Die Waffen werden vermutlich mit einem Lieferwagen kommen und der muss sicherlich für einige Stunden irgendwo abgestellt werden, bis die Übergabe organisiert ist. Dafür könnte sich das Areal der Segelfliegerschule eignen.«

Puschkat stutzte. »Dieser neue Verein für die Flugkisten ohne Motor?«

Singer nickte. »Das scheint hier eine große Sache zu sein. Offenbar bieten die hohen Dünen den Segelfliegern ideale Bedingungen. Es ist natürlich nur eine Vermutung. Aber wir sollten das Areal im Auge behalten. Dort gibt es jede Menge verwaiste Hallen.«

»Und wie wird die Übergabe aussehen? Haben Sie da auch so Ihre Vermutungen?«

»Ich denke, es wird jemand aus dem Memelgebiet kommen, der die Waffen entgegennimmt, beziehungsweise jemand, der zunächst als Kundschafter fungieren wird, um festzustellen, ob die Luft rein ist. Deswegen müssen wir uns möglichst bedeckt halten.«

Puschkat knurrte. »Vielleicht ist der Kundschafter ja auch schon hier.«

»Das wäre durchaus möglich«, räumte Singer ein. »Bei uns im Hotel wohnt ein gewisser Balzer mit seiner Frau«, sagte er schließlich. »Kreisveterinär aus Tilsit. Der Hotelier hat mir erzählt, dass der Mann ursprünglich aus Heydekrug stammt und erst vor Kurzem nach Tilsit übergesiedelt ist. Balzer ist in jedem Fall stramm deutschnational, wettert gegen den Dawes-Plan und schimpft auf die Polen.«

»Nu, wenn wir jeden als verdächtig einstufen, der auf die Polen schimpft, dann haben wir aber eine Menge zu tun.«

»Ich rede nicht von jedem, ich rede nur von diesem Balzer. Ich würde vorschlagen, dass Sie den Mann im Auge behalten. Mich kennt er, Sie nicht.«

Puschkat brummte. Ob das als Zustimmung zu verstehen war, blieb fraglich.

Singer dachte an das Telefonat, dass Balzer gestern Abend geführt hatte. »Der Mann hat mit Prökuls telefoniert, Puschkat. Das liegt drüben im Memelländischen. Prökuls Nummer drei.«

»Ich weiß, wo Prökuls liegt«, raunte Puschkat. Er ließ sich doch von einem zugereisten Berliner nicht in ostpreußischer Landeskunde belehren. Das fehlte gerade noch.

»Schön. Wir sollten jedenfalls prüfen, wem dieser Anschluss gehört.«

Puschkat hatte mittlerweile sein kleines Notizbuch hervorgezogen und notierte sich einige Dinge. »Ich sag Lippert Bescheid. Der soll sich darum kümmern.«

6

Der Fischer Erwin Kurschat stand in dem kleinen Garten vor seinem Haus und bereitete frisch gefangene Flundern für das Räuchern vor. Bereits um kurz nach zehn hatte er seinen Kahn an der Mole vertäut und den Großteil seines Fangs an die Gasthöfe verkauft. Nur die Flundern hatte er zum Trocknen mitgenommen, bevor sie dann in den Ofen kamen. Dafür band Kurschat immer zwei Fische mit der Schwanzflosse aneinander und hängte das Paar dann über eine Holzstange. Später würde er die Fische über kleinen Kiefernzapfen im Ofen räuchern.

Für Kurschat, immerhin Haff-Fischer in der vierten Generation boten die Tage wenig Überraschungen. Die Dinge änderten sich lediglich mit der Witterung im Jahresverlauf. Jetzt im Sommer ging alles flott von der Hand. Kahn und Haus gehörten ihm. Die Fischerei warf noch genug ab, um damit halbwegs über die Runden zu kommen. Um sich auch mal etwas leisten zu können, vermieteten die Kurschats im Sommer ihr Gästezimmer, und Sohn Fritz verdiente sich ein Zubrot als Dienstbote im Hotel. Kurschat war darüber nicht glücklich, aber wenn es half, den Jungen in Rossitten und auf der Nehrung zu halten, sollte es ihm recht sein.

Er wusste, dass Fritz und sein Freund Karl davon träumten, bei der Handelsmarine anzuheuern. Er wusste auch, dass Jungfischer vom Haff bei der Marine durchaus begehrt waren. Auch er hatte, als er jung war, davon geträumt, die Enge des Dorfes, der Nehrung, einmal hinter sich zu lassen. Doch kaum war er volljährig geworden, hatte er bei der Heuernte auf der anderen Seite des Haffs ein hübsches Mädchen aus der Elchniederung kennengelernt. Bei einem Tanzabend war man sich nähergekommen und im nächsten Frühjahr folgte die Hochzeit. Erwin hatte seine Ilse zusammen mit der Aussteuer auf seinem Kahn quer übers Haff heim auf die Nehrung geführt. So ging das bereits seit Jahrhunderten – die kurischen Fischer von der Nehrung holten sich Frauen aus der Niederung.

Damit war die Welt für Erwin Kurschat klein geblieben. Sie reichte nicht weiter als bis nach Cranz, bis nach Memel oder selten einmal auf den Königsberger Fischmarkt. Und in einigen Jahren sollte Fritz in seine Fußstapfen treten. So hing der Fischer seinen Gedanken nach.

Als er mit den Flundern fertig war und über die Stange blickte, sah er jemanden mit entschlossenen Schritten die Dorfstraße herunterkommen. Es war Hillinger. Kurschat schob sich die Mütze in den Nacken und wischte sich den Schweiß von der Stirn. Der Hotelier hatte tatsächlich Kurs auf Kurschats Kate genommen.

»Auf ein Wort, Herr Kurschat!«, rief er schon von Weitem.

»Moin, Herr Hillinger. Kommen Sie wegen der Flundern? Dauert aber noch.«

Hillinger winkte ab. »Es geht mir net um die Flundern. Wir müssen über Ihren Sohn reden, den Fritz.«

»Hat er Dummheiten gemacht?«

Der Hotelier stützte die Hände auf den Gartenzaun und sah sich um. Doch auf der Dorfstraße war niemand zu sehen. Hillinger beugte sich vor: »Sie müssen dem Jungen die Leviten lesen, Kurschat! Des geht net, dass derra da mit derna Kundschaft fraternisiert. I wos gar net, was in den Jungen gefohrn is.«

Kurschat nahm die Pfeife aus dem Mund und rieb sich verlegen das Kinn. Das sah dem Fritz gar nicht ähnlich. Entweder war er mit draußen auf dem Haff oder er machte sich am Haus nützlich. In der Saison half er im Hotel aus. Noch nie waren Klagen gekommen.

»Kurschat, Ihr Sohn macht einer Dame schöne Augen! Ich muss hoffentlich net noch deutlicher werden.«

»Einer Dame?«

»Na, einem Gast, also der Frau eines Gastes … Na, Sie verstehen schon. Aber das geht natürlich nicht!«

Fritz wurde bald volljährig. In diesem Alter hatte Kurschat auch angefangen, sich für das andere Geschlecht zu interessieren. Hier auf der abgelegenen Nehrung war es noch nie einfach gewesen mit den Marjellen in Kontakt zu kommen. Unverfängliche Gelegenheiten waren dünn gesät. Der Gang zum Brunnen, vor und nach dem Gottesdienst und die wenigen Tanzfeste im Sommer und nach der Ernte gehörten dazu. Die Marjellen aus den Fischerdörfern der Nehrung, das war natürlich ein ganz anderer Schnack als die eleganten Damen, die im Hotel wohnten.

»Hat der Junge die Dame belästigt?«, fragte Kurschat besorgt.

»Gott bewahre! So weit ist es zum Glück noch nicht gekommen. Aber er trägt ihr die Sachen zum Strand und retour. Und gestern Abend habe ich gesehen, dass er mit ihr getanzt hat. Noch dazu vor den übrigen Gästen. Ich bitt' Sie, Kurschat, wo kommen wir denn da hin, wenn das Personal vergisst, wo sein Platz ist.«

Kurschat paffte an seiner Pfeife und brummte etwas, das der Hotelier als Zustimmung interpretierte.

»Sie müssen Ihren Jungen vor einer romantischen Verirrung bewahren. Es wär doch schad', wenn ich ihm sonst kündigen müsst.«

»Ich rede mit dem Fritz, Herr Hillinger. Es wird nicht wieder vorkommen. Sie haben mein Wort.«

Kurschat hielt dem Hotelier seine riesige Hand hin. Nach kurzem Zögern schlug der ein.

»Nanu? Gibt es Ärger?«

Hillinger drehte sich um. Vor ihm stand der Königsberger Kommissar. Der musste seine Nase natürlich in alles hineinstecken. War wohl eine Berufskrankheit. Er nickte Kurschat zum Abschied zu und wandte sich zum Gehen.

»Na, keinen Ärger«, sagte Hillinger. Der Kommissar ging neben ihm her und sah ihn abwartend an. Hillinger überlegte, was er dem Kommissar sagen konnte. »Es ist ja nur so, dass wir hier von den Stammgästen leben. Gut situierte Stammgäste, wie ich betonen möchte.«

Der Kommissar nickte. »Und Sie haben Sorge, dass Fritz Kurschat Frau Haller bedrängt?«

Hillinger sah den Kommissar alarmiert an. »Sie haben es also auch schon bemerkt?«

Singer zuckte mit den Schultern. »Ich habe vor allem bemerkt, dass Frau Haller den jungen Mann gelegentlich ermuntert. Sie sollten also nicht zu streng mit dem jungen Mann sein.«

»Schon recht, schon recht. Und wer weiß, was in Fritzens Kopf so umeinand geht. Aber wenn das ruchbar wird … nicht auszudenken. Ich kann mir einen Skandal nicht erlauben, werter Herr Singer«, seufzte Hillinger.

Singer hielt das alles für ziemlich weit hergeholt. Er konnte sich nicht vorstellen, dass eine elegante junge Dame wie Angelika Haller für ein Schäferstündchen mit einem Jungen ihre Ehe aufs Spiel setzen würde. Der alte Kurschat würde seinem Sohn schon den Kopf waschen. Überhaupt, was ging es ihn an? Es wurde Zeit, sich wieder auf den Fall zu konzentrieren.

Seit geraumer Zeit durchstreifte Heinrich Puschkat die Gassen von Rossitten und hatte das Gefühl, er hätte jede Häuserecke schon dreimal gesehen. Jetzt ging er die Dorfstraße hinunter bis zum Strand mit den gewaltigen Dünen. Dort angekommen, sah er eine Weile dem fröhlichen Treiben am Strand zu. Mit seiner städtischen Kleidung fühlte er sich alsbald deplatziert. Also spazierte er durch den kleinen Kiefernwald wieder zurück in den Ort. Immer wieder blieb er stehen, um sich den Schweiß abzuwischen. Er hätte Sommerkleidung einpacken sollen. Nun war es zu spät. Er konnte nur hoffen, dass ihnen die Waffenschieber alsbald in die Falle gingen, damit sie wieder nach Hause konnten.

Als sich das lang gezogene Tuten eines Schiffshorns vernehmen ließ, machte Puschkat sich auf den Weg zur Mole. Ein Bäderschiff kündigte sich an. Dort würde er Jurgis treffen, der das Schiff abzufertigen hatte. Puschkat warf einen Blick auf seine Taschenuhr: kurz nach zwölf. Bis der Dorfgendarm mit seiner Arbeit fertig sein würde, wäre es Zeit fürs Mittagessen. Bis dahin würde er dem Kollegen bei der Abfertigung über die Schulter schauen.

Eine Viertelstunde später hatte die *Cranz* am Molenkopf festgemacht. Jurgis hatte den Pavillon geöffnet, die Uniform zugeknöpft und sogar den Tschako ordentlich aufgesetzt. Unter den zehn Passagieren, die in Rossitten an Land gingen, entdeckte Puschkat zu seiner Überraschung einen alten Bekannten.

»Wie ist der Name?«, fragte Jurgis beflissen.

»Das ist der Herr Söderberg«, antwortete Puschkat für diesen.

Der Reporter zuckte leicht zusammen.

»Die Herren kennen sich?«, fragte Jurgis überrascht.

»Sind Sie dienstlich hier?«, fragte Puschkat. »Schreiben Sie eine gefühlige Reportage über das Leben in der Sommerfrische?«

»Ganz im Gegenteil, Herr Kommissar. Ich hab mir einen Tag freigenommen. War alles ein bisschen viel in letzter Zeit«, antwortete Söderberg ausweichend. »Ich brauche ein bisschen Seeluft.«

Puschkat nickte. »Verstehe. Ihrem Kollegen, dem Herrn Belgen, ging es offenbar genauso.«

»Belgen ist in Rossitten? Merkwürdig, das hat er mir gar

nicht erzählt. Tja, die Welt ist klein, nicht wahr, Herr Kommissar?« Söderberg nahm den Ausweis wieder entgegen, den der Wachtmeister kontrolliert hatte.

Der sah Puschkat fragend an.

»Schon gut, Jurgis. Sie können den Mann durchlassen.«

»Eine guten Tag wünsche ich, Herr Kommissar«, grüßte Söderberg spöttisch und marschierte davon.

7

Die Passagiere auf dem Kutter von Georg Bullies waren in bester Laune. Anders als die kleinen Kurenkähne war der Kutter für Ausflugstouren auf dem Haff eingerichtet und bot rund dreißig Gästen Platz. Ein Teil des Vordecks war mit einem Sonnensegel ausgestattet, der andere Teil lag in der Sonne. Der Ausflug hatte sie zu dem kleinen Weiler Pillkoppen geführt. Dort waren sie an Land gegangen und hatten die hohe Düne bestiegen, direkt an der neuen litauischen Grenze. Die Sommerfrischler waren schwer begeistert gewesen. Ella Landau saß mit Anna Freud und Lou Salomé auf einer schmalen Bank auf der Schattenseite und ließ die vorbeiziehende, bizarre Dünenlandschaft auf sich wirken.

»Also, das hätte ich hier nie im Leben erwartet«, rief Anna Freud begeistert.

Lou wandte sich an Ella. »Sie hat immer geglaubt, ich hätte übertrieben. Wenn der Österreicher ans Meer will, dann zieht es ihn in der Regel nach Abbazia an die Adria.«

»In der Sahara kann es kaum anders aussehen«, erwiderte Anna. »Danke, Lou!«

»Wofür?«, fragte diese überrascht.

»Na, dass du so hartnäckig geblieben bist und mich hierhergelockt hast.«

»Es war höchste Zeit, dass du mal rauskommst. Dein Vater kommt in Bad Gastein schon ganz gut ohne dich zurecht. Das lass dir von deiner guten alten Lou gesagt sein. So, und jetzt setz ich mich noch ein wenig in die Sonne. Die Sommer an der Ostsee sind kurz genug, da muss man jeden Tag ausnutzen.«

»Kommen Sie mit auf die andere Seite?«, fragte Anna.

Ella schüttelte den Kopf. »Gehen Sie ruhig, ich hab's berufsbedingt nicht so mit der Sonne.«

Während Anna und Lou sich einen Platz suchten, beobachtete Ella das Treiben an Bord. Sie war froh, dass sie sich von Anna zu dem Ausflug hatte überreden lassen. In der Eile hatte sie allerdings vergessen, Aaron eine Nachricht zu hinterlassen. Nun, der Mann war Kriminaler. Er würde schon herausbekommen, wo sie gerade war. Den Anstieg auf die Düne hatte sie ebenso sportlich bewältigt wie Angelika Haller. Dabei war ihr aufgefallen, dass sich sowohl dieser Belgen als auch der junge Fritz sehr um sie bemühten. Angelika schien das jedoch nicht zu kümmern und so hatten sie das geplante Picknick auf dem Dünenkamm wie vorgesehen gemeinsam mit Anna und Lou in trauter Runde verbracht, während Belgen Anschluss bei den Wengenröders und Grambows gefunden hatte.

»Kein Interesse am Sonnenschein, junge Frau?«

Ella sah auf. Vor ihr stand Belgen und lächelte sie an. Sie kannte diesen Blick. »Danke, nein. Ich muss auf meinen Teint achten.«

Belgen setzte sich neben Ella, öffnete sein Zigarettenetui und hielt es ihr hin.

»Danke, nein.«

Der Reporter nickte und zündete sich eine Juno an. Er schlug die Beine übereinander. »Natürlich. Raguschin würde das gar nicht gefallen. War mir gestern schon sicher, dass ich Sie schon mal gesehen habe.«

»Oh, dann sind Sie offenbar ein treuer Kunde«, konterte Ella.

»Nein, das eher nicht. Ich bin Reporter und als solcher besuche ich zuweilen auch das Bel Ami.«

»Ich verstehe.« Ella gönnte sich ein süffisantes Lächeln.

Belgen schlug sich theatralisch gegen die Stirn. »Natürlich, jetzt fällt bei mir der Groschen. Ich bin mir ja ein schöner Reporter. Da hätte ich auch eher draufkommen können. Sie sind mit diesem Kommissar aus Berlin hier.« Er grinste. »Wenn das keine nette Geschichte ist – der Staatsdiener und die Schönheitstänzerin.« Mit der Hand zeichnete er eine imaginäre Schlagzeile in die Luft.

Ella biss sich auf die Lippe. Sie hatte einen Fehler gemacht. Die Beziehung zu ihr machte Aaron angreifbar. Ein Skandalartikel in der *KAZ* könnte Singer den Kopf kosten. Sie versuchte, sich nichts anmerken zu lassen, dennoch spürte sie Belgens Blick. Schon lag seine Hand auf ihrem Oberschenkel.

»Aber das muss ja nicht sein. Ich würde mich jedenfalls freuen, wenn wir uns in nächster Zeit mal ganz in Ruhe näher kennenlernen würden.« Seine Hand wanderte über ihren Oberschenkel, er zwinkerte ihr zu. Dann stand er auf und schlenderte zurück ins Vorderschiff.

Ella war bleich vor ohnmächtigem Zorn. Um sich zu

beruhigen, kramte sie in ihrer Tasche nach dem Etui und steckte sich eine Zigarette an. Sie nahm ein, zwei Züge, inhalierte tief.

»Unangenehmer Kerl, oder?« Neben ihr stand Angelika Haller.

»Kann man wohl sagen. Sie scheinen ihn zu kennen?«

»Kennen, wäre zu viel gesagt«, erwiderte Angelika Haller ausweichend.

»Ich hatte den Eindruck – so wie er Ihnen die ganze Zeit hinterherläuft.«

Angelika Haller setzte sich auf den freigewordenen Platz neben Ella. »Ach was. Der Mann ist Reporter. Arbeitet für irgendeine Zeitung in Königsberg. Der ist nur auf Klatschgeschichten aus. ›Die Schöne und der Warenhauskönig‹. Das könnte dem so passen. Was wollte er denn von Ihnen?«

Ella schnaubte. »Dasselbe. Eine Klatschgeschichte. Nicht mehr.«

Die Fahrt würde noch eine knappe Viertelstunde dauern, schätzte der junge Karl Bullies, der bereits die Fender überprüfte und einen besorgten Blick zu Fritz hinüberwarf. Der hatte wieder einmal nur Augen für seine Angebetete.

»Mensch, Fritze! Jetzt reiß dich mal zusammen. Wir legen gleich an. Vielleicht packst du mal mit an.«

Seufzend kam Fritz Kurschat seinem Freund zur Hilfe.

»Du musst sie dir aus dem Kopf schlagen! Das gibt doch nur Ärger«, redete Karl seinem Freund ins Gewissen.

»Halt dich da raus, Karl. Das ist allein meine Sache. Ich werde auf jeden Fall nicht mein ganzes Leben hier in diesem Kaff verbringen, tagaus, tagein auf dem Haff herumdümpeln und mehr schlecht als recht vom Fischfang leben. Sie hat mir die Augen geöffnet. Du musst dich nur trauen, dann steht dir die ganze Welt offen.«

»Was redest du denn da? Das Weib hat dir den Kopf verdreht. Lass die Finger von der! Für die biste doch nur eine kleine Abwechslung, weil sie Langeweile hat.«

Er konnte es nicht fassen. Fritz hatte sich in den letzten Tagen spürbar verändert. Er war nicht mehr er selbst. Bildete sich ein, eine feine Dame zu lieben.

»Ich liebe sie. Und sie liebt mich!«

Karl hielt es nicht mehr aus. Er sah sich um. Ihr Gespräch durfte niemand mitbekommen. Doch hier im toten Winkel hinter der Steuerkabine, wo der Dieselmotor tuckerte, waren die beiden jungen Männer unter sich. »Mann! Die ist frisch verheiratet mit einem Königsberger Pfeffersack. Der bietet ihr ein sorgenfreies Leben im Luxus. Was kannst du ihr denn bieten? Schon mal daran gedacht?«

»Du wirst schon sehen, Karl, und jetzt kümmere dich lieber um das Anlegemanöver. Wir sind gleich da.«

Sobald der Kutter festgemacht hatte, verließen die Passagiere das Boot und setzten sich Richtung Dorf in Bewegung. Die Fahrt über das Haff hatte alle durstig gemacht. Die Aussicht auf ein kühles Bier trieb vor allem die Herren an. Mit deutlichem Abstand folgten die Damen. Am Ende der Prozession trotteten die gelangweilten Grambow-Söhne.

Auch Karl Belgen hatte es nicht eilig. Er war zufrieden mit dem Verlauf des Tages. Obwohl er bei dieser Angelika Haller bislang auf Granit gebissen hatte, so hatte sich soeben bei dieser Tänzerin aus Raguschins Nachtklub eine unerwartete Gelegenheit für ihn ergeben. Er musste unwillkürlich grinsen. Sie hatte gedacht, sie könnte ihm die kalte Schulter zeigen. Die würde sich wundern. Er würde sie schön nach seiner Pfeife tanzen lassen und Singer würde nichts anderes übrig bleiben, als diese Kröte brav zu schlucken. Das waren doch großartige Aussichten, ungeachtet dessen, was ihn hierhergebracht hatte. Er hatte alles richtig gemacht. Morgen würden die Waffenschieber in Rossitten auftauchen und die gestohlenen Waffen an den Memeler Heimatschutzbund übergeben. Egal, ob dieser übereifrige Singer den deutschnationalen Gesinnungsbrüdern das Handwerk legen würde oder nicht, wichtig war nur, dass er – Karl Belgen – dabei war und exklusiv darüber berichten konnte. Mit dieser Geschichte würde er in den Olymp der Reporter aufsteigen. Danach konnte er sich den nächsten Posten aussuchen. Berlin oder im Ausland? Alles war möglich.

Und dann war ja da noch die andere, nicht minder interessante Geschichte, die sich quasi durch Zufall ergeben hatte. Er atmete tief ein und berauschte sich für einen Moment an der günstigen Fügung des Schicksals, zumindest bis er am Ende der Mole eine bekannte Gestalt erkannte – Hagen Söderberg.

»Was tust du hier?«, blaffte er den Kollegen an, als er vor ihm stand.

»Hab mir ein paar Tage frei genommen. Musste auch mal raus, den Kopf freibekommen«, antwortete Söderberg frech.

»Red nich! Ich will wissen, was du hier suchst?«

»Nun, ich dachte, du könntest vielleicht ein bisschen Hilfe gebrauchen. Die Geschichte ist schließlich so groß, da werden auch zwei von satt.«

Belgen packte Söderberg am Arm und hielt ihm den Zeigefinger vor die Nase.

»Keine Spielchen, mein Freund! Das ist meine Geschichte. Ich habe eine ganze Menge dafür riskiert und ich werde keine Trittbrettfahrer dulden. Also sieh zu, dass du zurück nach Königsberg an deinen Schreibtisch kommst. Da gibt es genug zu tun.«

Söderberg riss sich los. »Das war so nicht abgemacht! Ich habe dein Wort, das ich bei dieser Geschichte dabei bin, Karl!«

»Ich kann dich hier aber nicht gebrauchen, Söderberg, und ich komme gut alleine klar. Ganz nebenbei habe ich noch eine zweite Geschichte am Haken. Quasi eine alte Geschichte, die ganz unerwartet wieder aktuell geworden ist. Wenn hier alles so läuft, wie ich mir das denke, dann werde ich dich als meinen Nachfolger empfehlen.«

»Wie, du willst die Redaktion verlassen?«

»Mein Angebot gilt allerdings nur für den Fall, dass du Land gewinnst. Wenn ich dich morgen früh hier noch sehe, dann werde ich dafür sorgen, dass Anton dich rausschmeißt.«

»Das wagst du nicht!«, rief Söderberg aufgebracht.

Belgen setzte ein müdes Grinsen auf. »Lass es besser nicht darauf ankommen.«

Damit schob er den perplexen Söderberg beiseite und ging in Richtung »Gasthaus am Meer«. Es wurde Zeit für ein ordentliches Bier.

8

In den Straßen von Königsberg war es auffällig ruhig geworden. Urlaubszeit. Wer es sich leisten konnte, war für ein, zwei Wochen in eines der Seebäder auf die Nehrungen oder an die nahe Samlandküste gefahren. Doch an Urlaub war für Kriminalinspektor Anton Lippert nicht zu denken. Während nach Singer nun auch noch Heinrich Puschkat Hals über Kopf auf die Nehrung abberufen worden war, blieb der ganze Papierkram und die Lauferei an ihm hängen.

Er warf einen Blick auf die Uhr. Kurz nach neun. Puschkat würde ja wohl auch auf der Nehrung längst aufgestanden sein. Er griff zum Hörer und ließ sich mit dem Landjägerposten in Rossitten verbinden.

Puschkat war direkt am Apparat.

»Anton, was gibt's? Ich hoffe, du hast Neuigkeiten.«

»Sicher, sonst hätte ich nicht angerufen. Ich habe mich um diese Telefonnummer gekümmert. Der Anschluss Prökuls 3 gehört einem gewissen Hermann Warthun. Das Einwohnerhandbuch weist ihn als Gutsbesitzer aus.«

»Hm«, brummte Puschkat. Das konnte alles und nichts bedeuten. Ein Veterinär, der zu später Stunde mit einem Gutsbesitzer telefonierte.

»Es gibt aber noch etwas Interessantes«, riss Lippert den Kollegen aus seinen Überlegungen. »Ich habe mal geschaut, unter welcher Nummer der Heimatschutzbund zu erreichen ist.«

»Die stehen im Einwohnerhandbuch?«, wunderte sich Puschkat.

»Preußische Korrektheit«, erwiderte Lippert trocken. »Außerdem ist dieser Verein ja so etwas wie die Interessensvertretung der deutschen Memelländer.«

»Und?«

»Prökuls 3.«

Das war in der Tat interessant. Hatte der Tierarzt Balzer mit einem Kunden gesprochen oder mit dem Heimatschutzbund Kontakt aufgenommen? Letzteres konnte die gesamte Aktion gefährden, falls die Memelländer nun gewarnt waren.

»Wie war der Name? Biedermann?«

Die Dame an der Rezeption des Hotels »Kurisches Haff« sah Puschkat freundlich lächelnd an. Dem war in seiner Not nichts Besseres eingefallen. Nun musste er dabei bleiben.

»Doktor Biedermann, um genau zu sein. Ich habe erfahren, dass der gute alte Balzer hier abgestiegen ist und da wollte ich ihm eine Überraschung bereiten. Wir haben uns wirklich eine Ewigkeit nicht gesehen«, erklärte er bemüht launig.

Die Rezeptionistin schüttelte bedauernd den Kopf. »Ich fürchte, da haben Sie Pech. Der Herr Doktor hat soeben das Haus verlassen. Ich könnte Sie aber zu Frau Doktor ...«

Puschkat hob die Hände. »Nein, nein, bemühen Sie sich nicht. Wie gesagt, es soll ja eine Überraschung sein. Und Sie wissen nicht zufällig, wohin Herr Doktor Balzer gegangen ist?«

»Nun, er hat mich nach der Drogerie im Ort gefragt. Vielleicht ist er noch dort. Sie ist gleich gegenüber.«

Puschkat wandte sich bereits zum Gehen. »Vielen Dank. Und ich wäre Ihnen verbunden, wenn Sie meinen Namen vertraulich behandeln würden. Ja?«

Als er kurz darauf auf der Dorfstraße stand, sah er die Drogerie auf der gegenüberliegenden Straßenseite. Er musste nicht lange warten, bis ein Mann heraustrat, der nach der Beschreibung zufolge Balzer sein musste: Ende fünfzig, Adlernase, stechender Blick.

Puschkat wartete ab und ließ dem Veterinär einen komfortablen Vorsprung. Der Mann bog um die nächste Ecke, ging an der alten Pfarrkirche vorbei und folgte dann zielstrebig dem Feldweg, der hinter dem Dorf in Richtung Möwenbruch führte. Hier waren keine Sommerfrischler unterwegs. Daher musste Puschkat vorsichtig zu Werke gehen, um nicht entdeckt zu werden.

Balzer zog es unbeirrt vom Ort weg. Vor ihnen lag jetzt ein kleiner, von hohem Schilf umgebener See. Das Geschnatter und Geschrei vieler Wasservögel erfüllte die Luft. Das Schilf rauschte in der leichten Sommerbrise. Das musste der Möwenbruch sein.

Unmittelbar am Rand des Feldweges kam ein Haus in Sicht. Soweit Puschkat wusste, war dies die alte Försterei. Ein Mann in brauner Hose und Lodenweste, ein Fernglas um den Hals, trat ins Freie. Er begrüßte Balzer mit Handschlag. Puschkat hielt sich hinter einer Gruppe von Kiefern verborgen. Der Fremde schloss die Tür und führte Balzer zu einem Weg, der durch das Schilfgebiet führte. Puschkat zögerte. Sollte er den Männern ins Schilf folgen? Oder die Observation abbrechen? Puschkat dachte an Singer. Der würde ihm schon die Leviten lesen, wenn er jetzt umkehrte. Die Furcht vor der Blamage gab den Ausschlag. Puschkat straffte sich, dann folgte er den beiden Männern in den Möwenbruch.

Landjäger Jurgis zog mit beiden Händen den Uniformrock glatt. Im Dorfkrug hatte er soeben Spirgel mit Stampfkartoffeln verdrückt, ausgelassenen Bauchspeck mit viel geschmorten Zwiebeln. Dazu zwei Bier, und schon war er gestärkt für den Nachmittag. Als Jurgis vor der Tür seinen Tschako zurechtrückte, hörte er bereits das Schiffshorn. Ein Blick auf die Uhr: halb zwei. Die Memeler Dampfschifffahrtsgesellschaft war pünktlich. Als er wenig später die Mole betrat, hatte das moderne Motorschnellschiff unter den Augen der Passagiere schon mit dem Anlegemanöver begonnen.

Nur wenige Gäste verließen den Dampfer. Einer von ihnen war Dr. Ernst Taundler, der Führer des Memelländischen Heimatschutzbundes. Mit seiner athletischen Figur überragte er den korpulenten Landjäger fast um Haupteslänge. Taundler reichte Jurgis einen litauischen Pass. Der blätterte in dem Dokument, verglich mit einem prüfenden Blick Passfoto und Realität und besah sich das Visum.

»Sie bleiben nur einen Tag?«

»Ich besuche einen alten Bekannten. Wohne im ›Kurischen Haff‹. Morgen Mittag fahre ich zurück nach Memel. Daher das Vierundzwanzig-Stunden-Visum. War doch früher alles einfacher, wie?« Taundler nötigte sich ein knappes Lächeln ab.

»Se sajen es, Herr Doktor«, sagte Jurgis, während er sorgfältig den Einreisestempel auf das Visum drückte. »Da jings auch ohne Papierkram zwischen de Därper. Hätt mer man besser denn vermaledeiten Kriech nicht verloren.«

»Es kommen auch wieder andere Zeiten«, erwiderte Taundler und ging in Richtung Dorf davon.

Jurgis sah ihm nach und ärgerte sich im gleichen Moment, weil er nicht nach dem Bekannten gefragt hatte. Das würden ihm die Herren Kommissare garantiert unter die Nase reiben.

Unweit der Mole, auf der Seeseite der Nehrung, lag Aaron Singer nur mit einer Badehose bekleidet in einer Mulde im Dünensand und sah dem Treiben am endlos langen Sandstrand zu. Ella lag neben ihm und zeichnete in einem Skizzenblock. Sie trug einen modernen figurbetonten Badeanzug. Singer hatte keine Ahnung, woher sie den hatte. Vermutlich nicht aus Königsberg.

Eine sanfte Brandung schlug an den Strand, und auch die Wassertemperatur war akzeptabel. Für Singer fühlte sich das wie Urlaub an. Die drei Toten in Königsberg, das tragische Schicksal der Luise Freymann, der Waffenraub und die drohenden Folgen – das alles war für ihn kurz in weite Ferne gerückt. Er konnte nur hoffen, dass Puschkat ihn hier nicht so sah. Der saß wahrscheinlich mit Schlips und Kragen im Polizeiposten und gängelte den armen Jurgis.

»Was malst du denn da?« Singer hatte sich auf seine Ellenbogen aufgestützt und betrachtete neugierig Ellas Werk.

»Eine Idee für eine neue Nummer«, sagte sie und zeichnete konzentriert weiter.

»Du hast Talent. Immerhin erkenne ich eine nackte Frau im Lotussitz die ihren Hals reckt. Und was dort schwebt, ist das ein – erigiertes Glied?« Singer stutzte. »Gehst du jetzt unter die Pornografen?«

Sie sah von ihrer Skizze auf und bedachte Singer mit ihrem typischen spöttischen Ella-Blick. »Der Erfolg kommt schließlich nicht von ungefähr. Man muss sich immer wieder etwas Neues einfallen lassen, sonst graben dir die Nachahmer schnell das Wasser ab.«

»Na, da kann der gute Igor ja froh sein, dass sich seine beste Mitarbeiterin für seinen Laden so reinhängt.« Singer hatte sich wieder zurückgelehnt und die Arme hinter dem Kopf verschränkt. Er konnte sich die Stichelei einfach nicht verkneifen.

»Ich würde mir wirklich wünschen, dass er mein Engagement mehr würdigen würde«, seufzte Ella und krauste die Stirn.

»Hattet ihr Streit?«, fragte Singer ins Blaue. »Ist das vielleicht auch der Grund, warum du so überraschend Zeit für diesen sommerlichen Ausflug hast?«

Ella schnaubte. »Nun, es kann nicht schaden, wenn Igor mal sieht, wie es ohne mich läuft.«

»Damit hoffst du durchzukommen?«, entfuhr es Singer

überrascht. Er hatte Raguschin als knallharten Geschäftsmann kennengelernt. Der Russe wusste um die Beziehung zwischen Ella und Singer, und er tolerierte sie. Singer wusste nicht, ob Raguschin noch andere Geschäfte am Laufen hatte. Doch solange ihm nichts zu Ohren kam, sah er auch keinen Grund, hier nachzuforschen.

»Ich habe meinen eigenen Kopf und bin mehr als nur eine seiner Hupfdohlen, über die er nach Belieben verfügen kann. Ich denke, dass er das in den wenigen Tagen, die ich hier meiner Erholung widme, merken wird.«

»Da steckt aber doch noch mehr dahinter«, erwiderte Singer, der sich nicht erinnern konnte, dass Raguschin Ella jemals respektlos behandelt hätte.

Ella seufzte. »Ihnen bleibt auch nichts verborgen, Herr Kommissar.«

»So hat halt jeder seine Talente«

Ella überlegte einen Moment. Dann hatte sie einen Entschluss gefasst. Erneut schob sie ihr Skizzenbuch beiseite. »Also gut. Igor hat sich einen neuen Teilhaber ins Boot geholt. Besser gesagt – eine Teilhaberin. Ich habe nichts davon gewusst. Er hat immer so getan, als sei das Bel Ami sein alleiniges Unternehmen. In Wirklichkeit hat Ludwig von Brekdorf die Neueröffnung mit einem gehörigen Betrag mitfinanziert. Nun scheint sich seine Witwe zu langweilen und hat den Nachtklub als Spielwiese für sich entdeckt.«

Singer kannte Ludwig von Brekdorf von den Ermittlungen im Fall der Blutgericht-Morde. Seiner Frau Mathilde war er nur einmal kurz begegnet. »Das kann doch nicht in Raguschins Sinne sein«, erwiderte Singer.

»Das denke ich auch. Ich frage mich nur, wann er vorhatte, mir davon zu erzählen. Die ganze Geschichte ist nur durch Zufall herausgekommen.« In diesem Moment bemerkte Ella eine Bewegung beim Nehrungswäldchen. Sie nickte in die Richtung. »Sieht so aus, als wäre es vorbei mit der Ruhe.«

Dort wo der Fischerweg den Badestrand mit dem Dorf verband, stand Wachtmeister Jurgis mit hochrotem Kopf und wischte sich den Schweiß von der Stirn. Singer war aufgestanden und winkte. Der korpulente Landjäger nickte und stapfte durch den Sand auf sie zu.

»Was gibt's, Jurgis?«

»Melde jehorsamst, heute ist eine verdächtje Person anjekommen. Aus Memel, janz wie die Herren Kommissare jesacht haben.«

»Was für Papiere hat der Mann vorgelegt? Einen Pass?«

»No ja, muss ja. Memel ist ja nu nicht mehr deutsch. Hat er jehabt litauischen Pass auf den Namen Taundler.«

»Hat er etwas gesagt? Zum Beispiel warum er hier ist?«

»Wollt einen Bekannten besuchen.«

»Und hat dieser Bekannte auch einen Namen?«

Jurgis machte eine bedauernde Geste. »Hat er nuscht jesacht. Er wohnt im ›Kurischen Haff‹. Morjen mit dem Dampfer am Mittag will er zurück nach Memel.«

Singer hatte bereits begonnen, sich anzukleiden.

»Wir müssen Puschkat informieren. Wissen Sie, wo er steckt?«

Jurgis zuckte mit den Schultern. »Bedaure, ich hab kejne Ahnung. Der Herr Kommissar hat sich nicht bei mir abjemeldet.«

9

Die beiden Männer standen über eine Karte gebeugt im Schatten der Bäume. Der Unbekannte redete und Balzer nickte immer wieder mit ernstem Blick. Puschkat hockte gut zweihundert Meter von den beiden entfernt im Schilf und konnte kein Wort verstehen. Der Lärm der Vögel übertönte alles. Es half nichts. Puschkat gab seine Deckung auf und ging auf die Männer zu. Sie schienen unbewaffnet. Was konnte schon passieren?

»Guten Tag, die Herren«, rief Puschkat betont munter. »Kommissar Puschkat von der Kriminalpolizei Königsberg. Darf ich fragen, wer Sie sind?« Dabei blickte er auffordernd von einem zum anderen.

Der Unbekannte blickte Puschkat gelassen entgegen.

Balzers Gesicht hingegen lief rot an. »Was hat das zu bedeuten?«

Der Unbekannte legte Balzer beschwichtigend die Hand auf den Arm. Dann wandte er sich an Puschkat. »Ich bin Professor Thienemann. Ich leite hier die örtliche Vogelwarte.«

»Der Vogelprofessor!«, entfuhr es Puschkat. Thienemann war Deutschlands führender Ornithologe und lehrte auch an der Königsberger Albertina-Universität. Dass ausgerechnet dieser angesehene Naturwissenschaftler in eine deutschnationale Verschwörung involviert sein sollte, das schien Puschkat nicht sehr wahrscheinlich. Der Kommissar räusperte sich und nahm Balzer ins Visier: »Und Sie sind?«, fragte er unbeirrt.

»Dr. Lorenz Balzer! Darf ich bitte erfahren, weshalb die Polizei ehrbaren Bürgern während ihres Erholungsurlaubes nachstellt?«, blaffte der Veterinär.

Puschkat trat zu den Männern und warf einen Blick auf die Landkarte, die vor ihnen auf einem Baumstumpf lag. Die Karte zeigte die Kurische Nehrung und das angrenzende Baltikum. Rote und blaue Linien in Nord-Süd-Richtung über die Nehrung waren dort eingezeichnet.

»Was bedeuten diese Linien?«, fragte Puschkat.

»Nun, das sind die Vogelzugrouten. Es gibt keinen besseren Platz auf der Welt, an dem man die Zugvögel so gut beobachten kann als hier in Rossitten«, erklärte Balzer, nahm die Karte an sich und faltete sie zusammen.

»Jetzt um diese Jahreszeit wird man Zeuge eines ungewöhnlichen Phänomens. Da begegnen sich Nord- und Südzug der Schnepfen- und Regenpfeifervögel. Herr Balzer ist als Veterinär und studierter Naturwissenschaftler auch ein ausgesprochener Vogelfreund«, sagte Thienemann.

Puschkat warf einen skeptischen Blick auf Balzer.

»Darf man fragen, warum wir Ihren Argwohn geweckt haben?«, fragte der Vogelprofessor.

»Wir führen Ermittlungen in Rossitten durch. Es geht um nichts Geringeres als die nationale Sicherheit«, erwiderte Puschkat.

Balzer schnaubte. »Nationale Sicherheit, dass ich nicht lache. Polizeiliche Willkür ist das, nichts anderes!«

»Sie haben vorgestern Abend vom Hotel aus ein Telefongespräch mit Prökuls 3 geführt. Hinter der Nummer verbirgt sich die Adresse des memelländischen Heimatschutzbundes. Worum ging es in diesem Gespräch, Herr Dr. Balzer?«

Balzer machte große Augen. »Ich kann telefonieren, mit wem ich will«, entgegnete er nun deutlich defensiver als zuvor.

»Es geht unter anderem um Mord, Herr Dr. Balzer, und wenn Sie nicht kooperieren, dann kann ich Sie auch nach Königsberg aufs Präsidium einbestellen. Und jetzt hätte ich gerne gewusst, was Sie mit Herrn Warthun zu besprechen hatten.«

Balzer schien mit sich zu ringen. Schließlich fasste er einen Entschluss. »Warthun war … ist ein Kunde von mir. Ich bin erst seit zwei Jahren in Tilsit. Vorher war ich Kreisveterinär in Heydekrug, drüben im Memelländischen. Aus Protest gegen die anhaltende Litauisierung habe ich für die deutsche Staatsbürgerschaft optiert und bin dann über die Grenze nach Tilsit gezogen. Es ist ein Skandal, wie die Litauer sich breitmachen! Es wird höchste Zeit, dass dem Einhalt geboten wird.«

»Und da kommt dann der Heimatschutzbund mit Ihrem Freund Warthun ins Spiel.«

»Was wollen Sie mir denn da unterstellen?«

»Uns liegen gesicherte Erkenntnisse vor, dass ein gewaltsamer Umsturz geplant ist, der vom Heimatschutzbund vorbereitet wird«, entgegnete Puschkat.

»Was reden Sie da?«, rief Thienemann besorgt aus. »Aber

das wäre doch fatal! So eine unbedachte Aktion würde viele Opfer fordern und die ganze Region destabilisieren!«

Balzer nickte. »Der Heimatschutzbund vertritt die Interessen der deutschen Mehrheit im Memelgebiet. Sonst tut es ja keiner, seit uns die Reichsregierung an die Litauer verkauft hat, um sich beim Völkerbund anzubiedern.«

Puschkat wippte ungeduldig mit dem Fuß. »Wie ist Ihre genaue Beziehung zu Herrn Warthun?«

»Warthun betreibt auf seinem Gut eine Trakehner-Zucht. Ich berate ihn immer noch, aus alter Verbundenheit und weil Warthun meinen litauischen Nachfolger boykottiert. Das darf ich offiziell natürlich nicht. Bevor ich mit meiner Frau auf die Nehrung gekommen bin, hatte Warthun mich gerufen, weil eines seiner Pferde eine schwere Kolik hatte. Ich habe ein Medikament injiziert. Am Samstag habe ich ihn noch einmal kontaktiert, um zu hören, ob sich das Pferd mittlerweile vollständig erholt hat. Dies war der Fall. Wenn das dann alles war, würde ich mich jetzt gerne wieder mit Professor Thienemann den Vögeln widmen, Herr Kommissar!«

Puschkat hatte sich Notizen gemacht. Das Ganze klang plausibel. Er glaubte nicht, dass Balzer Teil der Verschwörung war, auch wenn er offen mit dem Heimatschutzbund sympathisierte.

Er klappte sein Notizbuch zu und musterte die beiden Männer mit strengem Blick. »Na schön. Vorläufig habe ich keine weiteren Fragen. Ich muss die Herren jedoch bitten, über diese Unterredung Stillschweigen zu wahren. Sie würden sonst unsere Ermittlungen in Gefahr bringen.«

»Natürlich. Das versteht sich doch von selbst, Herr Kommissar«, erklärte der Vogelprofessor.

Puschkat tippte an die Hutkrempe und machte sich dann eilig auf den Weg zurück ins Dorf. Er musste dringend mit Singer reden.

Am späten Nachmittag belebte sich die Dorfstraße in Rossitten. Die Sommerfrischler verließen den Strand, um sich in ihren Unterkünften für den Abend zurechtzumachen. Andere nutzten die Zeit nach der Mittagshitze und vertraten sich im Dorf und auf den Wegen des Dünenwaldes die Beine. Singer war mit Jurgis zum Polizeiposten geeilt, wobei der Dorfgendarm Mühe hatte, mit dem jungen Kriminalkommissar mitzuhalten. Als sie ankamen, fanden sie die Dienststube leer vor. Singer hatte Jurgis daraufhin befohlen, die Stellung zu halten, und sich rasch auf den Weg zurück zum Hotel gemacht. Möglicherweise hatte Puschkat ihm dort ja eine Nachricht hinterlassen.

»Ah, der Herr … Landau. Ich hoffe, Sie und die Frau Gemahlin hatten einen angenehmen Tag?« Hillinger stand hinter dem Rezeptionstresen und sortierte Post.

»Hat mir jemand eine Nachricht hinterlassen?«

»Bedaure …«

Singer nickte. Wo mochte Puschkat nur stecken? Er wandte sich erneut an den Hotelier. »Hat sich bei Ihnen inzwischen ein Herr Taundler einquartiert?«

Hillinger seufzte demonstrativ. »Aber nur weil Sie die Kriminalpolizei sind …«

Singer nickte ungeduldig.

»Ja, der Herr Taundler ist mit dem Schiff um halb zwei angekommen.«

»Hat er irgendetwas zu seinen Plänen gesagt? Wird er hier im Hotel speisen? Ist er verabredet?«

»Herr Taundler befindet sich derzeit auf seinem Zimmer und erholt sich von der Anreise. Es ist alles im Voraus bezahlt. Für das Abendessen hat er sich abgemeldet, ließ sich jedoch von mir für sieben Uhr einen Tisch im ›Gasthaus am Meer‹ reservieren.«

Singer sah auf die Uhr. Mittlerweile war es halb fünf. Hoffentlich tauchte Puschkat bald auf. Sie mussten sich dringend abstimmen und das weitere Vorgehen besprechen. Es war offensichtlich, dass heute Abend etwas passieren würde.

»Ach, eins noch«, ließ sich Hillinger vernehmen. »Ein Herr hat unterdessen nach Herrn Taundler gefragt.«

»So? Wie sah er aus?«

Hillinger zog die Stirn kraus. »Anfang vierzig, schütteres mittelblondes Haar, stechender Blick, Oberlippenbart. Auffallend schmaler Kopf.«

Singer dachte nach. Wenn die Waffendiebe aus Königsberg kamen, traf diese Beschreibung am ehesten auf Ernst von Rellentin zu. Der Mann, der in Ostpreußen den völkischen Block organisierte und bei der Wahl im Mai für den Völkisch-Sozialen Freiheitsblock ein Reichstagsmandat erzielt hatte. Rechte Kreise der Reichswehr, völkische Politiker auf der einen und der deutsche Heimatschutzbund auf der anderen, das war die Allianz, mit der sie es hier zu tun hatten. Wenn es tatsächlich von Rellentin war, der sich in

Rossitten mit Taundler traf, dann mussten Puschkat und Singer doppelt vorsichtig agieren, da von Rellentin die beiden Kommissare nur allzu gut aus Königsberg kannte. Dennoch war unbedingt in Erfahrung zu bringen, was die beiden Männer zu besprechen hatten.

In diesem Moment kam Singer eine Idee. Er ließ sich von Hillinger seinen Schlüssel geben und lief die Treppe hinauf zu seinem Zimmer.

Heinrich Puschkat lief der Schweiß über die Stirn. Sein Hemd klebte unangenehm am Körper, während er gegen den Dünensand anstapfte. Irgendwann musste dieser gigantische Sandhaufen doch auch mal ein Ende finden. Doch die Predinberge mit ihren fünfzig Höhenmetern kannten kein Erbarmen. Der Dünenkamm wollte erobert werden. Mittlerweile war sich Puschkat nicht mehr so sicher, ob die Verfolgung des Pferdefuhrwerks so eine gute Idee gewesen war. Der Karren mit zwei jungen Männern auf dem Bock und einigen verdächtigen Holzkisten auf der Ladefläche war just an ihm vorbeigezockelt, als er vom Möwenbruch kommend ins Dorf gegangen war. Kurzentschlossen war er den Kerlen unauffällig gefolgt. In dem Kiefernwäldchen am Fuß der Düne waren die beiden erwartet worden. Sechs weitere junge Männer in kurzen Hosen und weißen Leinenhemden hatten mit angepackt und die offensichtlich schweren Kisten auf den Dünenkamm geschleppt.

Mittlerweile hatte Puschkat in gehörigem Abstand den Gipfel erreicht. Einmal mehr wischte er sich mit seinem feuchten Taschentuch über die Stirn. Zum Glück ging hier oben eine leichte Brise. Puschkat betrachtete die ungewöhnliche Szenerie. Sollten das wirklich die Waffenschmuggler sein? Warum hatten sie die Waffenkisten dann hier hochgeschafft? Doch dann erlebte er eine Überraschung: Statt Maschinengewehre wurden Bauteile aus den Kisten gehoben und von den Männern in Windeseile zusammengesteckt. Zwei weitere rollten ein großes Gummiseil aus. Wiederum andere waren mit dem Aufbau eines archaisch aussehenden Flugapparates beschäftigt. Weit unter ihnen rauschte auf der einen Seite die Ostseebrandung an den schier endlosen Strand, während auf der anderen Seite das Haff träge an die Nehrungsküste schwappte.

»Kann ich Ihnen behilflich sein?«

Puschkat fuhr herum. Der Mann, den er auf sich zukommen sah, mochte Mitte zwanzig sein und trug eine Schiebermütze.

»Wer sind Sie und was machen Sie hier oben?«, rief ihm Puschkat entgegen.

Der Fremde blieb vor Puschkat stehen und runzelte die Stirn. »Das könnte ich wohl ebenso gut Sie fragen«, sagte er mit einem süffisanten Lächeln.

Jetzt waren auch die jungen Männer in den kurzen Hosen auf sie aufmerksam geworden. Sie sahen von ihrer Arbeit auf und zu ihnen herüber. Puschkat verfluchte sich für seine unüberlegte Aktion. Er war denen doch hoffnungslos unterlegen, wenn sie ihn in die Mangel nehmen sollten.

Doch der Fremde tippte nur mit zwei Fingern an den Schirm seiner Mütze und sagte: »Gestatten – Ferdinand Schulz. Und wer sind Sie, mein Herr?«

»Puschkat, Kripo Königsberg. Mich interessiert, was Sie hier treiben.« Er wies mit einer vagen Handbewegung auf die arbeitenden Männer.

Schulz zuckte mit den Schultern. »Nun ja, wir sind Segelflieger.« Er sah sich zu dem Flugapparat um. »Das da vorn ist die legendäre F. S. 3.«

Puschkat bekam große Augen. »Mit dem Ding wollen Sie sich hier in die Ostsee stürzen?« Der Mann war anscheinend nicht bei Trost.

Schulz grinste und ging auf die Maschine zu. Er winkte Puschkat, ihm zu folgen. »Halb so wild, wenn man den Dreh einmal raus hat.« Er deutete auf das Gerät, das die Kameraden mittlerweile zusammengebaut hatten. »Mit diesem Katapult und dem damit verbundenen Gummiseil bekommen wir den Vogel ganz gut in die Luft.«

Puschkat betrachtete das primitive Fluggerät aus der Nähe. Dünne Holzverstrebungen, die an Besenstiele erinnerten, dazu eine Bespannung der Flügel, die ganz offensichtlich mit Bettbezügen aus Reichswehrbeständen aufgezogen worden war. Klappen, die offenbar zur Steuerung dienten, hatten große Ähnlichkeit mit Tischtennisschlägern. Als Sitz diente eine Art Fahrradsattel.

»Und damit waren Sie schon einmal am Himmel?«, fragte Puschkat.

»Natürlich.« Wie zur Bestätigung klopfte Schulz an die Verstrebung. Er geriet ins Schwärmen. »Erst im Mai habe ich mich über acht Stunden hier über den Dünen gehalten. Die Thermik auf der Nehrung ist wirklich einzigartig.«

Puschkats Blick fiel erneut auf die Holzkisten. Die waren

eindeutig aus Reichswehrbeständen, wie ihm das Brandzeichen DWM verriet.

Puschkat bremste die Fliegereuphorie. »Das sind Munitionskisten der Deutsche Waffen- und Munitionsfabriken. Woher haben Sie die? Und wo sind die Waffen hin?«

Nun war es an Schulz, ungläubig zu gucken. »Wovon reden Sie? Welche Waffen? Ich bin Lehrer, Herr Kommissar! Ein Staatsdiener wie Sie!« Schulz schien ehrlich entrüstet. Er drehte sich mit dem ausgestreckten Arm um die eigene Achse. »Sehen Sie denn hier Waffen oder Munition? Hier werden Sie nur junge flugbegeisterte Idealisten finden.«

Puschkat machte eine ungeduldige Handbewegung. »Nun beruhigen Sie sich mal wieder und sagen mir einfach, wo die Kisten her sind. Die werden Sie ja so nicht in der Schreinerei bekommen haben.«

Schulz nahm die Schiebermütze ab, strich sich mit der Hand über das kurze Haar. »Wenn Sie es unbedingt wissen wollen – wir haben die Kisten aus der Kaserne bekommen. Als wir sie übernommen haben, waren sie selbstverständlich leer.«

»Aus welcher Kaserne?« Puschkat hatte sein Notizbuch hervorgeholt und eine freie Seite aufgeblättert. Vielleicht war hier doch noch etwas Interessantes zu erfahren.

»Königsberg.«

»Königsberg ist groß. Geht das genauer?«

»Kalthof.«

Puschkat sah von seinen Notizen auf. Gab es hier eine Verbindung?

10

Hagen Söderberg spielte lustlos mit der Limonadenflasche, die ihm die Wirtin in den kleinen Vorgarten gebracht hatte. Der Reporter war verärgert. Zwar hatte er Belgen aufgespürt, doch der hatte ihn kalt lächelnd abserviert. Dabei war Karl für ihn immer ein Vorbild gewesen – Erfolg im Beruf und Schlag bei den Frauen. Da hatte er sich bereits einiges abgeguckt. Nun jedoch hockte er verloren in der Sommerfrische und war sich nicht sicher, wie es weitergehen sollte.

Wenigstens hatte er Glück gehabt und in Rossitten noch eine bezahlbare Unterkunft gefunden. Die beiden jungen Fischer an der Mole hatten ihn mitgenommen. Nun bewohnte er eine kleine Kammer im Fischerhaus der Kurschats. Doch im Gegensatz zu Belgen, der das Vertrauen des Verlegers genoss, konnte er es sich nicht erlauben, mehrere Tage der Redaktion fernzubleiben. Zwar hatte er sich krankgemeldet, aber spätestens nach drei Tagen würde man erwarten, dass er wieder an seinem Schreibtisch saß. Wenn herauskam, dass er gar nicht krank, sondern wegen einem Hirngespinst der Arbeit ferngeblieben war, dann würde man ihn rauswerfen.

Aber der Tote auf der Schlossteichpromenade, der war

real gewesen, und Söderberg war überzeugt davon, dass Belgen von dem Sterbenden Informationen bekommen hatte, die ihn hierhergeführt hatten. Die Frage war nur, wann würde etwas Entscheidendes passieren. Wenn es hart auf hart kam, dann würde Karl Belgen froh sein, dass er zur Stelle wäre. Mit diesen Waffenschiebern, die ganz offensichtlich nicht vor Mord zurückschreckten, war schließlich nicht zu spaßen.

Er nahm gerade einen Schluck aus der Bügelflasche, als er eine Stimme von der Straße hörte.

»Moin, Herr Kurschat, ist Fritz da?«

Erwin Kurschat saß unweit auf einer Bank und flickte mit stoischer Ruhe seine Netze.

Söderberg erkannte Karl Bullies, der suchend in den Garten blickte. Als er Söderberg sah, hob er grüßend die Hand.

»Na, gefällt es Ihnen? Besser als in der Villa Kurschat kann man den Sommer in Rossitten nicht verbringen«, sagte er grinsend, sodass der alte Kurschat sich bemüßigt fühlte, die Pfeife aus dem Mund zu nehmen.

»Sabbel man nich so veel, du Lorbass!«, schimpfte der Fischer gutmütig. »Fritz is op Botengang för de Hotel. Wat is mit di? Hass du nuscht to oarbeide?«

Karl schien enttäuscht. »Doch, doch. Aber ich wollte ihm wenigstens kurz den tollen Wagen zeigen, der heute Nachmittag angekommen ist. Sieht man auf der Nehrung nicht alle Tage.«

Söderberg war hellhörig geworden. Als Karl sich zum Gehen wenden wollte, rief er: »Warte mal! Was denn für ein Wagen?«

Der Junge zuckte mit den Schultern. »Ein echter Pracht-schlitten. Den hätte ich später auch gerne.«

Der alte Kurschat schnaubte missbilligend, ohne den Blick von seinem Netz zu nehmen.

»Ich würde den Wagen gerne sehen«, sagte Söderberg und erhob sich. »Kannst du ihn mir zeigen?«

»Na klar«, antwortete Karl, froh einen Interessenten gefunden zu haben. »Ich bin mir sicher, dass selbst Sie als Königsberger so ein Prachtexemplar nur selten zu sehen bekommen.«

»Na, da bin ich aber gespannt«, erwiderte Söderberg und sprang lässig über den Staketenzaun. Der alte Kur-schat schickte dem Reporter einen missbilligenden Blick hinterher.

Der Wagen stand in unmittelbarer Nähe des »Gasthau-ses am Meer«. Karl redete aufgeregt auf Söderberg ein, der aber nur mit halbem Ohr zuhörte. Stattdessen ließ er den Blick schweifen, um eventuell einen Blick auf den mögli-chen Fahrer werfen zu können.

»Ein Stoewer D7! Hab ich etwa zu viel versprochen?«, schwärmte Karl Bullies im Brustton der Überzeugung. »Der hat fünfzig PS! Ein echter Flugzeugmotor …«

»Und ist damit das stärkste Auto in ganz Deutschland. Ja, ich weiß«, vollendete Söderberg den Satz und nahm seinem jungen Begleiter damit den Wind aus den Segeln.

»Haben Sie den etwa schon mal im Original gesehen?« Karl schien enttäuscht.

»Nee, ist wirklich ein beeindruckender Wagen. Da hast du nicht zu viel versprochen. Ich interessiere mich halt auch dafür«, sagte Söderberg beschwichtigend. »Weißt du, wem der Wagen gehört?«

Bullies zuckte mit den Schultern. »Weiß nicht, der Fahrer sitzt jedenfalls da hinten auf der Terrasse.«

Er wies zum Kurhaus, das etwas weiter die Straße hinunter lag. Die Terrasse des Kurhauses lag gut zwei Meter über Straßenniveau und war gut besucht. Von dort aus hatte man einen weiten Blick auf das Haff. Eine elegante geschwungene Treppe, die nicht so recht zu dem Fischerdorf passen wollte, führte hinauf.

»Meinst du, dass du mir den Mann unauffällig zeigen kannst?«

»Warum interessiert Sie der Fahrer?«, fragte Karl erneut.

Söderberg zuckte mit den Schultern. »Berufskrankheit. Ich bin Reporter bei der *Allgemeinen*.«

Karl machte große Augen. »Wirklich? Das ist bestimmt aufregend.«

Söderberg nickte. »Das ist es allerdings. Aber man muss immer neue Geschichten finden, sonst werfen sie einen raus.« Er deutete auf den Wagen. »Das da ist vielleicht eine Geschichte. Als Journalist frage ich mich jedenfalls sofort, was macht ein Stoewer in Rossitten?« Er sah zu Karl. »Komm, wir gehen auf die Terrasse, und dann zeigst du mir unauffällig den Fahrer.«

Karl blieb abwartend stehen.

»Was ist?«, fragte Söderberg.

»Und was springt für mich dabei raus?«

Söderberg lachte. »Ja, du hast ganz recht. Informationen sollten nie umsonst sein.« Er griff in die Hosentasche, fischte ein Fünfzig-Pfennig-Stück heraus und warf es dem jungen Mann zu.

Der fing die Münze geschickt auf. »Also gut. Kommen Sie mit. Wir müssen dort die Treppe hinauf.«

Gerade als sie das Kurhaus erreicht hatten, kam ihnen auf der Freitreppe eine Gestalt entgegen – Belgen. Einen Moment starrten sich die Männer überrascht an. Dann packte Belgen seinen Kollegen am Arm und zog ihn von der Treppe fort, außer Sichtweite für die Gäste auf der Terrasse. Der junge Karl zog sich verschreckt zurück.

»Bist du noch bei Trost? Was machst du noch hier? Ich hab dir doch gesagt, du sollst nach Hause fahren!«, zischte Belgen, während er sich nach allen Seiten umsah.

Söderberg riss sich los. »Ich lass mich von dir nicht behandeln wie einen Laufburschen. Außerdem habe ich mir ganz offiziell freigenommen. Und wo ich meine freie Zeit verbringe, entscheide immer noch ich.«

»Hör zu«, stieß Belgen wütend hervor und tippte seinem Kollegen mit dem Zeigefinger auf die Brust. »Das hier ist eine Nummer zu groß für dich. Ich hätte dich überhaupt nicht damit hineinziehen sollen.«

»Zu spät«, erwiderte Söderberg wütend. »Außerdem fährt heute kein Schiff mehr. Und jetzt?«

»Spätestens morgen früh fährst du zurück nach Königsberg. Hast du mich verstanden?«

»Du kannst mich mal!« Söderberg machte auf dem Absatz kehrt und stürmte davon.

Belgen ließ ihn ziehen. Er warf einen Blick auf die Terrasse, auf der der Neuankömmling, ein eher schmächtiger kleiner Mann mit schütteren rötlichen Haaren, die Beine lässig übereinandergeschlagen, bei einer Tasse Tee saß und in einer Illustrierten blätterte. Belgen wusste nicht, wie er vorgehen sollte. Alles, was er hatte, waren die Worte eines sterbenden Mannes: »Rossitten« – und der heutige Tag.

Als er noch so überlegte, nahm er eine Bewegung wahr – Angelika Haller trat aus dem Dorfladen, der sich auf der anderen Straßenseite befand, im Arm einen Einkaufskorb. Belgen sah noch einmal in Richtung des unbekannten Teetrinkers, dann ging er quer über die sonnige Dorfstraße.

»Ja, die Welt ist klein und das beschauliche Rossitten umso mehr«, rief er Angelika Haller launig entgegen.

Die verzog keine Miene. »Was wollen Sie von mir?«, sagte sie kühl. »Ich habe Ihnen schon mal gesagt, dass Sie mich verwechseln.«

Sie wollte an ihm vorbei, doch er verstellte ihr den Weg.

»Das glaube ich nicht. Hören Sie schon auf mit dem Theater. Wir haben uns zwar lange nicht gesehen, aber unsere letzte Begegnung steht mir noch deutlich vor Augen.«

»Ich erinnere mich nur noch an einen impertinenten Menschen, der mich im ›Eden‹ in Berlin belästigt hat. Wenn Sie das waren, dann sollten Sie sich schämen.«

Belgen grinste. »Sie erinnern sich also?«

»Ich hatte den Vorfall bereits vergessen, und das sollte auch in Ihrem Interesse sein«, erwiderte die Haller trocken.

Belgen biss die Zähne aufeinander. Er würde sich nicht so leicht abfertigen lassen. »Sie haben mich von den Dienstboten auf die Straße setzen lassen wie einen Hausierer!«

»Ich hatte Sie gewarnt. Ich muss mich schließlich nicht

von einem dahergelaufenen Schreiberling belästigen lassen, der mit erfundenen Geschichten meinen Ruf schädigen will. Und daran hat sich bis heute nichts geändert. Ich würde Ihnen also raten, mich in Ruhe zu lassen.«

Belgen trat dicht vor Angelika Haller hin. Sie hielt seinem Blick stand, zuckte nicht mit der Wimper. Wahrscheinlich lief kein Blut, sondern Eiswasser durch ihre Venen.

»Guter Ruf, dass ich nicht lache! Sie fühlen sich anscheinend sehr sicher. Aber ich kenne die ganze Geschichte, und ich kann Sie jederzeit auffliegen lassen. Ich bin mir sicher, dass Ihr Mann nicht die geringste Ahnung hat, auf was er sich da eingelassen hat.«

»Lassen Sie meinen Mann aus dem Spiel! Was wollen Sie?«

Belgen lächelte. Ihre kühle Souveränität hatte einen ersten Riss bekommen.

»Lassen Sie die Dame in Ruhe!«

In diesem Moment spürte Belgen eine Hand auf der Schulter, die ihn herumriss. Vor ihm stand der junge Aushilfskellner aus dem »Kurischen Haff« und ballte die Fäuste.

»Es ist gut, Fritz. Ich kann mich selbst wehren«, versuchte Angelika Haller ihren jugendlichen Beschützer zu beruhigen.

Belgen ging einen Schritt auf seinen Widersacher zu. »Was fällt dir ein, du halbes Hemd? Ich habe mit der Dame etwas zu bereden, also mach, dass du …«

Weiter kam er nicht. Der junge Mann hatte ausgeholt und hätte dem Reporter einen furchtbaren Kinnhaken verpasst, hätte ihn nicht just in diesem Augenblick ein anderer junger Mann in Ringermanier umklammert und zu Boden gerissen. Es war der ältere der beiden Grambow-Brüder, der jetzt auf Fritz Kurschat hockte und dem am Boden Liegenden hart ins Gesicht schlug.

»So, Krähenbeißer, jetzt bist du fällig!«, rief der jüngere Grambow, der ebenfalls aufgetaucht war.

Belgen wusste nicht, wie er reagieren sollte. Schon waren etliche Kurhaus-Gäste aufgestanden und drängten sich am Terrassengeländer, um zu sehen, was dort auf der Straße geschah. Belgen sah, dass auch der Unbekannte die Illustrierte beiseitegelegt hatte.

»Dreibastiger Lorbass! Hört sofort auf damit! Nicht vor meinem Laden!« Der Ladenbesitzer war auf die Straße gestürzt und versuchte die drei Halbstarken, die sich auf der staubigen Dorfstraße wälzten, zu trennen.

»Achottchen! Sofort aufhören, ihr Schubbiaks!« Mit hochrotem Kopf kam nun auch Jurgis herbeigelaufen. Aus der anderen Richtung erschien der Stettiner Süßwarenfabrikant. »Was ist denn hier los? Sofort aufhören! Ludwig! Erich!« Gemeinsam mit dem Dorfgendarm gelang es ihnen endlich, die Streithähne zu trennen. Erst in diesem Moment fiel Belgen auf, dass sich der Fremde wieder seiner Lektüre gewidmet hatte, während Angelika Haller verschwunden war.

Puschkat hatte die Schuhe voller Sand. Das Besteigen einer Düne noch dazu im Hochsommer war ein gehöriger Kraftakt. Der Abstieg jedoch war kaum weniger anstrengend. Zweimal wäre er um ein Haar gestürzt – nicht auszudenken. Als er endlich unten im Schatten des Kiefernwäldchens angekommen war, sah er den wahnwitzigen Schulz mit seinem selbst gebauten Fluggerät über den Predinbergen kreisen. Puschkat klopfte den Sand aus den Schuhen. Er dachte an das, was er soeben erfahren hatte. Nach Aussage des Fliegers hatten sie die leeren Kisten von einem Vereinsmitglied bekommen, das bei der Standortverwaltung des Reichswehrübungsgeländes beschäftigt war. Die Kisten stapelten sich dort nach verschiedenen Schießübungen und sollten eigentlich zu Kleinholz verarbeitet werden. Doch die Segelflieger hatten ganz offensichtlich dafür eine bessere Verwendung gefunden.

Puschkat seufzte und sah auf die Uhr. Er musste unbedingt zurück in den Ort, um mit dem Kollegen Singer zu sprechen. Bald würde es Abend werden. Es war der vierte Tag und Singer war davon überzeugt, dass die Waffenübergabe hier und heute über die Bühne gehen würde.

Zur gleichen Zeit betrat Ella Landau das Hotel »Kurisches Haff« durch die Verandatür des Wintergartens.

»Ah, Frau Landau, schön, Sie zu sehen.« Karl Haller war aus seinem Sessel aufgestanden, die Zeitung in der Hand. »Sie haben nicht zufällig meine Frau gesehen?«

»Bedauere, wir sind heute getrennte Wege gegangen«, erwiderte Ella.

Haller sah Ella mit seinen kleinen Augen hinter den dicken Brillengläsern wehmütig an. »Ich fürchte, ich vernachlässige meine Frau zu sehr.«

»Ein Mann ist nie gut beraten, eine schöne Frau zu oft allein zu lassen.« Sie wedelte scherzhaft tadelnd mit dem Zeigefinger.

»Oh, setzen Sie sich doch einen Moment zu mir, liebe gnädige Frau«, bat er sie.

Haller wies auf einen freien Sessel neben dem seinen. Nach dem Strandbesuch verspürte Ella eigentlich das Bedürfnis, sich umgehend in ihr Bad zu begeben. Doch einem Impuls folgend, setzte sie sich zu dem melancholischen Mann und schenkte ihm ein aufmunterndes Lächeln.

»Sie haben ja recht. Ich kümmere mich zu sehr um das Geschäft. Da bin ich froh, dass Angelika hier so schnell Anschluss gefunden hat.«

Ella kam der junge Kurschat in den Sinn, der Angelika Haller mit glühenden Blicken verzehrte, und dann war da noch dieser schmierige Reporter, den Aaron kannte und dem sie den kleinen Ausflug in die Sommerfrische verdankte. Auch der schien Angelika zu kennen. Natürlich würde sie Haller davon nichts erzählen. Wahrscheinlich hatte es ja auch nichts weiter zu bedeuten. »Ihre Gattin ist nun mal eine reizende Person. Wir haben uns auf dem Bootsausflug schnell angefreundet.«

»Ja, das ist sie wirklich. Manchmal denke ich, sie hätte etwas Besseres verdient ...«

Ella schüttelte theatralisch den Kopf. »Aber sagen Sie doch so etwas nicht, werter Herr Haller. Wie wäre es denn, wenn Sie Ihre Gattin morgen einfach an den Strand begleiteten. Dort in den Dünen gibt es lauschige Plätzchen, wo man ganz ungestört ist.«

Haller nickte. »Ja, das sollte ich in der Tat wohl tun ... Oh, da ist sie ja!«

Er sprang auf und winkte seiner Frau, die soeben zum

Speisesaal hereingesehen hatte, wohl auf der Suche nach ihrem Mann. Jetzt kam sie auf sie zu. Sie wirkte ungewöhnlich nervös.

»Entschuldige, Karl, dass ich dich habe warten lassen. Ich war noch im Dorfladen.« Sie schenkte ihrem Mann ein Lächeln.

»Oh, du brauchst dich doch nicht zu entschuldigen. Frau Landau hat mir Gesellschaft geleistet, während ich auf dich gewartet habe.«

»Was war denn da eben auf der Dorfstraße los?«, fragte Ella. »Das sah ja nach einer richtigen Schlägerei aus.«

Angelika Haller zuckte mit den Schultern. »Ach, keine Ahnung. Jungs halt. Wollen wir, Schatz?«

11

»Von dem Geschaukel wird man ja seekrank!« Stamper war mit seiner Geduld am Ende. Vor über eineinhalb Stunden, um Punkt sechzehn Uhr, wie geplant, hatten sie sich in Königsberg auf den Weg gemacht und waren auf Nebenstraßen mit dem Lastwagen eines Lebensmittelhändlers, der keine Fragen stellte und der nationalen Sache verbunden war, Richtung Nehrung gefahren. Klemp lenkte den LKW zwar mit großer Sicherheit, aber als hinter Cranz der Asphalt jäh endete und in die um diese Jahreszeit sandige und staubige Alte Poststraße überging, die auf fast hundert Kilometern die gesamte Nehrung entlanglief und erst oben in Sandkrug am Memeler Tief endete, da begann die Schaukelei. Immer wieder erwischte Klemp ein Schlagloch, sodass Peukert schon Sorge hatte, sie würden kurz vor dem Ziel mit einem Achsbruch liegen bleiben. Doch bis jetzt war alles gut gegangen. Ihr Auftrag lautete, den Wagen unauffällig an sein Ziel zu bringen und dort bis zur Übergabe der Waffen vor neugierigen Blicken zu schützen.

Unmittelbar vor dem Ortseingang von Rossitten ging es durch einen Kiefernwald und um eine gewaltige Düne herum, bis an einer kleinen Kreuzung auf der rechten Seite das alte Fliegerlager auftauchte. Klemp verlangsamte die Fahrt und kam vor dem Tor zum Stehen.

Stamper stieg aus. Das hohe Holztor war offensichtlich von innen verriegelt. Doch am linken Pfosten fand sich eine elektrische Klingel. Stamper drückte. Einmal. Zweimal. Und ein drittes Mal.

Schließlich hörte man, wie eine Kette geöffnet und ein Riegel zur Seite geschoben wurde. Dann schwang das Holztor auf, und Klemp fuhr den Lastwagen hinein.

Die erste Etappe war geschafft.

Peukert, Klemp und Stamper kletterten aus dem Führerhaus. Am Tor sahen sie einen großen Mann. Er stützte sich auf eine Krücke, das rechte Bein seiner Manchesterhose war oberhalb des Knies hochgesteckt. Mit kräftigen Schwüngen des linken Beins kam er auf sie zu.

»Sie müssen Sandler sein«, sagte Peukert.

»Jawohl, Herr Hauptmann!«, entgegnete der Invalide.

Peukert sah sich auf dem weitläufigen, eingezäunten Areal um. In dessen Mitte standen sechs alte, zum Teil verfallene Hangars. »Wir müssen den Wagen vor neugierigen Blicken schützen«, sagte er an den Mann gewandt.

»Keine Sorge, wir bringen den Wagen dort hinten in der Halle 5 unter. Die ist seit Jahren nicht mehr belegt. Nur die beiden vorderen Hallen werden noch von den Segelfliegern benutzt. Im Moment sind sie alle draußen, auf dem Predinberg, Herr Hauptmann.«

»Wir werden einen Karren oder etwas Ähnliches benötigen, damit wir die Fracht unauffällig in den Hafen transportieren können.«

»Die Fischer hier am Ort haben fast alle Fuhrwerke. Fragen Sie an der erstbesten Kate. Für ein paar Mark werden Sie dort schnell fündig.«

»Ordnungskräfte vor Ort?«

Sandler sah Peukert fragend an.

»Polizei? Reichswehr? Grenzschutz?«

»Nur ein Landjägerposten. Aber Jurgis ist harmlos. Wenn es dunkel wird, dann sitzt der im Dorfkrug und spielt Karten.«

Söderberg beschlich ein ungutes Gefühl. Wurde er beobachtet? Nach dem Streit mit Belgen war er an den Haffstrand gegangen, um wieder einen klaren Kopf zu bekommen. Belgen war offensichtlich zu dem Schluss gekommen, dass der Stoewer-Fahrer zu den Waffenschiebern gehörte. Er schien offensichtlich darauf zu warten, dass ihn seine Vertragspartner kontaktieren würden. Söderberg fasste einen Entschluss. Wenn Belgen ihn daran hinderte, den Stoewer-Fahrer zu beschatten, dann würde er eben Belgen beschatten. Er ging daher zurück zum Kurhaus, nur um festzustellen, dass der Stoewer-Fahrer verschwunden war. Auch von Belgen war nichts mehr zu sehen. Söderberg ging noch einmal an der Haffleuchte vorbei zum »Gasthaus am Meer«. Erleichtert stellte er fest, dass der Stoewer noch an seinem Platz stand. Der Mann musste also noch irgendwo zu finden sein. Möglicherweise im Gasthaus? Söderberg näherte sich dem Fenster und riskierte einen Blick in die Gaststube. Der Stoewer-Fahrer war nicht da, dafür starrte ihn ein wütender Karl Belgen an, der sofort in Richtung

Ausgang eilte. Söderberg sprang vom Fenster zurück und lief um die Hausecke in Richtung Friedhof.

Dort setzte er sich um Atem ringend hinter einer Hecke auf eine Bank. Er ärgerte sich über sich selbst. Wieso rannte er vor Belgen weg? Er hatte ja wohl das Recht, seine eigenen Recherchen anzustellen. Die Tatsache, dass sein Kollege so empfindlich reagiert hatte, war allerdings auch der Beweis, dass er, Söderberg, den richtigen Riecher gehabt hatte. Der Stoewer-Fahrer war in die Sache verwickelt.

Söderberg wollte gerade aufstehen, um sich erneut auf die Suche zu machen, als er hinter der Hecke ein Rascheln hörte. Söderberg war wie gelähmt. War das Belgen, der ihm einen Schrecken verpassen wollte? Vielleicht hatte er auch einem der jungen Männer Geld gegeben, damit er ihm eine Abreibung verpasste. Mittlerweile traute er Belgen alles zu.

Es raschelte erneut. Schlagartig hatte Söderberg das Gefühl, dass ihn jemand beobachtete. Aber warum? War er den Waffenschiebern zu nahe gekommen? Die fackelten wahrscheinlich nicht lange! Söderberg dachte daran, wie die ihr Opfer am helllichten Tage auf der Schlossteichpromenade niedergestochen hatten. Kaltblütig und ohne jedes Erbarmen. Warum sollten die sich da lange mit einem vorwitzigen Reporter aufhalten, der seine Nase in Dinge steckte, die ihn nichts angingen. Bei diesen beunruhigenden Gedanken trat ihm der Schweiß auf die Stirn. Er musste hier weg. Zurück ins Dorf. Unter Menschen.

Er stand auf, ging betont ohne Hast auf dem Kirchweg in Richtung Dorfstraße zurück. Seine Schritte knirschten auf dem Kies. Und da – wenige Sekunden später – hörte er hinter sich ebenfalls knirschende Schritte. Nur jetzt nicht in Panik verfallen! Vorsichtig beschleunigte er seine Schritte. Noch immer wagte er nicht loszulaufen. Besser so tun, als hätte er seinen Verfolger noch nicht bemerkt. Solange der seine Schritte nicht beschleunigte und auf Distanz blieb, konnte er, Söderberg, immer noch die Flucht ergreifen. Er war noch zu weit vom Dorf entfernt, um sich mit einem Sprint in Sicherheit zu bringen. Wohin sollte er sich wenden?

Der Weg machte einen Knick. In diesem Moment fiel ihm die kleine Backsteinkirche auf. Söderberg sah sich hastig um. Sein Verfolger war noch außer Sicht. Das war seine Chance! Mit einem Satz hatte er die drei Stufen zum Haupteingang genommen. Er drückte die Klinke – das Portal war offen. Schnell schlüpfte er hinein, schloss die Tür und sah sich hastig im Halbdunkel um.

Niemand da. Leere Bänke, vorne der schlichte Altar und eine kleine Kanzel. Hinten an der Seite eine Tür. Söderberg lief durch das Mittelschiff, öffnete die Tür und fand sich in der Sakristei wieder. Hier hockte er sich auf die kalten Fliesen.

Er hatte schon das Gefühl, seinem Verfolger entkommen zu sein, als er hörte, wie sich draußen das Portal langsam öffnete. Schritte in der Kirche. Sofort war Söderberg auf den Beinen. Er sah sich um und merkte, dass er in der Falle saß. Er presste sich hinter der angelehnten massiven Eichenholztür an die Wand und hielt den Atem an. Die Schritte kamen langsam näher. Nun bewegte sich die Tür. Entsetzt sah Söderberg das Türblatt auf sich zukommen. In wenigen Sekunden wäre er geliefert. Mit dem Mut der Verzweiflung stieß er das Türblatt mit aller Kraft zurück gegen seinen Verfolger. Die Tür dröhnte, als sein Verfolger von dem massiven Türblatt getroffen wurde. Der Mann prallte an die Wand und stürzte dann wie vom Blitz getroffen mit dem Gesicht nach vorn in die Sakristei. Söderberg sprang über den leblosen Körper hinweg und zog die Tür hinter sich zu. Er schloss ab und warf den Schlüssel hinter den Altar. Dann rannte er, so schnell er konnte, davon.

Peukert eilte den sandigen Pfad am Haffstrand entlang in Richtung Rossitten. Er trug Zivil. Passanten hätten ihn für einen Urlauber gehalten, aber um diese Zeit lag der Weg, der das Dorf mit dem Segelfliegerlager und der Jugendherberge verband, verlassen da. Sandlers Rat folgend, wandte er sich der ersten Kate am Ortsrand zu. In dem kleinen Vorgarten saß der Fischer und flickte eine Aalreuse. Peukert klopfte an den Zaun, und der Mann sah auf.

»Guten Tag«, sagte Peukert und tippte zur Begrüßung an seine Schiebermütze. »Ich bin auf der Suche nach einem Fuhrwerk.«

»Eck bün Fischer on keen Föhrmann«, erwiderte der Mann.

Peukert lächelte. »Das hab ich mir schon gedacht, guter Mann. Die Fuhre wird ordentlich bezahlt.«

Aus der Pfeife des Fischers stiegen drei kleine Wölkchen auf. Der Mann schien zu überlegen. »Wat heet ordentlich?«

Peukert holte einen Zwanzig-Mark-Schein hervor und hielt den Schein in voller Schönheit in die Höhe.

Der Fischer staunte nicht schlecht. »Dat is ordentlich. Wat schall ik doafär doon? Eck maak keen krumm Saken ...«

Peukert schüttelte den Kopf. »Ich bin Segelflieger. Wir müssen nur ein paar Kisten von der Segelfliegerschule zur Mole schaffen und dort verladen. Eine Stunde Arbeit.«

Der Blick des Fischers lag immer noch auf dem neuen Geldschein. Zwanzig Mark! Eine Menge Geld. Und der Mensch machte einen anständigen Eindruck. Nachdenklich kratzte er sich am Kinn. Ganz koscher war das Ganze sicher nicht. Ein paar Kisten so nahe an der Grenze. Wahrscheinlich wollte man den Zöllnern ein Schnippchen schlagen. Seit es die Grenze gab, blühte der Schmuggel. Es gab kaum jemanden unter den Fischern, der sich nicht drüben im Memelländischen mit billigeren Waren versorgte und diese dann ohne die lästigen Zollbeschränkungen übers Haff nach Hause brachte. Aber Ware aus dem Reich ins Memelland? Das war dem alten Kurschat bislang noch nicht vorgekommen. Wer kannte sich in diesen Zeiten noch aus? Seit der große Krieg verloren war und sie keinen Kaiser mehr hatten, war alles anders geworden. Andererseits – was sollte schon passieren? Der gute Jurgis würde ihm schon keinen Strick aus so einer harmlosen Sache drehen.

So kam es, dass der alte Fischer Peukert die Hand hinhielt und den Schein entgegennahm.

»Schön, dass wir uns einig geworden sind. Halten Sie sich zur Verfügung. Ich werde spätestens in einer halben Stunde wieder hier sein, dann machen wir uns auf den Weg, um die Ladung zu holen.«

Kurschat tippte mit dem Zeigefinger an seine Mütze und sah dem Fremden nach. Heute war offensichtlich sein Glückstag. Erst der unerwartete Sommergast und nun noch das schnell verdiente Geld dazu. Wie viele Kisten wohl geschleppt werden mussten? Er würde den Jungen mitnehmen. Fritz war kräftig und konnte gut anpacken. Wo steckte der Junge überhaupt?

12

»Na endlich, da bist du ja! Wo warst du denn so lange?«

Singer war voller Ungeduld aufgesprungen, als Ella das Hotelzimmer betrat.

»Ich habe mir sagen lassen, dass gelegentliche Abwesenheit die gegenseitige Anziehungskraft erhöhen soll. Dass das aber bei dir gleich so gut funktioniert, hätte ich nicht gedacht«, entgegnete Ella keck.

Doch Singer war nicht zu Scherzen aufgelegt. »Hör zu, Ella, die Sache, wegen der wir hier sind, wird langsam ernst, und ich brauche deine Hilfe.«

»Du kannst auf mich zählen. Was soll ich tun?«

Sie setzten sich, und Singer erläuterte ihr den Plan, den er sich ausgedacht hatte. »Ich soll also für dich zwei Männer belauschen, die sich im ›Gasthaus am Meer‹ treffen, um die Waffenübergabe zu besprechen?«, fasste Ella zusammen, nachdem Singer geendet hatte.

»Ich kann jedenfalls nicht selbst dort hingehen. Die Gefahr ist zu groß, dass mich einer der beiden erkennt. Was hältst du davon?«

Ella nickte sinnend. »Ich fürchte, es wäre ziemlich auffällig, wenn eine Frau wie ich ohne männliche Begleitung in diesem Lokal allein zum Abendessen erscheint.«

Singer musste ihr recht geben. Er breitete die Arme aus. »Ja, aber wir haben keine andere Wahl.«

Sie sah ihn mit einem verschmitzten Grinsen an. »Oh, doch, ich glaube, die haben wir.«

»Lou, das ist eine famose Idee. Wir sollten den beiden wirklich helfen.«

Anna Freud klatschte vor Begeisterung in die Hände. Lou Andreas-Salomé saß im Sessel am Fenster von Annas Zimmer und betrachte Singer und Ella mit strengem Blick. Singer hatte auf Ellas Drängen die beiden Frauen eingeweiht. Dabei hatte er sich auch als Kommissar zu erkennen gegeben.

Lou schien die Dinge abzuwägen. Schließlich zuckte sie mit den Schultern. »Was soll's? Schließlich dient es ja wohl dem Frieden.«

»Ganz recht, Lou«, pflichtete Anna ihr bei.

Die alte Frau hob abwehrend die Hand. »Ich hoffe nur, dass das Ganze nicht gefährlich wird. Dein Vater würde mir den Kopf abreißen, wenn seiner Lieblingstochter etwas zustoßen würde.«

»Keine Sorge«, erklärte Singer. »Drei Frauen beim Essen werden keinerlei Argwohn erregen. Die Waffenhändler werden sie überhaupt nicht zur Kenntnis nehmen. Das ist genau das, was wir brauchen.«

»Wie stellen wir sicher, dass wir in Hörweite zu den Männern platziert werden?«, fragte Ella.

»Das habe ich mit Hillinger geklärt. Er hat das arrangiert. Ihr werdet am Nachbartisch sitzen.«

Lou nickte anerkennend. Mit Schwung erhob sie sich aus dem Sessel und raffte ihre Stola zusammen. »Also gut. Dann sollten wir uns wohl ein bisschen in Schale werfen.«

Singer sah auf die Uhr. Noch immer kein Lebenszeichen von Puschkat. Der wollte sich doch um den Veterinär kümmern. Um sechs waren sie im Hotel verabredet. Er war gespannt, was sein Kollege in Erfahrung bringen konnte. Immerhin kamen die Dinge in Bewegung.

Um kurz nach sechs füllte sich der Speisesaal im »Gasthaus am Meer« zusehends. Als Hausgast konnte sich Karl Belgen einen Platz im Nebenraum aussuchen, von dem aus er den öffentlichen Speisesaal gut im Blick hatte. Den vorwitzigen Söderberg hatte er zwar nicht zu fassen bekommen, aber so schnell wie der verschwunden war, hatte Belgen das Observierungsfeld nunmehr für sich allein. Er sah sich diskret um. Urlauber, die Damen in farbenfrohen Sommerkleidern, die Herren in weißen Anzügen, bevölkerten die Tische. Es wurde geplaudert und gelacht. Serviermädchen brachten üppige Fischplatten, Bierkrüge und Weinpokale an die Tische.

Lediglich der Stoewer-Fahrer saß allein an einem Tisch. Er war mittlerweile zum Gespritzten übergegangen. Gerade servierte ihm der Kellner ein neues Glas Weißwein mit Sprudel, da betrat ein Mann mit Schiebermütze den Saal. Er nahm die Mütze ab und sah sich suchend um. Der Stoewer-Fahrer hatte den Fremden gesehen und winkte ihn zu sich an den Tisch. Wenig später kehrte der Kellner mit einem Bier für den Neuankömmling an den Tisch zurück.

Die beiden Männer unterhielten sich. Auf die Entfernung und bei dem allgemeinen Lärmen konnte Belgen kein Wort verstehen. Dennoch hatte der Reporter keinen Zweifel daran, dass hier und heute die gestohlenen Waffen den Besitzer wechseln würden. Er hatte auf das richtige Pferd gesetzt.

Peukert hatte von Rellentin in seiner geckenhaften Automobilistenkluft kaum wiedererkannt. Innerlich konnte er über diesen Auftritt nur den Kopf schütteln. Immerhin hatten er und seine Männer unter erschwerten Bedingungen die Waffen so unauffällig wie möglich auf die Nehrung gebracht, während der Herr Baron mit seiner Luxuskarosse anreiste und diese dann auch noch den lieben langen Tag in dem kleinen Seebad zur Schau stellte. Nun gut, das war nicht sein Problem. Wenn alles glattlief – und davon war auszugehen –, dann waren sie am späten Abend schon wieder verschwunden und niemand würde sich mehr an seinen Auftritt erinnern.

»Irgendwelche besonderen Vorkommnisse?«, fragte von Rellentin, als der Kellner außer Hörweite war.

Peukert nahm einen Schluck Bier und wischte sich über den Mund. »Es läuft alles nach Plan. Der Wagen ist gut getarnt. Und wie sieht es hier aus? Polizei?«

Von Rellentin schüttelte den Kopf. »Nur ein übergewichtiger Dorfgendarm. Der wird keine Schwierigkeiten machen. Halten Sie sich bereit. Wenn alle Modalitäten geklärt sind, muss es schnell gehen.«

»Was, wenn es doch Schwierigkeiten gibt? Unvorhergesehene Zwischenfälle? Zufällige Zeugen?« Peukert wusste nur zu gut, dass Gevatter Zufall auch den besten Plan scheitern lassen konnte.

Von Rellentin sah den Hauptmann eindringlich an. »Die erfolgreiche Übergabe hat absolute Priorität. Alle Hindernisse sind aus dem Weg zu räumen. Ich verlasse mich da ganz auf Sie.«

Peukert nickte. Er hatte genug gehört. Er stand auf und verließ den Gasthof, ohne sich noch einmal umzublicken.

Singer saß derweil in einem Korbsessel im Empfangsraum, halb verdeckt von der Holztreppe, die zu den Zimmern im ersten Stock führte. Soeben hatte die alte Standuhr siebenmal geschlagen. In dem kleinen Empfangsraum herrschte reger Betrieb. Die Hotelgäste strebten in den Speisesaal zum Abendessen. In der erwartungsfrohen Atmosphäre wurde Singer kaum beachtet. Lediglich Eisenbahndirektor Wengenröder nickte ihm zu, bevor er mit seiner Gattin am Arm an ihm vorbeischritt.

»Wünschen Sie eine Wegbeschreibung, Herr Doktor Taundler?«

Hillingers Stimme ließ Singer aufhorchen. Am Empfangstresen stand ein großer Mann Mitte fünfzig in einem leichten Sommeranzug, Spazierstock und Hut in der Hand.

»Nicht nötig. Ich kenne mich im Ort aus.« Taundler legte seinen Zimmerschlüssel auf den Tresen, setzte den Hut auf und wandte sich der Eingangstür zu. Von dem Mann, der im Korbsessel saß und in einer Illustrierten blätterte, nahm er keine Notiz.

Singer sah ihm nach, bis er auf die Dorfstraße getreten war.

Dann legte er die Illustrierte beiseite. Singer hielt es kaum mehr auf seinem Platz und doch konnte er nichts anderes tun, als den Dingen ihren Lauf lassen. Die Damen dürften ihren Beobachtungsposten bereits eingenommen haben.

Wo war nur Heinrich Puschkat? Der hätte spätestens um sechs im Hotel erscheinen sollen. Normalerweise war der Mann zuverlässig wie ein Schweizer Uhrwerk. War er ungewollt den Waffenschiebern in die Quere gekommen?

Schließlich verlor Singer die Geduld. Er machte sich auf den kurzen Weg zum Polizeiposten. Auf der Dorfstraße flanierten nur noch wenige Urlauber. Der Ladenbesitzer hatte gerade sein Geschäft abgeschlossen und nickte Singer zu. Auch Jurgis sperrte gerade die Tür ab.

»Haben Sie Puschkat gesehen, Jurgis?«, fragte Singer ohne Umschweife.

»Tut mir leid, Herr Kommissar. Der Herr Kommissar war den janzen Tag auf Achse.«

»Hatten Sie zwischenzeitlich Kontakt zu ihm? Hat er Ihnen gesagt, was er vorhat?«

Irgendetwas musste passiert sein. Das sah dem sonst so korrekten Heinrich Puschkat gar nicht ähnlich.

Jurgis kratzte sich bedächtig am Hinterkopf und schüttelte dann den Kopf. »Hab ich heute morjen nur mitbekommen, dass er telefoniert hat met Keenigsberch und wollte mal den Herrn Veterinär ins Visier nehmen.«

Singers Gedanken überschlugen sich. Was hatte das zu bedeuten. Hatte Puschkat in ein Wespennest gestochen? War Balzer etwa Taundlers Kontaktmann? Und seither war Puschkat verschwunden …

»Brauchen Sie mich heute noch, Herr Kommissar?« Jurgis sah Singer arglos an. Er wollte zu seinem wohlverdienten Abendessen in den Dorfkrug.

»Sie sollten sich bereithalten. Wir werden Sie heute Abend sicherlich noch brauchen«, erklärte Singer in amtlichen Tonfall, der keinen Widerspruch duldete. Anschließend kehrte er zurück ins Hotel. Er musste erreichbar sein, wenn Ella und die anderen zurückkkamen. Vielleicht hätte er besser Jurgis auf die Suche nach Puschkat geschickt?

Nur langsam realisierte Puschkat, wo er sich befand und warum er in diese missliche Lage gekommen war. Er rollte sich stöhnend auf den Rücken und richtete sich dann vorsichtig auf. Er zog seine Taschenuhr hervor und stellte fest, dass er mehr als eine halbe Stunde bewusstlos gewesen sein musste. Behutsam tastete er seinen Kopf ab und zuckte zusammen. Blut an den Fingern deutete auf eine Platzwunde am Hinterkopf. Der Schädel brummte und auf der Stirn hatte sich eine schmerzhafte Beule entwickelt. Eine Weile saß er so auf dem Boden. Dann stand er ächzend und stöhnend auf. Ganz offensichtlich befand er sich in der Sakristei der kleinen Dorfkirche. Er griff nach der Klinke, doch die Tür ließ sich nicht öffnen. Abgeschlossen! Das durfte ja wohl nicht wahr sein.

»He, hallo! Ich bin hier eingeschlossen! Aufmachen!«

Puschkat trommelte mit den Fäusten gegen die schwere Tür, ohne dass sich draußen irgendetwas rührte. Seine Lage war ein einziger Albtraum. Und alles hatte er diesem vorlauten Söderberg zu verdanken. Der würde sich jedenfalls auf ein Donnerwetter gefasst machen können.

Dr. Ernst Taundler betrat den Speisesaal im »Gasthaus am Meer«. Die Tische waren voll belegt. Die Luft war rauchgeschwängert und das Stimmengewirr beachtlich. Taundler erkannte den Grafen sofort – schmächtig, schütteres Haar, das schmale Gesicht mit den arglistigen kleinen Augen, die wie Kohlen zu glühen schienen. Taundler trat zu dem Grafen an den Tisch, zog sich einen Stuhl heran. Dabei lächelte er höflich den drei Damen am Nebentisch zu, die kurz ihre angeregte Unterhaltung unterbrachen, um den Gruß zu erwidern – eine ältere Frau und eine jüngere, die in ihren arg zusammengestückelten Kostümen befremdlich nach Bohème aussahen. Nicht so die dritte im Bunde, eine hinreißende Schönheit, die ein elegantes Abendkleid trug.

Von Rellentin hatte sich andeutungsweise erhoben. »Schönen guten Abend, mein lieber Doktor Taundler. Was möchten Sie trinken?« Er winkte bereits den Kellner heran.

»Ein Glas Roten.« Taundler legte Stock und Hut auf den freien Stuhl.

Rellentin gab die Bestellung auf. Als der Kellner gegangen war, beugte er sich vor. »Sie haben das Geld dabei?«

Taundler schob einen dicken braunen Umschlag über den Tisch. Von Rellentin warf einen Blick hinein und ließ den Umschlag dann in seiner Jacketttasche verschwinden. Er nickte und erhob sein Weinglas. Taundler nahm das Glas zur Hand, das der Kellner in diesem Moment brachte.

»Auf Deutschland«, sagte von Rellentin.

»Auf Deutschland«, erwiderte Taundler.

Sie tranken.

»Und dann hätte ich gerne gewusst, was ich für mein Geld bekomme?«, fragte Taundler wie beiläufig, als er das Glas abstellte.

Der Baron sah sich verschwörerisch um. Dann beugte er sich erneut vor, senkte die Stimme. »Zwanzig fabrikneue Maschinengewehre vom Typ 08/15 inklusive Munition sowie hundert Mauser-Gewehre Typ 98, ebenfalls mit ausreichend Munition.«

»Na, dann haben Sie sich Ihre Provision wahrlich verdient«, sagte Taundler sarkastisch.

»Unsere Organisation hat hohe Kosten. Die Leute müssen bezahlt werden. Ich denke, dies ist für beide Seiten ein gutes Geschäft.«

Von Rellentin lehnte sich zurück und erwiderte den prüfenden Blick seines Gegenübers. Taundler hielt ihn anscheinend für einen Kriegsgewinnler. Was dieser Landjunker sich einbildete! Aber einerlei. Sie waren auf diese Leute angewiesen. Alles, was zählte, war, dass das Memelgebiet heim ins Reich geholt wurde.

Von Rellentin schob die Gedanken beiseite. »Wir haben unseren Teil der Abmachung erfüllt. Wie soll die Übergabe vonstattengehen?«, fragte er.

»Heute Nacht«, sagte Taundler und holte einen weiteren Umschlag hervor. »Hier sind die Instruktionen für Ihre Leute.«

Von Rellentin steckte auch diesen Umschlag ein.

Taundler leerte sein Glas und erhob sich. »Ich muss mich jetzt leider empfehlen. Ich habe noch einen weiten Heimweg.«

»Natürlich. Ich werde mich auch bald auf den Weg machen.«

Belgen behielt die beiden Männer gut im Auge, während er seine Mahlzeit zu sich nahm und versuchte, sich einen Reim auf die Ereignisse des heutigen Tages zu machen. Es war mit Sicherheit kein Zufall, dass Singer in Rossitten war. Zwar hatte er diese Nachtklubtänzerin dabei, doch Belgen glaubte nicht, dass der Herr Kommissar hier einfach nur ein paar unbeschwerte Tage an der See verleben wollte. Ganz im Gegenteil. Möglicherweise war die Falle schon aufgestellt. Belgen war es nur recht. So oder so war es *der* Knüller, der ihn im ganzen Land berühmt machen würde. Wie Kisch, den rasenden Reporter, der mit seiner Veröffentlichung über die Affäre um den Geheimdienstoffizier und Spion Oberst Redl quasi über Nacht berühmt geworden war. Belgen musste heute Nacht einfach nur dranbleiben. Sollte der Zugriff der Polizei ausbleiben, dann galt es, selbst Beweise und Belege zu sammeln, um die Waffenschieberei publik zu machen. Und dann war da ja noch die Haller. Auch diese Geschichte hatte Potenzial. Es war kurios, dass einem das Schicksal plötzlich ein Traumblatt in die Hand legte …

Die Verhandlung am Tisch der beiden Herren war anscheinend beendet. Der größere von beiden verabschiedete sich und ging. Der Stoewer-Fahrer blieb noch, trank in Ruhe seinen Wein aus, dann erhob auch er sich.

Belgen beschloss, sich an seine Fersen zu heften. Das war sein Tag. Er musste nur dafür sorgen, dass weder Söderberg noch sonst jemand ihm in die Parade fuhr.

Die Sonne neigte sich bereits dem Horizont zu und tauchte die Dorfstraße in warmes goldenes Licht. Von Rellentin blieb in einiger Entfernung zum »Gasthaus am Meer« stehen, um zu sehen, ob ihm jemand folgte. Alles ruhig. Auch der Stoewer wies keine verdächtigen Spuren auf. Er atmete tief durch. Die Sache lief nach Plan.

Von Rellentin ging die Hauptstraße hinunter. Auf Höhe des Dorfladens trat ein Mann aus dem Schatten. Peukert.

»Verzeihen Sie, mein Herr, haben Sie Feuer?«

Von Rellentin blieb stehen, holte sein Feuerzeug hervor. Vorsichtig ließ er den Blick schweifen. Die Straße war leer. Wenn sie jemand sah, dann wirkte es wie eine zufällige Begegnung. Von Rellentin übergab Peukert den Umschlag mit Taundlers Instruktionen. Peukert öffnete das Kuvert und überflog den Text.

»Was steht drin?«

Statt einer Antwort zog Peukert den Baron von der Straße in die Seitengasse. Von Rellentin erkannte die drei Damen vom Nebentisch, die in angeregter Unterhaltung vorübergingen. Als die Damen in sicherer Entfernung waren, warf Peukert einen Blick auf die Nachricht: *Draußen im Haff liegt ein Motorboot. Sie werden es an den Molenkopf bringen, wenn wir so weit sind, und das vereinbarte Lichtsignal senden.*

Peukert hielt seine Zigarette an das Blatt und ließ es brennend zu Boden fallen. Er zertrat die erlöschende Flamme mit seinem Stiefel.

»Ich verlasse mich auf Sie, Peukert.« Von Rellentin wandte sich ab und ging zurück zu seinem Wagen. Als Peukert sich auf den Weg zu Kurschats Kate machte, schoss der Stoewer mit aufheulendem Motor auch schon an ihm vorbei.

Belgen hatte die Szene von der Terrasse des Gasthauses aus beobachtet. Er war sich sicher, dass die beiden Männer ihn nicht gesehen hatten. In gehörigem Abstand heftete sich der Reporter nun an die Fersen des Mannes, mit dem der Stoewer-Fahrer gesprochen hatte. Anhand des auffälligen Wagens und des Kfz-Kennzeichens würde Belgen schon bald die Identität des Drahtziehers lüften können.

Der Mann vor ihm hatte unterdessen sein Ziel offenbar erreicht. Er betrat den kleinen Vorgarten einer Fischerkate am Dorfrand. Belgen hielt sich im Schatten eines windschiefen Holzhauses und wartete ab, was geschehen würde. Auf das Klopfen des Mannes wurde geöffnet, und ein älterer Mann in Fischerkluft kam heraus. Es dauerte nur ein paar Minuten, dann verließen die beiden Männer mit einem Pferdefuhrwerk das Grundstück Richtung Dorfausgang.

Belgen wollte sich gerade aus dem Schatten wagen, um dem Gefährt zu folgen, als er in den Augenwinkeln eine dunkle Gestalt wahrnahm. Zu Tode erschrocken fuhr er herum. Doch als er sah, wer ihm da gegenüberstand, atmete er erleichtert aus.

»Mein Gott, hast du mich erschreckt. Was schleichst du dich so an?«

Taundler saß im Heck des Schnellbootes. Die Lichter von Rossitten waren schnell in der Abenddämmerung verschwunden. Sie nahmen Kurs auf die abgedunkelte *Melusine*, die hier vor der Nehrungsküste auf das vereinbarte Zeichen wartete. Kapitän Szemkus war ein verschwiegener Mann. Stand zu hundert Prozent loyal zur Sache. Bislang lief alles nach Plan. Von Rellentin war zwar nicht nach seinem Geschmack, aber er verfügte nun einmal über die notwendigen Verbindungen. Blieb zu hoffen, dass seine Männer wussten, was sie zu tun hatten. Einmal an Bord der *Melusine* genommen, würde Szemkus die Waffen dann am Zoll in Memel vorbeischleusen. Dort konnte es noch einmal brenzlig werden. Doch Taundler hatte volles Vertrauen in den schweigsamen Kapitän. Wenn diese Hürde genommen war, würde Szemkus die Waffen über die Dange nach Gut Tauerlaucken bringen. Waren die Waffen erst einmal auf dem Gut, dann war es nur noch eine Frage von Tagen, dass der Heimatschutzbund den litauischen Besatzern ein böses Erwachen bescheren würde. Am Ende würde die Reichsregierung gar nicht anders können, als ihren Landsleuten beizuspringen. Von entscheidender Bedeutung würde sein, dass sie die Litauer schon in den ersten Stunden aus dem Land fegten. Bei einem militärischen Gegenschlag mussten Memelländer wie Litauer mit einem militärischen Eingreifen Polens rechnen. Das würde auch den Strategen in Berlin klar sein, und eine polnische Umklammerung von Ostpreußen war das Letzte, was die Reichsregierung wollte. Ergo würde sich die Reichswehr einschalten. Am Ende hätte der Völkerbund keine andere Wahl, als das Memelgebiet per Volksabstimmung über die Zugehörigkeit zum Reich entscheiden zu lassen, wollte man nicht das Gesicht verlieren.

Taundler lehnte sich zufrieden zurück, ließ den Blick über das kurische Haff schweifen, das im abendlichen Zwielicht so friedlich dalag. Linker Hand tauchten die Lichter von Nidden auf. Sie hatten die litauische Grenze bereits ohne Zwischenfall passiert. Bald würden sie Memel erreichen. Dort würde er von Bord gehen. Sein Fahrer erwartete ihn. Mit dem Wagen würde er zwanzig Minuten später auf Gut Tauerlaucken eintreffen und dort die Ankunft der Waffen erwarten, während sie die letzten Vorbereitungen für den Umsturz treffen würden.

13

Singer wusste nicht, wie oft er nun schon auf seine Armbanduhr gesehen hatte. Jetzt war es halb neun. Er saß im Speisesaal, der sich so langsam leerte. Die Herren Wengenröder und Balzer waren bereits in den Wintergarten gegangen, um ihre Zigarren zu rauchen. Grambow saß noch mit der Familie am Tisch und warf der Schiebetür sehnsüchtige Blicke zu. Doch noch hatte seine Frau ihn nicht entlassen.

Die Sorge um Puschkat machte Singer schier verrückt. So sehr er sich auch das Gehirn zermarterte, es wollte ihm keine plausible, harmlose Erklärung für die Abwesenheit des Kollegen einfallen. Ihm musste etwas zugestoßen sein. Möglicherweise hatten die Waffenschieber ihre Spitzel in Rossitten, und Puschkat hatte aus irgendeinem Grund ihren Argwohn geweckt. Heinrich Puschkat unauffällig in der Sommerfrische – das war ja ein Widerspruch in sich. Der Mann konnte machen, was er wollte, man sah ihm den Polizeibeamten einfach schon von Weitem an. Doch Singer konnte sich jetzt unmöglich auf die Suche begeben, er musste abwarten, was Ella zu berichten hatte.

Singer wollte gerade aufstehen und sich vor dem Hotel die Beine vertreten, als Ella den Speisesaal betrat. Sie kam zu ihm an den Tisch, ließ sich vom Kellner den Stuhl zurechtrücken und bestellte einen Sekt.

»Auftrag erledigt!«

»Nun red schon. Was hast du herausgefunden?«

Ella lehnte sich zurück. »Wir haben direkt neben den beiden Herren gesessen. Es war allerdings recht laut im Saal, sodass ich nicht jedes Wort verstehen konnte. Jedenfalls geht die Aktion heute Abend über die Bühne. Die genauen Instruktionen wurden in einem Umschlag diskret über den Tisch geschoben. Ebenso wie vorher ein weitaus dickeres Päckchen. Vermutlich Geld.«

»Hat Taundler den anderen mit Namen angesprochen?«

Ella schüttelte bedauernd den Kopf. »Nein.«

»Wie sah er aus? Anfang vierzig, schütteres Haar, stechender Blick, Oberlippenbart, auffallend schmaler Kopf?«

»Ja«, Ella sah ihn überrascht an. »Woher weißt du das?«

»So hat Hillinger den Mann beschrieben. Ich gehe davon aus, dass es sich um Ernst von Rellentin aus Königsberg handelt.«

»Du kennst ihn?«

Singer nickte. Während der Ermittlung im Fall der Blutgericht-Morde wurde auch im völkischen Milieu ermittelt. Dabei hatten Puschkat und er auch von Rellentin vernommen.

»Und was willst du jetzt tun?« Ella sah sich um. »Und wo ist denn überhaupt dein Kollege Puschkat?«

Singer seufzte. »Wenn ich das nur wüsste. Ich werde in der Tat Königsberg alarmieren müssen. Wir brauchen dringend Verstärkung.«

Erwin Kurschat saß neben dem Fremden auf dem Bock, während die beiden Kaltblüter gemächlich vor sich hin trotteten. Eigentlich hatte er Fritz mitnehmen wollen, doch der Junge war nicht zu Haus gewesen, als der Fremde geklopft und zum Aufbruch gemahnt hatte. So war ihm nichts anderes übrig geblieben, als allein mitzugehen. Wahrscheinlich hatte Hillinger dem Jungen im Hotel noch eine Besorgung aufgehalst, obwohl er heute keinen Dienst hatte. Aber das interessierte die feinen Herren ja nicht. Wenn die pfiffen, dann hatten die Dienstboten gefälligst zu springen. Das war nicht seine Welt. Kurschats überschaubare Welt war das Haff und der Kurenkahn. Da konnte ihm keiner dreinreden. Doch der Jugend war das schon lange nicht mehr genug. Kurschat machte sich Sorgen, dass sein Sohn eines nicht allzu fernen Tages das Weite suchen würde. Die Handelsmarine spukte ihm und seinem Freund Karl mächtig im Kopf herum.

Sie hatten den Weg durch den Kiefernwald genommen. Um diese Zeit war dort niemand mehr unterwegs. Nach einer Viertelstunde kam der Eingang zum Fliegerlager in Sicht. Das Tor wurde geöffnet. Kurschat erkannte den einbeinigen Sandler. Ein Eigenbrötler, der seinen Umgang mit den Dorfbewohnern auf das Nötigste beschränkte. Wenn er im Dorfkrug einen über den Durst trank, schlug er auch schon mal um sich. Immerhin nickte er Kurschat zu, als sie mit dem Fuhrwerk das Tor passierten.

Der Fremde wies ihn an, in der großen Halle vor einem Lieferwagen zu halten. Dort angekommen, sprang der Fremde vom Kutschbock und sprach mit zwei weiteren Männern, die ihn, Kurschat, unverhohlen taxierten.

»Na los, komm ran hier. Du wirst nicht fürs Nichtstun bezahlt«, rief ihm einer der beiden zu.

»Komm ja schon«, brummte Kurschat und kletterte vom Kutschbock.

Einer der beiden Männer öffnete die Ladentür des LKW und hob die erste Holzkiste an.

»Na los. Wir haben nicht die ganze Nacht Zeit. Gilt übrigens auch für dich, Klemp!«

Kurschat sah längliche Holzkisten mit dem eingebrannten Schriftzug *Berka*. Ihm brach der Schweiß aus. Er blickte verunsichert zu dem Fremden. Doch der nickte nur in Richtung LKW. »Sie werden sich Ihr Geld schon verdienen müssen, mein Lieber.«

Jurgis war vom Dorfkrug noch einmal zum Polizeiposten zurückgekehrt. Eigentlich hatte er längst Feierabend. Aber Kriminalkommissar Puschkat war nun schon seit dem Vormittag nicht mehr gesehen worden und wenn dieser Singer nun nach ihm verlangte, dann wollte er dem Königsberger Kommissar nicht gerade im Nachthemd gegenübertreten. Deswegen war er auch in Uniform zum Essen gegangen.

Während er jetzt unschlüssig in der halbdunklen Wachstube stand und überlegte, ob er sich nach oben in seine privaten Räumlichkeiten begeben sollte oder nicht, tauchte Kriminalkommissar Singer auf.

»Was von Puschkat gehört?«

Jurgis schüttelte den Kopf. »Nuscht, Herr Kommissar. Rein gar nuscht.«

Singer stieß einen leisen Fluch aus, er fuhr sich durch die Haare.

»Soll eck äm suchen gehen?«

Singer überlegte. Er hatte keine Ahnung, wo und in welcher Lage sich Puschkat befand. Vielleicht hatten die Waffenschieber ihn in ihrer Gewalt. Sie waren lediglich zu zweit und mussten davon ausgehen, dass der Waffenumschlag in den nächsten Stunden über die Bühne gehen würde.

»Nein. Ich brauche Sie jetzt hier, Jurgis. Haben Sie eine Waffe?«

Der Dorfgendarm sah Singer vorwurfsvoll an. »Erlauben Sie, Herr Kommissar. Dat is Deel vun de Utstattung.«

Das wusste Singer natürlich. Allerdings hätte es ihn nicht gewundert, wenn Jurgis seine Waffe bereits vor Jahren verlegt hätte. »Und schießen können Sie auch damit?«

»Herr Kommissar, eck wor em Kreech bejm Landsturm!« Jurgis war sichtlich in seiner Ehre gekränkt. »Aber glauben Sie denn, dat es neetich sejn wird?«

»Wir müssen uns auf alles vorbereiten, Jurgis. Wo würden Sie hier eine Waffenlieferung vorübergehend verstecken?«

»Nu, keem darop an, wie jroß die Waffenlieferung ist?«

»Zwanzig Maschinengewehre und hundert Mauser-Gewehre. Dazu eine entsprechende Menge Munition.«

Jurgis hob die gespreizte Hand und rechnete an den Fingern vor: »Wir können davon ausgehen, dass wir haben fienf Jewähre in ejner Kiste, Maschinenjewähre bloß zweie, dann haben wir nach Adam Riese alljn dreißich Kisten fier die Jewähre und wahrschejnlich noch mal so viele Kisten fier de Munition.«

Singer sah Jurgis verblüfft an. Vielleicht konnte man den Mann ja doch noch gebrauchen. Jurgis winkte Singer an die Wandtafel heran. Hier hingen zwei große Karten. Die eine zeigte das gesamte Kurische Haff. Bei der zweiten handelte es sich um einen Ortsplan von Rossitten. Jurgis ließ seinen Blick über die Karte schweifen und tippte dann auf das Segelfliegerlager.

»Meijner Mejnung nach de ejnzije Meeglichkejt.«

Singer brauchte zehn Minuten im Laufschritt, immer am Haff entlang, dann hatte er das Segelfliegerlager erreicht. Sollten die Waffendiebe Puschkat überwältigt haben, hoffte er, dass sie ihn dort gefangen hielten, wo sich auch die Ladung befand. Es war das einzige Szenario, das ihm in den Sinn kam, in dem er seinem Kollegen noch rechtzeitig helfen konnte. Singer ging davon aus, dass an dem Waffenraub drei bis vier Männer beteiligt waren. Also insgesamt vier Gegner, die auch vor Mord nicht zurückschreckten. Die Verstärkung aus Königsberg war unterwegs, doch wenn sich herausstellte, dass Gefahr im Verzug war, würde Singer wohl oder übel auch allein eingreifen müssen. Doch um das beurteilen zu können, musste er sich zunächst einen Überblick über die Lage verschaffen.

Er verließ den Weg und trat an den hohen Maschendrahtzaun, der das weitläufige Gelände umgab. Von hier aus gesehen schien alles ruhig. Die Gebäude – mehrere Hallen und eine Wohnbaracke, wie er von Jurgis wusste – zeichneten sich als schwarze Flächen vor dem roten Abendhimmel ab. Singer griff in das Drahtgeflecht, hangelte sich hinauf und an der anderen Seite wieder herunter. Für einen Moment blieb er regungslos stehen und horchte in die Dunkelheit. Von irgendwoher kamen Geräusche. Ein leises Poltern, gedämpfte Stimmen. Singer lief geduckt über das Gelände bis zur ersten Halle. Sie war verschlossen. Kein Licht drang aus dem Innern heraus. Ebenso die zweite. Doch dann sah er die dritte Halle. Schwaches Licht drang unter dem Eingangstor hindurch. Von dort kamen auch die Geräusche.

Singer zog die Pistole aus dem Schulterholster und öffnete vorsichtig das Tor. Die Stimmen waren jetzt lauter zu hören. Im vorderen Teil der Halle standen mehrere Segelflugzeuge. Weiter hinten war ein LKW zu sehen. Daneben ein Pferdefuhrwerk. Und jetzt sah er auch die Männer: zwei, die längliche Holzkisten von dem LKW auf das Fuhrwerk umluden. Einer, auf eine Krücke gestützt, schien den Vorgang zu überwachen. Ein weiterer Mann, er trug eine Schiffermütze, stand auf dem Fuhrwerk und nahm die Kisten entgegen.

Singer betrat die Halle. Lautlos bewegte er sich im Schutz der Segelflugzeuge, näherte sich langsam den Männern.

Die Verladung war offensichtlich schon weit fortgeschritten. Auf der Ladefläche des LKW befanden sich nur noch wenige Kisten. Der Mann mit der Schiffermütze, der auf dem Fuhrwerk die Kisten aufeinanderstapelte, hob die Hand.

»Dat langt. Den Rest müssen wir mit der zweiten Fuhre holen.«

»Da passen locker noch drei oder vier Kisten drauf, mein Freund!«, entgegnete der Mann, der ihm zuletzt eine Kiste gereicht hatte.

»Lass gut sein«, sagt der andere. »Er hat recht. Alles kriegen wir nicht mit. Den Rest müssen wir in einer zweiten Fuhre holen.«

In diesem Moment trat Singer aus dem Schatten. »Hände hoch! Und keine Bewegung!«

Die beiden Soldaten, die die Kisten geschleppt hatten, fuhren herum. Als sie Singers Waffe sahen, hoben sie instinktiv die Hände. Nicht so der Einbeinige mit der Krücke, und auch nicht der Mann auf dem Fuhrwerk, bei dem es sich um den Fischer Kurschat handeln musste.

»Kommen Sie runter da«, sagte er zu dem Fischer. Der Mann würde ihm helfen müssen, die anderen zu fesseln. Stricke würden sich hier sicherlich finden lassen.

Doch der Fischer blieb in Schockstarre mit erhobenen Händen zwischen den Kisten auf dem Fuhrwerk stehen. »Vorsicht …«, entfuhr es ihm noch. Doch Singer reagierte zu spät. Als er sich umdrehte, traf ihn ein schwerer Schlag an der Schläfe. Noch bevor er zu Boden ging, hatte er bereits das Bewusstsein verloren.

14

Es war kurz nach neun. Jurgis lief in seiner Dienststube auf und ab wie ein Tiger im Käfig. Was war nur los in dem sonst so beschaulichen Rossitten? Nie hatte es Ärger gegeben, wenn man von gelegentlichen Gasthausraufereien einmal absah. Gewiss brauchte Kommissar Singer seine Hilfe. Der konnte es doch unmöglich mit den Waffenschiebern allein aufnehmen. Er hatte ihm, Jurgis, den Befehl erteilt, im Polizeiposten das Eintreffen der Königsberger Kollegen abzuwarten und diese dann einzuweisen. Aber was hieß schon einweisen? Den Weg zum Fliegerlager fanden die Königsberger doch wohl selber? War ja gar nicht zu verfehlen, immer die Nehrung entlang.

Jurgis fasste einen Entschluss. Er griff nach seinem Tschako und holte das Koppel mit dem Schlagstock aus dem Schreibtisch. Er musste ein wenig den Bauch einziehen, um die Schnalle schließen zu können. Schließlich hatte er es schon länger nicht getragen. Dann trat er hinaus auf die nächtliche Straße.

Als er an Kurschats Haus vorbeikam, blieb er stehen. Das Fuhrwerk fehlte. War der Fischer noch unterwegs? Sehr unwahrscheinlich um diese Uhrzeit.

Er wollte gerade weitergehen, als er Fritz sah, der sich dem Haus näherte.

»Ach, Fritz, hest du dien Voader gesehn? Ist der um diese Zejt noch mit den Pferden onderwegs?«

Fritz zuckte mit den Schultern. »Keine Ahnung. Hab den nicht gesehen. Komm selbst grad erst zurück.«

Jurgis kratzte sich am Kinn. Als Fischer musste der Kurschat in aller Herrgottsfrühe raus aufs Haff. Da ging man doch mit den Hühnern zu Bett.

»Na, was is nu schon wieder los?« Ilse Kurschat hatte die Haustür geöffnet. Sie blickte von Fritz zu Jurgis. »Hat der Junge wieder was angestellt?«

Jurgis hob beschwichtigend die Hände. »Immer mit der Ruhe, Ilse. Fritz hat nuscht jemacht. Is Erwin noch mal weg?«

Fritz hatte unterdessen den Vorgarten betreten und drängte sich an seiner Mutter vorbei ins Haus.

Ilse Kurschat wischte sich die Hände an der Kittelschürze ab und deutete mit dem Kopf in Richtung Kiefernwald und Ortsausgang. »Da war so'n Kerl aus der Stadt, der brauchte ein Fuhrwerk. Erwin hat ihm Hilfe angeboten.« Sie zuckte mit den Schultern. »Na ja, hat ordentlich bezahlt, und wir können jede Mark brauchen.«

Bevor Jurgis etwas entgegnen konnte, bemerkte er ein Licht. Es kam vom Haff. Jurgis sah Richtung Wasser. Da war es wieder! Was war das? Die Haffleuchte konnte es nicht sein. Die lag zum einen weiter im Süden und war bereits seit einigen Wochen wegen Ersatzteilmangels außer Betrieb. Dieses Licht war zudem schwächer. Jetzt folgten zwei weitere Lichtzeichen. Sie schienen von der Mole zu kommen.

Jurgis nickte Ilse Kurschat zu und machte sich auf den Weg zum Schiffsanleger. Da war doch was im Gange.

Endlich hörte er Schritte. Jemand hatte das Kirchenschiff betreten. Sofort war Heinrich Puschkat aufgesprungen und hatte mit der Faust an die verschlossene Türe gehämmert. Schließlich wurde der Schlüssel im Schloss herumgedreht und die schwere Eichentür öffnete sich. Vor ihm stand ein schmächtiger Mann mit Nickelbrille und akkuratem Scheitel. An dem weißen Beffchen erkannte Puschkat den Pastor.

»Was machen Sie in meiner Sakristei?«, fragte der Geistliche verwundert. Dann riss er die Augen auf. »Sie sind ja verletzt!«

Reflexartig betastete Puschkat die klebrige Stelle an seinem Hinterkopf. Der Schmerz ließ ihn zusammenzucken.

»Ich werde Sie zum Arzt bringen, damit der sich die Wunde ansieht«, sagte der Geistliche. »Aber wie ist das nur passiert?«

»Tut mir leid, Herr Pastor, für lange Erklärungen habe ich leider keine Zeit«, erwiderte Puschkat ungehalten. »Und für Arztbesuche auch nicht«, ergänzte er und hob seinen Hut auf. Sofort begann es in seinem Kopf wieder zu dröhnen. Aber er biss die Zähne zusammen. Dann schob er sich an dem Mann vorbei, brummte ein »Auf Wiedersehen« und machte sich auf den Weg zum Polizeiposten. Hoffentlich war es noch nicht zu spät. Singer würde ihm gehörig die Leviten lesen. Und das zu Recht. Er hatte sich verladen lassen, wie ein gottverdammter Polizeischüler.

Als sie mit der ersten Fuhre den kleinen Hafen erreichten, lag die Mole bereits in vollständiger Dunkelheit da. Wasser plätscherte leise gegen die Molenmauer. Es war windstill. Optimale Bedingungen, dachte Peukert. Er musterte den alten Kurschat, der stocksteif neben ihm auf dem Kutschbock saß. Die Oberlippe war aufgeplatzt und um das linke Auge herum zeichnete sich bereits ein Veilchen ab. Klemp hatte dem Fischer eine kleine Abreibung verpasst. Immerhin hatte er versucht, diesen Schnüffler zu warnen. Zum Glück war er, Peukert, schneller gewesen.

Er stieß Kurschat in die Seite. »Na los, runter vom Bock und die Kisten abladen!«

Während Klemp, Stamper und Kurschat die Kisten auf die Mole wuchteten, holte Peukert eine Signalleuchte hervor und gab unverzüglich die vereinbarten Lichtzeichen. Von jetzt an, bis zum Eintreffen des Schiffes, würden sie besonders wachsam sein müssen. Möglicherweise war der Kerl, der ihnen in der Segelfliegerhalle beinahe eine böse Überraschung beschert hatte, nicht allein auf ihrer Fährte. Immerhin hatten sie in seinen Taschen eine Dienstmarke der Kriminalpolizei gefunden. Für einige Minuten hatten sie damit gerechnet, dass die Polizei bereits die Hangars umstellt hatte. Doch alles war ruhig geblieben. Peukert bedauerte, so fest zugeschlagen zu haben, dass der Mann bewusstlos zu Boden gegangen war. Vermutlich wäre es besser gewesen, ihn zum Reden zu bringen. Klemp hatte da so seine Methoden. Aber sie mussten ja ohnehin noch einmal zurück, um den Rest der Lieferung zu holen.

Stundenlang war Söderberg wie eine Katze auf leisen Sohlen im Dorf umhergeschlichen, in der Hoffnung, sich erneut an Belgens Fersen heften zu können. Doch der war nicht aufzufinden. Auch der Stoewer war weg. War schon alles vorbei? Hatte er die Waffenübergabe verpasst? Frustriert hatte er sich schließlich in der Nähe der Mole, im Schatten eines auf den Strand gezogenen Beibootes, in den Sand gesetzt, während sich seine Gedanken im Kreis drehten. Plötzlich durchzuckte ein Lichtstrahl die heraufziehende Nacht. War das ein Schiff? Zwei weitere Lichtsignale folgten. Nein – das kam von der Küste.

Söderberg stand auf und starrte angestrengt in Richtung Mole. Bewegte sich dort etwas? Er lief über den Sand, bis der Molendamm vor ihm aufragte. Vorsichtig spähte er über den Rand in Richtung Molenkopf. Tatsächlich: Dort wurde ein Pferdefuhrwerk abgeladen. Gebannt verfolgte Söderberg das Geschehen. Zwei der Männer trugen Uniformen. Die beiden anderen Zivil. Die Männer arbeiteten schweigend. In der Stille der Nacht war nur das leise Rumpeln schwerer Holzkisten zu hören. Und noch ein Geräusch – ein leises Tuckern, das jetzt langsam lauter wurde. Ein Motorboot ohne Licht näherte sich der Mole. Söderberg spürte, wie sich sein Puls beschleunigte. Ganz offensichtlich hatte er die Waffenübergabe *nicht* verpasst. O nein, sie ging gerade erst los. Und er, Söderberg, Reporter der *Königsberger Allgemeinen* war dabei.

Kurz bevor die *Melusine* aus der Dunkelheit auftauchte, erstarb der Motor. Einem Geisterschiff gleich glitt sie an den

Molenkopf. Ein Tau wurde herübergeworfen. Peukert gab Kurschat ein Zeichen, das Schiff zu vertäuen. Ein Zwei-Meter-Mann stieg von Bord auf die Mole, wettergegerbtes Gesicht, Drei-Tage-Bart, Schirmmütze.

Peukert trat auf ihn zu. »Szemkus?«

»So isses.« Der Kapitän deutete auf die Kisten. »Ist das alles?«

»Etwas mehr als die Hälfte«, erwiderte Peukert. »Den Rest werden wir holen, sobald die letzte Kiste abgeladen ist.«

Szemkus nickte, drehte sich um und gab zwei seiner Männer ein Zeichen.

»Los, packt mit an. Je schneller wir weiterkommen, umso besser.«

Es dauerte nicht lange, und die letzte Kiste stand auf der Mole. Peukert sprang auf den Kutschbock, und Kurschat nahm die Zügel in die Hand. Klemp saß hinten auf. Auf das Schnalzen des Fischers hin setzten sich die Kaltblüter in Bewegung.

»Wir sollten uns diesen Schnüffler noch mal vorneh-men«, sagte Peukert.

Klemp grinste.

15

»Sollte Ihr Kommissar nicht längst zurück sein?«

Lou Andreas-Salomé hatte ausgesprochen, was Ella schon die ganze Zeit durch den Kopf ging. Immerhin war es fast zehn. Gemeinsam mit Anna Freud saßen sie auf der kleinen, von Lampions dezent beleuchteten Gartenterrasse des Hotels, vor sich auf dem runden Tisch drei halb geleerte Sektflöten.

Ella machte sich Vorwürfe. Sie hätte Aaron nicht allein gehen lassen sollen. Hoffentlich war er wenigstens so vernünftig gewesen und hatte Jurgis mitgenommen. Ella seufzte.

»Sie haben recht. Langsam mache ich mir wirklich Sorgen.«

Lou Andreas-Salomé zog die Augenbrauen hoch und zog ihre Stola fester um die Schultern. »Na, dann gehen Sie halt nachsehen. Nehmen Sie am besten Anna mit.«

Anna Freud sah Ella mitfühlend an. »Vermutlich ist er einfach noch auf der Wache, und Sie machen sich ganz umsonst Sorgen.«

»Vermutlich haben Sie recht«, sagte Ella und stand auf.

Bis zum Polizeiposten waren es nur wenige Schritte. In der Wachstube brannte Licht. Ella klopfte an die Tür. Als keine Reaktion erfolgte, drückte sie die Klinke herunter. Es war offen.

»Hallo?«, rief Ella. Keine Reaktion. »Aaron?«

Zögernd traten sie ein. Die Wachstube war leer.

»Und was machen wir jetzt?«, fragte Anna Freud. »Wie sollen wir Ihren Mann jetzt finden?«

Ella seufzte. »Aaron ist nicht mein Mann«, sagte sie resigniert. »Aber das ist eine lange Geschichte …«

Anna Freud sah sie überrascht an, stellte aber keine Fragen.

Ella fiel ein Umgebungsplan ins Auge, der dem Tresen gegenüber an der Wand hing. Sie trat näher. »Was meinen Sie, wo könnten die Waffenschieber ihre Ladung untergestellt haben?«

Anna kam näher, betrachtete den Plan. »Na ja, sie werden wohl einen ausreichend großen Lieferwagen dabei haben. Damit können sie sich nicht weit von den paar befestigten Wegen entfernen, die es rund um Rossitten gibt. Zudem werden sie sicher nicht allzu weit vom Dorf untergekommen sein. Schließlich müssen sie Waffen und Munition schnell zum Hafen bringen. Das sind sicherlich schwere und wenig handliche Kisten. Es pressiert, sobald das Schiff da ist.«

Ella warf ihr einen bewundernden Blick zu.

Anna rieb sich nachdenklich das Kinn, bevor sie mit dem Zeigefinger forsch auf eine Stelle am östlichen Ortsrand tippte. »Hier. Da würde ich nachsehen.«

»Das Fliegerlager?«

»Dort gibt es sicher große Hallen. Da kann man so einen

Lastkraftwagen gut verstecken.« Anna nickte. Sie war sich ganz sicher.

Ella sah zur Wanduhr. Kurz nach zehn. Wenn Aaron und Jurgis gemeinsam unterwegs waren, dann hatte er hoffentlich die Königsberger Kollegen alarmiert.

»Und?«, fragte Anna Freud. »Gehen wir zurück ins Hotel?«

Ella sah sinnend vor sich. »Nein, ich gehe zu diesem Fliegerlager. Ich muss wissen, ob es ihm gut geht.«

Puschkat war in Schweiß gebadet, als er endlich die hell erleuchteten Fenster des Hotels »Kurisches Haff« vor sich sah. Sein Schädel wollte fast platzen. Vermutlich hatte er doch eine Gehirnerschütterung davongetragen. Doch dafür war jetzt keine Zeit. Keuchend polterte er in den Empfangsraum. Die Rezeption war verwaist.

»Grundgütiger! Was ist Ihnen denn widerfahren?«

Puschkat fuhr herum. Vor ihm stand eine ältere Dame in einem altmodischen Kleid und einer Stola über den schmalen Schultern, die ihn mit großen Augen betrachtete.

»Ich muss den Geschäftsführer sprechen, es ist dringend …«

»Und wer sind Sie, mein Herr?«

Die Dame musterte Puschkat mit erhobenen Augenbrauen. Puschkat ahnte, dass er in seinem derangierten Zustand gerade keinen seriösen Eindruck hinterließ.

»Puschkat, Kripo Königsberg. Mein Kollege ist hier zu Gast und ich muss …«

»Oh, Sie sind also der Kollege von Herrn Landau!«

»Landau? Ich kenne keinen Herrn Landau. Und wenn Sie mich jetzt bitte entschuldigen …«

Weiter kam er nicht. Die ältere Dame hakte sich bei Puschkat unter und zog ihn zur Eingangstür, wo niemand sie hören konnte.

»Wir sollten kein Aufsehen erregen«, raunte sie. »Wer weiß, ob diese Leute nicht ihre Spitzel unter den Gästen haben.«

»Wovon reden Sie denn da?«, empörte sich Puschkat. »Wer sind Sie überhaupt?«

»Mein Name ist Lou Andreas-Salomé. Aber der tut nichts zur Sache. Sie müssen sich beeilen. Ihr Kollege ist offenbar allein los, um die Waffenschieber zu stellen.«

»Wie bitte? Woher wissen Sie von …« Puschkat dämpfte seine Stimme. »Von der Sache?« Es war nicht zu fassen. Ganz offensichtlich hatte es der Kollege mit der Diskretion nicht so genau genommen, und nun lief die ganze Aktion komplett aus dem Ruder.

Lou Andreas-Salomé lächelte beschwichtigend. »Wir haben ihm geholfen, da er ja offensichtlich auf sich allein gestellt war.«

»Auf sich allein gestellt? Und was heißt wir? Mit wem hat der Kollege denn noch alles gesprochen?«

»Keine Sorge, nur mit Fräulein Anna Freud und mir. Die Idee kam übrigens von seiner Frau. Da konnten wir unmöglich Nein sagen.«

Puschkat kam aus dem Staunen gar nicht mehr heraus. »Seine Frau? Der Kollege ist nicht verheiratet.«

Für einen kurzen Moment schien Lou Andreas-Salomé

irritiert. »Nun, ich habe mir natürlich nicht die Heiratsurkunde zeigen lassen. Und es geht mich ja auch nichts an.«

Dann erzählte sie in knappen Worten von der Observation, während sie mit einem Spitzentüchlein, das sie aus ihrem altmodischen Retikül genommen hatte, das Blut an Puschkats Hinterkopf abtupfte. Als sie geendet hatte, machte sich Puschkat unverzüglich auf den Weg zum Polizeiposten.

16

Noch immer hockte Söderberg in seiner Deckung im Schatten der Mole. Drei Männer waren vor einer Viertelstunde mit dem Fuhrwerk unmittelbar an ihm vorbeigerollt und hatten dann den Weg eingeschlagen, der in Richtung Segelfliegerlager führte. Wahrscheinlich um weitere Kisten zu holen. Auf dem Kutschbock hatte Söderberg zu seiner großen Verwunderung seinen Vermieter, den Fischer Kurschat, erkannt.

Während er überlegte, was als Nächstes zu tun wäre, wurde die übrige Fracht von den verbliebenen Männern verladen. Söderbergs Beobachtungsposten war relativ sicher, doch was konnte er später berichten? Er musste Gewissheit über die Fracht bekommen, sonst konnte er den großen Knüller vergessen.

Kurzentschlossen zog er Schuhe, Hose und Hemd aus. Dann ging er langsam, um ja kein Geräusch zu verursachen, ins Wasser. Sobald es tief genug war, begann er zu schwimmen.

Nach etwa zweihundert Metern ragte dunkel das Heck des Motorboots vor ihm auf. Die *Melusine* mit Heimathafen Memel. Das war doch schon mal was. Über das Schifffahrtsregister würde er später schon herausbekommen, wem das Schiff gehörte. Auf dem Deck polterten die Stiefel der Männer. Langsam und ohne zu plätschern, schwamm Söderberg auf die von der Mole abgewandte Seite der *Melusine*. Hier waren mehrere Fender mit einem Seil verbunden. Söderberg gelang es, sich mithilfe des Seils über die Reling an Bord zu ziehen. Einen Moment lang verharrte er hinter der Steuerkabine, um zu Atem zu kommen. Glücklicherweise lag hier allerlei Kram herum, der ihm Deckung gab. Söderberg lugte vorsichtig um das Steuerhaus herum. Die Männer standen gerade auf der Mole und rauchten. Anscheinend war die erste Fuhre an Bord. Nun wartete man auf die zweite Ladung. Die Männer unterhielten sich leise in einer Sprache, die Söderberg nicht verstand. Ab und an ein deutsches Wort. Wahrscheinlich handelte es sich um Kurisch, die Verkehrssprache der Nehrungsfischer.

Der Reporter schlich in den vorderen Teil des Schiffs, wo die Fracht bereits abgeplant war. Vorsichtig löste er das Seil und hob die Plane ein wenig an. Fünfzehn bis zwanzig Holzkisten waren dort fein säuberlich eingestapelt. *Berka* war auf der Stirnseite der Kisten eingebrannt. Nun war für ihn auch der letzte Zweifel beseitigt. *Berka* stand für die »Berlin-Karlsruher Industriewerke AG«. Ein unverfänglicher Name, der dazu diente, die Bestimmungen des Versailler Vertrags zu unterlaufen. Denn bei der *Berka* handelte es sich um die 1922 umbenannte »Metallpatronen AG«. Söderberg stieß einen leisen Pfiff aus. In diesem Moment ließ ihn eine laute Stimme zusammenfahren.

Jurgis hatte die Mole betreten und gesehen, dass sich am Molenkopf etwas tat. Kurzentschlossen ging er auf die Männer zu. »Guten Abend, die Herren.« Jurgis tippte an den Tschako, während ihn die Männer abwartend musterten. »Wer ist der Kapitän?«

»Das bin ich«, erwiderte Szemkus. »Kann ich Ihnen behilflich sein, Herr Wachtmeister?«

Jurgis ließ den Blick über Mole und Schiff gleiten. Er bemerkte die abgeplante Ladung. »Haben Sie Ladung übernommen? Um diese Zeit?«

Szemkus breitete die Arme aus, als wisse er nicht, wovon Jurgis sprach.

»Dann zeijen Se mir doch mal bitte de Papiere.«

Doch in diesem Moment traf den Wachtmeister ein fulminanter Kinnhaken von einem der Uniformierten. Wie vom Blitz gefällt, stürzte Jurgis zu Boden. Der Uniformierte fesselte ihm die Hände mit einem Schiffsseil auf dem Rücken. In diesem Moment tauchte das Fuhrwerk wieder auf.

Söderberg war aufgestanden und wollte gerade unbemerkt vom Boot klettern, als der Kapitän an Bord sprang und so dem Reporter den Rückweg abschnitt. Söderberg duckte sich gerade noch rechtzeitig zwischen Ladung und Wand des Steuerhauses weg. Was, wenn die Kerle ihn hier erwischten? Und wo zum Teufel steckte Karl Belgen?

Peukert sprang vom Kutschbock. Klemp trieb Kurschat zur Eile an.

»Was ist passiert?«

Stamper nickte in Richtung Jurgis. »Ungebetener Besuch. Stand auf einmal hier und wollte Ladepapiere sehen.«

Peukert betrachtete den bewusstlosen Wachtmeister. »Hat den irgendjemand vorgeschickt?«

Stamper schüttelte den Kopf. »Glaub ich nicht. Kam hier ganz ahnungslos an.«

»Gefällt mir trotzdem nicht. Wie müssen sehen, dass wir hier wegkommen.«

»Und was machen wir mit ihm?«

»Den lassen wir hier liegen. Der hat eh keine Ahnung. Und jetzt hilf den anderen. Wir müssen endlich von hier verschwinden.«

Während die Kisten auf den Motorsegler geschleppt wurden, warf Peukert einen Blick zurück auf die Mole und den Hafen. Alles war ruhig, nichts rührte sich. Er wandte sich um zum Haff. Die Haffleuchte blieb dunkel. Auch hier schien keine Gefahr zu drohen. Und dennoch – erst dieser Schnüffler, der sie um ein Haar erwischt hätte, und jetzt der Dorfpolizist. War ihr Plan den Behörden womöglich zur Kenntnis gelangt? Peukert glaubte es nicht. Dass der Kerl in der Segelfliegerschule allein aufgekreuzt war und jetzt hier der Dorfpolizist, sprach wohl deutlich gegen eine geplante Aktion.

»Wir sind so weit.« Stamper wischte sich den Schweiß von der Stirn. Kurschat stand mit mürrischer Miene neben seinen Kaltblütern.

Peukert nickte anerkennend. »Gut so, alle an Bord. Wir legen ab.«

Klemp deutete auf Kurschat. »Was soll mit ihm geschehen?«

Peukert ging auf den Fischer zu. »Haben wir mit dir ein Problem, Kurschat?«

Der Alte schüttelte hastig den Kopf.

»Du willst doch sicher auch, dass das Memelgebiet heim ins Reich kommt. Du kannst stolz auf dich sein, deinen Beitrag dazu geleistet zu haben.«

»Und der Lohn?« Kurschats Adamsapfel hüpfte vor Nervosität.

Peukert zog seine Pistole und drückte ihm den Lauf unter das Kinn. Es knirschte, als er den Hahn spannte. Klemp grinste. Kurschat begann zu zittern.

»Ich lass dich am Leben, mein Freund. Das ist Lohn genug. Und jetzt verschwinde.«

Mit einer schnellen Bewegung schlug Peukert mit dem Pistolenlauf in Kurschats Gesicht. Der Fischer taumelte stöhnend zurück und sank benommen auf die Knie. Blut tropfte auf den Boden.

»Los, Abmarsch!«

Szemkus ließ den Motor an. Seine Männer lösten bereits die Leinen, während Stamper und Klemp auf das Deck der *Melusine* sprangen. Peukert wollte gerade folgen, als aus dem Dunkel eine Gestalt auftauchte. Der Mann, der da auf ihn zurannte, hatte eine Waffe in der Hand.

Als Puschkat die Vorderreihe erreicht hatte, sah er im schwachen Schein des Mondlichts den Motorsegler am Molenkopf und das davor stehende Pferdefuhrwerk. Hastig sah er sich um. Von Singer oder Jurgis keine Spur. Er war auf sich allein gestellt und hatte keine Ahnung, wie viele Männer da am Werk waren. Sollte er warten? Worauf? Auf wen? Er wusste ja noch nicht einmal, ob Singer bereits die Kollegen in Königsberg in Marsch gesetzt hatte. Er hörte, wie der Motor angelassen wurde. In wenigen Minuten wären die Kerle auf und davon. Die Grenze lag mitten im Haff nur wenige Kilometer nördlich von hier. Puschkat zog die Pistole und entsicherte sie. Dann holte er noch einmal tief Luft und rannte die Mole entlang auf den Motorsegler zu.

»Polizei! Sofort den Motor aus und die Hände hoch!« brüllte er den Unbekannten entgegen. Er war bis auf wenige Meter heran, als ein Schuss krachte. Im selben Moment spürte Puschkat einen Schlag in der Schulter und er stürzte rücklings zu Boden. Jemand schrie, während Puschkat in den Nachthimmel starrte, bevor es dunkel wurde um ihn. Peukert steckte die Pistole weg, sprang an Bord, und die *Melusine* löste sich leise tuckernd von der Rossittener Mole und nahm Kurs auf das offene Haff. Schon bald hatte die nächtliche Dunkelheit das Schiff vollends verschluckt.

17

Anton Lippert war denkbar schlecht gelaunt. Den Kriminalinspektor, ohnehin schon nicht als Frohnatur bekannt, hatte der heutige Tag restlos bedient. Just als er zu Hause endlich die Füße hochgelegt hatte, um den verdienten Feierabend zu begehen, hatte das Telefon geklingelt. Nun saß er mit Maag und dem Fahrer Gerlach im Führerhaus des Mannschaftswagens der Königsberger Bereitschaftspolizei auf dem Weg nach Rossitten. Der Wagen krachte durch ein Schlagloch. Gerlach hatte Mühe, den schlingernden Lastwagen wieder in die Spur zu bekommen.

»Mensch, Gerlach! Passen Sie doch auf. Wenn wir hier im Graben landen, können wir die letzten Kilometer auch noch zu Fuß laufen«, fluchte Lippert. Kaum waren sie im Seebad Cranz auf die Sarkauer Landstraße in Richtung Nehrung abgebogen, hatte sich die Straße jäh in einen Sandpfad mit ausgeprägten Spurrillen verwandelt.

»Ich tu, was ich kann, Herr Inspektor. Versteh auch nicht, wieso man die Poststraße nicht längst schon asphaltiert hat.«

Lippert schnaubte. »Sie können sich ja mal beim Oberpräsidenten beschweren. Aber jetzt sehen Sie zu, dass wir endlich heil ankommen.«

Im Gegensatz zu seinem älteren Kollegen fieberte der Kriminalassistent Maag dem Einsatz schon seit Tagen entgegen. Er war ja schließlich nicht in den Polizeidienst eingetreten, um tagaus, tagein am Schreibtisch Fallakten zu verwalten. Zur Sicherheit nahm er sich noch einmal die Dienstwaffe vor.

»Schieß dir mit dem Ding bloß nicht in den Fuß!«, spottete Lippert.

Maag zuckte zusammen und die Pistole landete polternd im Fußraum des Wagens. Lippert warf einen flehentlichen Blick an die Decke des Führerhauses.

»Da vorne, ein Haus!«, rief Gerlach. Die Scheinwerfer streiften ein bescheidenes Fachwerkhaus. *Dünenaufsicht* verriet ein davor angebrachtes Holzschild.

»Endlich. Wir sind gleich da«, seufzte Lippert. Er bedeutete Gerlach, am Landjägerposten zu halten.

»Los, alle raus und ausschwärmen. Aber immer zu zweit und passt auf! Wir haben es hier mit Tätern zu tun, die vor Mord nicht zurückschrecken.«

Gerlach öffnete die Heckklappe und die Männer der Königsberger Bereitschaftspolizei sprangen mit geschulterten Karabinern vom Wagen.

Maag hatte bereits die Wachstube inspiziert. »Keiner da, Anton. Was nun? Das ist doch höchst seltsam.«

Gerlach kam über die Straße gelaufen. »Hab gerade einen Mann gesprochen. Es sind angeblich Schüsse gefallen. Erst vor wenigen Minuten.«

Lippert stieß einen Fluch aus. »Los, Erwin, nimm zwei Mann, wir laufen zur Mole. Beeilung!«

Gemeinsam liefen die Kriminalbeamten mit zwei Bereitschaftspolizisten an ihrer Seite durch das kleine Seebad. Als sie die Vorderreihe erreichten, hatte sich schon eine Menge an Schaulustigen an der Mole versammelt. Lippert schob die neugierigen Sommergäste und Anwohner beiseite und rannte weiter Richtung Molenkopf.

»Da liegt jemand am Boden!«, rief Maag.

Eine dunkle Gestalt beugte sich über den am Boden Liegenden.

»Polizei! Sofort die Hände hoch!«, rief Lippert.

»Der Mann braucht einen Arzt …«, sagte die Gestalt.

Maag zielte mit seiner Pistole auf den Unbekannten.

»Wer sind Sie?«

»Erwin Kurschat, der Name. Ich hab mit alldem nuscht zu tun. Der Mann braucht einen Arzt.«

Mit wenigen Schritten war Lippert bei dem Mann, riss ihm den Arm auf den Rücken und legte ihm Handschellen an. »Das werden wir noch sehen«, knurrte er.

»Da liegt noch einer. Scheint ein Kollege zu sein. Lebt noch.« Die beiden Bereitschaftspolizisten hatten Jurgis entdeckt, der ein Stück entfernt am Rand der Mole lag.

»Ach du heilige Neune! Und hier ist Puschkat!«, entfuhr es dem Kriminalassistenten. »Er ist angeschossen. Herr Puschkat, können Sie mich hören?«

Lippert schob Erwin Maag hektisch beiseite.

»Lass mich mal.« Er versetzte Puschkat eine schallende Ohrfeige. »Komm schon, Heini! Hör mit den Fisimatenten auf!«

Puschkat stöhnte und schlug die Augen auf.

»Na, Gott sei Dank!« Lippert stieß erleichtert Luft aus.

In diesem Moment kam ein kleiner Mann mit einer großen Tasche auf sie zugeeilt. Schon von Weitem rief er: »Gestatten, Kariegus. Ich bin der Arzt am Ort. Dürfte ich mal …«

Maag ließ den Arzt passieren. Kariegus stellte die Tasche ab und begutachtete den Verwundeten. Dann wandte er sich an Maag. »Helfen Sie mal, wir müssen ihm das Jackett ausziehen.«

Maag bewegte vorsichtig den Arm, sodass Kariegus ihn aus dem Jackett ziehen konnte. Puschkat stöhnte auf.

Jemand brachte eine Petroleumlampe. Der Arzt entnahm seinem Koffer eine Schere und schnitt Puschkats Ärmel auf. Am Oberarm kam eine Schusswunde zum Vorschein.

»Nu, wie es aussieht, nur ein Streifschuss. Ich lege Ihnen erst mal einen provisorischen Verband an, in meiner Praxis sehen wir dann weiter.«

Puschkat schien kaum zugehört zu haben. Er sah zu Lippert auf. »Habt ihr sie noch erwischt?«, fragte er benommen.

Lippert breitete in hilfloser Geste die Arme aus. »Wen denn, bitte schön? Was ist denn hier eigentlich passiert?«

Ein Bereitschaftspolizist kam herangelaufen. »Herr Kommissar«, japste er, »wir haben eine Leiche gefunden.«

Anna Freud hatte mit Engelszungen auf sie eingeredet, doch Ella wollte nicht hören. Sie war wild entschlossen auf dem Gelände der Fliegerschule nach ihrem Mann – oder besser nach Kriminalkommissar Singer – zu suchen, und wenn sie dafür über den Maschendrahtzaun klettern musste. Dann hatte sie die elektrische Klingel entdeckt, und bevor Anna es noch hätte verhindert können, hatte sie schon gedrückt. Als sich nach einer Minute noch immer nichts rührte, klingelte sie Sturm.

Schließlich ging ein Licht an – offenbar in einem der Räume der Wohnbarracke, dann ein zweites. Es dauerte eine weitere Weile, bis sich jemand näherte. Schließlich schwang das Tor auf. Ein Einbeiniger auf Krücke stand vor ihnen. Er starrte sie an, als sähe er Gespenster.

»Wer ... wer sind Sie? Was wollen Sie hier?«

Der Mann sah den Weg auf und ab, als suche er die männliche Begleitung oder ein verunfalltes Automobil.

Für einen Moment wusste Ella nicht, was sie sagen sollte. »Ich ... wir ...« Ella nahm all ihren Mut zusammen. »Wir müssen aufs Gelände. Wir sind auf der Suche nach einem Mann ... Er ist vermutlich hier oder er war hier ... Wir wollten sichergehen, dass ...«

Schlagartig wurde ihr klar, wie sie auf den Mann wirken musste. Er musste sie für verrückt halten, geistesgestört. Sie wollte sich bereits mit einer Entschuldigung abwenden, als ein weiterer Mann hinzukam.

»Was ist denn hier los, Sandler?«

»Alles in Ordnung, Herr Major.«

»Gar nichts ist in Ordnung«, platzte es aus Ella heraus. Der neu hinzugekommene Mann wirkte vertrauenserweckend. Neuen Mut schöpfend fuhr Ella fort: »Wir haben Grund zu der Annahme, dass hier ein Mann gegen seinen Willen festgehalten wird – Kriminalkommissar Aaron Singer aus Königsberg.«

Der mit Major Angesprochene sah Ella mit großen Augen an. »Aber meine Damen, wie kommen Sie denn auf so etwas. Das ist doch ganz ungeheuerlich …«

Ella winkte ab. »Herr Major, ich appelliere an Ihre Ehre als Offizier der Reichswehr. Helfen Sie uns bei der Vereitelung einer Straftat.«

Der Angesprochene straffte sich unwillkürlich und räusperte sich verlegen. »Nun, ich bin außer Dienst. Die Leute nennen mich nur noch so. Ich bin eigentlich Fluglehrer an der Segelfliegerschule …«

»Das ändert nichts in der Sache. Bitte helfen Sie uns! Es geht nicht nur um Entführung. Kommissar Singer ist einer Waffenhändlerbande auf der Spur, und die hat ihn vermutlich hierhergeführt.«

Der Major wandte sich an den Einbeinigen, sah ihn eindringlich an. »Sandler, haben Sie etwas bemerkt, was darauf schließen lassen könnte, dass Unbefugte das Gelände betreten haben?«

Sandler sah zu Boden. In seinem Innern arbeitete es. Er hatte geahnt, dass er Ärger bekommen würde. Peukert hatte gut reden – die nationale Sache, eine Frage der Ehre, alles schön und gut. Der Hauptmann war längst über alle Berge, und er, Sandler, war immer noch hier. Aber daran hätte er mal besser vorher gedacht. Nun war es zu spät.

»Ich habe ja nicht gewusst, was der Mann im Schilde führte«, begann er schließlich und sah den Major mit Unschuldsmiene an. »Es hieß, es geht nur um einen Wagen, der für ein paar Stunden untergestellt werden sollte, und wir haben doch genug Platz in den Hallen, und da dachte ich …«

Die Miene des Majors hatte sich verfinstert. »Mensch, Sandler! Was sind das für Geschichten? Das wird ein Nachspiel haben, das ist Ihnen hoffentlich klar.«

»Aber der Wagen ist auch schon wieder fort, Herr Major …«

Ella hielt es nicht mehr länger aus. »In welcher Halle war das?«, fragte sie.

Der Einbeinige zuckte mit den Schultern. »Halle 5.« Er wies auf eine der Hallen. »Die dort.«

Wenige Minuten später stand Aaron Singer auf wackeligen Beinen und massierte sich die tauben Hände. Eine schier endlos scheinende Zeit hatte er gefesselt auf dem Boden gelegen. Welche Erleichterung, als er plötzlich Ellas Stimme hörte. Sie hatte zunächst die Fesseln gelöst und ihm dann vorsichtig aufgeholfen. Sein Körper war da, wo ihn die Stiefelspitze des Uniformierten mit sadistischer Präzision getroffen hatte, von blauen Flecken übersät. Zum Glück schien trotz der Schmerzen nichts gebrochen zu sein.

Singer wandte sich an den Major, der neben Anna Freud stand. »Haben Sie einen Wagen hier? Wir müssen so schnell wie möglich in den Ort.«

»Natürlich. Ich kann Sie und die Damen fahren.«

Als sie wenig später mit dem Brennabor Typ P die Abzweigung zur Dorfstraße erreichten, wurden sie von zwei Männern der Bereitschaftspolizei angehalten. Noch bevor die Männer etwas sagen konnten, war Singer aus dem Automobil gesprungen.

»Ich bin Kommissar Singer. Wer führt hier das Kommando?«

»Kriminalinspektor Lippert leitet das Kommando. Wenn Sie uns folgen wollen. Wir bringen Sie hin.«

Während der Segelflieger-Major Ella und Anna zum Hotel zurückbrachte, folgte Singer den beiden Kollegen in eine dunkle Seitengasse, die quer zur Dorfstraße verlief und kurz vor der Mole auf die Vorderreihe führte. Am Ende der Gasse erkannte Singer im schwachen Schein einer Gaslaterne die vertraute Gestalt von Heinrich Puschkat. Er stand mit dem Kollegen Lippert vor einem Gartenzaun, der dort die Straße begrenzte.

»Puschkat!«, rief Singer schon von Weitem. Der wandte sich um. Sein Oberarm war verbunden, aber davon abgesehen schien es ihm gut zu gehen, wie Singer mit Erleichterung feststellte. »Wo waren Sie die ganze Zeit? Ich hab mir verdammt noch mal Sorgen gemacht!«

Puschkat seufzte. »Lange und unangenehme Geschichte. Aber das Gleiche könnte ich Sie fragen. Wieder einer Ihrer berüchtigten Alleingänge?«

Singer winkte ab. »Was ist mit Ihrem Arm?«

»Feindberührung. War leider zu spät. Ist nur ein Streifschuss.«

Jetzt erst sah Singer die leblose Gestalt, die dicht neben dem Zaun auf dem Boden lag. »Das ist ja Belgen!«, rief er überrascht.

Der Reporter lag auf dem Rücken und starrte mit gebrochenem Blick ungläubig in den nächtlichen Himmel. Auf dem sandigen Boden hatte sich eine große Blutlache gebildet.

»Weiß man schon, wie er zu Tode gekommen ist?«, fragte Singer.

»Messerstich«, antwortete Puschkat. »Der Täter hat die Bauchschlagader getroffen. Der Mann ist innerhalb weniger Minuten verblutet. Das müssen diese Waffenschieber gewesen sein.«

Maag kam zu ihnen. Offenbar hatte er versucht, Zeugen aufzutreiben. »Keiner hat etwas gesehen oder gehört«, sagte er. »Die Leute sind erst vor die Tür, als der Schuss gefallen war.«

»Und das Boot?«

Maag machte eine hilflose Geste. »Längst weg. Die Grenze liegt keine zehn Kilometer von hier entfernt.«

»Wo ist Jurgis?«, fragte Singer. »Er soll herkommen.« Maag wollte bereits loslaufen, doch der Kommissar hielt ihn zurück. »Und bring mir auch diesen Fischer her, der den Kerlen geholfen hat.«

»Ich hab etwas«, rief Lippert in diesem Moment. Er war über den Zaun gestiegen und hatte dort den Boden abgesucht. Jetzt hob er etwas mit einem Taschentuch auf. Ein Messer. »Wir haben die Tatwaffe gefunden«, sagte er und kletterte wieder über den Zaun.

Singer ging zu ihm, betrachtete das Messer. Ein Arbeitsmesser mit einem geschnitzten Holzschaft.

»Fischer benutzen solche Messer«, stellte Lippert lakonisch fest. Als er sah, wie Maag mit dem Fischer und dem Dorfpolizisten im Schlepptau zu ihnen kam, sinnierte er laut: »Ich frag mich ohnehin, warum haben die wohl den Schreiberling abgestochen, während sie den Dorfschupo verschont haben?«

Jurgis hatte die letzten Worte gehört. »Nu, von verschonen kann ja wohl kaum die Rede sein!«, schimpfte er. »Sehense mich doch mal an, die Herren Kommissare, fast den Schädel jespalten ham se mir!« Er hielt sich den Hinterkopf.

»Kannten Sie die Männer, Jurgis?«, wollte Singer wissen.

»Nee, Herr Kommissar. Kam mir spanisch vor, dass die hier bei Mondschein Ladung übernehmen wollten. Deswegen bin ich ja hin zu ihnen.«

»Konnten Sie sehen, was da verladen wurde?«

»Nee, Herr Kommissar. War abjeplant. Eck konnt nur sehen, dat es sich öm Holzkisten handelte. Zwanzig, dreißig vielleicht. Der Erwin Kurschat hier, der weiß bestimmt mehr.« Jurgis zeigte vorwurfsvoll auf den Fischer.

Lippert zerrte den Mann näher heran. »Den Kerl haben wir auf der Mole aufgegriffen. Er hat das Fuhrwerk gefahren«

»Also, Kurschat«, begann Singer, »raus mit der Sprache! Was haben Sie mit der Sache zu tun?«

»Herr Kommissar, eck kunnt doch nicht ahnen, dat die wat em Schilde föhren. Die brukten en Fuhrwerk. Eck hab mir doch nuscht dobei jedacht.«

»Wie viele Männer waren daran beteiligt?«

»Drei, die nicht von hier waren – und dieser Sandler von de Sejelfliejer.«

Singer nickte. »Der Anführer von denen hat Sie angesprochen?«

Kurschat nickte beflissen, schwieg aber.

»Hat er Ihnen seinen Namen gesagt? Oder fielen überhaupt irgendwelche Namen in Ihrem Beisein?«

»Der Anführer hat kejnen Namen jesacht. Die bejden anderen hießen Klemp und Stamper.«

Das waren die Namen, an die sich Singer auch erinnern konnte. »Ich denke, das sind aktive oder ehemalige Soldaten. Mit Sicherheit haben die eine Vergangenheit bei der Reichswehr. Das sollten wir prüfen, Puschkat.«

»Wenn man uns noch lässt«, erwiderte Puschkat leise.

Singer ging nicht darauf ein. »Als die letzte Fuhre abgeladen war, was haben Sie da gemacht?«, fragte er den Fischer.

Der zuckte mit den Schultern. »Eck bin no hus jefohren.«

»Nach Hause gefahren. Und Sie sind zufällig noch einmal zu Fuß hier durch die Gasse gegangen?«

Kurschat schüttelte stumm den Kopf.

Singer nahm von Lippert die Tatwaffe entgegen. »Das ist sonderbar«, fuhr er fort, »denn in dieser Gasse wurde ein unliebsamer Zeuge Ihrer Aktion beseitigt, mit einem Messerstich in den Bauch.« Er wickelte die Tatwaffe aus. »Ist das hier zufällig Ihr Messer, Herr Kurschat?«

Als der Fischer das Messer sah, ging eine deutliche Veränderung in ihm vor. Er wankte, als sei er einer Ohnmacht nahe. »Eck ... eck weet nich, woher ... Herr Kommissar, eck ...«, stammelte er.

Singer reichte Lippert das Messer zurück. An Jurgis gewandt sagte er: »Wachtmeister, der Mann bleibt in Gewahrsam. Abführen!«

Gegen Mitternacht saßen Singer und Puschkat in Jurgis' Dienststube. Vor ihnen stand eine Flasche Machandel-

Schnaps. Nebenan in der Wachstube saßen Maag und Lippert und planten mit Jurgis' Hilfe die Rückfahrt nach Königsberg.

»Wir haben es vergeigt, Singer!«, rief Puschkat verzweifelt aus. »Wir haben einen toten Reporter, zwei verletzte Polizisten, und die Waffenschieber sind auf und davon. Giersching wird uns den Kopf abreißen.« Er stürzte seinen Schnaps hinunter.

Singer wiegte bedenklich den Kopf. »Abwarten, Puschkat, noch ist nicht aller Tage Abend.« Er trank ebenfalls seinen Schnaps. Das Brennen im Hals war eine Wohltat.

Puschkat zog die Augenbrauen hoch und sah seinen jungen Kollegen ungläubig an. »Hab ich irgendetwas verpasst?«

Singer lehnte sich auf seinem Stuhl zurück, drehte das leere Schnapsglas auf dem Tisch, als wollte er es festschrauben. »Noch sind die Waffen nicht an ihrem Ziel«, sagte er schließlich. »Die Lunte brennt zwar jetzt, doch der große Knall kommt erst noch. Mit ein wenig Glück können wir ihn noch verhindern.«

»Wie soll das gehen? Sollen wir mit einem Trupp Bereitschaftspolizei nach Memel fahren und diesen Dr. Taundler schnappen und nach Königsberg bringen? Wie stellen Sie sich das vor? Wir reden vom Memelgebiet, mein Lieber! Es mag uns nicht gefallen, aber das ist jetzt Ausland. Wir haben dort keinerlei Befugnisse. Wenn wir da jemanden verhaften, zieht das internationale Verwicklungen nach sich. Dann ist der Königsberger Polizeipräsident noch unser geringstes Problem.«

Singer ließ von dem Glas ab. Er beugte sich über den

Schreibtisch. »Puschkat, nicht *wir* gehen. *Ich* gehe nach Memel. Ich werde nach Memel fahren und mit den Kollegen dort reden.«

»Mit den Kollegen reden? Wir wissen doch gar nicht, wie die Stadtpolizei in Memel zu der ganzen Sache steht. Die Bevölkerung in Memel ist zu mehr als achtzig Prozent deutsch. Die sperren Sie sofort weg, wenn Sie die Karten auf den Tisch legen.«

»Dann gehe ich eben zum Gouverneur. Das ist doch wohl ein Litauer.«

Puschkat schnaubte und griff erneut zur Flasche.

Singer hielt ihm sein Glas hin, und Puschkat schenkte auch ihm nach. »Mal ehrlich, Puschkat«, fuhr er fort. »Haben Sie eine bessere Idee? Wollen Sie nach Königsberg zurückfahren wie ein Schaf, das zur Schlachtbank geführt wird? Was haben wir denn zu verlieren? Wenn Giersching uns nicht den Kopf abreißt, tut es die Presse.«

»Und wie wollen Sie so schnell nach Memel kommen? Nachts ist die Grenze dicht.«

»Ich nehme morgen früh Jurgis' Motorrad.«

Puschkat ließ den Machandel im Glas kreisen. Singer sah, wie es in ihm arbeitete.

»Und was soll ich Giersching sagen?«

Singer nippte an seinem Machandel. Dann sah er Puschkat an. »Schenken Sie ihm reinen Wein ein.«

TEIL IV

MEMELLAND

Ein unverzagter Held siegt auch mit schwachen Händen.

Johann Christoph Gottsched

1

Bereits um kurz vor sieben war Singer mit Jurgis' NSU-Motorrad in Richtung Grenze aufgebrochen. Schon nach wenigen Minuten erreichte er hinter dem kleinen Dorf Pillkoppen die Grenzstation. Unmittelbar hinter dem Mast mit dem Reichsadler stand eine kleine Bretterbude mit dem Schild *Pasu kontrole*. Der Schlagbaum war geöffnet, was Singer als gutes Omen deutete. Der litauische Zöllner nickte ihm freundlich zu und deutete auf eine in Deutsch und Litauisch verfasste Gebührentafel. Singer kramte aus seiner Hosentasche die drei Litas für das obligatorische Touristenvisum hervor. Anschließend stempelte der Zöllner mit feierlichem Ernst Singers Pass.

Weiter ging die Fahrt an Nidden und Perwelk vorbei durch Schwarzort hindurch bis nach Sandkrug an der Spitze der Nehrung. Als Singer am Memeler Tief die Maschine ausschaltete und sich für einen Moment erschöpft in den warmen Sand fallen ließ, war es bereits halb elf. Am gegenüberliegenden Ufer zeichnete sich die Silhouette von Memel ab. Um ihn herum lagen die Menschen in Badeanzügen in der Sonne, andere schwammen im Haff. Sandkrug war anscheinend ein beliebter Ausflugsort der Memeler Bürger.

Als Singer die kleine Fähre kommen sah, schob er die NSU zum Anleger. Das ankommende Boot war bis auf den letzten Platz belegt. Ausgelassen plaudernd strömten die Passagiere von Bord und strebten dem Strand zu. Den Weg in Richtung Memel traten dagegen nur eine Handvoll Leute an. Einige Marktfrauen mit ihren Körben und ein älteres Ehepaar nahmen neben Singer Platz.

Die Überfahrt dauerte eine knappe Viertelstunde. Die Fähre überquerte das Memeler Tief, fuhr dann in die Dangemündung ein und legte am Hauptzollamt an. Zwei litauische Zöllner mit geschulterten Karabinern beobachteten Singer mit mäßigem Interesse, als er das Motorrad an Land schob. Er stellte die NSU neben dem Eingang ab und sah sich um. Alles wirkte friedlich. Alles ging offenbar seinen normalen Gang. Nichts deutete auf Besatzerwillkür hin oder auch nur auf Spannungen zwischen Bevölkerung und Obrigkeit.

Ein wenig unschlüssig machte sich Singer auf den Weg in die Innenstadt. Über die Karlsbrücke ging es auf den neuen Markt. Dahinter, kurz vor dem Theater, befand sich der Simon-Dach-Brunnen mit dem Ännchen von Tharau, dem Wahrzeichen der Stadt. Davon abgesehen machte Memel keinen besonderen Eindruck auf Singer. Die alte Seestadt hatte ihre große Zeit lange hinter sich.

An einer Marktbude kaufte sich Singer eine Portion Räucherfisch. Immerhin hatte er seit dem Vorabend nichts mehr gegessen. Während er den noch warmen Fisch aß, dachte er über das weitere Vorgehen nach. Er musste schnell handeln. Die Waffenschieber hatten gut zwölf Stunden Vorsprung.

Wer konnte ihm helfen? Sollte er zur Polizei gehen oder sich direkt an den litauischen Gouverneur wenden? Zwar hatte er als Legitimation und Referenz das Schreiben von Oberstleutnant von Schleicher bei sich, doch was war das auf litauischem Boden überhaupt wert?

Polizisten vertrauen anderen Polizisten. So beschloss Singer seinem Bauchgefühl zu folgen, den Stier bei den Hörnern zu packen und beim Memeler Polizeipräsidenten vorzusprechen. Von der Marktaufsicht ließ er sich den Weg zum Präsidium erklären, dann marschierte er los. Die NSU ließ er mit einem Kettenschloss gesichert am Hafen zurück.

2

Nachdem sie Singer in den frühen Morgenstunden verabschiedet hatte, war Ella noch einmal in einen unruhigen Schlaf gefallen. Die nächtlichen Ereignisse und Singers Fahrt ins Ungewisse verfolgten sie bis in ihre Träume. Als sie wieder erwachte, war es fast halb elf. Ella kleidete sich an und ging in den Frühstückssaal.

Trotz der späten Uhrzeit herrschte noch reger Betrieb. Die Vorfälle der vergangenen Nacht sorgten für reichlich Gesprächsstoff. Während sie auf ihr »Omelette à la russe« wartete, verfolgte sie die Gespräche der Gäste.

»Ich habe meinem Mann heute Morgen schon gesagt, dass es geradezu fahrlässig ist, in solch einer Lage so nah an der Grenze Urlaub zu machen. Man sieht ja, was passiert«, echauffierte sich Clara Grambow.

»Was ist denn passiert?«, fragte Ella betont arglos.

Die Damen Grambow und Balzer warfen sich einen konsternierten Blick zu.

»Na, Sie scheinen einen gesunden Schlaf zu haben, meine Liebe. In der Nacht war hier der Teufel los. Schüsse sind gefallen! Litauisches Gesindel ist in Rossitten eingefallen.«

»Am Ende war es offenbar nur der Umsicht des hiesigen Dorfpolizisten zu verdanken, dass die Angreifer in die

Flucht geschlagen werden konnten«, legte Karin Balzer nach. »Das hat mir der Herr aus dem Dorfladen bestätigt, und der muss es schließlich wissen.«

»Zum Glück ist die Königsberger Bereitschaftspolizei auf Zack. Die war in kürzester Zeit vor Ort. Alle Achtung!«

»Natürlich weckt es Begehrlichkeiten, wenn drüben jetzt nur noch slawische Misswirtschaft herrscht«, mischte sich jetzt Dr. Balzer über seine Zeitung hinwegschauend ein.

»Soweit ich weiß, werter Doktor, sind die Litauer gar keine Slawen, sondern Balten«, erwiderte Ella liebenswürdig.

Der Veterinär ließ ein Knurren vernehmen. »Wie auch immer. Jedenfalls wurde Schlimmeres verhindert.«

»Angeblich soll es einen Toten gegeben haben.« Die Bemerkung kam von Yva Wengenröder.

»Herr im Himmel, wenn das stimmt, muss man ja erst recht um Leib und Leben fürchten. Man sollte umgehend abreisen.« Clara Grambow hatte die Hand vor den Mund geschlagen.

Der Hotelier hatte die letzte Bemerkung gehört. Er kam an ihren Tisch, hob beschwichtigend die Hände. »Aber, aber meine Herrschoftn. Des wor an einmaliges Vorkommnis. Es gibt kan Grund zur Panik. Und an Toten? Ich bitt Sie. Davon ist mir nichts bekannt.«

»Aber das habe ich gehört«, beharrte Yva Wengenröder.

»Gerüchte!«, sagte Ella und lächelte in die Runde, was ihr einen dankbaren Blick von Hillinger einbrachte.

»Ganz recht. Nichts als Gerüchte. Frau Landau trifft den Nagel auf den Kopf. Seien S' also ganz unbesorgt und genießen S' das herrliche Wetter. Es wäre doch ein Jammer, sich die schönste Zeit des Jahres verderben zu lassen.«

»Meine Rede, werter Hillinger«, sagte Grambow und trank einen Schluck von seinem Kaffee.

Dann wandte sich das Gespräch anderen Themen zu. Ella war froh, dass sich niemand nach Aarons Verbleib erkundigt hatte. Sie erhob sich, nickte in die Runde und trat für einen Moment hinaus in den Garten. Dort traf sie auf Karl Haller. Der Warenhauskönig saß in Hemd und Weste an einem Tisch im Schatten. Vor ihm standen ein Glas und eine Karaffe mit Wasser. Daneben hatte er einige Geschäftspapiere ausgebreitet.

Als er sie sah, erhob er sich. »Guten Morgen, Frau Landau«, grüßte er unsicher.

»Guten Morgen, Herr Haller. Schon wieder fleißig?«

Er lächelte schuldbewusst. »Nun ja, die Arbeit erledigt sich nicht von selbst.«

Ella schüttelte mit gespielter Entrüstung den Kopf. »Aber Sie sind doch zur Erholung hier. Gehen Sie doch einmal ans Meer. Das würde Ihnen guttun und Ihre Gattin sicherlich sehr freuen.«

Haller seufzte. »Wahrscheinlich haben Sie recht ...« Dann wies er auf den Platz auf der anderen Seite des Tisches. »Aber wollen Sie sich nicht setzen, werte Frau Landau?«

Ella zögerte. Eigentlich wollte sie an den Strand gehen. Aber dann dachte sie an den toten Journalisten. Immerhin hatte Hallers Frau, wie sie von Singer wusste, diesen Belgen von irgendwoher gekannt. Vielleicht konnte sie hier und jetzt ein wenig mehr über Angelika Haller erfahren. Sie nickte ihm daher dankend zu, und gemeinsam setzten sie sich.

»Wissen Sie, Frau Landau«, nahm Haller den Gesprächsfaden wieder auf, »ich bin kein Mensch, der gerne reist. Tatsächlich bin ich die meiste Zeit in meinem Büro in unserem Stammhaus am Altstädter Markt.« Er lächelte schuldbewusst. »Ich verlasse es nur am Mittag, um bei ›Steffens & Wolter‹ in der Kneiphöfischen Langgasse zu essen. Und was soll ich sagen …« Er breitete die Arme aus. »Dort habe schließlich auch meine Frau kennengelernt. Eines Tages stand sie mir gegenüber und hat mich auf ganz charmante Art in ein Gespräch verwickelt. Und Sie sehen ja, wohin es geführt hat.«

Ella nickte anerkennend. »Wie lange ist das her?«

»Es war im Dezember. Der zweite, um genau zu sein, ein Montag.« Wieder lächelte er zaghaft.

»Nun, da haben Sie wirklich keine Zeit verloren«, sagte Ella in scherzendem Ton. »Kommt Ihre Frau denn aus Königsberg?«

»Nein, Sie ist sozusagen zugereist. Sie ist eine geborene von Tengslaff. Sie entstammt einer wohlhabenden baltendeutschen Familie.«

»Wie interessant. Dann haben Sie gewiss auch ihre Eltern kennengelernt.«

Haller seufzte. »Leider nein. Meine Frau hat ihre Eltern in den Wirren der russischen Revolution verloren. Die Familie hat in Sankt Petersburg gelebt. Nun, Sie wissen ja, wie es dort zugegangen ist.«

»Und wie hat Angelika es geschafft, dem Terror der Bolschewiken zu entgehen?«

»Ihre Eltern hatten sie auf ein Internat in die Schweiz geschickt. Sie war nur in den Ferien zu Hause. Nach der Matura hat sie dann an der Universität Zürich studiert, bevor sie nach Deutschland gekommen ist.«

»Demnach war sie finanziell unabhängig, als Sie sich kennengelernt haben?«

Haller runzelte die Stirn, und Ella befürchtete schon, sie sei zu weit gegangen. »Verstehen Sie mich nicht falsch, Herr Haller«, beeilte sie sich daher anzufügen. »Aber für gewöhnlich liegen die Dinge ja anders, nicht wahr?«

Haller nickte. »Ja, Sie haben recht, Frau Landau. Und es ist natürlich sehr beruhigend für einen Mann, zu wissen, dass die Frau einen nicht allein des Geldes wegen geheiratet hat.«

Ella lächelte. »Da haben Sie gewiss recht, Herr Haller«, sagte sie und erhob sich. »Dann werde ich Sie mal wieder Ihrer Arbeit überlassen. Mein Arbeitspensum wird heute lediglich in einem Besuch der Dünen bestehen.«

Damit verabschiedete sie sich und ging zurück ins Hotel.

In ihrem Zimmer packte sie eine Tasche für den Strand zusammen und verließ das Hotel durch den Haupteingang.

Kurz hinter dem Dorf begann der Strandkiefernwald, der große Teile der Nehrung überzog. Hier gabelte sich der Weg in die Alte Poststraße und den Fischerweg, der an den Sandstrand führte. Als Ella kurz vor dem windschiefen Rettungsschuppen aus dem schattigen Wäldchen in die Sommersonne trat, ließ sie eine Weile die Weite der

Nehrung auf sich wirken. Die Sommerfrischler, die einem in Rossitten auf Schritt und Tritt begegneten und auch die Kurhausterrasse zahlreich bevölkerten, verliefen sich hier im wahrsten Sinne des Wortes. Ella zog sich die Sandalen von den Füßen und stapfte barfuß durch den warmen Sand. Schließlich fand sie eine ebenso vor Wind wie vor Blicken geschützte Kuhle, wo sie ihr Badetuch ausbreitete. Dann zog sie ihr Strandkleid aus, unter dem sie ihren Badeanzug trug, und legte sich hin. Bald darauf war sie wohlig eingenickt.

Sie wusste nicht, wie lange sie geschlafen hatte, als sie von aufgeregten Stimmen geweckt wurde. Rasch zog sie sich ihr Strandkleid über. Vorsichtig lugte sie durch den sich wiegenden Strandhafer über den Rand der Kuhle. In gut fünfzig Metern Entfernung lag Angelika Haller im Badeanzug auf einer Strandmatte. An ihrer Seite kniete der junge Fritz Kurschat. Er redete auf die Frau ein. Schließlich näherte sich sein Mund dem ihren. Doch Angelika Haller drehte sich abrupt auf den Bauch. Kurschat wirkte verzweifelt.

Ella fragte sich, was das zu bedeuten hatte. Offenbar hatte die Gattin des Kaufhauskönigs ihr Faible für den kurischen Fischersohn verloren. Wahrscheinlich hatte sie dem jungen Mann aus Langeweile oder einer Laune heraus den Kopf verdreht, und nun wollte sie für ein jähes Ende der Schwärmerei sorgen. Nach einer Weile erhob sich Kurschat und stapfte aufgewühlt davon. Angelika Haller hatte noch nicht einmal den Kopf gehoben.

Armer Fritz!, dachte Ella, bevor sie sich erneut ihres

Strandkleids entledigte und im warmen Sand behaglich ausstreckte.

»Oh, Verzeihung. Ich wusste nicht ... ich dachte ... also ...«

Ella öffnete die Augen und setzte sich auf. Vor ihr stand mit hochrotem Kopf der Kriminalassistent Erwin Maag.

»Herr Maag. Richtig?« Sie schenkte dem jungen Kriminalbeamten ein freundliches Lächeln.

Der wusste vor Verlegenheit nicht, wohin er gucken sollte.

»Ähm, ich dreh mich lieber um, damit Sie ... ich meine ...«

Schon hatte Maag im tiefen Sand eine schneidige Kehrtwendung vollzogen und starrte Richtung Ostsee. Ella schmunzelte und warf sich erneut ihr Strandkleid über.

»Sie können sich wieder umdrehen.«

Erwin Maag drehte sich um und lächelte verlegen.

Ella holte eine Juno hervor und ließ sich von Maag Feuer geben. »Sie halten hier in Rossitten also die Stellung?«, fragte sie, als sie einen ersten Zug genommen hatte.

Maag war sittsam einen Schritt zurückgetreten. Jetzt nickte er. Er hatte in der Nacht schon im Wagen gesessen, als Singer ihn wieder herausbeordert hatte. Stattdessen war Puschkat mit Anton Lippert zurück nach Königsberg gefahren.

»Ich soll die abschließenden Untersuchungen durchführen«, sagte Maag nicht ohne Stolz ob der ihm zugedachten Verantwortung.

»Die abschließenden Untersuchungen?«, fragte Ella und sah Maag herausfordernd an.

»Nun ja, das waren jedenfalls die Worte von Kommissar Singer«, sagte Maag kleinlaut.

»Und mehr hat er Ihnen nicht gesagt?«

Maag seufzte. »Als ich heute Morgen mit dem Kommissar darüber reden wollte, war er schon auf dem Weg nach Memel.«

Ella nickte bedächtig. »Nun, es geht mich ja nichts an«, sagte sie. »Aber könnte es vielleicht sein, dass es um den Mord an diesem Belgen geht?«

»Ich ... ich weiß nicht«, stammelte Maag. Er hatte keine Ahnung, worauf Ella Landau hinauswollte.

Die zog an ihrer Zigarette, bevor sie fortfuhr. »Herr Singer hat mir gegenüber den Verdacht geäußert, dass der Mord an dem Reporter möglicherweise nicht auf das Konto der Waffenschieber geht.«

Maag bekam große Augen. »Wirklich? Das hat der Kommissar zu Ihnen gesagt?«

Ella nickte. Sie drückte die Zigarette im Sand aus.

»Ja, aber was soll ich denn jetzt machen?«, fuhr Maag fort. »Glaubt der Kommissar denn, dass Belgens Mörder noch in Rossitten ist?«

»Vermutlich«, sagte Ella. »Und ich hätte da vielleicht einen Tipp für Sie. Haben Sie Ihr Notizheft dabei?«

»Natürlich.« Maag nestelte ein kleines Notizheft aus der Innentasche seines Sakkos. Prompt fiel es zu Boden. Hastig hob er es auf und klopfte den Sand ab.

Ella fuhr fort. »Notieren Sie sich bitte drei Dinge. Erstens – Karl Belgen kannte Angelika Haller, die neue Frau an der Seite des Königsberger Kaufhausbesitzers Karl Haller.

Zweitens – der junge Fritz Kurschat schwärmt für Angelika Haller und stellt ihr nach. Drittens – Karl Bullies ist Fritz Kurschats bester Freund. Vielleicht fangen Sie bei dem mal an.«

Damit entledigte sich Ella erneut ihres Strandkleids. Sie lächelte Maag komplizenhaft zu, legte sich dann auf den Rücken und schloss die Augen.

3

Franz Cornelius konnte so schnell nichts überraschen. Mit seinen dreiundsechzig Jahren und in seiner Funktion als Polizeipräsident in Memel hatte er schon so einiges erlebt. Durch ein gehöriges Maß an Umsicht und Besonnenheit hatte er es geschafft, seinen Posten während der deutschen Kaiserzeit ebenso wie während der Mandatszeit der Franzosen und auch jetzt, unter den Litauern, zu halten. Doch so etwas wie heute war ihm noch nicht vorgekommen. Cornelius nahm die Nickelbrille ab, polierte die Gläser, setzte sie wieder auf und betrachtete den Mann, der da vor ihm auf der anderen Seite des Schreibtisches saß.

»Nerven haben Sie, das muss ich sagen. Marschieren hier herein, behaupten nassforsch, Sie seien von der Rendantur, wollen die Kassenbücher prüfen und werden ohne weitere Kontrollen zu mir vorgelassen.« Cornelius schüttelte den Kopf mit dem markanten Bürstenschnitt. »Die reinste Köpenickiade.« Er betrachtete Singers Polizeimarke, die vor ihm auf dem Schreibtisch lag. Er schob sie mit dem Zeigefinger in Singers Richtung. »Ich könnte Sie einsperren lassen. Sie haben hier keinerlei Befugnisse und mir liegt auch kein Amtshilfeersuchen Ihrer Behörde vor.«

Singer lächelte entschuldigend. »Das mit der Schwindelei

tut mir leid. Ich wusste nicht, ob Ihre Männer mich direkt vorgelassen hätten, wenn ich mich gleich zu erkennen gegeben hätte«, sagte er. »Allerdings war ich mir sicher, dass die Buchprüfer der Stadtkämmerei in Memel ähnlich unbeliebt und gefürchtet sein dürften wie in Berlin oder Königsberg.«

»Da haben Sie allerdings recht. Also schön. Da Sie nun mal hier sind, schießen Sie los. Aber wenn Ihre Geschichte nicht Hand und Fuß hat, dann setze ich Sie auf den nächsten Dampfer zurück ins Reich, und vom Gouverneur folgt eine offizielle Protestnote an Ihren Oberpräsidenten und das Reichsaußenministerium. Haben Sie mich verstanden?«

Singer nickte. Für einen Moment drohte ihn der Mut zu verlassen. Doch er zwang sich zur Ruhe. Alles kam darauf an, dass Cornelius den Ernst der Lage erkannte und verstand, dass Singer ein Verbündeter war, der ihm eine Menge Ärger ersparen konnte. Also erzählte er – von dem Waffenraub, von den inzwischen vier Todesopfern, von der gescheiterten Aktion in Rossitten.

»Auftraggeber für den Waffendiebstahl scheint der memelländische Heimatschutzbund zu sein. Auf deutscher Seite laufen die Fäden bei einem Mann namens von Rellentin zusammen, der über gute Kontakte in der Reichswehr zu verfügen scheint«, schloss Singer seinen Bericht.

Cornelius hatte schweigend zugehört. Jetzt sah er Singer durch seine Nickelbrille eindringlich an. »Und Sie haben Beweise, dass Taundler sich mit diesem von Rellentin getroffen hat?«

»Taundler war gestern in Rossitten. Er ist um die Mittagszeit mit dem Dampfer angekommen und gut eine Stunde vor der Waffenübergabe verschwunden. Wahrscheinlich hat ihn ein Motorboot abgeholt.«

Cornelius schüttelte den Kopf. »Ich hätte es nie für möglich gehalten, dass Taundler sich für so etwas hergeben würde.«

»Anscheinend will der Heimatschutzbund im Alleingang den Versailler Vertrag revidieren«, sagte Singer.

Cornelius beugte sich auf seinem Schreibtisch vor. »Sehen Sie, Singer. Trotz gelegentlicher politischer Reibereien haben die Litauer sich bislang überaus anständig verhalten. Die Franzosen waren wie ein Fremdkörper. Denen hat niemand eine Träne nachgeweint. Im Memelgebiet haben fast Dreiviertel der Bevölkerung deutsche Wurzeln. Der Rest sind preußische Litauer, und die nehmen wahr, dass es ihnen hier wirtschaftlich weitaus besser geht als ihren Verwandten drüben in Großlitauen. Die Stadtbevölkerung von Memel ist zu neunzig Prozent deutsch. Natürlich träumen viele davon, dass es eines Tages wieder heim ins Reich geht, aber die Kaufmannschaft der Stadt lebt sehr gut mit dem neuen Autonomiestatut. Als einziger Freihafen für die junge Republik Litauen hat Memel eine Monopolstellung, aus der sich trefflich Kapital schlagen lässt, und zwar weit besser, als dies vor dem Krieg im Schatten von Danzig und Königsberg der Fall war.«

»Taundler ist allem Anschein nach kein Kaufmann«, warf Singer trocken ein.

»Nein, das ist er nicht. Taundler gehört zu den einflussreichen Gutsbesitzern. Er ist der Inbegriff eines ostelbischen Junkers. Den Gutsbesitzern sind zwar keine Nachteile durch die Angliederung an Litauen erwachsen, aber sie halten die Regierung in Kaunas für schwach, und sie bilden das Rückgrat des Heimatschutzbundes. Alle – Deutsche wie Litauer – eint die Angst vor einem polnischen Übergriff. Seit Pilsudskis Sieg über die Rote Armee vor vier Jahren ist Polen die führende Regionalmacht. Die Sowjets sind nicht mehr in der Lage, den Polen diese Position streitig zu machen.«

Singer nickte. »Taundler verfügt seit gestern Nacht über hundert moderne Gewehre und rund zwanzig Maschinengewehre mit einer beachtlichen Menge an Munition. Mit einem gezielten Schlag gegen die litauische Garnison lässt sich damit schon ein gehöriges Maß an Chaos stiften«, sagte Singer.

Cornelius betrachtete Singer alarmiert. »Das wäre ein gefährliches Vabanquespiel. Selbst wenn er die Litauer damit überrumpelt. Die Polen könnten, von den Franzosen ermuntert, die Situation ausnutzen und ins Memelgebiet einrücken. Das alles unter dem Vorwand, die öffentliche Ordnung wieder herzustellen.«

»Sie sollten Taundlers Verbindungen nach Berlin nicht außer Acht lassen, Cornelius. Ein solcher Schlag würde auch Reichsregierung und Reichswehr in Zugzwang bringen.«

»Sie halten es ernsthaft für möglich, dass die Reichswehr über die Memel vorstößt?«

Singer überlegte, ob er von Schleichers Kalkül zur Sprache bringen durfte. Doch er schob seine Bedenken beiseite. Es war schließlich von entscheidender Bedeutung, dass Cornelius ihm vertraute. Er erzählte ihm, wie ernst der Leiter des Truppenamts die Lage einschätzte und dass es mehr als ungewiss war, ob es der Reichsregierung gelingen würde, die Reichswehr im Zaun zu halten. »Herr Polizeipräsident, uns läuft die Zeit davon. Ich gehe davon aus, dass die Waffen bereits im Land sind und zur Stunde in den Reihen des Heimatschutzbundes verteilt werden. Wir müssen sofort reagieren, sonst ist es zu spät.«

»Und wie stellen Sie sich das vor? Gegen Taundler liegt nichts vor. Der Mann ist ein angesehenes Mitglied der hiesigen Gesellschaft. Er genießt einen tadellosen Ruf, verfügt über großen politischen Einfluss.«

»Der Begriff ›Gefahr im Verzug‹ ist Ihnen geläufig, Herr Polizeipräsident?«

Cornelius' Miene verfinsterte sich. Er taxierte Singer. Schließlich sagte er: »Hören Sie, mein Vorgesetzter ist heute der litauische Gouverneur. Solange in Stadt und Land alle friedlich ihren Geschäften nachgehen, lässt er mich schalten und walten, wie ich es für richtig halte. Dennoch ist es eine Gratwanderung. Auf der einen Seite muss ich loyal gegenüber der litauischen Regierung agieren und Vorgaben, die von dort kommen, umsetzen. Die deutsche Bevölkerung andererseits erwartet von mir, dass ich für ihre Interessen eintrete. Und die hiesigen Litauer warten nur darauf, dass ich meine Landsleute bevorzuge. Meinen Sie vielleicht, ich hätte diese Vertrauensposition so lange halten können, wenn ich mich wie die Axt im Walde verhalten hätte?«

»In jedem Fall werden Sie *jetzt* eine Entscheidung treffen müssen. Entweder Sie warten ab, bis Ihnen in wenigen Tagen hier alles um die Ohren fliegt. Fraglos wird es hinterher heißen, Sie hätten das Blutbad, das dieser sogenannte

Heimatschutzbund unweigerlich anrichten wird, wissentlich geschehen lassen. Oder Sie setzen alle Hebel in Bewegung, um Ihrer Heimat in letzter Minute eine Tragödie zu ersparen.«

Karl Bullies wusste sofort, dass es Ärger geben würde. Er hatte den Vormittag allein auf Müllershöh auf der Lauer gelegen und Krähen gefangen. Da Fritz an diesem Vormittag keine Zeit gehabt hatte, weil er mit seinem Vater aufs Haff hinausfahren musste, war er kurzerhand allein losgezogen. Gerade als er mit seinem Sack voller toter Vögel und der zahmen Krähe auf der Faust, die ihm als Lockvogel diente, die Dorfstraße entlangtrottete, stellten sich ihm die Brüder Grambow in den Weg.

»Sieh mal, wer da kommt, Ludwig – der Krähenbeißer. Beute hat er auch gemacht.«

Bevor Karl reagieren konnte, hatte Erich Grambow den Sack an sich gerissen.

»He, gib sofort den Sack wieder her!«, rief Karl empört.

Mit einer schnellen Geraden boxte Erich Karl so fest vor die Brust, dass dieser nach Luft ringend zu Boden ging. Die Krähe auf seiner Faust flatterte erschrocken auf und krächzte laut.

»Bäh, das ist ja widerlich.« Ludwig kippte mit großer Geste den Sack aus. Die toten Vögel landeten im Schmutz der Dorfstraße. »Zwanzig Vögel hat der totgebissen. Ekelhaft!«

Erich stand jetzt direkt über Karl, der immer noch nach Luft rang. Er griff nach seinem Armgelenk. »Und was ist mit dem Vogel? Willst du dem nicht auch in den Kopf beißen?«

»Lass den Vogel in Ruhe!«, protestierte Karl verzweifelt und versuchte sich wegzudrehen. Doch Erich riss ihn herum. Ein weiterer Faustschlag ließ Karls Lippe platzen. Blut spritzte. Die Krähe flatterte hektisch.

»Los, beiß der Krähe in den Kopf! Das machst du doch so gerne. Wir wollen's sehen!«

Auf der Straße waren bereits mehrere Sommergäste stehen geblieben und sahen dem Spektakel neugierig zu.

»Ihr dreibastigen Lorbasse! Wullt ihr woll opheere?«

Jurgis kam herbeigelaufen. Er packte Erich Grambow mit der Linken am Ärmel, und Karl, der noch am Boden hockte und hastig die toten Krähen einsammelte, mit der Rechten am Kragen. Ludwig lief davon.

»Dat reicht. Ihr kummt bejde mit aufs Revier!«

Karl protestierte. »He, was soll das? Ich hab doch gar nichts gemacht. Der Kerl hat mich zu Boden geschlagen.«

Auch Erich Grambow erhob Einspruch. »Sie dürfen mich nicht festhalten. Sie bekommen mächtig Ärger mit meinem Vater.«

Jurgis schnaubte verächtlich. »Werd eck euch sperren enne Ausniechterungszelle, da kennt ihr euch beruhigen. Ihr kennt eich doch nicht mitten auf der Straße prügeln!«

»Das ist alles die Schuld von diesem eingebildeten Pinkel!«

»Ruhig, du Bauerntrampel«, gab Erich zurück.

Jurgis zog die beiden mit sich zur Wache. Dort angekommen, fackelte er nicht lange. Er steckte beide zusammen in eine der Zellen, die kaum größer als eine Abstellkammer war, und warf die Gittertür krachend ins Schloss.

»So. Eck jeh jetzt in den Krug on fiehr mir ordentlich

wat zu. Jenuch Zejt för eich zu überlejen, ob man sich so inne Effentlichkejt verhält!«

Jurgis setzte den Tschako auf. Er wollte gerade den Posten verlassen, als sich die Eingangstür öffnete und Herr und Frau Grambow eintraten. Jurgis blieb stehen. Er straffte sich, zog den Uniformrock glatt.

»Wo ist mein Sohn?«, rief Clara Grambow mit bebender Stimme.

»Man hat mich eingesperrt, Mama«, rief Erich aus dem Hintergrund.

Grambow wandte sich an den Gendarmen. »Was hat das zu bedeuten? Sie haben meinen Sohn verhaftet? Ich verlange eine Erklärung!«

»Nu, eck heb die beiden Kerle aufjegriffen, weil se sick geschlagen haben auf offener Straße. Klarer Verstoß jejen de Bäderordnung«, setzte Jurgis den Vater ins Bild.

»Unmöglich«, fuhr Clara Grambow energisch dazwischen. »Mein Sohn rauft nicht wie ein … ein Bauer. Noch dazu vor allen Leuten.« Sie wandte sich an ihren Mann. »Jetzt sag doch auch mal etwas, Georg!«

»Hören Sie, Herr Wachtmeister. Wir sollten das ganz unbürokratisch regeln«, sagte Grambow. Er machte Anstalten, seine Brieftasche hervorzuholen.

In diesem Moment ging erneut die Tür auf und Erwin Maag trat ein.

Jurgis holte erleichtert Luft. »Der Herr Kriminalassistent!«, rief er erleichtert aus. »Viellejcht können Sie de Herrschaften ja beruhijen.«

Maag trat näher. »Worum geht es denn?«

Jurgis drückte die Brust raus. »Eck hab Karl Bullies und den Sohn dieser Herrschaften aufjegriffen, nachdem se seck in aller Öffentlichkeit jeschlagen haben. Ein Verstoß jegen de Bäderordnung.«

Clara Grambow öffnete bereits den Mund, um etwas zu erwidern, doch ihr Mann legte seine Hand auf ihren Unterarm. Er wandte sich an Maag.

»Hören Sie, Herr … Wir wissen doch alle, wie die jungen Leute in diesem Alter sind. Da wird man doch einmal ein Auge zudrücken können.« Er sah zu Jurgis. »Ich gebe Ihnen mein Wort, Herr Wachtmeister, dass etwas Derartiges nicht mehr vorkommt. Ich werde ein ernstes Wort mit meinem Sohn reden.«

Damit hatte er den richtigen Ton getroffen. Jurgis nickte und schöpfte neue Hoffnung, doch rechtzeitig zu seinem wohlverdienten Mittagsmahl zu kommen.

»Na schön«, sagte er schließlich. »Dann will eck för diesmal Jnade vor Recht erjehen lassen.« Und an Maag gewandt: »Könnten Sie das übernehmen? Eck hätt da jerade etwas zu erledigen. Wenn Sie mich also entschuldigen wollen …« Bevor der Kriminalassistent antworten konnte, war Jurgis bereits hinaus auf die Dorfstraße entschwunden.

Maag seufzte. Dann ging er zu der Zelle, die sich neben der Wachstube befand, und schloss die Tür auf. Erich Grambow lauerte schon grinsend bei der Tür. Karl Bullies hatte sich in die hintere Ecke verdrückt, wo durch ein schmales vergittertes Fenster helles Sonnenlicht hereinfiel.

»Ihr könnt gehen«, sagte Maag.

Erich drückte sich hastig an Maag vorbei. Karl wartete

noch einen Moment, dann nahm er den Sack mit den toten Krähen und wandte sich ebenfalls zum Gehen.

Maag sah die aufgeplatzte Lippe, die bereits angeschwollen war. »War das dieser Grambow?«

Karl nickte nur stumm.

Maag führte ihn in Jurgis Dienstzimmer. »Setz dich mal da hin«, sagte er und wies auf einen Stuhl bei dem schmalen Tisch an der Wand. »Wir sollten die Lippe desinfizieren.«

In einem Arzneischrank fand er ein Fläschchen mit Jodtinktur und Mull, damit betupfte er Karls Lippe. »Wo ist eigentlich dein Kumpel Fritz?«

Karl hatte die Zähne zusammengebissen, um das Brennen zu ertragen. »Mit seinem Vater draußen auf dem Haff«, sagte er mit gepresster Stimme.

»Aber normalerweise geht ihr zusammen auf Krähenjagd?«

Karl nickte. »Zu zweit ist es weniger Arbeit und weniger langweilig. Man muss viel Geduld haben. Die Krähen sind schlau.«

»Der Fritz hilft auch noch beim Hillinger aus, richtig?«, fragte Maag, der das Gespräch behutsam auf den jungen Kurschat bringen wollte.

»Ja. Ist dort Mädchen für alles. Fritz kann jede Mark gebrauchen. Ich übrigens auch. Wir sparen. Wollen schließlich nicht für immer hier auf der Nehrung bleiben.«

Maag nickte verständnisvoll. »Ihr wollt also von hier weggehen?«

»Ja. Wollen bei der Handelsmarine anheuern. Die weite Welt sehen.«

»Und eine Braut in jedem Hafen, was?«, ergänzte Maag lachend.

»Hätte nichts dagegen«, erwiderte Karl grinsend.

»Dein Kumpel Fritz bräuchte allerdings nicht unbedingt die Handelsmarine, um Damenbekanntschaften zu machen, oder?«

»Wieso?« Karl sah Maag argwöhnisch an.

»Ich mein ja nur. Kommt er nicht im Hotel in Kontakt mit schönen Frauen? Ein gut aussehender junger Mann wie er ...«

»Sie meinen die Geschichte mit dieser Haller?«, erwiderte Karl ungläubig.

Maag hob entschuldigend die Hand. »Obwohl ich erst seit gestern Abend hier bin, hab ich das schon mitbekommen.«

Karl verdrehte die Augen. »Dummes Zeug! Die Frau hat ihm mal schöne Augen gemacht, und Fritz bildet sich gleich wer weiß was ein. Ich hab ihm gesagt ...« Karl verstummte. Offenbar hatte er das Gefühl, bereits zu viel gesagt zu haben.

Maag nickte. »Fritz ist also verliebt?«

Karl zuckte mit den Schultern. »Verliebt, verliebt ... Verrückt ist er nach der!« Er holte tief Luft. »Aber das geht vorbei, spätestens wenn die Hallers den Dampfer nach Königsberg besteigen. Dann kehrt hier endlich wieder Ruhe ein.« Damit stand er auf, langte erneut nach seinen Sachen. »Ich muss jetzt mal wieder los.«

Als er in der Wachstube an Jurgis' Pult vorbeikam, blieb er plötzlich stehen. Er deutete auf einen Gegenstand, der da halb verdeckt unter den Formularen lag. »Haben Sie das gefunden?«

Maag trat näher. »Gefunden? Was denn?«

»Na, das Messer da.«

Maag nahm die Formulare beiseite und sah das Fischermesser, mit dem vermutlich der Reporter Belgen erstochen worden war.

»Das gehört Fritz«, fuhr Karl unbekümmert fort. »Muss er verloren haben. Gut, dass Jurgis es gefunden hat. Für einen Fischer bedeutet ein verlorenes Fischermesser Unglück.«

Maag sah Karl eindringlich an. »Du bist ganz sicher, dass das Messer Fritz gehört?«

Karl nickte. Er nahm das Messer und zeigte Maag den Holzschaft. Der Kriminalassistent sah mehrere aneinander gereihte Symbole, die dort hineingeschnitzt waren.

»Das ist Kurschats Kurenwimpel. Den finden Sie auch an seinem Kahn. Das ist wie ein Nummernschild am Automobil oder ein Adelswappen. Kein Zweifel.«

Maag nahm dem jungen Mann das Messer ab und legte es behutsam wieder auf das Pult.

4

»*Laba diena, pone Cornelius.*« Die junge Frau im Vorzimmer des Gouverneurs sah kurz von ihrer Schreibmaschine auf.

»Ihnen auch einen guten Tag, Fräulein Galineit. Ich muss den Gouverneur in einer Angelegenheit sprechen, die keinen Aufschub duldet«, sagte Cornelius.

»*Deja, dabar tai neįmanoma. Gubernatorius ką tik sulaukė svečio iš Vilniaus.*«

»Fräulein Galineit ...«

»Galinaitis, bitte«, verbesserte die Sekretärin den Polizeipräsidenten.

»Fräulein Galineit. Was soll der Unsinn?« Cornelius seufzte. Er war mit dem Vater des Fräulein Galineit in die Schule gegangen, bei den Galineits zu Hause wurde ausschließlich Deutsch gesprochen. Man konnte es wahrlich übertreiben.

»Der Herr Gouverneur hat wichtigen Besuch aus Vilnius und wünscht nicht gestört zu werden.«

»Sagen Sie ihm, ich habe hier wichtigen Besuch aus Deutschland.«

Die Sekretärin erhob sich mit resignierter Miene und öffnete die Flügeltür zum Amtszimmer des Gouverneurs. Singer sah hinter einem mächtigen Schreibtisch einen noch jugendlich wirkenden, kräftig gebauten Mann, bei dem es sich um Jonas Polovinskas-Budrys, den litauischen Gouverneur, handeln musste. Vor ihm saßen zwei ältere Herren, die sich zur Tür umgewandt hatten.

»Was ist los, Fräulein Galinaitis?«, fragte der Gouverneur in fast akzentfreiem Deutsch.

Die Sekretärin lächelte gequält und deutete hinter sich. »Herr Cornelius wünscht Sie in einer dringenden Angelegenheit zu sprechen.«

»Die keinen Aufschub duldet«, ergänzte Cornelius mit erhobener Stimme.

»Bitte begleiten Sie die Herrschaften hinaus«, sagte der Gouverneur an die Sekretärin gewandt. Er erhob sich und verabschiedete sich mit wenigen Worten von seinen Besuchern.

Die Sekretärin nickte.

Singer und Cornelius drängten sich an ihr vorbei ins Amtszimmer. Statt hinter seinem Schreibtisch nahm der Gouverneur am Besprechungstisch Platz. Singer wertete das als gutes Zeichen.

»Herr Gouverneur, das ist Kommissar Singer aus Königsberg. Herr Singer, das ist unser Gouverneur Herr Polovinskas-Budrys«, stellte Cornelius die beiden Männer einander vor.

»Ich bin gespannt zu hören, was ein deutscher Kriminalbeamter im litauischen Memelgebiet zu tun hat«, sagte Polovinskas-Budrys.

Singer griff in die Innentasche seines Jacketts und holte von Schleichers Schreiben hervor. Er schob das Dokument über die Tischplatte. Der Gouverneur zögerte einen Moment, bevor er den Brief öffnete. Als er den Text gelesen hatte, faltete er das Dokument zusammen und schob es wieder zurück.

Er seufzte. »Der deutsche Generalstab stattet einen Kommissar der preußischen Kriminalpolizei mit weitreichenden Vollmachten aus. Das ist ein sehr ungewöhnlicher Vorgang, Herr Singer.«

»Oberstleutnant von Schleicher ist Referatsleiter im Truppenamt, um genau zu sein«, präzisierte Singer.

Im jugendlich-runden Gesicht des Gouverneurs blitzte ein verschmitztes Lächeln auf. »Truppenamt! Eine bewusst irreführende Bezeichnung für den Generalstab. Einen Generalstab, den es laut den Statuten des Versailler Vertrages nicht geben dürfte … Also, was führt die Reichswehr im Schilde?« Polovinskas-Budrys Augen musterten Singer kühl.

Cornelius schaltete sich ein. »Der Kollege Singer ist nach Memel gekommen, um uns vor einem möglichen Aufstand zu warnen.«

Der Gouverneur runzelte fragend die Stirn.

»Der Heimatschutzbund. Ein Dr. Taundler hat über völkische Kreise mit Verbindungen in die Reichswehr hinein vor wenigen Tagen in einer Königsberger Kaserne eine große Anzahl Gewehre und Schnellfeuerwaffen samt Munition stehlen lassen. Wir haben versucht, die Übergabe der Waffen zu verhindern, waren dabei aber leider nicht erfolgreich«, sagte Singer.

»Wer garantiert mir, dass Sie da nicht mit drinstecken?«

Singer breitete die Arme aus. »Wäre ich sonst hierhergekommen, hätte das alles riskiert? Wenn ich Pech habe und Ihre Urteilskraft überschätzt habe sollte, dann lande ich hier vielleicht sogar in Haft.«

»Deutschland ist – gelinde gesagt – nicht unser Freund. Immerhin hat Litauen das Memelgebiet übernommen«, konterte der Gouverneur.

»Sie sollten mir Glauben schenken. Die Reichsregierung hat garantiert kein Interesse an einer Destabilisierung des Memelgebiets.«

»Für die Reichswehr würden Sie Ihre Hand aber nicht ins Feuer legen, oder?«

Singer tippte mit dem Zeigefinger auf den Brief. »Ich habe mit Oberstleutnant von Schleicher persönlich gesprochen. Sehr wahrscheinlich haben die völkischen Drahtzieher Verbündete in den Reihen der Reichswehr. Dies ist aber nicht die Marschroute des Truppenamts. Sie wissen genauso gut wie ich, dass die litauische Regierung sich vor dem Einmarsch ins Memelgebiet bei der Reichsregierung rückversichert hat.« Singer spielte die Karte aus, hoffend, dass von Schleicher ihm hier keinen Bären aufgebunden hatte.

»Das ist ja nun wirklich starker Tobak!«, schnaubte Cornelius aufgebracht.

Polovinskas-Budrys lehnte sich zurück. »Er hat recht, Cornelius.«

»Wie, er hat recht? Der Einmarsch 1923 ist zuvor mit dem Reich verhandelt worden? Die wussten Bescheid?« Der Polizeipräsident riss ungläubig die Augen auf.

»Es drehte sich alles um die Polen. Beide Seiten haben die

Gefahr gesehen, dass die Franzosen über kurz oder lang das Memelgebiet ihrem polnischen Verbündeten in die Hände legen würden. Deutschland war nicht in der Lage, gegen Frankreich oder Polen militärisch vorzugehen. Wir haben das Risiko abgewogen, und nach Rücksprache mit Berlin wurden Nägel mit Köpfen gemacht«, erklärte der Gouverneur. »Ich weiß, wovon ich rede. Die Planung der Aktion stammt aus meiner Feder. Keiner der üblichen Strategen wollte die Verantwortung für die Operation ›Marsch auf Memel‹ übernehmen. Ich bin bereits 1922 mit falschen Papieren nach Memel gereist, um die Lage zu sondieren. Staatspräsident Galvanauskas hat mein Angebot dankbar angenommen.«

»Wieso hat man denn im Nachhinein nichts darüber erfahren? Normalerweise werden doch dann Orden und Ehrungen verteilt«, wunderte sich Cornelius.

»Es sollte alles nach einer spontanen Erhebung der litauischen Bevölkerungsgruppe aussehen. Das haben zwar auch nicht alle geglaubt, aber mein lieber Cornelius, was glauben Sie wohl, warum ich hier Gouverneur geworden bin?«

Singer fiel ein Stein vom Herzen. Es stimmte also, was von Schleicher erzählt hatte. Nun galt es schnell zu handeln. Er beugte sich vor. »Herr Gouverneur, wir haben nicht mehr viel Zeit, den Aufstand zu verhindern. Die Waffen wurden bereits gestern am späten Abend in Rossitten auf ein Motorboot verladen und sind sicherlich schon an ihrem Bestimmungsort irgendwo im Memelgebiet angekommen.«

»Ist es denn erwiesen, dass dieser Taundler dahintersteckt?«, fragte der Gouverneur. »Wenn wir den verhaften, dann wird das in der deutschen Bevölkerung hohe Wellen schlagen. Der Mann verfügt über einigen Einfluss.«

»Davon können Sie ausgehen. Taundler kam mittags mit dem Dampfer aus Memel. Der Dorfgendarm von Rossitten hat mit ihm gesprochen. Abends traf er sich im ›Gasthaus am Meer‹ mit Ernst von Rellentin, einem völkischen Politiker aus Königsberg. Das ist der Verbindungsmann zu den Waffenschiebern. Im Verlauf des Abends ist Taundler dann aus Rossitten verschwunden. Wir vermuten, dass er sich auf dem Boot mit den Waffen befand.« Singer wandte sich an Cornelius. »Wo könnte er die Waffenlieferung hinbeordert haben?«

Der zuckte mit den Schultern. »Taundler besitzt am Oberlauf der Dange einen Landsitz – Gut Tauerlaucken. Aber wird er das Risiko eingehen, die Waffen bei sich zu Hause zu lagern?« Der Polizeipräsident machte ein skeptisches Gesicht.

Singer überlegte. »Ist die Dange bis dahin schiffbar? Für ein Motorboot?«

Cornelius erhob sich, trat an die Landkarte heran, die an der Wand hing.

»Weiter nördlich dürfte sie zu schmal und zu flach sein. Aber bis Tauerlaucken könnte es gehen, wenn der Kapitän sein Handwerk versteht.«

»Die Variante wäre für den Heimatschutz jedenfalls weitaus weniger riskant, als die Waffen in Memel erneut umzuschlagen. Ich denke, sie sind mit dem Motorboot aus dem Haff direkt in die Dange hinein.«

»In Memel werden hereinkommende Schiffe, auch wenn

sie noch so klein sind, vom Zoll kontrolliert«, gab Polovinskas-Budrys zu bedenken.

Singer zuckte mit den Schultern. »Es ist nicht schwer, die
Zöllner zu bestechen. Ich denke, Taundler wird jemanden
beauftragt haben, der mit den hiesigen Gegebenheiten gut
vertraut ist. Ein paar Reichsmark oder Litas, vielleicht eine
Flasche Schnaps, und schon ist der Stempel auf den Papieren … Wie weit ist es nach Tauerlaucken?«

»Von hier aus wenige Kilometer nach Norden. Fahrzeit
vielleicht fünfzehn, zwanzig Minuten«, sagte der Polizeipräsident. »Ich denke, der Kollege Singer hat recht. Wir müssen unverzüglich handeln, Herr Gouverneur.«

Polovinskas-Budrys Miene blieb ausdruckslos. Er schien
das Für und Wider abzuwägen. Auch er konnte seinen
Posten verlieren, sollte er eine fatale Fehlentscheidung treffen. Seine Regierung tat alles dafür, dass Ruhe im Land
herrschte. Man war froh, dass sich die deutsche Bevölke-
rungsmehrheit mit den neuen Herren im Land rasch arrangiert hatte. Der zarte wirtschaftliche Aufschwung mit Memel als Freihafen trug sicherlich einen Großteil dazu bei.
Bürgerkriegsähnliche Zustände in dem kleinen Land konnten schnell dazu führen, dass ein Bauernopfer notwendig
würde. Da stand der Name Polovinskas-Budrys trotz aller
Verdienste sicherlich ganz oben auf der Liste.

»Also gut, Cornelius. Sie haben freie Hand. Ich kann Ihnen eine Kompanie regulärer Infanterie unterstellen.«

Singer schüttelte den Kopf. »Wir sollten möglichst kein
Aufsehen erregen. Sobald das Militär ausrückt, ist die Katze
aus dem Sack. Noch rechnet niemand mit uns. Taundler

wird denken, dass er uns ein Schnippchen geschlagen hat. Er wiegt sich in Sicherheit. Das sollten wir ausnutzen. Wichtig ist nur, dass wir schnell sind.«

Cornelius nickte. »Ich werde die Bereitschaftspolizei mobilisieren. Dreißig Mann sind in einer Viertelstunde abmarschbereit.«

Singer war skeptisch. »Können Sie den Männern trauen?«

»Was soll das heißen?«, entgegnete der Polizeipräsident empört.

»Ich verstehe, was Herr Singer meint«, erwiderte der Gouverneur. »Dieser Taundler könnte einen Spitzel im Präsidium haben. Wir würden ins Leere laufen.«

»Für meine Leute lege ich meine Hand ins Feuer!«

Singer hob beschwichtigend die Hand. »Dennoch – bevor Sie den Marschbefehl erteilen, lassen Sie die Telefonverbindung nach Tauerlaucken kappen. Erst wenn die Rückmeldung da ist, dass dies erledigt ist, erteilen Sie den Marschbefehl. Wir dürfen uns jetzt keine Fehler erlauben.«

Cornelius warf seinem deutschen Amtskollegen einen finsteren Blick zu.

Der Gouverneur schaltete sich ein. »Nichts für ungut, Cornelius. Wir dürfen kein unnötiges Risiko eingehen. Machen Sie es so, wie Herr Singer sagt«, sagte er.

5

Das alte Gut Tauerlaucken lag malerisch oberhalb der Dange, die sich hier von Norden kommend durch eine hügelige, von Wäldern durchsetzte Auenlandschaft schlängelte. Das stattliche Gutshaus bildete den Mittelpunkt eines Hofs, der aus mehreren Stallungen, einer Schmiede, dem Haus des Gutsverwalters und Unterkünften für die Landarbeiter bestand. Nach Osten war der Hof offen und ermöglichte dem Betrachter einen weiten Blick über die kleine Dangeschlucht. Auf dem Hofplatz waren an diesem Tag zahlreiche Automobile geparkt. Während ihre Besitzer im Esszimmer den reichhaltigen Speisen und Getränken zusprachen, standen die Chauffeure in der Sonne, rauchten und unterhielten sich.

Dr. Ernst Taundler war auf die imposante Freitreppe getreten und genoss, mit einer Zigarre in der Hand, die Aussicht. Er war hochzufrieden. Alles war nach Plan gelaufen. Noch vor dem Morgengrauen war der Führer des Memeler Heimatschutzbundes unbehelligt zurückgekehrt. Gleich nach dem Frühstück hatte er seine Kameraden zu einem mittäglichen Arbeitsessen einbestellt. Am liebsten wäre ihm eine regelrechte Heerschau gewesen. Männer aus allen Teilen des Memelgebietes waren auf dem Gut versammelt.

Mit Waffen ausgestattet, würden sie geschlossen gen Memel marschieren und die verhassten Litauer aus Stadt und Land fegen. Doch sie mussten vorsichtig zu Werke gehen, mussten die ahnungslosen Besatzer überraschen. Aus diesem Grund sollte auch ihr Zusammentreffen wie ein harmloses Mittagessen unter alten Freunden wirken. Alle waren in Zivil erschienen. Nichts deutete darauf hin, dass an diesem Nachmittag Geschichte geschrieben werden sollte.

Lautes Gelächter war aus dem Esszimmer zu hören. Taundler warf einen Blick auf seine Uhr. Halb drei. Schon bald würde die *Melusine* ihr Ziel erreichen. Er hatte keine Zweifel, dass Szemkus das Schiff ohne Probleme am Memeler Zollposten vorbeilaviert hatte. Auf den Mann war Verlass.

Albin kam zu ihm heraus. »Sie vermissen dich da drin, Vater.«

Taundler nickte. Leider war Albin nicht aus dem gleichen Holz geschnitzt wie er. Der Junge war ihm zu intellektuell. Auch zum Heimatschutzbund und dessen Zielen wahrte Albin Distanz. Taundler ärgerte sich darüber, dass sein Sohn nicht einmal Manns genug war, für die eigenen Überzeugungen einzustehen. Doch heute war kein Tag der Streitigkeiten. Solange Albin sich fügte, sah Taundler keinen Grund, sich die euphorische Stimmung verderben zu lassen.

»Du hast recht. Ich gehe besser wieder hinein. Das soll ja schließlich kein Besäufnis werden. Es wäre gut, wenn du inzwischen Ausschau hältst und Bescheid gibst, sobald die *Melusine* in Sicht kommt. Wir wollen ihnen einen gebührenden Empfang bereiten.«

Albin lächelte gezwungen, und Taundler ging zurück ins Haus und betrat das Esszimmer. Zigarrenrauch hing in der Luft. Soeben wurde eine neue Portweinflasche geöffnet. Das gute Dutzend Gäste war bester Stimmung. Der Alkohol hatte seinen Teil dazu beigetragen. Taundler hätte sich gewünscht, dass sich manch einer seiner Kampfgefährten besser im Griff hätte.

»Gemach, Kameraden! Noch gibt es keinen Grund zu feiern. Wir haben lediglich einen Etappensieg errungen und sollten einen kühlen Kopf bewahren.«

Gernot von Dressler erhob das gerade gefüllte Portweinglas. »Ein Hoch auf unseren Präsidenten, Erwin Taundler!«

Die übrigen um die Tafel versammelten Männer hoben ebenfalls ihre Gläser. Hochrufe schallten durch den Raum. Das Deutschlandlied wurde angestimmt. Von der Maas bis an die Memel. Taundler hob die Hände. »Bitte, meine Freunde! Wir müssen uns vorbereiten. Die Lieferung wird noch in dieser Stunde auf Tauerlaucken eintreffen.«

»Es ist alles so verlaufen, wie wir es bei unserem letzten Treffen vereinbart haben. Die Männer stehen in Plaschken, Prökuls und Heydekrug bereit. Rund zweihundert Männer sind unserem Ruf gefolgt. Weitere werden folgen, sobald die Operation erfolgreich angelaufen ist«, rief Hermann Warthun begeistert, dem die Gruppe aus Prökuls unterstand.

»Will nur hoffen, dass die Kerle auch ihren Mann stehen, wenn's drauf ankommt!« Taundler warf einen prüfenden Blick auf den kahlköpfigen Max Galland. Galland war erst 1919 aus dem Krieg zurückgekehrt. Er hatte mit der

Eisernen Division im Baltikum gekämpft. Auch nach seiner Demobilisierung unterhielt er Verbindungen zu ehemaligen Offizieren, die allesamt Mühe hatten, sich in der demilitarisierten Weimarer Republik zurechtzufinden. So hatte Galland, der mittlerweile das Rittergut seiner Eltern übernommen hatte, wenig Mühe, Reservisten zu finden, die bereit waren, sich mit Begeisterung für die memelländische Sache zu engagieren. Die in Aussicht gestellte, komfortable Besoldung tat in wirtschaftlich schwierigen Zeiten ein Übriges.

»Sechzehn ehemalige Reichswehroffiziere. Alles Eiserne und mit Freikorps-Erfahrung. Die konnten gar nicht schnell genug unterschreiben«, lachte Galland in die Runde. »Auf die Männer ist Verlass, Ernst!«

Zur gleichen Zeit fuhr die *Melusine*, die letzten Ausläufer der Stadt Memel hinter sich lassend, die Dange hinauf. Wiesen und Auen waren der städtischen Bebauung gewichen. Rechts und links wurde das Ufer höher, die Landschaft hügeliger. Doch Hagen Söderberg hatte für die Schönheiten des Memellands keinen Blick. Er krümmte sich vor Schmerzen auf den Planken des Motorboots. Klemp hatte ihn mit einem üblen Schwinger in die Magengrube zu Fall gebracht. Nun standen drei Männer um ihn herum. Söderberg war die berufsbedingte Neugier buchstäblich schlagartig vergangen. Das hier war kein Spiel. Die Waffenschieber schienen zu allem entschlossen. Die einzige gute Nachricht war, dass er noch am Leben war.

Sie hatten ihn unmittelbar nach dem Auslaufen aus Rossitten entdeckt. Es wäre für seine Peiniger ein Leichtes gewesen, ihn mitten auf dem nächtlichen Haff zu töten und dann im stillen Wasser auf Nimmerwiedersehen als Leckerbissen für Aale und Neunaugen verschwinden zu lassen. Stattdessen hatten sie ihn, halb nackt, wie er war, gefesselt und geknebelt und dann unter Deck geschafft. Dort hatte er sehr lange in einer dunklen, stickigen Kammer gelegen und schon bald jegliches Zeitgefühl verloren. Irgendwann hatte er gedämpften Straßenlärm vernommen. Der Motor war verstummt. An Deck waren Schritte zu hören. Dann – es mochte eine Stunde vergangen sein – nahm das Schiff seine Fahrt wieder auf.

Über das Ziel der Reise hatte er bis dato nichts erfahren können. Die Stimmen von Deck waren in seiner dunklen Kammer tief im Rumpf des Schiffes nur ganz schwach zu hören. Dann war plötzlich die Tür aufgegangen und einer der Kerle hatte ihn grob gepackt und an Deck befördert. Kaum hatte er sich an das grelle Sonnenlicht gewöhnt, da hatte Klemp ihm auch schon diesen fiesen Hieb versetzt und, während Söderberg schon auf den Planken lag, gleich noch mal mit seinen Knobelbechern nachgetreten. Der Schmerz war kaum auszuhalten.

»Warum machen wir nicht einfach kurzen Prozess mit ihm?« Klemp hatte die Ärmel hochgekrempelt und in die Hüften gestemmt. Stamper grinste aufmunternd. Peukert lehnte an der Reling und betrachtete das am Boden liegende Opfer mit kaltem Blick.

»Ich frag nur einmal. Was hast du gesehen?«

Ein paar Schläge und einen gebrochenen Zeigefinger

später war Peukert zu der Überzeugung gekommen, dass der Schreiberling nichts Konkretes wusste. Er hatte immerzu von einem Kollegen gefaselt, dem er gefolgt war, um selbst an die Geschichte zu kommen. Über die eigentlichen Auftraggeber wusste er nichts. Da hatte wohl auch dieser kleine, gierige Wichtigtuer Freymann ganz offensichtlich nur im Trüben gefischt.

Peukert war beruhigt. Von Rellentin war zwar der Organisator vor Ort gewesen, doch auch er hatte seine Anweisungen, genau wie Peukert, aus Berlin erhalten. Sollten die entsprechenden Namen an die Öffentlichkeit gelangen, dann würde auch Peukert seine Rückendeckung verlieren, da machte er sich keinerlei Illusionen.

Klemp riss Peukert aus seinen Gedanken. »Was machen wir jetzt mit dem Kerl?«

Peukert zögerte. »Wir müssen ihn loswerden«, sagte er schließlich.

Der Käpt'n, der das Geschehen bisher schweigend verfolgt hatte, meldete sich zu Wort. »Ihr könnt ihn nicht einfach über Bord werfen. Die Leiche schwemmt in Nullkommanix am Ufer an. Und wenn dann kontrolliert wird, wer hier langgeschippert ist, fällt der Verdacht womöglich noch auf mich.«

Szemkus hatte seinen Teil zum bisherigen Gelingen der Operation beigetragen und die *Melusine* zum perfekten Zeitpunkt in Memel einlaufen lassen. Im morgendlichen Getümmel hatten sie sich zwischen Boydaks, den flach gebauten Frachtkähnen der Marktbeschicker, eingereiht und waren an der Karlsbrücke vom Zollposten nur sehr nachlässig kontrolliert worden. Der Kapitän war mit zwei Flaschen »Kurisch-Edel« an Land gesprungen und wenig später mit den gestempelten Papieren zurückgekehrt. Danach hatten sie ihre Fahrt auf der Dange unbehelligt fortsetzen können. In Memel ahnte niemand etwas von einem unmittelbar bevorstehenden Aufstand. Allein aus diesem Grund war es gut, Szemkus nicht unnötig zu verprellen.

Peukert betrachtete den apathisch zusammengekauerten Söderberg. »Wir nehmen ihn mit«, sagte er. »Soll Taundler entscheiden, was mit ihm passieren soll.«

Wenig später wurden die Motoren gedrosselt. Das Boot verlor an Fahrt. Nach einer weiteren Flussbiegung kam ein Anleger in Sicht. Oberhalb der Anlegestelle tauchten die Gebäude eines Gutshofs auf. Eine große Menschengruppe schien die Ankunft des Bootes zu erwarten. Mittlerweile war einer von den Matrosen auf den Anleger gesprungen, um das Tau zu befestigen. Der Kapitän verfolgte den Vorgang und steuerte leicht dagegen. Keine fünf Minuten später lag der Motorsegler vertäut am Anleger.

Aus der Menge löste sich ein Mann, bei dem es sich um Taundler handeln musste, und kam über eine Holztreppe zu ihnen hinunter.

Peukert straffte sich und gab seinen Männern Anweisung. Szemkus folgte ihm an Land.

»Willkommen auf Gut Tauerlaucken!« Taundler gab sich gönnerhaft. Der Führer des Heimatschutzbundes deutete in Richtung Gutshaus. »Folgen Sie mir, meine Herren. Ich habe eine kleine Stärkung für Sie und ihre Männer vorbereiten lassen. Wir haben einiges zu besprechen.« Dann wandte er sich an einen jungen Mann. »Albin, hol ein paar Männer und sieh zu, dass die Ladung unbeschädigt in die große Halle kommt.«

Peukert drehte sich zum Schiff herum. »Stamper, du hilfst beim Ausladen!«

Klemp zerrte Söderberg auf die Beine und stieß ihn auf den Anlegesteg.

Taundler stutzte. »Wer ist das?«, fragte er unwirsch.

Peukert ließ sich nicht aus der Ruhe bringen. »Ein blinder Passagier. Reporter aus Königsberg. Er hat die Verladung in Rossitten beobachtet.«

»Was weiß der Kerl?«, fragte Taundler.

Peukert zuckte mit den Schultern. »Nicht viel. Er hat sich nur an einen Kollegen rangehängt, und der Kollege ist tot.«

»Aber er kennt jetzt unsere Gesichter.«

»Keine Frage.«

Taundler musterte den ungebetenen Gast. Der Gutsbesitzer musste nicht lange überlegen. Sie konnten kein Risiko eingehen. »Ich denke, Sie wissen was zu tun ist, Hauptmann Peukert.«

Max Galland war nicht mit den anderen nach draußen gelaufen, um der *Melusine* den ihr gebührenden Empfang zu bereiten. Er hatte zu tun. Gemeinsam mit Taundler war er der geistige Vater des bevorstehenden Staatsstreichs. In seine Verantwortung fiel auch der Alarmierungsplan der übrigen Mitglieder. Neben den drei Gütern, auf denen man im Geheimen aus ehemaligen Angehörigen der Eisernen Division die professionelle Truppe formiert hatte, verfügte der Heimatschutzbund noch an zwölf weiteren Orten über Zellen, die je fünf bis zehn Mann zu aktivieren vermochten. Galland warf einen Blick auf die Standuhr. Kurz vor drei. Es wurde Zeit, die Maschinerie in Gang zu setzen.

Taundlers Arbeitszimmer, in dem sich auch der Telefonapparat befand, diente schon seit einigen Tagen als Kommandozentrale. Galland setzte sich, legte sich die Liste zurecht und nahm den Hörer ab. Die Leitung war tot. Daran änderte sich auch nichts, nachdem er mehrfach die Gabel gedrückt hatte. Was hatte das zu bedeuten? Galland lehnte sich nach einem weiteren erfolglosen Versuch nachdenklich auf dem Stuhl zurück. Ein Zufall? Die Leitungen waren bekanntlich anfällig für Störungen. Oder steckte mehr dahinter? Galland beschlich ein ungutes Gefühl. Er musste dringend mit Taundler sprechen.

6

Im Garten des Hotels »Kurisches Haff« saß Ella mit Anna Freud und Lou Andreas-Salomé an einem der runden Tische und ließ sich über ihr Leben als Schönheitstänzerin und Animierdame ausfragen. Es war Teezeit und die Gäste, die nicht am Strand lagen oder die geheimnisvolle Landschaft der Nehrung erkundeten, hatten sich an den Tischen unter den Sonnenschirmen niedergelassen und ließen sich Tee mit Gurkensandwiches, Scones und Shortbread im englischen Stil servieren.

»Ist das nicht seltsam? Der Hillinger ist doch ein Landsmann von mir. Da hätte ich doch eher Wiener Caféhauskultur erwartet«, wunderte sich Anna Freud.

»Du bist hier im Baltikum, meine Liebe. Hanseaten und Balten sind seit jeher anglophil veranlagt«, erwiderte Lou Andreas-Salomé, die mit Appetit bereits ihr drittes Sandwich aß.

»In Königsberg gibt es sogar einen englischen Club«, wusste Ella zu berichten, die mittlerweile froh war, das Thema wechseln zu können. Die Befragung durch zwei Psychoanalytikerinnen hatte fast schon inquisitorische Züge angenommen.

»Und? Sind Sie dort Mitglied?«, fragte Anna.

Ella schüttelte den Kopf. »Natürlich sind nur Männer zugelassen.«

»Es gibt einige Handelshäuser zwischen Danzig und Sankt Petersburg mit englischen oder gar schottischen Wurzeln«, erklärte Lou, während sie einen Scone mit Clotted Cream und Lemon Curd auf ihren Teller lud.

Anna beäugte die Gebilde mit der Skepsis der gebürtigen Wienerin, die an die eleganten Torten und Mehlspeisen ihrer Heimat gewöhnt war.

Ella sah die Hallers, die an einem der Tische Platz nahmen. Lou Andreas-Salomé war ihrem Blick gefolgt, und Ella sagte: »Sie ist auch eine Baltendeutsche. Kennen Sie sie vielleicht noch aus Sankt Petersburg? Die Familie heißt von Tengslaff.«

Lou Andreas-Salomé schüttelte verwundert den Kopf. »In Sankt Petersburg kannten sich die Deutschen. Die waren von jeher eine verschworene Gemeinschaft. Wenn es da eine Familie von Tengslaff gegeben hätte, dann wüsste ich das.« Damit wandte sie sich wieder ihrem Scone zu und biss genüsslich zu.

Ella starrte die ältere Frau an. Was sagte sie da? Eine Familie von Tengslaff gab es gar nicht? Aber warum sollte Angelika Haller sich so eine Geschichte ausdenken? Um sich interessant zu machen? Oder andersherum, um ihren wahren Namen zu verbergen? Das Zarenreich existierte nicht mehr. Viele Unterlagen und Dokumente waren in den Wirren der Revolution und des anschließenden Bürgerkriegs verloren gegangen. Und Anfragen an die Behörden der neuen Sowjetunion blieben in aller Regel unbeantwortet.

Es gab mittlerweile viele russische Flüchtlinge in Deutschland, reiche Adlige ebenso wie arme Landarbeiter.

»Was ist denn mit der Grambow los?« Anna Freud riss Ella aus ihren Gedanken. »Die sieht ja aus wie eine Katze, die gerade eine Maus verspeist hat.«

Clara Grambow ließ sich soeben von ihrem eilfertigen Gatten den Korbsessel zurechtrücken und nahm Platz.

»Da wird sich der Herr Hillinger jetzt wohl um einen neuen Hilfskellner bemühen müssen.« Sie sprach so laut, dass es im ganzen Garten zu hören war. »Ich meine, das war doch sowieso unmöglich, Georg: Ein einfacher Fischer, der den Gästen aufwartet! Das ist einfach nicht *comme il faut*. Auf Usedom wäre das doch unvorstellbar.«

»Sie haben den jungen Kurschat verhaftet.« Der Süßwarenhändler fühlte sich verpflichtet, die übrigen Hotelgäste über das aktuelle Geschehen aufzuklären.

Walter Wengenröder sah mit gerunzelter Stirn von seiner Zeitung auf. »Verhaftet?«

»Was soll er denn getan haben?«, fragte Karl Haller.

»Er hat wohl jemand niedergestochen. Ich meine, der junge Mann ist ja auch keinem Streit aus dem Weg gegangen.«

»Unser Sohn musste das ja schon mehrfach am eigenen Leib erfahren«, ergänzte seine Gattin.

»Mein Gott, wie furchtbar!«, entfuhr es Karin Balzer.

Haller schüttelte ungläubig den Kopf. »Das kann ich mir nicht vorstellen. Du etwa, mein Schatz? Du hast doch öfter mal mit ihm gesprochen.«

Angelika Haller blätterte weiter in ihrer Illustrierten.

Ohne aufzusehen, sagte sie: »Nur weil man gelegentlich ein paar freundliche Worte an einen dienstbaren Geist richtet, heißt das nicht, dass man ihm hinter die Stirn gucken kann.«

»Na, wenigstens haben die Ordnungshüter diesmal den richtigen Täter zu fassen bekommen«, sagte Balzer. »Wenn ich daran denke, wie uns dieser komische Kommissar aus Königsberg im Möwenbruch nachgestellt hat. Professor Thienemann ist schließlich eine Koryphäe auf dem Gebiet der Ornithologie.«

»Du und deine Vögel! Immer geht es nur um die vermaledeiten Vögel und den ach so berühmten Herrn Professor Thienemann!«

Balzer sah seine Frau irritiert an. »Aber Karin …«

»Du denkst doch nur an dich! Jedes Jahr hier auf die Nehrung, um Vögel zu beobachten. Hast du dich eigentlich auch einmal gefragt, wie es mir dabei geht?« Karin Balzer rührte aufgewühlt in ihrer Teetasse. Verschiedene Gäste sahen schon herüber. Der Tilsiter Kreisveterinär beugte sich zu seiner Gattin vor. »Aber Liebes, dir gefällt es doch auch hier«, sagte er mit leiser Stimme.

»Gefallen! In Amalfi würde es mir gefallen oder Portofino oder Venedig! Meinetwegen auch in den Kaiserbädern.«

»Nun wird's interessant«, raunte Lou Andreas-Salomé ihren Tischgenossinnen zu.

»Weiß man denn etwas über das Opfer?« Wengenröder hatte die Frage an Grambow gerichtet.

Der zuckte mit den Schultern. »Ich selbst habe nichts mitbekommen. Aber vielleicht weiß der gute Landau ja was? Wo steckt der überhaupt?« Er ließ den Blick über die Teegesellschaft gleiten und entdeckte Ella. Er sah sie auffordernd an.

»Ich fürchte, dass ich Sie enttäuschen muss, mein lieber Grambow«, sagte Ella mit einem liebenswürdigen Lächeln. »Mein Mann macht heute eine Wanderung im Elchrevier. Er wird wohl erst heute Abend wieder zurückkommen.« Sie warf demonstrativ einen Blick auf ihre Uhr und erhob sich.

»Sie gehen schon?«, fragte Anna.

»Ich will mal nach dem Rechten sehen. Erwin Maag kann bestimmt Hilfe gebrauchen.«

Lou Andreas-Salomé hatte inzwischen den dritten und letzten Scone verputzt und warf die Serviette auf den Tisch. »Ich komme mit. Vielleicht kann ich bei der Befragung des jungen Mannes helfen.«

Ella zog überrascht die Brauen hoch. Möglicherweise war die Idee gar nicht so schlecht.

»Dann komme ich auch mit«, sagte Anna Freud.

»Nein«, sagte ihre ältere Freundin mit Bestimmtheit, »eine von uns muss hier die Stellung halten. Du musst Augen und Ohren offen halten. Vielleicht erfährst du noch etwas Interessantes.«

Am späten Nachmittag betrat Erwin Maag unweit der Haffleuchte das »Gasthaus am Meer«. Er war froh, dem Trubel im Polizeiposten entkommen zu sein. Nach dem Gespräch mit Karl Bullies hatte er zunächst Jurgis aus dem Dorfkrug geholt und sich dann mit ihm auf den Weg zu Kurschats Kate gemacht. Der Dorfgendarm wollte es zunächst nicht

glauben. Erst macht der Vater sich mit den Waffenschiebern gemein und jetzt sollte der Sohn gar ein Tötungsde-
likt begangen haben! In der Kate konfrontierten sie Fritz
mit dem Vorwurf, den Reporter ermordet zu haben, und
präsentiertem ihm das Messer. Als Maag auch noch das
Thema Angelika Haller ansprach, verschränkte Fritz Kurschat die Arme vor der Brust und sprach seitdem kein Wort
mehr. Sie hatten ihn in die Zelle gesteckt, in der Hoffnung,
ihn damit mürbe zu machen. Den völlig erschütterten alten Kurschat hatte Maag nach Hause geschickt, da sich der
Tötungsverdacht nunmehr gegen seinen Sohn richtete. Zudem stand nicht zu befürchten, dass der Fischer Haus und
Hof im Stich ließ, um bei Nacht und Nebel über die nahe
Grenze zu flüchten.

Wenig später war Ella Landau in Begleitung der sonderbaren älteren Dame aufgetaucht. Maag wäre die beiden ungebetenen Besucherinnen am liebsten sofort wieder losge-
worden, doch Ella hatte ihn einmal mehr um ihren kleinen
Finger gewickelt. Mit dem Ergebnis, dass Lou Andreas-Salomé nun bei Fritz Kurschat in der Zelle saß. Psychoanalyse
hin oder her – Maag war überzeugt davon, dass auch die
resolute alte Dame bei dem sturen jungen Kerl auf Granit
beißen würde.

Jetzt wollte er im »Gasthaus am Meer« wenigstens einen
Blick in Belgens Quartier der letzten Tage werfen. Möglicherweise fanden sich dort noch Hinweise oder Aufzeichnungen, die Aufschluss darüber gaben, an welcher Geschichte der Reporter zuletzt gearbeitet hatte.

Das Gasthaus wirkte im Vergleich zum Hotel »Kurisches

Haff« spartanisch. Maag fand den Wirt Gläser polierend hinter dem Tresen.

»Wenn Sie ein Zimmer wollen – wir sind ausgebucht, junger Mann«, sagte der stämmige Mann, ohne von seiner Arbeit aufzusehen.

Maag hielt ihm seine Dienstmarke hin.

Der Wirt blickte auf.

»Polizei?«

»So ist es, Herr …?«

»Preik, Herr Kommissar.«

Maag ließ ihm den Kommissar durchgehen. »Bei Ihnen hat ein gewisser Karl Belgen gewohnt.« Der Kriminalassistent hatte mittlerweile seinen Notizblock hervorgeholt. Er hatte die Erfahrung gemacht, dass diese Geste bei manchen Zeugen den Redefluss anregte.

»Stimmt. Gut aussehender Kerl. Wie'n Filmschauspieler.« Preik nickte.

»Sie haben gehört, dass Herr Belgen tot ist?«

Der Wirt nickte erneut. »Hier wissen immer alle alles.«

»Wann genau ist Herr Belgen angereist?«

Preik überlegte einen Moment. »Am Samstag, hat für fünf Tage im Voraus bezahlt.«

»Haben Sie mit ihm geredet, sich über irgendetwas unterhalten?«

Preik schüttelte den Kopf. »Außer ›Guten Tag‹ und ›Auf Wiedersehen‹ haben wir nicht viel miteinander geredet. Ich hatte nicht den Eindruck, dass dem Herrn daran gelegen war. Seine Mahlzeiten hat er auch nicht immer hier eingenommen. War viel unterwegs.«

»Ich würde mich gerne mal in seinem Zimmer umschauen.«

Preik stellte das Glas ab, legte das Trockentuch beiseite
und ging dann von der Gaststube in das Haupthaus hinüber, in dem sich auf zwei Etagen die Gästezimmer befanden. Belgens Zimmer lag im ersten Stock. Oben angekommen, öffnete Preik die Tür. Das Zimmer war klein, sehr
klein. Stuhl, Bett, ein schmaler Tisch, ein altersschwacher
Schrank und eine Stehlampe. Auf dem Boden ein faden-
scheiniger Teppich. Maag schickte den Wirt wieder nach
unten. Er wollte sich in Ruhe umsehen.

Im Schrank hingen einige Hemden und ein Sommeranzug. Die Reisetasche enthielt nur ein Lederetui mit Rasier-
zeug und Rasierwasser, Zahnbürste, eine Tube Chlorodont
sowie ein Buch. *Der Fall des Generalstabschef Redl* von Egon
Erwin Kisch. Ratlos sah Maag sich in dem kleinen Zimmer
um. Belgen hatte mit Sicherheit ein Notizbuch verwendet.
Bei der Leiche hatte man jedoch keins gefunden. Er holte
die Reisetasche hervor und unterzog sie nochmals einer pe-
niblen Untersuchung. Er befühlte den Boden von beiden
Seiten mit der flachen Hand. Jetzt war eine Unebenheit zu
spüren. Der Boden war an einer Seite lose. Maag fummelte
einige Zeit herum, bis er schließlich ein schmales Heft in
der Hand hielt.

Aufgeregt blätterte er darin herum. Belgens Handschrift
war nur schwer zu entziffern. Die ersten Seiten handelten
von dem Waffendiebstahl und enthielten Informationen,
die Belgen entweder von Freymann erhalten oder selbst
herausgefunden hatte. Dann, nach einer Blankoseite, hatte

er in großen Buchstaben »FALL SATTLER!« und den Namen »Angelika Haller« notiert. Danach gab es keine weiteren Einträge.

Preik lugte hinter seinem Tresen hervor, als der junge Kriminaler in die verwaiste Gaststube stürmte.

»Gibt es hier ein Telefon?«

»Wir sind hier auf der Nehrung zwar recht abgeschieden, aber wir leben nicht hinter dem Mond«, erwiderte der Wirt. »Der Apparat hängt in der Diele.«

7

Aaron Singer und Franz Cornelius lagen gut getarnt im hohen Gras und versuchten sich ein Bild von der Lage auf dem Gutshof zu machen. Cornelius hatte Singer gerade das Fernglas gereicht. »Was meinen Sie? Wurden die gewarnt? Oder ist alles nur falscher Alarm? Ich kann jedenfalls nichts Auffälliges erkennen«, sagte Cornelius leise.

Sie blickten auf die Rückfront des Gutshauses. Der Hofplatz, der sich vor dem Haus fast bis zum Flussufer erstreckte, war nur teilweise einzusehen. Ein kleines Wäldchen nahm ihnen die Sicht. Auch der tiefer gelegene Fluss war von hier aus nur zu erahnen. Daher wussten sie nicht, ob das Motorboot angekommen war oder nicht.

Auf dem Hofplatz sah Singer einen Mann in Livree, der an einem Automobil lehnte und eine Zigarette rauchte. Schwach drangen Gesprächsfetzen zu ihnen herüber.

»Da vorne. An der Ecke zur Scheune!« Singer reichte seinem litauischen Kollegen das Fernglas zurück.

»Ein Mann mit einem Gewehr. Sieht so aus, als stünde der auf Posten. Und dahinten auf der anderen Seite eine weitere Wache.« Cornelius setzte das Fernglas ab und sah zu Singer. »Sieht ganz so aus, als hätten Sie recht. Da drüben scheint irgendetwas vorzugehen.«

Taundler beobachtete vom obersten Absatz der Freitreppe aus, wie die Männer Kiste um Kiste vom Schiff auf den Hof brachten. Noch heute würden sie die Waffen verteilen und losschlagen können. Die wenigen litauischen Soldaten, die in Memel stationiert waren, wären nicht in der Lage, die Welle der nationalen Erhebung zu brechen. Die überwiegend deutschstämmige Polizei würde sich unverzüglich dem Heimatschutz anschließen, und mit Polovinskas würde Taundler höchstpersönlich kurzen Prozess machen. Sie würden Fakten schaffen, und dann war es an der Reichswehr, gemeinsam mit ihm und seinen Männern dafür zu sorgen, dass das Memelgebiet wieder deutsch würde. Sobald der Marsch auf Memel begann, sollte von Rellentin informiert werden, der wiederum den Kontakt zur Reichswehr hielt.

Max Galland kam aus dem Büro gelaufen. Er wirkte nervös.

»Was gibt's, Max? Sind alle auf ihrem Posten?«

Galland breitete die Arme aus. »Keine Ahnung. Ich konnte niemanden erreichen.«

»Was soll das heißen?«, fragte Taundler verärgert. Sie konnten jetzt keine Verzögerungen gebrauchen. »Sind die Telefone nicht besetzt, oder wie?«

»Die Leitung ist tot.« Galland blickte Taundler hilflos an. Taundler sog verärgert die Luft ein. Mit solchen Leuten war kein Krieg zu gewinnen. Keinen Mumm in den Knochen, bei dem kleinsten Problem wurden sie kopflos.

Galland schüttelte den kahlen Kopf. »Das ist doch kein Zufall. Da steckt doch etwas dahinter …«

»Herrgott, Max! Immer mit der Ruhe! Vielleicht ist irgendwo ein maroder Baum auf die Leitung gestürzt. Wäre ja nicht das erste Mal. Probiere es weiter.« Taundler sah auf die Uhr. »Wenn du bis Viertel vor keine Verbindung bekommst, dann schicke drei Boten los. Das wird uns in Summe vielleicht zwei Stunden kosten, unsere Operation jedoch nicht groß aufhalten.«

Galland zögerte einen Moment, dann kehrte er zurück ins Büro.

Taundler ging die Treppe hinunter, um die Waffenlieferung zu inspizieren.

»Los, weiter!«

Söderberg stolperte durch den Wald. Stamper hatte ihm die Hände auf den Rücken gefesselt, während Klemp den Reporter grob vor sich her stieß.

»Was wollen Sie von mir? Ich kann Ihnen doch nicht gefährlich werden …«, jammerte er.

Klemp lachte heiser. »Hättest deine Schnüfflernase mal besser nicht in Angelegenheiten gesteckt, die dich nichts angehen. Und jetzt weiter.«

Klemp stieß Söderberg den Gewehrkolben ins Kreuz, sodass dieser nach vorne taumelte und nur mit Mühe das Gleichgewicht halten konnte. Immer weiter gingen die drei Männer in den Wald hinein und entfernten sich damit vom Gutshof. Wie in einem schrecklichen Albtraum gefangen, setzte Söderberg einen Fuß vor den anderen.

»Los, runter da!«, befahl Stamper. Er packte Söderberg grob am Arm und zog ihn den Abhang hinunter in eine Kuhle.

Klemp folgte den beiden.

»Hören Sie. Sie haben nichts zu befürchten, wenn Sie mich gehen lassen«, versuchte es Söderberg erneut. Er zuckte zusammen, als er sah, dass Stamper plötzlich ein Jagdmesser in der Hand hatte.

»Dreh dich um!«

Klemp hatte ihn an den Schultern gepackt, und er spürte, wie die Klinge den Strick durchschnitt. Ein heißes Gefühl der Erleichterung durchströmte Söderberg. Vielleicht bestand ja doch noch Hoffnung.

Klemp bleckte die Zähne zu einem bösartigen Grinsen. Stampers klobige Hände hielten eine Schaufel umfasst, die er Söderberg an die Brust drückte. Reflexartig hatte er den Stiel zu fassen bekommen. Im selben Moment durchzuckte ihn ein Gedankenblitz. Doch bevor er mit der Schaufel um sich schlagen konnte, blickte er schon in die Mündung einer Pistole.

Klemp sah ihn verächtlich an. »Denk nicht mal im Traum dran!«

8

»Ich weiß nicht, ob das wirklich so eine gute Idee ist, Frau Hübner.« Heinrich Puschkat stand mit Henny vor dem säulenbewehrten Eingang zum Verlagshaus der *Königsberger Allgemeinen* in der Theaterstraße und blickte seine Mitarbeiterin unbehaglich an. Es fühlte sich sehr ungewohnt an, mit Henny hier zu ermitteln. Schließlich war sie lediglich die Sekretärin der Abteilung.

»Aber das haben wir doch alles besprochen, Chef. Der Erwin ist auf der Nehrung, und Sie haben gesagt, dass die Sache keinen Aufschub duldet.«

»Gewiss, gewiss.«

Polizeipräsident Giersching hatte ihnen exakt achtundvierzig Stunden Zeit gegeben. Freitagmorgen mussten sie in seinem Büro antreten. Wenn bis dahin die Waffenschieber nicht dingfest gemacht waren, konnte Giersching die Angelegenheit nicht länger unter Verschluss halten und musste den Fall an höhere Instanzen weiterleiten. Er ging damit ein großes Risiko ein, und Puschkat ertappte sich dabei, wie er dem Polizeipräsidenten dafür seinen Respekt zollte.

Von Singer hatten sie bislang noch nichts gehört. Sie konnten nur hoffen, dass er mit seiner nassforschen Art beim dortigen Polizeipräsidenten Erfolg hatte. Maags Anruf dagegen hatte neue Anhaltspunkte zu Belgens Recherchen ergeben. Offensichtlich ging dessen Ermordung nicht auf das Konto der Waffenschieber. Stattdessen saß jetzt der junge Kurschat unter dringendem Tatverdacht im Polizeiposten ein.

Über einen »Fall Sattler« hatten sie im Polizeiarchiv allerdings nichts gefunden. Puschkat hatte den ganzen Vormittag dort verbracht und verstaubte Akten gewälzt.

Es war schließlich Henny Hübner, die darauf hinwies, dass ein Fall Sattler sich ja nicht unbedingt in Königsberg habe ereignen müssen. Wenn es womöglich ein spektakulärer Kriminalfall in Berlin oder woanders im Reich gewesen war, dann würde eine überregionale Zeitung wie die *Königsberger Allgemeine* gewiss darüber berichtet haben. Daher hatte Henny vorgeschlagen, sich einmal dort im Zeitungsarchiv umzuschauen, um Puschkat die Arbeit abzunehmen, da der Kriminalassistent Maag nun einmal nicht zur Verfügung stand. Puschkat hatte beschlossen, dass sie gemeinsam gehen würden. Zu zweit war die Angelegenheit vielleicht in kürzester Zeit erledigt.

Als sie die Eingangshalle betraten, herrschte dort ein geschäftiges Kommen und Gehen, so wie man es in einem Verlagshaus von Rang erwarten würde. An der Pförtnerloge standen mehrere Personen, sodass die Dame hinter dem Tresen stark beschäftigt war. Henny hatte an der Wand neben dem Treppenaufgang eine Tafel entdeckt, die anzeigte, auf welcher Etage welche Abteilung zu finden war.

»Das Archiv befindet sich im Souterrain.« Sie deutete auf eine weitere Glastür, hinter der eine Treppe nach unten führte. Puschkat warf einen prüfenden Blick auf die Pförtnerloge, dann lief er hinter Henny her und hinab in die Tiefen des Verlagsgebäudes.

Dort folgten sie einem spärlich erleuchteten Gang bis zu einer Tür, an der ein Schild mit der Aufschrift *Archiv* prangte. Puschkat wollte seine Untergebene gerade anweisen, wie vorzugehen war, schließlich war dies eine offizielle Ermittlung, da hatte Henny Hübner schon angeklopft. Fast im selben Moment wurde die Tür von einer Mittdreißigerin mit einem dunklen Pagenschnitt geöffnet.

»Hallo Henny, komm herein, ich hab dich schon erwartet.«

Puschkat machte große Augen. »Wie … Sie kennen sich?«, stammelte er.

»Hallo Gerti, danke dass du uns hilfst.« Sie wandte sich zu Puschkat um. »Gerti und ich sind zusammen zur Schule gegangen. Ich habe vorher angerufen.« Sie wies auf ihre Freundin: »Gerti Kalbfuss« – und dann auf Puschkat: »Kriminalkommissar Puschkat.«

Der lüpfte den Hut und deutete eine Verbeugung an. »Sehr erfreut.«

»Na, dann kommen Sie mal mit. Sie ahnen ja nicht, wie froh ich bin, wenn ich hier mal Besuch bekomme. Und dann noch so hohen.«

Bevor Puschkat etwas erwidern konnte, lief Gerti Kalbfuss schon voraus. Henny blieb ihr auf den Fersen, Puschkat hatte Mühe hinterherzukommen. Sie befanden sich in einem Kellergewölbe, vollgestopft mit Regalen und Schränken. Ganz am Ende des Raumes stand ein kleiner Schreibtisch. Gerti wandte sich um, breitete die Arme aus.

»Willkommen in meinem Reich! Also, wonach suchen wir?«

Puschkat räusperte sich. »Nun ja, es geht um einen Fall ›Sattler‹. Mehr als diesen Namen haben wir leider nicht.«

Die Archivarin zog die Nase kraus. »Puh, keine genaueren Angaben?«

Henny blickte unsicher zu Puschkat. »Den Zeitraum können wir vielleicht auf 1919 bis 1923 eingrenzen, oder?«

Puschkat nickte.

Gerti Kalbfuss klatschte in die Hände. »Na, das wäre doch gelacht! Ich will nur einen Moment nachdenken.«

Sie wirbelte um ihre Gäste herum und verschwand wie ein Geist im Halbdunkel des Kellergewölbes.

Regale über Regale, vollgestopft mit großen Kladden, in denen offenbar alle Jahrgänge der *Königsberger Allgemeinen* gebunden waren. Dazu Kisten und Pappkartons mit Aufschriften wie *Protokolle* oder *Durchschriften,* außerdem Fotoalben und Stapel von Illustrierten, Fachzeitschriften aus anderen Verlagen sowie Bücher, Almanache zu den verschiedensten Themengebieten. Puschkat war es ein Rätsel, wie jemand in dieser Fülle eine ganz bestimmte Information finden wollte.

Henny lugte um die Ecke und winkte den Kommissar zu sich heran.

»Das müssen Sie sehen, Chef.«

Gerti Kalbfuss hatte eine riesige Schublade aufgezogen. Darin befand sich eine Kartei, die die Archivarin mit schwindelerregender Geschwindigkeit mit Zeige- und Mittelfinger durchblätterte.

»Das ist die Mord- und Totschlagkartei«, erklärte sie. »Hier sind alle Fälle verzeichnet, über die wir in der *KAZ* berichtet haben.«

Zehn Minuten später war klar, dass es in der *KAZ* keinen »Fall Sattler« gegeben hatte. Puschkat konnte seine Enttäuschung nur schwer verbergen. »Jedenfalls vielen Dank, dass Sie sich die Mühe gemacht haben, Frau Kalbfuss …«

»Halt!« Die Archivarin riss die Augen auf und stieß den Zeigefinger in die Höhe. »Muss ja schließlich kein Mord gewesen sein.«

»Soll heißen?« Puschkat schöpfte wieder Hoffnung.

Statt einer Antwort fegte die junge Frau an ihm vorbei und riss an einem anderen Schrank eine weitere überdimensionierte Schublade auf, die ebenfalls bis zum Rand mit kleinen, maschinengeschriebenen Karteikarten bestückt war. Erneut flogen die Finger.

Henny staunte. »Und was ist das jetzt für eine Kartei?«

Die Augenbrauen ihrer Schulfreundin fuhren in die Höhe. »Hier sind alle Namen von mehr oder weniger prominenten Persönlichkeiten, die in den letzten Jahren in Skandale verwickelt waren. Pikante Enthüllungen lassen die Auflage mindestens genauso gut in die Höhe schnellen wie blutrünstige Mordgeschichten.«

Puschkat brummte. »Und ich hatte gedacht, dass die *KAZ* sich um seriöse Berichterstattung bemüht.«

Gerti Kalbfuss seufzte und hielt für einen Moment in ihrer Suche inne. »Wir können solche Geschichten doch nicht komplett dem Boulevard überlassen, Herr Kommissar.« Dann suchte sie weiter. »Wir kommen der Sache näher ... Saber ... Sandmann ... Sastrow ... Sattler! Wer sagt's denn. K4-R9-F3. Zum Glück nur ein Eintrag.«

»Und was bedeuten die Zahlen?« Die Frage kam von Henny.

Gerti Kalbfuss war schon wieder in Bewegung. »K4 ist die Regalreihe, R9 steht für das Regal in der Reihe und F ist das Fach. Alles klug durchdacht und übersichtlich. Sonst würde man hier ja nichts mehr wiederfinden.«

»Natürlich«, entfuhr es Heinrich Puschkat.

Die Archivarin war bereits wieder losgelaufen, dicht gefolgt von Henny. Als der Kommissar die beiden Damen in dem schummrig ausgeleuchteten Keller wieder gefunden hatte, hatten diese bereits eine Mappe zutage gefördert. Puschkat nahm die Mappe an sich und ging damit an den gut beleuchteten Arbeitsplatz der Archivarin zurück. Er setzte sich auf den Bürostuhl, während die Damen neugierig über seine Schulter blickten. Die Mappe trug die Aufschrift *Sattler-Unglück*. Darin befanden sich die Rohfassung eines Artikels, der Artikel selbst und einige Fotos, die einen ernsten Mann Anfang fünfzig zeigten. Auf einem Bild war der Mann in Begleitung einer wesentlich jüngeren Frau auf einer gesellschaftlichen Veranstaltung zu sehen. Mutmaßlich ein Ball. Puschkat überflog den Text.

Am 17. Juli 1921 war der Berliner Unternehmer Eugen Sattler – Inhaber einer alteingesessenen Trikotagen-Manufaktur und ehemaliger Hoflieferant – am Tage seines fünfzigsten Geburtstages bei einer Segeltour mit Freunden auf dem Wannsee quasi vor den Augen seiner Gäste ertrunken. Besonders tragisch: Erst im Mai hatte der bis dato eingefleischte Junggeselle die gut zwanzig Jahre jüngere Angelika von Tengslaff geheiratet.

»Hier! Da sind noch Zeitungsausschnitte von der Hochzeit«, sagte Henny und langte über Puschkats Schulter. In der Mappe lagen gleich vier verschiedene Artikel, alle fein säuberlich aufgeklebt und mit Vermerken zu Erscheinungstermin und Zeitung.

»Man kann als Zeitung nicht überregional erfolgreich sein, wenn man mit einem Auge nicht auch immer den Wettbewerb im Blick behält«, erklärte Gerti Kalbfuss mit ernster Miene.

Tatsächlich war die überraschende Hochzeit des erfolgreichen, jedoch ansonsten eher öffentlichkeitsscheuen Unternehmers im Frühjahr '21 ein großes Thema für die Klatschspalten der Zeitungen gewesen.

»Na, da hat sich für den alten Knaben das Warten aber gelohnt!«, entfuhr es Henny anerkennend. Auf einem der Bilder sah man die attraktive Angelika von Tengslaff lächelnd in die Kamera blicken.

»Wieso alter Knabe? Der Mann ist gerade mal fünfzig geworden!« Puschkat warf seiner Sekretärin einen ärgerlichen Blick zu. Mit seinen fünfundfünfzig Jahren zählte er sich schließlich noch lange nicht zum alten Eisen. Die beiden Damen waren offensichtlich anderer Ansicht.

»Er alt und reich, sie jung und schön. Das ist doch der Klassiker. Hat es immer schon gegeben und wird es immer geben«, sagte Gerti Kalbfuss abgeklärt.

»Immerhin ist sie eine waschechte Baronesse. Steht hier.« Henny tippte auf einen Ausschnitt der *Voss'schen Zeitung*.

»Dann wird Sie sein Geld wahrscheinlich nicht nötig gehabt haben. Vielleicht doch wahre Liebe? Wie romantisch!«

Gerti schnaubte. »Wer's glaubt!«

»Hier steht, sie entstammt einer baltendeutschen Adelsfamilie.« Heinrich Puschkat rieb sich nachdenklich das Kinn. Eine Traumhochzeit und ein tragisches Unglück bei dem der Ehemann wenige Monate später ums Leben kommt. Vielleicht hatte das Drama noch einen weiteren Akt. In Puschkats Hirn formte sich eine vage Idee.

»Hier gibt es doch sicherlich auch ein Schlagwortverzeichnis für den Wirtschaftsteil?«

Keine zehn Minuten später hatte Gerti Kalbfuss die spärlichen Informationen über die Trikotagen-Manufaktur Sattler & Co. zusammengetragen.

»Es war nur eine Meldung zu finden.« Die Archivarin schob Puschkat einen unscheinbaren einspaltigen Artikel zu. Im August '21, kaum drei Wochen nach dem Unglück, hatte sich die Witwe Eugen Sattlers von allen ihren Anteilen an der Firma getrennt. Das bis dahin florierende Unternehmen wurde vom Konkurrenzunternehmen Lehmann & Halder übernommen.

»Was hat das zu bedeuten, Chef?«

Puschkat erhob sich und bedankte sich bei Gerti Kalbfuss. Dann wandte er sich an Henny. »Das bedeutet, dass wir auf schnellstem Wege zurück ins Präsidium gehen und dass Sie sich umgehend mit dem Grundbuchamt in Berlin verbinden lassen. Ich will wissen, ob die Villa am Wannsee zufälligerweise auch ihren Besitzer gewechselt hat.«

9

Sie lagen noch immer auf der Lauer. Seit ihrem Eintreffen war eine knappe halbe Stunde vergangen. Jetzt blitzte aus dem Wäldchen dahinter ein Licht auf. Mehrere Male.

Cornelius setzte das Fernglas ab, durch das er gebannt gestarrt hatte, und nickte Richtung Gutshaus. »Die Kollegen von der Bereitschaft sind in Position«, sagte er.

Singer deutete in Richtung Dange. »Wir sollten uns von der Flussseite her nähern, um ihnen den Fluchtweg abzuschneiden. Wahrscheinlich liegt dort das Motorboot.«

Cornelius nickte. Dann wandte er sich um und gab dem Zugführer, der einige Meter hinter den Kommissaren hockte, eine entsprechende Anweisung. In geduckter Haltung, die Karabiner in Händen, machten sich rund zwanzig Männer auf den Weg. Mit einem Spiegel sendete Cornelius das vereinbarte Zeichen zum Zugriff auf die andere Seite des Gutshofes. Singer holte seine Luger aus der Jacke hervor und entsicherte sie.

»Vergessen Sie nicht, dass Sie hier keinerlei Amtsbefugnisse haben«, stellte Cornelius klar.

»Wir wissen nicht, wie viele von denen uns dort erwarten. Ich denke, Sie können jede Verstärkung gebrauchen. Wollen wir?«

»Ich führe hier das Kommando, Singer. Haben wir uns verstanden?«

Cornelius sah ihn entschlossen an. Singer nickte. Dann liefen sie los, um den Zugführer und seine Männer einzuholen.

Als sie das Gutshaus erreichten, ging alles sehr schnell. Befehle wurden gebrüllt, zwei Schüsse fielen. Während Cornelius' Leute von zwei Seiten auf den großen Platz stürmten, lief Singer geduckt an der Rückseite der Scheune entlang zur Freitreppe, die ins Gutshaus führte. Weitere Schüsse krachten. Die Heimatschützer hatten offenbar den ersten Schrecken überwunden und setzten sich zur Wehr. Eine Fensterscheibe zersprang klirrend. Eine Kugel pfiff knapp über ihn hinweg und schlug in die Fassade ein. Reflexartig warf er sich hin. Staub brannte in seinen Augen. Als er wieder klar sehen konnte, bemerkte er, dass drei Männer die Treppe hinauf ins Gutshaus hetzten.

Peukert hatte die Polizisten kommen sehen. Mit zwei gezielten Schüssen zwang er die Angreifer in Deckung. Sein erster Gedanke galt dem Motorboot. Doch er hatte keine Chance, die Treppe zum Anleger zu erreichen, denn schon bezogen dort Bereitschaftspolizisten Stellung. Peukert drehte sich um und rannte im Kugelhagel auf das Gutshaus zu. Unmittelbar vor dem Eingang sah er einen weiteren Mann im Schatten der Mauer. Peukert gab einen Schuss ab und sah, wie der Mann zu Boden ging. Mit einem großen Satz nahm er mehrere Stufen auf einmal und hechtete in die Eingangshalle, während mehrere Kugeln im Türsturz einschlugen. Zwei Heimatschützer waren ihm gefolgt und feuerten zurück in Richtung der Polizisten. Doch die kamen nun auch von hinten um das Gutshaus herum. Peukert ging neben der Tür in Deckung. Die beiden Männer, die bei ihm waren, schafften es nicht. Den einen erwischte es auf der Freitreppe, der andere wankte durch die Tür und sackte in der Halle tödlich getroffen zu Boden.

Peukert schlug die Tür zu.

In diesem Moment betrat Galland, aus dem Arbeitszimmer kommend, die Halle.

»Was ... was ist hier los?«, stammelte er.

Peukert war mittlerweile wieder auf den Beinen und verriegelte die Tür. »Nach was sieht es denn aus?« Er fuhr herum. »Wir müssen von hier verschwinden. Es sei denn, Sie möchten den Rest Ihres Lebens in einem litauischen Kerker verbringen.«

Mittlerweile wurde heftig an der Türklinke gerüttelt. Das riss Galland aus seiner Lethargie. Er holte seine Pistole aus dem Hosenbund und sah sich um. Er wies in den hinteren Bereich der Halle.

»Hinten durch die Küche. Dort gibt es einen Ausgang.«

»Also los!«, rief Peukert und rannte voraus.

Cornelius stand mitten auf dem Hofplatz. Die letzten Aufständler hatten sich hinter aufgestapelten Holzkisten verschanzt. Der Memeler Polizeichef sah, wie seine Männer mit Fäusten und Schlagstöcken in den Nahkampf gingen und der Widerstand der Heimatschützer allmählich erlahmte. Nur noch vereinzelt fielen Schüsse.

Cornelius wandte sich um, lief zum Gutshaus, wo sich zwei Kameraden an der verriegelten Eingangstür zu schaffen machten. Vom Gutsherrn fehlte bislang noch jede Spur. Möglicherweise hatte er sich im Innern verschanzt.

Cornelius lief die Freitreppe hinauf. »Meldung!«

»Einer ist unmittelbar vor uns da rein. Die beiden Kerle, die mit ihm auf dem Weg waren, haben wir erwischt.«

»Sind noch mehr drinnen?«, fragte Cornelius.

»Wissen wir nicht. Nicht auszuschließen«, antwortete der Wachtmeister.

Cornelius wägte ab. Was, wenn hinter der Tür ihre Widersacher lauerten und das Feuer eröffnet wurde, sobald es ihnen gelänge, die Tür aufzubrechen? Und wo war überhaupt Singer abgeblieben?

In diesem Moment fielen im Haus mehrere Schüsse. Schreie folgten.

»Na, los! Brecht endlich die verdammte Tür auf!«, brüllte Cornelius.

Singer hockte neben dem großen Herd, der sich in der Mitte der weitläufigen Küche befand. Neben ihm kauerte eine junge Frau, die sich die Ohren zuhielt und am ganzen Leib zitterte.

»Geben Sie auf!«, rief Singer. »Sie haben keine Chance. Der ganze Hof ist umstellt!«

Er hatte sich über den Hintereingang Zutritt verschafft, doch kaum hatte er die Küche betreten, war auf ihn geschossen worden. Er war sofort neben dem Herd in Deckung gegangen und hatte das Feuer erwidert. Die Angreifer, zwei

Männer, hatten neben einem großen Vorratsschrank Schutz gesucht. Um den Hinterausgang zu erreichen, mussten sie an ihm vorbei. Statt einer Antwort eröffneten beide Männer das Feuer in seine Richtung. Das Küchenmädchen schrie auf, und beide drückten sich flach auf den Boden. So am Boden liegend, konnte Singer unter dem Herd hindurch die Füße der beiden Angreifer sehen. Mit der Luger gab er mehrere Schüsse ab.

Peukert wollte sich den Weg zum Hinterausgang freischießen. Doch in dem Moment, als er loslief, stürzte Galland schwer getroffen zu Boden. Der Mann hielt sich das Schienbein. Blut spritzte auf den gefliesten Boden. Peukert feuerte erneut auf den Herd, um seinen Gegner in der Deckung zu halten. Das schien dieser Kommissar aus Königsberg zu sein. Wie zum Teufel kam der hierher? Er hätte auf Klemp hören sollen. Er überließ den verletzten Galland seinem Schicksal, stürzte zur Tür, durch die er gekommen war, schloss sie hinter sich und hastete in die Eingangshalle zurück. Dort ächzte das schwere Eichenportal immer lauter in den ramponierten Scharnieren. In wenigen Minuten würde die Tür nachgeben. Er musste einen anderen Weg hinausfinden.

Er lief in den großen Saal. Auch hier verriegelte er hinter sich die Tür. Dann sah er sich um. Eine verlassene Bankettafel. Leere Portweinflaschen. Auf einem Stuhl saß ein Mann mit Wallrossschnauzer in einer alten Reichswehruniform. Anhand der Abzeichen erkannte Peukert die Eiserne Division. Der Mann schnarchte mit offenem Mund. Sturzbetrunken, wie er war, hatte er von dem Tohuwabohu um sich herum nichts mitbekommen.

Jetzt erst bemerkte Peukert, dass Blut von seiner Hand tropfte. Er tastete den Arm ab. Eine Fleischwunde. Darum musste er sich später kümmern. Er lief an dem schnarchenden Mann vorbei zu den großen Fenstern.

Krachend flog die schwere Eichentür aus den Angeln. Mit acht Mann stürmten Cornelius' Männer die Eingangshalle. In dem Moment kam Singer aus der Küche, die Waffe auf den hinkenden Galland gerichtet.

»Polizei! Waffe runter!«

»Nicht schießen! Der Mann gehört zu uns!«, befahl Cornelius.

Sofort schwärmten die Männer aus. Singer übergab den stöhnenden Galland einem der Bereitschaftspolizisten, der den Mann hinaus in den Hof brachte.

»Sind noch weitere Männer im Haus?«, wollte Cornelius wissen.

Singer deutete auf die geschlossene Flügeltür, die in den großen Saal führte. »Der Kerl, der die Waffen nach Rossitten gebracht hat. Wir haben uns in der Küche einen Schusswechsel geliefert. Vermutlich ist er dort hinein.«

Cornelius winkte zwei weitere Männer heran. »Prellwitz, Habedank kümmert euch um die vermaledeite Tür.«

Taundler hatte sich in die gegenüberliegende Scheune geflüchtet. Überall auf dem Anwesen wimmelte es von Bereitschaftspolizei. Wie hatte es nur so weit kommen können?

Er sah sich hektisch in der Scheune um. Mit ihm hatten sich dort sieben Männer verschanzt. Einer von ihnen lag mit einem Bauchschuss in seinem Blut.

Der Mann, der sich um den Schwerverletzten kümmerte, sah zu Taundler auf. »Er wird es nicht mehr lange machen, Herr Major.«

»Zum Tor! Die Stellung halten!«, herrschte Taundler den Mann an, der daraufhin mit seinem Karabiner zum Tor robbte und das Feuer eröffnete.

»Vater!«

Taundler fuhr herum. Albin stand vor ihm.

»Was sollen wir tun?«

Taundler packte seinen Sohn am Arm und zog ihn zur Seite.

»Wir müssen verschwinden. Wie sieht es auf der Rückseite aus?«

Albin deutete auf den schmalen Durchgang zum Gesindehaus. »Ich bin von dort gekommen. Ich glaube nicht, dass mir jemand gefolgt ist.«

»Dann lass uns keine Zeit verlieren.« Taundler klopfte seinem Sohn aufmunternd auf die Schulter, und beide liefen auf den Durchgang zu, während sein letztes Aufgebot mit nachlassenden Kräften das Scheunentor verteidigte. Der Abgang ihres Anführers blieb unbemerkt.

Stamper, der immer noch mit einer Pistole im Anschlag auf Söderberg zielte, versuchte die Kampfgeräusche zu deuten, die seit geraumer Zeit zu ihnen drangen.

»Was zum Henker geht da vor sich?«, murrte Klemp, der sich nach allen Seiten umsah, ob von irgendwoher Gefahr drohte.

Söderberg stand auf den Spaten gestützt in der flachen Grube, die er zu graben begonnen hatte. Nach endlosen Minuten der Panik, in denen man ihn gezwungen hatte, sein eigenes Grab zu schaufeln, keimte Hoffnung in ihm auf.

»Scheiße, die sind anscheinend auch hier im Wald!«, zischte Stamper, als er Knacken und Rascheln hörte. Schritte, die sich näherten. Klemp entsicherte die Walther und hielt sie vor sich.

»Waffe runter und die Hände hoch!«, rief eine Stimme.

Klemp fuhr herum und feuerte in die Richtung, aus der die Stimme gekommen war. Im selben Moment wurde er von einer Kugel in die Schulter getroffen und auf den Rücken geworfen. Noch ehe Stamper reagieren konnte, erschienen oberhalb der Grube mehrere Bereitschaftspolizisten, die ihre Karabiner auf ihn angelegt hatten. Langsam hob Stamper die Hände und ließ seine Pistole auf den Waldboden fallen. Söderberg sackte auf die Knie. Er zitterte am ganzen Leib vor Erleichterung.

Im großen Saal hatte Cornelius den betrunkenen Mann mit Walrossschnauzer unsanft geweckt.

»Gernot von Dressler. Sie sind verhaftet.«

Von Dressler versuchte von seinem Stuhl hochzukommen, es wollte ihm aber nicht gelingen. »Humbug«, lallte er mit schwerer Zunge.

Cornelius ließ die Handschellen zuschnappen. »Verdacht auf Landesverrat und Vorbereitung eines Staatsstreichs.«

Von Taundler fehlte immer noch jede Spur.

Singer kam aus dem angrenzenden Anrichterraum zurück. »Er ist weg! Muss dort aus dem Fenster raus sein. Ich werde ihm folgen. Sie kommen allein zurecht?«

Cornelius hatte den Mund bereits zu einer Erwiderung geöffnet, da war Singer schon mit gezogener Waffe aus dem Fenster gesprungen.

Peukert hatte derweil wertvolle Sekunden gewonnen. Nach seinem Sprung aus dem Fenster hatte er einen Bereitschaftspolizisten niedergeschlagen und bewegte sich nun durch die halb offene Werkstatt, die auf der gegenüberliegenden Seite der Scheune den Gutshof begrenzte, in Richtung Dange. Die Treppe, die zum Anleger führte, wurde von den Männern vom Heimatschutz noch hartnäckig verteidigt. Die *Melusine* war seine einzige Chance, hier mit heiler Haut davonzukommen. Sicherlich würde die Polizei das Boot spätestens in Memel aufbringen, doch auf den rund zehn Kilometern bis dahin konnte er sicherlich irgendwo unbemerkt an das jenseitige Ufer gelangen und sich von dort weiter durchschlagen.

Mittlerweile hatte er das andere Ende der Werkstatt fast erreicht, da hörte er, wie eine weitere Tür geöffnet wurde. Singer! Peukert wirbelte herum und feuerte mehrmals in dessen Richtung. Der Mann ging zu Boden. Peukert hoffte, dass er den Kerl getroffen hatte, riss die vor ihm liegende Tür auf und rannte geduckt auf den Hang zu, hinter dem sich die Dange verbarg.

Der Polizist starrte Taundler mit großen Augen an. Er schien etwas sagen zu wollen. Taundler stach noch einmal mit aller Kraft zu. Blut quoll aus dem Mundwinkel des Sterbenden, der kraftlos seinen Karabiner fallen ließ. Taundler zog sein Jagdmesser aus dem Bauch seines Gegners und schob den Mann von sich. Der taumelte einen Schritt zurück und brach im Gras zusammen.

»Du hast ihn getötet!«, sagte Albin bleich.

Taundler warf seinem Sohn einen durchdringenden Blick zu.

»Mein Sohn, wir befinden uns im Krieg. Und jetzt komm. Wir müssen weiter.«

Taundler stieg über den Toten hinweg und lief los. Über die Schulter rief er seinem Sohn zu: »Bleib dicht hinter mir. Hast du verstanden?«

Während sie auf die Treppe zum Schiffsanleger zuliefen, wurden sie unter Beschuss genommen. Taundler hörte, wie eine Kugel gefährlich nahe an ihnen vorbeipfiff. Erneut sah er sich um. Albin hatte sich instinktiv auf den Boden gekauert. Taundler lief zurück, schnappte den Jungen am Arm. Mit zwei, drei Sätzen waren sie schließlich bei der Böschung, hinter der die Männer vom Heimatschutz noch immer die Stellung hielten. Hier ließen sie sich, um Atem ringend, zu Boden fallen. Im selben Moment sprang ein weiterer Kämpfer hinter die Böschung. Peukert.

Unten am Anleger hatte Szemkus den Motor bereits angeworfen. Vom Führerstand der *Melusine* hielt der Kapitän die Treppe im Blick. Während seine beiden Matrosen zunehmend nervös wurden, beschloss Szemkus, noch abzuwarten. Es wäre nicht klug, sich jetzt feige vom Schlachtfeld zurückzuziehen. Taundler war ein einflussreicher Mann, der ihm eine Menge Ärger bereiten konnte. Dann sah er, wie Peukert, Taundler und sein Sohn die Treppe hinuntergelaufen kamen. Szemkus trat aus der Kajüte und gab seinen Männern das Zeichen, die Leinen loszuwerfen.

Fluchend klopfte sich Singer den Staub von Hose und Jacke. Peukerts Kugeln hatten ihn nur um Haaresbreite verfehlt. Er lief weiter durch die Werkstatt und warf einen vorsichtigen Blick auf den Hofplatz. Peukert hatte sich mit einem beherzten Sprung in die Böschung geschlagen. Nur noch wenige Schritte trennten ihn von der Treppe zum Anleger. Noch immer feuerten vier oder fünf Schützen unverdrossen auf die Polizisten, die mittlerweile das komplette übrige Gelände kontrollierten. Singer erkannte Cornelius, der hinter der großen Eiche in Deckung gegangen war und die letzten Widerständler zur Übergabe aufforderte. Er trat aus der Werkstatt und zielte mit seiner Waffe auf die Männer vom Heimatschutz. Einer von ihnen fuhr herum. Singers Kugel traf den Mann in die Schulter. Er stürzte nach hinten und blieb reglos liegen. Die drei verbliebenen Kämpfer hoben die Hände und ließen die Karabiner fallen. Sofort waren mehrere Bereitschaftspolizisten bei ihnen und nahmen sie fest. Singer rannte zur Treppe, sah, dass sich die *Melusine* unten bereits vom Anleger entfernte. Vom Schiff aus wurde das Feuer eröffnet. Notgedrungen zog er sich von der Abbruchkante zurück. Er sah sich Hilfe suchend um.

»Keine Sorge, Singer! Die kommen nicht weit.« Cornelius kam auf ihn zu. »Spätestens in Memel ist Endstation.«

Singers Blick fiel auf eine der Holzkisten, die die Aufständischen hier abgeladen hatten.

»Waren Sie eigentlich im Krieg?«, fragte er an Cornelius gewandt.

Der Polizeipräsident von Memel wischte sich den Schweiß von der Stirn. »Und wie. Reserveinfanterie Regiment 21. Tannenberg, Masurische Seen, Dünaburg. Zum Schluss Flandern. Wieso?«

Singer war zu der Kiste getreten, holte ein fabrikneues Maschinengewehr aus der Holzwolle, schulterte die schwere Waffe und warf Cornelius einen Gurt Munition zu. »Na, dann helfen Sie mir mal, das Ding in Stellung zu bringen.« Cornelius fing den Gurt auf. Er sah Singer verblüfft an. Dann begriff er und grinste.

Singer war bereits auf dem oberen Treppenabsatz in Stellung gegangen. Befriedigt stellte er fest, dass er es noch nicht verlernt hatte. Mit wenigen schnellen Handgriffen machte er das Maschinengewehr feuerbereit. Cornelius hockte neben ihm und schob den Gurt ein. Dann eröffnete Singer das Feuer auf das Motorboot, das mittlerweile querab im Fluss lag, um dann mit der Strömung in Richtung Memel zu fahren. Mit der ersten Garbe strich Singer einmal quer über das Deck. Zwei Mann sanken getroffen zu Boden. Die übrigen sprangen in Deckung. In der Kajüte erkannte Singer den Kapitän, der sich bemühte, das Schiff auf Kurs zu halten. Dann belegte Singer den Führerstand mit Feuer. Scheiben zersprangen, Holz splitterte. Blech wurde durchschlagen. Nun zeigten auch erste Treffer unterhalb der Wasserlinie Wirkung. Der Führerstand lag in

Trümmern. Vom Schiffsführer war nichts zu sehen. Cornelius winkte einige Männer heran, die mit Karabinern im Arm die Treppe zum Anleger hinunterliefen. Während das MG weiter ratterte und die *Melusine* in Trümmer legte, war ein einzelner Hilfeschrei zu hören.

Singer stellte das Feuer ein. Kurz darauf sahen sie, wie der junge Albin Taundler mit einem weißen Tuch aus der Deckung kroch.

»Aufhören! Bitte! Mein Vater ist verletzt. Wir brauchen einen Arzt.«

Cornelius stand auf und klopfte Singer auf die Schulter. Sie hatten es geschafft. Während Cornelius zum Anleger hinabstieg, ließ sich Singer gegen das Geländer sinken. Eine Woge der Erleichterung durchströmte ihn. Er sah zur *Melusine*. Neben der Bordwand breitete sich ein größer werdender Ölfleck aus. Qualm stieg auf und zog träge über das Flussufer ab. Das schwer beschädigte Boot wurde von einigen Bereitschaftspolizisten mithilfe von Tauen an den Anleger gezogen. Singer erkannte Peukert, der mit blutigem Arm, von zwei Polizisten gestützt, an Land gebracht wurde.

10

Am späten Nachmittag standen Jurgis und Maag in Rossitten unentschlossen vor dem kleinen Polizeiposten auf der
Dorfstraße. Maag spürte Jurgis unausgesprochenen Vorwurf, weil er sich von der resoluten älteren Dame so hatte
überfahren lassen. Für den Landjäger stellte der Kriminalassistent immerhin den verlängerten Arm des Königsberger
Polizeipräsidenten dar. Maag ärgerte sich ja selbst darüber,
dass er Frau Andreas-Salomé so bereitwillig das Feld überlassen hatte. Aber eigentlich hatte er auch gedacht, dass er
und sie das Gespräch mit Fritz Kurschat gemeinsam führen würden. Doch das hatte Lou kategorisch ausgeschlossen
und die beiden Männer vor die Tür geschickt. Maag warf
Jurgis einen verärgerten Blick zu.

»Was denn? Passt Ihnen was nicht, Jurgis?«

Der Landjäger nahm unwillkürlich Haltung an. Beschwichtigend hob er die Hände. Er setzte den Tschako
auf und deutete vage in Richtung Hafen.

»Eck mog dann mol mine Runde. Nützt ja nuscht.«

Maag blickte dem zügig davonschreitenden Jurgis hinterher und entschied sich dann selbst für den Gang ins Hotel.
Er würde doch jetzt hier nicht auf den Stufen hocken bleiben, bis Madame mit ihrer Befragung fertig war.

Lou Andreas-Salomé saß mit Fritz Kurschat in der Dienststube am kleinen Tisch. Fritz hatte die Arme vor seiner Brust verschränkt und betrachtete die ältere Frau im altmodischen Kleid, die trotz des warmen Sommerwetters eine Stola um ihre Schultern gelegt hatte, mit unverhohlenem Misstrauen. Mit dem Reden hatte Lou es nicht eilig. Unter dem kritischen Blick des jungen Fischers zog sie eine Flasche Meschkinnes aus ihrer Korbtasche hervor und stellte sie nebst zwei Stampern auf den Tisch.

»Was soll das werden?« Fritz Kurschat nickte in Richtung der Flasche.

Anstelle einer Antwort zog Lou den Korken aus der Flasche und ließ den goldenen Honiglikör in die Schnapsgläser fließen. Danach verkorkte sie die Flasche wieder und schob einen der Stamper über den Tisch. »Hier, trink! Zu Hause in Sankt Petersburg haben wir Jägervodka dazu gesagt«, erklärte Lou und prostete ihrem Gegenüber zu.

Der junge Mann zögerte kurz, griff dann aber doch zu. Sie tranken und stellten die leeren Stamper mit Schwung wieder ab.

Lou schenkte sich einen weiteren Meschkinnes ein.

»Als ich in deinem Alter war«, begann sie, »da habe ich in Sankt Petersburg einen holländischen Pastor kennengelernt. Hendrik war der berühmteste Kanzelredner der Stadt, und gut sah er aus, das kann ich dir sagen. Ein richtiger Dandy, wie man so sagte. Er hat mich viel über Philosophie, Literatur und Religion gelehrt und noch einiges mehr, das darf ich wohl sagen«, schmunzelte Lou. »Ich war gerade einmal achtzehn Jahre alt und ich bin ihm bis in die

Niederlande gefolgt. Er war zweiundvierzig, hatte bereits zwei Töchter in meinem Alter und er wollte mich heiraten.«

»Und dann?«, fragte Fritz Kurschat, als Lou nicht fortfuhr.

Lou machte eine unbestimmte Geste. »Manchmal ist das Leben wie ein Feuilletonroman.« Sie lächelte traurig. »Wohin hätte das denn geführt? Er war ja noch nicht einmal geschieden. Außerdem war er mehr als doppelt so alt und ich hatte gerade begonnen, die Welt zu entdecken. Glaubst du, das wäre gut gegangen?« Sie sah ihn forschend an.

Fritz kratzte sich verlegen am Kinn. Wahrscheinlich dachte er über seine eigene Liebschaft nach.

»Aber wenn Sie sich doch geliebt haben? Das kann man doch nicht so einfach aufgeben.«

»Als ich dreißig war, da war Hendrik bereits ein Greis.«

»Wenn man sich wirklich liebt, dann spielt das Alter keine Rolle!« Kurschats Antwort war heftig ausgefallen. Er stemmte die Hände gegen die Tischkante. »Sie ist älter als ich, na und? Mir macht das nichts! Ihr Mann ist viel älter als sie, und sie liebt ihn nicht«, brach es aus dem jungen Mann hervor.

Lou lehnte sich zurück und hörte zu. Ohne zu bewerten. Ohne zu urteilen. Sie war eine Meisterin im Zuhören.

11

Zellentrakt und Vernehmungsräume befanden sich ebenso wie die Waschräume im Souterrain des Memeler Polizeipräsidiums. Am späten Nachmittag stand Singer im Duschraum der Bereitschaftspolizei unter einem harten Wasserstrahl und wusch sich Staub und Dreck des ereignisreichen Tages vom Körper.

Auf der Rückfahrt von Tauerlaucken nach Memel hatte er gegen die einsetzende Erschöpfung ankämpfen müssen, nachdem die Anspannung des Kampfes von ihm abgefallen war. Nun spürte er, wie die Lebensgeister langsam wieder zurückkehrten. Schließlich drehte er den Wasserhahn zu und trocknete sich ab. Es gab noch viel zu tun. Die Aktion hatte sich zwar als Erfolg erwiesen, doch sie hatten einen hohen Preis zahlen müssen. Ein Polizist war durch einen Messerstich getötet worden, vier weitere waren leicht verletzt und befanden sich im Krankenhaus. Immerhin hatten sie den Reporter Hagen Söderberg buchstäblich in letzter Sekunde gerettet. Auf Seiten der Aufständischen hatten vier Männer ihren Frevel mit dem Leben bezahlt. Acht weitere waren zum Teil schwer verletzt. Auch in Prökuls war es Cornelius' Männern gelungen, den dort versammelten Heimatschutz im Handstreich zu überwältigen.

Während Singer sich frisch machte, hatte man die Gefangenen bereits in verschiedene Vernehmungsräume gebracht. Cornelius und er würden sie sich der Reihe nach vornehmen.

Im Verhörraum saß der Kapitän des ramponierten Schiffs und sah den Eintretenden misstrauisch entgegen. Vor ihm auf dem Tisch lag die arg in Mitleidenschaft gezogene Kapitänsmütze. Szemkus war nervös.

Gut so!, dachte Singer und setzte sich ihm gegenüber an den Tisch. Auch Cornelius nahm Platz, und eine Weile musterten sie den Kapitän schweigend.

»Hören Sie, ich habe von den Waffen nichts gewusst«, platzte es schließlich aus ihm heraus.

»Natürlich«, erwiderte Cornelius trocken.

Szemkus lehnte sich nach vorn. »Ich konnte doch nicht ahnen, was die vorhatten. Das müssen Sie mir glauben!«

»Was haben Sie denn gedacht, was sie da tun, wenn Sie mitten in der Nacht über die Grenze schippern, um in Rossitten Fracht aufzunehmen?«

Szemkus rutschte unruhig auf dem Stuhl hin und her. Eine Antwort blieb er schuldig.

»Ich würde Ihnen empfehlen, mit uns zu kooperieren, ansonsten werden Sie eine ziemlich lange Zeit auf die Seefahrt verzichten müssen«, setzte Cornelius nach.

Keine Viertelstunde später wurde Szemkus zurück in seine Zelle gebracht.

»Taundler scheint den Mann gut bezahlt zu haben«, sagte

Singer, als sie allein waren. »Szemkus hat keine Fragen gestellt, als es daran ging, die heiße Fracht zu übernehmen. Das war für ihn einfach ein Geschäft. Darum sah er auch keine Veranlassung, sich gegen seine ganz offensichtlich gewalttätigen Passagiere zu stellen, als sie Söderberg drangsaliert haben. Das Schicksal des Reporters war ihm vollkommen gleichgültig. Über den Mord an Belgen weiß er offensichtlich nichts. Der Mann ist kalt wie eine Hundeschnauze.«

Cornelius seufzte kopfnickend und polierte seine runde Brille. »Im Grunde ein kleiner Fisch. Den werden wir in den nächsten Tagen schon weichkochen. Ich bin mir ziemlich sicher, dass der Kerl am Ende noch einen brauchbaren Belastungszeugen gegen Taundler abgibt.«

Wenig später nahm Dr. Ernst Taundler den Platz auf der anderen Seite des Tisches ein. Der Chef des Memeler Heimatschutzbundes gab sich gleichmütig, auch wenn er Blessuren vom Kampf davongetragen hatte. Die Schulter war bandagiert und auf der Stirn klebte ein großes Pflaster. Singer ließ Cornelius den Vortritt. Der ließ sich Zeit. Blätterte ausgiebig in einer Akte und nahm dann Taundler ins Visier.

»Sie werden sich wegen Mord verantworten müssen, Taundler!«

Taundler schnaubte verächtlich. »Sie sind doch nichts weiter als ein slawischer Vasall. Ein Speichellecker der Litauer.«

»Ersparen Sie uns Ihre chauvinistischen Ansichten. Sie werden hängen. Nicht genug damit, dass Sie aktiv einen Umsturz vorbereitet haben. Sie haben auch einen Polizisten getötet.«

Singer holte ein in ein Taschentuch gewickeltes Jagdmesser hervor und legte es auf den Tisch. »Dieses Messer haben wir in der Nähe des toten Bereitschaftspolizisten gefunden. Ich gehe davon aus, dass wir darauf Ihre Fingerabdrücke finden werden.«

Taundler presste seine Lippen zu einem schmalen Strich zusammen.

Peukert trug den rechten Arm in einer Schlinge. Singer musterte seinen Gegenspieler. Er ahnte, dass die Befragung nicht leicht werden würde. Er kam sofort zur Sache.

»Ich werde Sie wegen vierfachen Mordes vor den Kadi bringen«, sagte er, »und am Ende werde ich dabei zusehen, wie Sie aufs Schafott steigen.«

Peukert taxierte Singer mit einem kühlen Blick. »Bis dahin ist es noch ein weiter Weg. Sie haben uns einen Strich durch die Rechnung gemacht, aber nur diesmal, Singer. Doch von solchen Rückschlägen lässt sich unsere Bewegung nicht beirren. Und mehr werden Sie von mir nicht erfahren.«

»Wenn Sie mit der Bewegung Herrn von Rellentin meinen, so muss ich Sie leider enttäuschen. Er wird ebenso zur Rechenschaft gezogen wie Sie.«

Die Erwähnung des Barons blieb nicht ohne Wirkung. Für einen Moment wirkte Peukert sprachlos. Offensichtlich hatte er nicht damit gerechnet, dass von Rellentin ebenfalls enttarnt war.

»Also, Peukert, wer steckt hinter dem Waffenraub?«

Peukert ließ sich gegen die Lehne seines Stuhls sinken und schwieg.

»Ich könnte auch dafür sorgen, dass man Ihnen in Litauen den Prozess macht«, fuhr Singer fort.

»Sie überschätzen sich, Singer. Sie wissen genauso gut wie ich, dass Berlin längst unsere Überstellung ins Reich veranlasst hat. Und dann werden wir ja sehen, wie mächtig Justitia wirklich ist.«

Dies war in der Tat ein Gedanke, der Singer umtrieb. Sicherlich war es korrekt, dass Peukert und seine Handlanger der deutschen Justiz überstellt wurden, doch solange nicht klar war, wie weit der Einfluss der nationalistischen Verschwörer reichte, musste man befürchten, dass die Mörder am Ende doch noch ungestraft davonkamen. Cornelius gab dem Wachtmeister ein Zeichen. Peukert wurde wieder hinausgeführt.

Wenig später wurde Klemp hereingeführt. Der Mann, dem Singer seine Blessuren zu verdanken hatte. Auch er schien sich sicher zu fühlen. Während der Wachtmeister den Gefangenen auf den Stuhl drückte, bedachte Klemp Singer mit einem frechen Grinsen.

Singer zwang sich zur Ruhe. Er stellte seinem Gegenüber die gleichen Fragen wie Peukert, doch Klemp blickte teilnahmslos an den beiden Polizisten vorbei. Gelegentlich umspielte ein Grinsen seine Mundwinkel. Auch der Vorwurf des versuchten Mordes an Hagen Söderberg perlte an dem Mann ab. Nach einer Viertelstunde ließ Cornelius den Gefangenen zurück in seine Zelle bringen, ohne dass sie aus ihm etwas Substanzielles herausbekommen hatten.

»So kommen wir nicht weiter«, sagte der Polizeipräsident wenig später in seinem Büro.

Singer hatte sich eine Batschari angesteckt und blies frustriert den Rauch gegen die Decke. Cornelius hingegen wirkte recht gelassen, er konnte durchaus zufrieden sein. Die Litauer hatten die Männer vom Heimatschutz dingfest gemacht. Taundler würde man zudem auch den Polizistenmord nachweisen können. Die Täter würden ihrer gerechten Strafe nicht entgehen. Doch bei Peukert und seinen Handlangern war dies nicht so sicher.

Cornelius schien seine Gedanken zu lesen. »Peukert wird sich ausschweigen, solange Sie ihm die Morde nicht eindeutig beweisen können. Am besten, Sie lassen uns den Kerl und seine beiden Handlanger hier«, schlug er vor.

»So weit kommt's noch!«, entfuhr es Singer. »Die drei werden vor ein deutsches Gericht gestellt und für ihre Taten verurteilt. Die Morde wurden schließlich in Deutschland begangen!«

Cornelius nickte. »Natürlich. Es liegt ja auch nicht in unserer Hand. Der Gouverneur hat mich wissen lassen, dass er klare Anweisungen aus Kaunas erhalten hat. Vermutlich hat sich Präsident Galvanauskas bereits mit Stresemann verständigt.« Cornelius seufzte. »Aber es wird nicht leicht werden. Die deutsche Gerichtsbarkeit hat anscheinend ein großes Herz für nationale Bewegungen. Denken Sie nur an diesen Hitler … Ohne Zeugenaussage wird der Richter die Kerle am Ende ungeschoren davonkommen lassen.«

»Ich glaube, wir haben noch ein Ass im Ärmel«, sagte Singer, während er seine halb aufgerauchte Zigarette ausdrückte. »Als Nächstes nehmen wir uns mal das schwächste Glied in der Kette vor.«

Als Cornelius und Singer den Verhörraum betraten, saß Lorenz Stamper bereits eine Dreiviertelstunde auf dem unbequemen Stuhl. Nach Singers Einschätzung war der Unteroffizier nicht unbedingt der Hellste. Er tat, was man ihm sagte, und war für seine Vorgesetzten vor allem aufgrund seines bedingungslosen Gehorsams von Nutzen. Es galt nun, Stampers unerschütterliches Vertrauen in seinen Vorgesetzten zu erschüttern.

»Ich habe nichts gemacht!«, rief er den beiden Männern zu, noch bevor diese Platz genommen hatten.

Singer ließ eine dicke Aktenmappe auf den Tisch klatschen, die ihm Cornelius als Requisit zur Verfügung gestellt hatte. Stamper zuckte unwillkürlich zusammen.

»Nichts gemacht? Die Kollegen haben Sie und Ihren Komplizen Klemp dabei erwischt, wie Sie den Reporter Hagen Söderberg sein eigenes Grab schaufeln ließen. Ganz offensichtlich hatten sie vor, den Mann zu erschießen. Das allein reicht für mindestens zwanzig Jahre Haft in einem litauischen Gefängnis«, führte Singer aus.

Cornelius hob einen belehrenden Zeigefinger. »Ich muss Ihnen ja wohl nicht sagen, dass deutsche Gefangene in litauischen Gefängnissen nicht gerade hoch angesehen sind. Es ist da schon zu sehr unschönen Szenen gekommen. Die Wärter können leider auch nicht immer überall sein. Der Personalmangel …«

Stamper rieb sich nervös das Kinn. »Ich … ich sag trotzdem nichts. Bin doch nicht lebensmüde.«

Singer spürte, dass sie auf dem richtigen Weg waren. Ungerührt blätterte er in der Aktenmappe, die nichts als alte Durchschläge enthielt.

»Ich kann Sie nicht zwingen, Stamper. Sie müssen sich ja auch nicht selbst belasten.« Er sah Stamper bedeutungsvoll an. »Das werden dann schon Ihre Kameraden für Sie tun. Immerhin geht es um vierfachen Mord. Glauben Sie etwa, dass die Herren Klemp und Peukert Rücksicht auf Sie nehmen werden?«

»Ich hab niemanden umgebracht!« Stamper blieb stur.

Singer zuckte mit den Schultern. »Das wird keine Rolle spielen, wenn Klemp und Peukert sich einig sind und Ihnen die Taten in die Schuhe schieben. Dann wird am Ende nur ein Kopf rollen. Und das wird Ihrer sein.«

»Was? Ich hab doch nur Befehle befolgt!«

»Sie sind mit Ihren …«, Singer zögerte, »… Kameraden in eine Kaserne der Reichswehr eingebrochen und haben einen Wachsoldaten erschlagen. In der Folge waren Sie an der Ermordung von Oberleutnant Freymann und seiner Frau beteiligt. Peukert hat möglicherweise einflussreiche Freunde, die ihn herauspauken. Aber ich frage mich wirklich, wer sich am Ende für Sie ins Zeug legen wird. Die Hintermänner der Aktion werden um Schadensbegrenzung bemüht sein, dennoch werden sie der empörten Öffentlichkeit einen Sündenbock präsentieren müssen. Was glauben Sie wohl, wer das sein wird, Stamper? Sie sollten langsam anfangen, an sich zu denken!«

Singer konnte erkennen, wie es in seinem Gegenüber arbeitete.

»Was bieten Sie mir, wenn ich Ihnen sage, wie es wirklich gewesen ist?« Stampers Blick irrlichterte zwischen Cornelius und Singer hin und her.

»Wir werden Sie als Kronzeugen behandeln. Sie beeiden Ihre Aussage, und wir bringen Sie getrennt von den beiden anderen unter.«

»Was heißt unterbringen?«

»Nicht im Adlon. Das dürfte ja wohl klar sein. Eher in einer kleinen überschaubaren Haftanstalt in der Provinz, wo Sie sicher sind. Beim Prozess werden Sie dann Ihre Aussage unter Eid wiederholen. Weil bis dahin noch einige Monate ins Land ziehen werden und das Gericht am Ende Ihren Mut zur Wahrheit honorieren wird, werden Ihnen die letzten Monate zur Bewährung erlassen. Dann sind Sie voraussichtlich heute in einem Jahr wieder ein freier Mann.«

Stamper schien mit sich zu ringen. Schließlich seufzte er kopfnickend. »Also schön, ich mach's.«

»Gratulation, meine Herren! Die Nation ist Ihnen zu großem Dank verpflichtet!«

Den Gouverneur hatte es nicht hinter seinem Schreibtisch gehalten. Er war aufgestanden, Singer und Cornelius entgegengekommen und hatte ihnen kräftig die Hände geschüttelt. Er deutete auf die Sessel, die ein kleines Tischchen umstanden. »Ist Taundler geständig?«

»Nein, aber wir werden ihn trotzdem überführen. Er hat einen unserer Männer mit einem Jagdmesser tödlich verletzt. Dumm für ihn, dass wir die Tatwaffe sicherstellen konnten. Sie wird bereits auf Fingerabdrücke untersucht.«

»Und die anderen Verschwörer?«

»Warthun, Dressler und Galland wurden ebenfalls festgenommen.«

»Sehr gut, Cornelius. Sie haben wirklich ganze Arbeit geleistet. Nun sollten wir dafür sorgen, dass der Öffentlichkeit beiderseits der Grenze vor Augen geführt wird, was hier gerade geschehen ist.« Der Gouverneur drehte sich zur Tür und rief nach seiner Sekretärin. »Fräulein Galinaitis!«

Die Tür öffnete sich und die Sekretärin streckte den Kopf herein.

»Wir brauchen den Leubner hier. Sofort!«

Die Sekretärin nickte und schloss die Tür.

»Wer ist Leubner?«, fragte Singer an Cornelius gewandt.

»Robert Leubner – Chefredakteur des *Memeler Dampfboots*«, erklärte der Polizeipräsident.

»Interessanter Name für eine Zeitung. Dennoch würde ich dringend davon abraten, den vereitelten Umsturzversuch an die große Glocke zu hängen«, wandte Singer ein.

Polovinskas-Budrys sah Singer irritiert an. »Ich fürchte, ich verstehe nicht ganz, Singer. Worauf wollen Sie hinaus?«

»Mit Verlaub, Herr Gouverneur, ich kann verstehen, dass Sie ein Interesse daran haben, den Deutschen den Spiegel vorzuhalten. Doch ich halte die Gefahr für sehr groß, dass Polen dies mit französischer Unterstützung für seine ureigenen Interessen ausnutzen könnte. In diesem Fall hätten Sie Ihrer Sache einen Bärendienst erwiesen.«

Polovinskas-Budrys rundes Gesicht blieb unbewegt. »Was schlagen Sie also vor?«

Singer rutschte auf der Sitzfläche seines Sessels ein Stück vor.

»Keine Schlagzeilen. Wenn es sich nicht vermeiden lässt und Gerüchte die Runde machen, allenfalls die Meldung über die Festnahmen im Sinne einer konspirativen Verschwörung. Diese Gefahr ist gebannt! Nun gilt es für uns alle, einen kühlen Kopf zu bewahren und nicht durch eine unbedachte Reaktion weitere Gegner auf den Plan zu rufen.«

Polovinskas-Budrys dachte über Singers Worte nach. »Und wie werden Sie auf deutscher Seite mit dem Fall umgehen?«

Singer wiegte den Kopf. Es lag nicht in seiner Macht, aber er vertraute von Schleicher.

»Auf deutscher Seite wird niemand Interesse daran haben, dass der Fall publik wird – wenn die Waffen ohne großes Aufhebens wieder zurück nach Königsberg gebracht werden und die drei Täter der deutschen Gerichtsbarkeit überstellt werden.«

Polovinskas-Budrys nickte. »Was haben Sie jetzt vor, Herr Singer?«

Singer lehnte sich zurück und überlegte einen Moment. »Wir müssen die Übergabe der Waffen und der drei Gefangenen organisieren und dann werde ich noch heute Abend zurück nach Rossitten fahren.«

Cornelius hob bedauernd die Hände. »Ich fürchte, Sie werden die Nacht noch in Memel verbringen müssen. Die Fähre nach Sandkrug hat für heute den Betrieb bereits eingestellt, und auch die Landgrenze ist abends ab acht geschlossen. Das nächste Bäderschiff fährt erst wieder morgen früh um acht.«

12

Im Dorfladen von Rossitten gab es alles, was die einheimischen Selbstversorger zukaufen mussten und das, was zugereiste Sommerfrischler benötigten: Konserven, Konfitüre, Schokolade, Badeartikel, Andenken, Kurzwaren aller Art und sogar Fotografien wurden hier gemacht. Maag hatte zwei Flaschen Apfelblümchen erstanden und war damit unter dem neugierigen Blick des Ladenbesitzers wieder auf die Bank am Dorfplatz zurückgekehrt. Dort saß Lou Andreas-Salomé und hielt ihr Gesicht in die Abendsonne. Maag setzte sich zu der alten Dame und reichte ihr eine der beiden Flaschen.

»In meinem Alter ist viel Trinken wichtig. In Ihrem kann es auf keinen Fall schaden«, riet sie dem Kriminalassistenten. Sie nahmen beide einen großen Schluck aus der Bügelflasche.

Fast eine ganze Stunde hatte Lou mit dem jungen Kurschat gesprochen. Dann hatte Maag Jurgis dazu vergattert, auf Fritz aufzupassen. Der hatte eigentlich auf einen gemütlichen Feierabend im Wirtshaus gehofft, sich dann aber mit demonstrativer Leidensmiene gefügt. Anschließend war Maag Lou Andreas-Salomé auf den Dorfplatz gefolgt und war nun gespannt zu erfahren, was die Psychoanalytikerin aus dem jungen Mann herausbekommen hatte.

»Hat er den Mord an Belgen gestanden?«, fragte er ungeduldig.

Lou warf ihm einen süffisanten Blick zu. »Er hat es rundweg zugegeben.«

Maag machte große Augen. »Kaum zu glauben. Aber was hatte er für ein Motiv? Ich habe den jungen Mann als ruhigen, freundlichen Gesellen kennengelernt.«

»Tja, Liebe ist die Leidenschaft, die Leiden schafft, mein Lieber. Der Junge ist bis über beide Ohren in Angelika Haller verliebt. Er hätte alles für sie getan. Und jetzt hat er sogar für sie gemordet.« Sie nahm einen weiteren Schluck aus der Flasche.

»Das heißt, die Haller hatte tatsächlich was mit dem jungen Kurschat und hat ihn zu dem Mord an Belgen angestiftet?«

Lou Andreas-Salomé schüttelte den Kopf. »Aber nein, Angelika Haller wusste offensichtlich von nichts. Kurschat wollte sie von Belgens Nachstellungen befreien – ein für alle Mal.«

»Aber wie kommt er denn dazu? Ich meine, die Frau ist hier mit ihrem frisch angetrauten Ehemann. Da wäre es doch wohl an Herrn Haller gewesen, von Belgen eine entsprechende Erklärung einzufordern, wenn der seine Frau belästigt.« Maag verstand die Welt nicht mehr.

Die alte Dame bedachte den jungen Kriminalassistenten mit einem einfühlsamen Blick. »Sie waren anscheinend noch nie wirklich verliebt?«

Maag spürte, wie ihm die Röte ins Gesicht schoss. Die Richtung, die das Gespräch nahm, wollte ihm gar nicht gefallen. »Also, nun, ähm … ich … Aber das tut doch nichts zur Sache.«

Lou hob entschuldigend die Hand und lächelte. »Schon gut, ich wollte Ihnen nicht zu nahetreten. Aber Sie müssen sich in Fritz' Lage versetzen. Der Junge lebt tagaus, tagein in diesem kleinen Kaff auf der Nehrung. Durch seine Arbeit im ›Kurischen Haff‹ bekommt er eine Ahnung davon, wie es draußen in der großen weiten Welt zugeht. Aus seiner Sicht ist das jedoch alles unerreichbar. Wie soll er je von hier wegkommen? Sein Vater arbeitet als Nehrungsfischer wie Generationen vor ihm. Von Fritz wird das gleiche erwartet. Er träumt mit seinem Freund Karl von der Handelsmarine, der wahrscheinlich einzigen realistischen Möglichkeit, jemals von hier fortzukommen und doch noch etwas von der Welt zu sehen. Dann taucht eines Tages Angelika Haller auf, bildhübsch und blitzgescheit. Sie macht ihm schöne Augen, sieht in ihm den Mann, nicht den Jungen. Die Hormone leisten ganze Arbeit. Es dauert nicht lange und Fritz ist Wachs in ihren Händen.«

»Die Haller hat Kurschat also manipuliert?«, sinnierte Maag.

»Sehr wahrscheinlich.«

»Aber beweisen lässt sich das nicht?«

Lou lehnte sich zurück, schlug die Beine übereinander und zupfte den langen Rock glatt.

»Solange er sich weiterhin in der Rolle des Beschützers sieht, wird er nicht zugeben, dass sie ihn womöglich zu der Tat angestiftet hat.«

»Ihm muss aber doch klar sein, welche Konsequenzen

das für ihn hat. Auf Mord steht immer noch die Todesstrafe.«

Lou Andreas-Salomé zuckte nur mit den Schultern.

Maag sah nachdenklich vor sich hin. »Ich sollte mir den Jungen noch mal vornehmen.«

Die alte Dame winkte ab. »Reine Zeitverschwendung. Er wird nichts sagen. Schon gar nicht über das Objekt seiner Begierde.« Ein wenig mühsam hatte sie sich von der Bank erhoben und drückte Maag die leere Bügelflasche in die Hand.

»Dann sollte ich mit Angelika Haller sprechen. Wenn ich sie gehörig unter Druck setze, dann …« Maag brach ab.

Lou Andreas-Salomé hatte sich vorgebeugt und legte eine Hand auf seinen Unterarm. »Wer immer diese Frau ist, ich halte sie für sehr gefährlich. Ich weiß nicht, welches Ziel sie verfolgt, aber Sie haben nichts gegen sie in der Hand. Sie wissen auch nicht, was sie dem jungen Kurschat versprochen hat. Im Zweifel wird sie alles abstreiten. Möglicherweise hat sich Fritz Kurschat wirklich nur in seinen eigenen Tagträumen verloren, und Angelika Haller hat mit dem Mord an diesem Reporter rein gar nichts zu tun. Sie sollten zunächst das Gespräch mit den Kommissaren suchen.«

Um halb acht war der Trakt der Kriminalpolizei im Königsberger Polizeipräsidium weitgehend verwaist. Lediglich die Wachtmeisterei war besetzt. Doch auch Heinrich Puschkat harrte noch im Büro aus, weil er auf Singers Anruf wartete. Die Ungewissheit machte ihn schier verrückt. Freitagmorgen mussten sie dem Polizeipräsidenten Rechenschaft ablegen. Wenn er bis dahin kein Lebenszeichen von Singer erhalten hätte, dann wäre alles verloren.

Um sich die Wartezeit zu verkürzen, hatte Puschkat bereits damit begonnen, seinen schriftlichen Bericht für Giersching zu formulieren – das hieß, soweit er in die Ereignisse involviert war. Puschkat überlegte gerade, wie er es am geschicktesten formulieren konnte, dass er von dem Zeitungsreporter Söderberg auf so schändliche Weise außer Gefecht gesetzt worden war, als das Telefon schrillte.

Puschkat sprang auf und eilte in ungewohnter Hast zu dem Apparat, der auf Henny Hübners Schreibtisch stand.

»Hier Puschkat!«, japste er ganz außer Atem.

»Und hier Singer«, ertönte eine aufgeräumte Stimme am anderen Ende der Leitung.

»Sie sind also wohlauf?«, fragte Puschkat erleichtert.

»Ich denke, das kann man so sagen«, antwortete Singer.

»Na, nun erzählen Sie schon? Hatten Sie Erfolg?«

Singer berichtete in groben Zügen von den Geschehnissen auf Gut Tauerlaucken und den anschließenden Vernehmungen in Memel.

»Das heißt, wir haben die drei Kerle am Haken?«, fragte Puschkat, als Singer geendet hatte.

»Stamper wird auspacken. Er hat ausgesagt, dass Peukert mit Klemp zu Freymanns Wohnung gefahren ist Und dass Klemp den Gefreiten Scheruleit erschlagen hat. Er kann auch bezeugen, dass Peukert den Auftrag zum Mord an Freymann gegeben hat. Wir haben es geschafft, Heinrich.«

Puschkat brummte zufrieden. »Und dieser Taundler?«

»Um den werden sich die Kollegen in Memel kümmern. Der Gouverneur wird die Männer vom Heimatschutz nach Kaunas überstellen. Man wird ihnen dort den Prozess machen. Das wird weniger Aufsehen erregen als in Memel.«

»Was ist mit Söderberg? Haben Sie ihn gefunden?«

»Söderberg lebt, aber es war knapp.«

»Wyneken wird sich freuen. Bekommt er also doch noch seine Reportage. Giersching hat ihm Exklusivität zugesichert, damit die Zeitung mindestens bis Freitag die Füße stillhält.«

»Ich glaube, wir haben jetzt einen ganz guten Stand bei Wyneken. Wäre ich nicht nach Memel gefahren und hätte auf dem Weg dorthin unzählige Dienstvorschriften verletzt, dann läge sein rasender Reporter jetzt einen Meter tief im memelländischen Wald verscharrt.«

»Ich habe übrigens auch Neuigkeiten für Sie«, sagte Puschkat. »Eine Person namens Angelika von Tengslaff hat es mit ziemlicher Sicherheit nie gegeben. Belgen hat sich vermutlich mit dem tragischen Unfalltod eines gewissen Eugen Sattler beschäftigt.«

»Sattler? Das war doch dieser Trikotagen-Fabrikant.«

»Sie können sich an den Mann erinnern?«

»Tragischer Fall aus meiner Berliner Zeit. Das muss zwei Jahre her sein. Der ist an seinem Geburtstag bei einem Segelunfall auf dem Wannsee ertrunken. Warum war das für Belgen interessant?«

»Der Mann war frisch verheiratet. Nur wenige Tage nach der Beerdigung hat seine Frau, die im Übrigen eine deutliche Ähnlichkeit mit Angelika Haller aufweist, alles verkauft – die Firma, die Villa, alles. Vermutlich hat Belgen sie zufällig wiedererkannt ...«

»... und musste deswegen sterben«, vollendete Singer den Satz. »Karl Haller ist ebenfalls ein erfolgreicher Unternehmer und frisch verheiratet ...«

»... und er befindet sich möglicherweise ebenfalls in Lebensgefahr.«

Diesmal war es an Puschkat, den Satz zu vollenden.

13

»Ich soll *was* machen?«

Ella konnte nicht glauben, was sie gerade gehört hatte. Sie presste den Hörer des Telefonapparates fester ans Ohr, doch die ohnehin schon schlechte Verbindung nach Memel war bereits unterbrochen.

»Gibt es ein Problem, gnä' Frau?« Hillinger lugte aus seinem kleinen Büro hervor und warf seinem schönsten Gast einen besorgten Blick zu.

»Nein, nein. Schon gut, mein lieber Hillinger. Sie haben nicht zufällig den Kriminalassistenten gesehen?«

Hillinger trat an den Rezeptionstresen. »Kurz bevor Sie kamen, ist der junge Mann zum Abendessen in den Speisesaal gegangen.«

Ella bedankte sich und ging in den Saal. Die beiden Haupttafeln waren fast vollständig besetzt. Grambow war in seinem Element und unterhielt die Hallers und die Wengenröders. Maag saß allein an einem Katzentisch neben dem Ausgang zur Küche. Das Hotel war bis auf den letzten Platz ausgebucht. Als er Ella auf sich zukommen sah, erhob er sich. »Guten Abend, gnädige Frau.«

Ella zog sich einen Stuhl heran, setzte sich. »Herr Maag, Sie müssen mir helfen«, begann sie ohne Umschweife.

Maag straffte sich. »Selbstverständlich, gnädige Frau. Und wobei?«

Ella sah sich zunächst im Saal um, bevor sie sich vorbeugte und mit leiser, aber fester Stimme sagte: »Bei einem Einbruch.«

Maag sah sie aus großen Augen an. »Bei einem Einbruch?«

Ella legte einen Zeigefinger an ihre perfekt geschminkten Lippen. »Exakt!«, sagte sie dann. Sie wandte sich um, um den Kellner herbeizuwinken und bestellte einen polnischen Salat. Dann wandte sie sich wieder Maag zu.

»Kommissar Singer hat angerufen und mich gebeten, dass wir uns einmal – sehr diskret, versteht sich – im Hotelzimmer der Hallers umsehen.«

Maag griff erschrocken an die Tischkante. »Wie bitte? Wieso das denn? Und wenn man uns erwischt?«

Ella legte dem aufgeregten Kriminalassistenten die Hand auf den Unterarm und lächelte warmherzig. »Gefahr im Verzug!« Sie beugte sich erneut vor. »Ihr Chef vermutet, dass die Haller es auf ihren Mann abgesehen hat, und wenn sie ihn umbringen will, wie wird sie das vermutlich anstellen?«

»Mit Gift«, hauchte Maag.

Ella nickte.

Maag blickte verstohlen zu den Hallers hinüber. Sie saßen neben den Wengenröders. Nichts deutete darauf hin, dass Angelika Haller kaltblütig den Mord an ihrem reichen Gatten vorbereitete. Im Gegenteil, sie schien guter Dinge, unterhielt sich angeregt mit der schwedischen Frau des Reichsbahndirektors. Doch welchem Giftmörder waren seine heimtückischen Absichten schon ins Gesicht geschrieben!

Maag wandte sich wieder zu Ella um. »Und wie sollen wir das anstellen?«

»Später am Abend ist Tanz im Kurhaus. Da werden wir genug Zeit haben, uns in Ruhe im Zimmer umzusehen.« Ella betrachtete zufrieden den zwischenzeitlich servierten Feinkostsalat. »Hm, den sollten Sie unbedingt probieren, Erwin. Kleingeschnittener kalter Braten, Ei, Endivien und Zwiebeln in einer leichten Mayonnaise. Wie gut, dass man diese Speise nicht aufgrund nationalistischer Ressentiments von der Karte genommen hat.«

Das Kurhaus befand sich am Ende der Dorfstraße, gegenüber der Haffleuchte. Um kurz nach halb neun war dort der Tanzabend im vollen Gange. Ella schritt in einem kurzen dunkelblauen Charlestonkleid am Arm des Kriminalassistenten die Dorfstraße entlang. Maag trug einen von Hillinger geliehenen Sommeranzug, der ihm – wie Ella fand – ganz ausgezeichnet stand. Dennoch wirkte der junge Kriminalassistent alles andere als glücklich.

»Mensch, Erwin, jetzt machen Sie doch nicht so ein Gesicht. Sehen Sie sich doch bloß mal um. Das ist nicht sehr schmeichelhaft für mich«, neckte sie ihn.

»Ich weiß nicht, wie Sie das alles so locker sehen können, liebe Frau Landau. Es ist schon schlimm genug, dass ich in ein Hotelzimmer einbrechen soll, aber jetzt gehen wir auch noch tanzen?«

»Wir verbinden lediglich das Angenehme mit dem

Nützlichen. Bevor wir bei den Hallers einsteigen, werden wir uns vergewissern, dass sie sich gut amüsieren. Oder wollen Sie riskieren, dass sie uns auf frischer Tat ertappen, weil sie früher als geplant ins Hotel zurückkehren?«

Ella bemerkte, wie es Maag bei diesem Gedanken förmlich schüttelte. Inzwischen waren sie beim Kurhaus angekommen. Ella sah Maag strahlend an. »Wollen wir?«

Kurz darauf betraten sie den weitläufigen Tanzsaal. Die Kapelle spielte bereits. Zahlreiche Paare bewegten sich mehr oder weniger elegant auf der Tanzfläche.

»Ich kann übrigens nicht tanzen, nur dass Sie es wissen.« Maags Stimme klang flehentlich.

Doch Ella ließ sich nicht beirren. Sie schritt mit ihrem Begleiter mitten auf die Tanzfläche, umfasste ihn und führte ihn im Takt eines langsamen Foxtrotts geschickt über das Parkett. Maag standen die Schweißtropfen auf der Stirn.

Ella lachte. »Na sehen Sie, ist doch gar nicht schwer. Folgen Sie mir einfach und halten Sie dabei unauffällig nach den Hallers Ausschau.«

Ein paar Minuten bewegten sie sich kreuz und quer im Getümmel über das Parkett, bis Ella Angelika Haller an der hinteren Wand des Saals an einem Tisch entdeckte. Ihre Blicke trafen sich. Ella dirigierte ihren Partner geschickt in ihre Richtung. »Oh, das ist ja eine Überraschung«, rief sie den Hallers munter zu.

Angelika Haller hielt ein Cocktailglas in der Hand und machte in ihrem Kleid eine atemberaubende Figur. Ihr Mann trug einen Smoking und sah erschöpft aus. Offenbar hatte er sich gerade eine Tanzpause ausgebeten.

»Ihr Mann ist noch nicht zurück?«, stellte Angelika Haller mit Blick auf Maag fest.

Ella nahm ein Glas Sekt vom Tablett eines vorbeikommenden Kellners. »Mein Mann kommt morgen zurück.« Sie lächelte. »Ich weiß, dass er mir verzeihen wird, dass ich Herrn Maag für einen Abend wie diesen entführe.«

Angelika Haller hob ihr Sektglas und prostete Ella zu. »Solange Sie ihn nur nicht *ver*führen, meine Liebe.«

Angelika Haller wirkte völlig gelöst. Nichts deutete daraufhin, dass hier jemand saß, der einen jungen Mann zum Mord angestiftet hatte und nun möglicherweise im Begriff war, den eigenen Ehemann zu vergiften. Jetzt erhob sie sich und hielt ihrem Mann den Arm hin. »Na, dann komm, mein Lieber. Lange genug ausgeruht.«

Und schon waren die Hallers im dichten Getümmel der Tanzfläche verschwunden. Ella drehte mit Erwin ebenfalls noch ein paar Kreise, bevor sie ihn hinter sich her diskret aus dem Saal zog.

Als sie wenig später wieder das Hotel erreichten, blieb Maag abrupt stehen. Er sah Ella verzagt an. »Aber wie wollen wir denn in das Zimmer kommen? Ohne Schlüssel?«

»Können Sie etwa keine Schlösser knacken?«

Erwin Maag schüttelte heftig den Kopf. »Nein, natürlich nicht!«

Ella zuckte mit den Schultern. »Aber ich. Kommen Sie, wir haben keine Zeit zu verlieren.«

Es dauerte keine Minute, bis Ella mithilfe eines Drahts die Tür zum geräumigen Zimmer der Hallers geöffnet hatte.

Schweißgebadet hatte Erwin den Vorgang verfolgt, nicht ohne immer wieder ängstliche Blicke um sich zu werfen. Doch das Hotel war verwaist. Keiner der Hotelgäste ließ sich den Tanz im Kurhaus entgehen.

Im Zimmer schloss Ella die Vorhänge und schaltete die Nachttischlampen an. Dann sichtete sie mit routinierten Griffen Angelika Hallers Gepäckstücke. Doch weder der stattliche Schrankkoffer noch die kalbslederne Reisetasche wiesen irgendwelche Geheimfächer auf, in denen man Gift verstecken konnte. Erwin hatte zwischenzeitlich die im Schrank hängenden Kleider abgetastet und war zu guter Letzt noch unter das Bett gekrochen. Aber auch hier wurden sie nicht fündig.

Ella stemmte die Hände in die Hüften. Dann schritt sie energisch auf eine Tür zu, die sich im hinteren Teil des Raumes befand. Sie führte zu einem Badezimmer. Ella schaltete das Licht an und trat ein. Maag folgte ihr. Es gab eine freistehende Badewanne mit einem Duschkopf. Daneben ein großes Waschbecken. Darüber ein Bord mit Zahnputzutensilien, Schminksachen, Toiletten- und Hygieneartikeln aller Art sowie einigen Parfümflakons.

Maag nahm den größten der vier kunstvoll geschliffenen Flakons in die Hand, schraubte den Zerstäuber ab und schnupperte. Dann hielt er Ella den Flakon unter die Nase.

»Das ist Villa Bordighera. Zu erkennen an der Zitronen-Bergamotte. Sehr markant.«

Der Kriminalassistent nickte beeindruckt. Dann schraubte er den Zerstäuber wieder zusammen und stellte das Gefäß an seinen Platz zurück. Auch die beiden anderen

Flakons enthielten blumige Düfte. Schließlich holte Maag das letzte Fläschchen vom Brett. Er schraubte ohne große Hoffnung den Verschluss ab und schnupperte.

»Und?« Ella sah ihn fragend an.

Maag zuckte mit den Schultern. »Riecht nach nichts. Vielleicht eine Medizin?«

»Kennen Sie eine Medizin, die nach nichts riecht? Also ich jedenfalls nicht.« Ella schnupperte selbst und war sich sicher. »Das muss das Gift sein.«

»Und was tun wir jetzt? Wenn wir die Flasche mitnehmen, ist sie gewarnt. Vielleicht sollten wir sie mit dem Fund konfrontieren?«

Ella schüttelte den Kopf. »Wir haben keine Ahnung, um was für eine Substanz es sich handelt. Das muss in einem Labor untersucht werden.«

Der Kriminalassistent sah sie ratlos an. »Auch dafür müssten wir die Flasche mitnehmen.«

Ella lächelte. »Nein, nur die Flüssigkeit. Schleichen Sie nach unten und stibitzen Sie eine Apfelblümchen-Flasche. Hinterm Haus stehen Kisten mit leeren Flaschen. Wir ersetzen die Flüssigkeit durch Wasser. Und danach geht's zurück auf die Tanzfläche. Der Abend ist schließlich noch lang, mein Lieber.«

14

»Was ist denn das hier für ein Auftrieb?«

Heinrich Puschkat betrachtete verwundert den stocken-
den Verkehr, der auf der Tilsiter Luisenbrücke herrschte.
Anton Lippert am Steuer des Lieferwagens fluchte und trat
auf die Bremse, weil schon wieder vor ihm ein Passant arglos über die Straße lief.

Sie waren am frühen Morgen in Königsberg aufgebrochen. Ihr Ziel war der rund hundertzwanzig Kilometer
entfernte Grenzübergang Tilsit-Übermemel. Singer hatte
Puschkat angewiesen, dort, am litauischen Memelufer, die
Gefangenen in Empfang zu nehmen. Puschkat hatte zu diesem Zweck zwei zivile Lastwagen aufgetrieben und aus-
statten lassen, denn die Aktion sollte kein Aufsehen erregen. Hinten im Laderaum saßen je zwei Schutzpolizisten
in Zivil.

»Wo wollen die bloß alle hin?«, fragte Puschkat angesichts der vielen Fußgänger, die es mit Einkaufstaschen
und Körben über die lange Brücke vom Ostpreußischen
ins Memelländische zog. Vor dem prachtvollen Brücken-
portal hielten zwei deutsche Zöllner Wache. Gelegentlich
wurde ein Rückkehrer mit prall gefüllten Taschen angehalten und kontrolliert.

»Ja, pass doch auf, Himmelherrgott!«, fluchte Lippert, als eine Frau, die schwer an ihren Körben trug, ihn zu einer erneuten Bremsung nötigte. Hinten im Laderaum waren Protestrufe zu hören.

Puschkat kurbelte das Seitenfenster herunter. Seit es nur noch im Schneckentempo voranging, war es im Führerhaus vor Hitze kaum auszuhalten.

»Das war doch früher nicht so«, beharrte Puschkat.

Lippert warf seinem Kollegen einen spöttischen Blick zu. »Bist wohl schon lange nicht mehr in Tilsit gewesen.«

»Ja, ist schon eine Weile her. Muss noch zu Landsturm-Zeiten gewesen sein. Anno '16. Damals ist man höchstens mal zum Angeln oder Baden über die Brücke.«

Mittlerweile waren sie bis auf wenige Meter an den Grenzposten herangekommen. Lippert hatte sein Fenster ebenfalls heruntergekurbelt und ließ den Ellenbogen von der Sonne bescheinen. »Dann wirst du gleich Augen machen«, erklärte der Inspektor.

Der deutsche Grenzer ließ die beiden LKW zu Puschkats Verwunderung ohne weitere Kontrolle passieren. Er sah Lippert fragend an.

Der zuckte mit den Schultern. »Ist doch klar. Die Deutschen kaufen drüben billig ein. Warum sollen die jetzt in deine leeren Taschen schauen. Auf dem Rückweg sieht das schon ganz anders aus.« Er deutete nach vorn, wo man das litauische Ufer mit seinen Kaufläden sehen konnte. Zahlreiche Schlachtereien standen dort dicht an dicht. Daneben gab es Meiereien und Läden mit einem überbordenden Angebot an Obst und Gemüse. Puschkat staunte nicht schlecht.

Doch jetzt lenkte der litauische Zöllner ihre Aufmerksamkeit auf sich, der am Ende der Brücke auf sie zutrat.

Lippert beugte sich aus dem Fenster. »Kriminalpolizei Königsberg«, rief er dem Mann zu.

Der nickte. »Wir sind informiert. Bitte fahren Sie rechts ab in den Rombinus-Weg. Herr Cornelius erwartet Sie im ›Brückenkopf‹.«

»Im Brückenkopf?«, fragte Puschkat an Lippert gewandt.

Der dreht sich zu ihm um. »Ein Ausflugslokal. Ich war schon mal da.« Er sah wieder zu dem Zöllner hinaus, tippte mit zwei Fingern an eine imaginäre Hutkrempe und gab Gas. Am Ende der Brücke bog er rechts ab. Schon bald erreichten sie den Handelsplatz.

Puschkat kam aus dem Staunen gar nicht mehr heraus. »Wann ist das denn alles entstanden? Hier waren doch früher nur Sägewerke, und die Memel war voll mit Baumstämmen.« Er rieb sich den bandagierten Oberarm. Die Wunde war mit drei Stichen genäht worden und juckte.

»Die Zeiten sind nun wirklich vorbei, Heinrich«, sagte Lippert und deutete vor sich. »Da ist der Gasthof.«

Er verlangsamte die Fahrt und parkte vor dem Staketenzaun, der die Terrasse am Flussufer vom Gasthof trennte. Der zweite LKW fand ebenfalls einen Platz.

Sie stiegen aus, und Lippert öffnete die rückwärtige Tür und befreite die beiden Kollegen aus ihrem Gefängnis. Die Männer zündeten sich, kaum an der frischen Luft, sofort eine Zigarette an.

Ein Schutzpolizist war auf sie zugetreten und führte Puschkat und Lippert zu dem Gasthof und über eine

Außentreppe in den Speisesaal im ersten Stock. Hier war es angenehm kühl. An einem Ecktisch erhob sich ein Mann mit einer runden Brille und einem Bürstenhaarschnitt. Sein Händedruck war kräftig, als er Puschkat begrüßte.

»Cornelius«, stellte er sich vor und reichte den beiden Kollegen aus Königsberg die Hand. »Preußische Pünktlichkeit, das lob ich mir. Bevor wir zum Geschäftlichen kommen, sollten wir vielleicht erst ein kleines Frühstück zu uns nehmen. Sie mussten schließlich früh los. Bitte nehmen Sie doch Platz, meine Herren.«

Cornelius deutete auf die freien Plätze. Puschkat bedankte sich, dann nahmen sie Platz. Ein Serviermädchen stellte eine Platte mit Schinken, Leberwurst und Tilsiter Käse ab. Der dazugehörige Brotkorb war ordentlich bestückt. Puschkat steckte sich die Serviette in den Kragen und griff beherzt zu. Der dazu servierte echte Bohnenkaffee hob seine Stimmung deutlich. Auch Lipperts Miene hatte sich aufgehellt. Während die deutschen Kollegen aßen, berichtete Cornelius vom erfolgreichen Zugriff auf Gut Tauerlaucken. »Ich übergebe Ihnen die Kerle nur schweren Herzens, meine Herren. Ich hoffe, dass diese Kriegstreiber die ganze Härte des Gesetzes zu spüren bekommen.«

»Zweifeln Sie etwa an der deutschen Justiz?«, fragte Puschkat leicht indigniert.

Cornelius hob beschwichtigend die Hände. »Durchaus nicht. Wir sind Ihnen vielmehr sehr dankbar, dass Sie diesen schändlichen Umsturzversuch verhindert haben. Die Waffen wurden allesamt sichergestellt und werden zur

Stunde per Schiff nach Pillau gebracht und dort wieder in die Obhut der Reichswehr übergeben.«

»Und Sie? Wie werden Sie mit Taundler und Konsorten verfahren?«, fragte Puschkat.

Cornelius nahm einen Schluck von seinem Kaffee. »Taundler und seine Mitverschwörer sind bereits auf dem Weg nach Kaunas. Man wird ihnen dort den Prozess machen. Das Ganze wird allerdings auf kleiner Flamme gekocht. Der Gouverneur hat bereits mit dem Präsidenten darüber gesprochen und der wiederum hat sich mit Ihrem Herrn Stresemann in Berlin abgestimmt.«

»Ja, ja, die Welt ist klein«, seufzte Lippert.

»Das ist Diplomatie. Da sollten wir kleinen Polizisten uns lieber ganz heraushalten«, erwiderte Cornelius lächelnd.

15

Maags Kaffee war mittlerweile kalt geworden. Er saß im verwaisten Speisesaal des Hotels »Kurisches Haff« und wartete auf Angelika Haller. Er hatte sich vorgenommen, der feinen Dame gehörig auf den Zahn zu fühlen. Wenn alles gut lief, konnte er Kommissar Singer schon bald handfeste Ermittlungsergebnisse liefern. Aber wo blieb sie nur? Maag blickte zum wiederholten Male zu der tickenden Standuhr. Er hatte Hillinger gebeten, Frau Haller auszurichten, dass er sie zu sprechen wünsche, aber das war nun gut eine halbe Stunde her.

Er wollte sich gerade erheben und die Dame in ihrem Zimmer aufsuchen, als auf der Treppe Schritte zu hören waren. Kurz darauf betrat Angelika Haller in einem hellen Sommerkleid den Speisesaal, und sie war nicht allein. Sie hatte sich bei ihrem Mann eingehakt, der einen dunklen Gehrock trug.

Maag erhob sich, wies auf die Plätze vor sich. »Nehmen Sie doch bitte Platz. Danke, dass Sie gekommen sind.« Seine Gedanken rasten. Er hatte nicht damit gerechnet, dass sie in Begleitung ihres Mannes kommen würde. Wie sollte er jetzt vorgehen?

Doch bevor er etwas sagen konnte, ergriff Karl Haller bereits das Wort. »Können Sie mir wohl erklären, warum die Polizei meine Frau vernehmen möchte?« Er sah den Kriminalassistenten mit finsterer Miene an.

»Wir müssen alle Gäste befragen, Herr Haller«, antwortete Maag und versuchte seiner Stimme einen festen Klang zu geben. »Immerhin geht es hier um Mord.« Er wandte sich an Angelika Haller, versuchte ihrem herablassenden Blick standzuhalten. »Ähm … nun … wie gut kannten Sie das Opfer … Herrn Belgen … gnädige Frau?«

Wieder war es Karl Haller, der sprach. »Meine Frau und ich, wir haben das Opfer nicht näher gekannt. Herr Belgen war nur eine flüchtige Urlaubsbekanntschaft.«

»Eine Urlaubsbekanntschaft, die ich nicht weiter vertiefen wollte«, fügte seine Frau an, die ihren Blick in den Garten schweifen ließ, zum Zeichen, dass sie den Tag lieber in der Sonne verbringen würde.

»Sie haben also nähere Bekanntschaft mit Herrn Belgen gemacht, Frau Haller?«, setzte Maag nach.

»Was wollen Sie damit andeuten?« Karl Haller reagierte empört.

Seine Frau legte ihm beschwichtigend die Hand auf den Unterarm. »Kein Grund, sich aufzuregen, Liebling.« Und an Maag gewandt: »Dieser Herr Belgen war ein sehr eingebildeter und unangenehmer Mensch. Er hielt sich für unwiderstehlich. Ich habe ihm deutlich zu verstehen gegeben, dass ich seine nähere Bekanntschaft nicht wünsche. Das war alles. Im Übrigen war ich nicht die Einzige, der er Avancen gemacht hat. Fragen Sie mal Frau Landau.« Angelika Haller faltete die manikürten Hände vor sich auf dem Tisch, als sei damit alles gesagt.

»Danke für den Hinweis. Ich werde selbstverständlich auch noch mit Frau Landau sprechen«, erwiderte Maag. »Es ist nicht zufällig so, dass Sie Herrn Belgen schon von früher kannten, Frau Haller?«

Karl Haller warf seiner Frau einen überraschten Blick zu. Die lächelte ungläubig. »Aber nein. Woher denn?«

»Vielleicht aus Berlin? Herr Belgen war bis vor Kurzem als Korrespondent der *Königsberger Allgemeinen* in der Hauptstadt tätig«, half der Kriminalassistent nach.

»Berlin ist nicht Königsberg, wo offensichtlich jeder jeden kennt.«

Angelika Haller tat amüsiert. Maag sah den Spott in ihren Augen und zwang sich zur Ruhe. Er hatte sein Pulver noch nicht verschossen. Um Zeit zu gewinnen, holte er sein Notizbuch hervor, schlug es auf.

»Vielleicht sind Sie sich im Hause Sattler einmal begegnet?«

Abrupt veränderte Angelika Haller ihre Position. Sie umfasste die Lehnen ihres Stuhls und richtete sich kerzengerade auf. Maag war sich sicher, dass er ins Schwarze getroffen hatte. Doch im nächsten Moment hatte Angelika Haller sich bereits wieder gefangen.

Sie schürzte die Lippen und schüttelte den Kopf. »Ein Haus Sattler kenne ich leider nicht, Herr Kommissar.«

»Kriminalassistent«, verbesserte Maag unwillkürlich und bereute es im selben Moment.

»Oh, ich verstehe. Sie müssen erst noch Erfahrung sammeln.« Angelika Hallers Augen blitzten spöttisch. Sie hatte das Gespräch wieder unter Kontrolle.

Doch Maag gab sich noch nicht geschlagen. »Der Trikotagen-Fabrikant Eugen Sattler ist am Tag seines fünfzigsten Geburtstags im Juli vor drei Jahren bei einem Segelunfall auf dem Wannsee in Sichtweite seiner Villa auf tragische Weise ums Leben gekommen. Warum könnte Herr Belgen Sie mit dem Mann in Verbindung gebracht haben, Frau Haller?«

Karl Haller beugte sich vor. »Was reden Sie denn da?«, polterte er los. »Wie kommen Sie denn auf so etwas«

»Das geht aus Aufzeichnungen hervor, die wir in Herrn Belgens Gepäck gefunden haben.«

Karl Haller streckte Maag einen wütenden Zeigefinger entgegen. »Hören Sie, junger Mann. Ich habe keine Ahnung, was dieser Belgen da zusammenfabuliert hat. Aber meine Frau hat Ihnen gerade erklärt, dass sie den Mann noch nie zuvor gesehen hat. Und was all dies mit dem tragischen Unfall dieses sicherlich bedauernswerten Herrn Sattler zu tun hat, ist mir schleierhaft.«

»Eugen Sattler hatte erst kurz zuvor geheiratet, eine wesentlich jüngere Frau. Die Witwe hat damals das komplette Vermögen geerbt.«

Karl Haller schüttelte irritiert den Kopf. »Ja, und? Ich weiß beim besten Willen nicht, worauf Sie hinauswollen. Das ist doch in so einem Fall ganz gewöhnlich.«

»Ja, nur dass die Witwe sechs Wochen später den ganzen Besitz verkauft hat und seither spurlos verschwunden ist.«

Zu Maags Überraschung warf Angelika Haller den Kopf in den Nacken und lachte laut auf. »Entschuldigen Sie, bitte. Und jetzt stellt der feine Herr Belgen allen Ehefrauen nach, die einen älteren, wohlsituierten Herrn heiraten, in der Hoffnung die Witwe dieses Herrn Sattler zu finden? Das ist abstrus.«

»Das ist doch geradezu absurd!« Haller sah das ähnlich. »Meine Frau entstammt einem baltendeutschen Adelsgeschlecht, dessen Stammbaum mehrere Jahrhunderte zurückreicht«, warf Karl Haller ein.

Maag sah in seine Aufzeichnungen. »Von Tengslaff, wenn ich richtig informiert bin.«

»Ja, und?« In Angelika Hallers Stimme schwang nun eine Spur Beunruhigung mit.

»Dann wissen Sie sicher auch, dass die dortigen adligen Familiennamen in sogenannten Matrikeln geführt werden. Insgesamt gibt es vier – das kurländische, das livländische ...«

»Das wird mir jetzt zu dumm!« Angelika Haller stand abrupt auf.

Die Herren erhoben sich ebenfalls. Maag unternahm noch einen letzten Versuch. »Wie gut kennen Sie eigentlich den jungen Fritz Kurschat?«

Karl Haller, der sich bereits halb abgewandt hatte, fuhr herum. »Was wollen Sie damit andeuten?«

»Natürlich kenne ich den jungen Mann aus dem Hotel«, sagte Angelika Haller. »Er ist ja wohl so etwas wie das Faktotum hier.«

»Haben Sie eine Erklärung dafür, warum er mit einem Messer auf Herrn Belgen losgegangen ist? War er vielleicht eifersüchtig?«

Bevor Maag recht begriff, wie ihm geschah, hatte Angelika Haller ihm eine schallende Ohrfeige verpasst. Im nächsten Moment stürmte sie zum Speisesaal hinaus. Karl Haller war mindestens ebenso perplex wie Maag. Er wollte etwas sagen, fand aber keine Worte. Er bedachte Maag mit einem wütenden Blick und eilte dann seiner Gattin hinterher.

Es war kurz vor zwei, als Ella sich ihr Sommerkleid überstreifte und das Badetuch einrollte. Sie war allein an den Strand gegangen, da Anna Freud sich von Lou Andreas-Salomé zu einer Kutschfahrt zu den Elchen hatte überreden lassen. Anna hätte sicherlich lieber mit Ella in der Sonne gelegen, doch für Lou stand fest, dass ein Urlaub auf der kurischen Nehrung unvollständig war, wenn man keine Elche gesehen hatte.

Eigentlich hatte Ella vorgehabt, länger am Strand zu bleiben. Doch dann war dieser Dorfgendarm in den Dünen aufgetaucht und hatte nach ihr gerufen. Jurgis hatte einen Anruf von Aaron erhalten, der ihr ausrichten ließ, dass er sich auf dem Rückweg nach Rossitten befinde und gegen vier ankommen werde.

Während Ella jetzt durch das Kiefernwäldchen in Richtung Dorf ging, musste sie an Singer denken. Die Vorfreude auf seine baldige Rückkehr und die Erleichterung, dass ihm nichts passiert war, ließen ihr Herz höherschlagen. Wer weiß? Vielleicht blieb ja zwischen der Heimkehr des siegreichen Kriegers und dem Abendessen noch Zeit, den Erfolg der Mission ein wenig zu feiern. Ella spürte bereits ein wohliges Kribbeln im Bauch.

Sie betrat das Hotel über den Garten. An einem Tisch im Schatten saß Karl Haller, die Ärmel hochgekrempelt und den Kragenknopf geöffnet. Vor ihm stand ein großes Glas, in dem Eisstückchen schwammen. Im Aschenbecher lagen zahlreiche Zigarettenstummel.

»Gnädige Frau!« Haller stemmte sich aus seinem Gartenstuhl.

Ella deutete auf das Glas. »Ist die Bar schon eröffnet?«

Der Kaufhauskönig brauchte einen Moment, bis der Groschen fiel. Er lächelte. »Oh, nein. Das ist hausgemachte Zitronenlimonade. Genau das Richtige bei dieser Hitze. Aber setzen Sie sich doch einen Moment zu mir!«

Ella nahm die Einladung an und winkte dem Serviermädchen. Sie bestellte ebenfalls eine Zitronenlimonade und wandte sich wieder Haller zu. »Wo haben Sie denn Ihre Frau Gemahlin gelassen? Sie wollten sich doch mehr um sie kümmern?«, sagte sie in scherzhaftem Ton.

Doch Haller war offenbar nicht nach Scherzen zumute. Er schnaubte verbittert.

Ella sah ihn verwundert an. »O je, haben sie sich gestritten?«

Haller schüttelte den Kopf. »Nein, nein. Sie ist zum Strand. Sie wollte allein sein. Es war wohl alles etwas viel heute.«

»Was ist denn passiert?«, fragte Ella mit aufrichtigem Interesse.

Haller zuckte mit den Schultern. »Dieser Kommissar oder Assistent oder was er ist …«

»Kriminalassistent Maag?«, half Ella nach.

Haller nickte. »Ja, der ... Er scheint Angelika zu verdächtigen, etwas mit dem Tod von diesem Belgen zu tun zu haben. Dabei hat sie mehrfach glaubhaft versichert, diesen Reporter erst hier in Rossitten kennengelernt zu haben. Und dann hat er Angelika auch noch in Verbindung zu dem tragischen Unfalltod eines Berliner Unternehmers gebracht ...« Haller holte ein silbernes Zigarettenetui aus seiner Jackentasche hervor und hielt es Ella hin. Ella nahm eine Zigarette und ließ sich Feuer geben. In diesem Moment wurde die Limonade serviert. Eine Weile rauchten beide schweigend.

»Aber natürlich kennen Sie Ihre Frau gut genug, um zu wissen, dass diese Anschuldigung jeder Grundlage entbehrt«, brach Ella schließlich das Schweigen.

Haller inhalierte tief und blies den Rauch in die Luft. »Angelika stammt aus Sankt Petersburg. Zumindest hat sie dort eine Zeit lang gelebt. Sie ist eine von Tengslaff ...« Haller schnaubte erneut. »Erbschleicherei! So etwas hätte sie doch überhaupt nicht nötig.«

Ella sah Haller prüfend an. Er hatte im Brustton der Überzeugung gesprochen, aber man sah ihm an, dass die Zweifel, die Maag gesät hatte, zu sprießen begonnen hatten.

»Stellen Sie sich nur vor«, fuhr er jetzt fort, »dieser Maag hat Angelika unterstellt, sie hätte diesen Fischerjungen ermuntert, auf Belgen loszugehen.« Hallers Stimme bebte vor Empörung.

»Haben Sie mit Ihrer Frau darüber gesprochen? Ich meine, könnte es sein, dass ihr Verhalten ungewollt ...« Ella zögerte.

Haller sah starr vor sich hin. Alle möglichen Szenarien schienen sich in seinem Innern abzuspielen.

Ella tat entsetzt. »Sie glauben doch nicht etwa, dass da wirklich etwas war?«

Jetzt sah Haller sie an. »Aber das wäre doch nicht unbemerkt geblieben, Frau Landau. In einem kleinen Strandbad wie diesem. Wie hätte Angelika denn da den jungen Kurschat ... verführen sollen? Ich weigere mich, so etwas auch nur annähernd in Betracht zu ziehen.«

Ella nickte nur und schwieg bedeutungsvoll.

Haller drückte seine Zigarette aus und räumte seine Unterlagen zusammen. Dann erhob er sich. »So, ich werde mich mal auf die Suche nach meiner Gattin begeben, in der Hoffnung, dass ihr Zorn zwischenzeitlich verraucht ist. Grüßen Sie Ihren Mann von mir. Wir sehen uns doch sicher beim Abendessen?«

»Aber ja, lieber Herr Haller. Ich drücke Ihnen die Daumen.« Ella nickte Haller zum Abschied aufmunternd zu und sah ihm nachdenklich nach, als er durch das Gartentor ging und auf die Dorfstraße trat.

16

Es war bereits halb drei, als Peter Giersching in aufgeräumter Stimmung von einem ausgedehnten Mittagsmahl ins Polizeipräsidium zurückkehrte, zu dem General Heye kurzfristig geladen hatte. Giersching hatte mit guten Nachrichten in der Kommandantur aufwarten können, und das war vom General gebührend honoriert worden. Nachdem Giersching Heye und seinem Adlatus Oberst von Trenck von der erfolgreichen Wiederbeschaffung der Waffen und der Festnahme der Täter berichtet hatte, hatte von Trenck des Langen und Breiten über den Stand der Planung für die große Tannenberg-Feier am 24. August referiert. Mit Ausnahme von Ludendorff, der aufgrund seiner unsäglichen Rolle im Hitler-Ludendorff-Putsch zur *persona non grata* geworden war, würden neben Hindenburg alle Heerführer der vor zehn Jahren siegreichen Armee zum Festakt mit anschließendem Bankett in Königsberg erscheinen. Darüber hinaus hatte auch die Reichsregierung mit Innenminister Karl Jarres und Reichswehrminister Otto Geßler ihre Teilnahme zugesagt. Heye als Gastgeber hielt es für angemessen, neben dem Königsberger Oberbürgermeister Lohmeyer und dem ostpreußischen Oberpräsidenten Otto Siehr auch ihn, den Polizeipräsidenten, einzuladen.

Entsprechend euphorisiert saß Giersching jetzt an seinem Schreibtisch und dachte darüber nach, wie er diese Veranstaltung für den nächsten Karriereschritt nutzen konnte. Er würde sich Jarres für höhere Aufgaben empfehlen, ohne dabei servil aufzutreten. Er würde schon den richtigen Ton treffen.

Giersching lehnte sich zurück und ließ seinen Tagträumen freien Lauf. In Berlin spielte die Musik, so viel stand fest, und er würde keinen Tag länger in Königsberg bleiben als unbedingt nötig. Wenn sie jetzt noch die Ermittlung zu einem sauberen Abschluss brachten, nun, dann wäre sein Name in Berlin in aller Munde. Der Weg wäre ihm geebnet, um endlich …

Das Klopfen an der Tür holte den Polizeipräsidenten in die Gegenwart zurück. Frau Jaroschke stand im Türrahmen.

Giersching setzte sich auf. »Ja, bitte?«

»Herr Dr. Asch ist hier. Er sagt, es sei dringend.«

Dr. Hieronymus Asch war der leitende Oberstaatsanwalt. Sein Büro befand sich im Gebäude des Amts- und Landesgerichtes auf der gegenüberliegenden Straßenseite. Giersching konnte sich nicht erinnern, dass der Oberstaatsanwalt sich jemals zu ihm ins Präsidium bequemt hätte. Es musste wirklich dringend sein.

In diesem Moment kam er auch schon herein. Giersching erhob sich. »Mein lieber Dr. Asch. Was verschafft mir die Ehre?« Er deutete auf die beiden Besucherstühle vor seinem Schreibtisch.

Der hoch aufgeschossene Mittfünfziger mit der fliehenden Stirn nickte zur Begrüßung, zog die Bügelfalte über den Knien hoch und setzte sich. Auf seinem Schoß lag eine dünne Eckspannermappe.

»Glückwunsch, mein lieber Giersching. Ich bin erleichtert, dass Sie diesen heiklen Fall aufklären konnten. Bitte richten Sie meinen Dank auch Ihren Kommissaren aus. Die näheren Umstände, die am Ende zur Überwältigung der Täter führten, sind mir leider noch nicht bekannt ...«

»Das soll sich umgehend ändern. Geben Sie uns ein paar Tage Zeit. Die Ermittlungen laufen noch«, beeilte sich Giersching einzuwerfen. Der Mann musste wahrlich nicht alles wissen. Dass Singer quasi unbefugt auf litauischem Gebiet ermittelt hatte, würde er ihm jedenfalls nicht ohne Not unter die Nase reiben. »Meine Männer überstellen die drei Täter zur Stunde nach Königsberg. Ich gehe davon aus, dass wir nach der Vernehmung der Täter noch weitere Verhaftungen vornehmen werden.«

»Genau deswegen bin ich gekommen. Es ist von größter Wichtigkeit, dass diese ... unerfreuliche Geschichte auch weiterhin mit größtmöglicher Diskretion behandelt wird.«

Asch ließ die Gummibänder des Eckspanners aufschnappen und reichte Giersching ein Fernschreiben, das als Verschlusssache gekennzeichnet war.

Der Polizeipräsident hatte die wenigen Zeilen schnell gelesen. Er sah den Oberstaatsanwalt verwundert an.

»Berlin übernimmt den Fall? Aber wieso? Die Ermittlungen laufen noch! Was hat das zu bedeuten?«

Asch zupfte einen unsichtbaren Fussel von seiner Hose. »Das bedeutet, lieber Giersching, dass dies nicht mehr Ihr

Fall ist. Die Gefangenen sind unverzüglich nach Berlin zu überstellen.«

Die Fahrt mit dem Motorrad von Memel bis zur Nehrung war ohne besondere Vorkommnisse verlaufen. Es war kurz nach drei, als Singer die Grenze passierte. Die Piste zog sich hier schnurgerade durch den Dünensand, bevor sie kurz vor Pillkoppen wieder zwischen den Strandkiefern verschwand. Wenig später bog Singer auf die Rossittener Dorfstraße ein. Vor dem Polizeiposten hielt er an und machte den Motor aus.

Als er das angenehm kühle Gebäude des Polizeipostens betrat, blickten ihn die Gesichter von Jurgis, Maag und Erwin Kurschat an. Der alte Fischer saß mit Maag an dem kleinen Tischchen an der Wand, während der Dorfgendarm offenbar auf dem Sprung war.

»Ah, der Herr Kommissar ist zurück. Eck kömmer mich gleich um dat Motorrad. Eck hoff, es hat sejnen Dienst jetan?«

»Was gibt's?«, fragte Singer mit Blick auf den alten Kurschat.

»Äh, ja, der Herr Kurschat ist wegen seinem Sohn hier. Den ich, wie Sie ja bereits wissen, wegen des dringenden Tatverdachtes, Karl Belgen erstochen zu haben, verhaftet habe. Zwar wird die Tatwaffe noch untersucht, doch wir gehen davon aus, dass ...«

»Schon gut, Erwin. Ich bin im Bilde«, sagte Singer.

»Herr Kommissar, dat mut en furchtbarer Irrtum sejn. Fritz ist ein guter Junge. Er hat sich nie etwas zuschulden kommen lassen.«

»Karl Bullies hat die Tatwaffe eindeutig als das Messer Ihres Sohnes identifiziert«, warf Maag ein.

Singer nickte mit ernster Miene. »Herr Kurschat, es sieht nicht gut aus für Fritz. Auf Mord steht die Todesstrafe!« Kurschat erbleichte. »Aber warum hätte er dat dun sollen?« Der alte Fischer verstand die Welt nicht mehr. Die Verzweiflung stand ihm ins Gesicht geschrieben.

Singer sah zu Maag. »Hat Fritz eine Aussage gemacht?«

Maag schüttelte den Kopf. Er zeigte in Richtung der Zellen. »Sitzt da und schweigt sich aus.«

Der alte Kurschat rieb sich die Stirn. »Eck versteh dat nicht. Vor zwei Tagen, da war noch alles wie immer. Eck wees, dat er und sejn Freund Karl davon träumen, eines Tages mit der Handelsmarine de jroße weite Welt zu bereisen. Dat hebbt wi do all in dem Alter jetan. Aber unser Platz ist he op der Nehrung.« Kurschat sah zu Singer auf. »Eck hätt em nie erlauben derfen, för dat Hotel to oarbeide. Dat wor ein Fehler, ävver eck dachte, wenn er dort Abwechslung findet, dann jenügt em dat und er verjisst de Handelsmarine.«

»Stattdessen verliebt er sich ausgerechnet in eine Frau wie Angelika Haller.«

Kurschat breitete verzweifelt die Arme aus. »Aber wat will diese Frau, die alles hat, vun so eenem Jrünschnabel?«

Eine Weile sah Singer den alten Fischer sinnend an. Was Angelika Haller im Schilde führte, war in der Tat die große Frage. Gedankenverloren wandte er sich ab, ging langsam Richtung Ausgang.

»Und was soll ich jetzt machen?«, rief Maag ihm hinterher.

»Sehen Sie zu, dass Jurgis hier die Stellung hält und dann kommen Sie zum Hotel. Ich glaube, ich habe einen Plan, und dafür brauche ich Ihre Hilfe.«

17

»Ich weiß nicht. Ich glaube, ich bin nicht der Richtige dafür.«

Karl Bullies stand in der weißen Kellnerjacke, der schwarzen Hose und den schwarzen Lackschuhen vor Hillinger und machte ein unglückliches Gesicht.

»Geh, Karli, jetzt hob di a net so. Du kannst ja nichts dafür, dass der Fritz eing'sperrt is. Des hot der sich schon selbst zuzuschreiben. Und ich kann heute Abend jede helfende Hand brauchen.«

Rechts und links zupfend legte der Hotelier letzte Hand an seinen Aushilfskellner an. Das Hotel war mit den heute neu angekommenen Gästen komplett ausgebucht, und Oberkellner Heinrich lag mit Sommergrippe in seiner Kammer. Hillinger sah auf die Uhr. Gleich sechs. Die blaue Stunde. Mit einem aufmunternden Klaps auf die Schulter schickte der Hotelier Karl an die Bar, damit dieser dort die Cocktails in Empfang nehmen konnte. Dann machte er sich selbst auf den Weg in den Speisesaal.

Dort standen die Gäste bereits in kleinen und größeren Gruppen zusammen, plauderten und scherzten. Hillinger begrüßte hier und da die Herren und Damen, lächelte, verbeugte sich, verteilte Kusshände. Mit geübtem Blick sondierte er die Lage: Grambow, schon vor dem ersten Apèro nicht mehr ganz nüchtern, erzählte – sehr zum Leidwesen seiner Gattin – heitere Geschichten, über die er selbst am lautesten lachte. Wengenröder, Balzer und Haller hörten höflich zu. Yva Wengenröder unterhielt sich angeregt mit Anna Freud und Lou Andreas-Salomé. Fast gleichzeitig erschienen Ella Landau und Angelika Haller im Saal. Beide trugen modisch bestickte Hängekleider, die selbst im *Adlon* Eindruck gemacht hätten. Frau Landau hatte darüber hinaus eine elegante Perlenkette angelegt. Nicht nur die neu angereisten Herren bedachten die Damen mit erstaunten Blicken.

»Alles wie besprochen arrangiert?«

Hillinger drehte sich um. Singer stand hinter ihm. Der Hotelier nickte. »Wie gewünscht. Der Karl wird die Cocktails dort herüben auf einem Beistelltisch arrangieren. Die Gäste werden zur Selbstbedienung aufgefordert.« Hillinger seufzte. »Eigentlich ist mir das gar nicht recht. Immerhin sind wir das erste Haus am Platz. Gerade die neuen Gäste werden da einen schönen Eindruck gewinnen, wenn sich jeder seinen Aperitif selbst holen muss.«

Singer klopfte dem aufgeregten Hotelier beruhigend auf die Schulter. »Ich weiß Ihre Mithilfe wirklich sehr zu schätzen, Herr Hillinger. Mit der kleinen Unannehmlichkeit, dass wir den Hotelgästen zumuten, ihre Cocktails selbst zu holen, können wir vielleicht ein Menschenleben retten. Das sollte die Sache doch wohl wert sein.«

Hillinger nickte. »Ich weiß, ich weiß. Und doch steckt es einfach in mir drin.« Er lächelte tapfer und setzte seinen

Inspektionsgang durch den Saal fort. Soeben platzierte Karl Bullies die letzten Gläser. Ein kurzes Nicken, zum Zeichen, dass er fertig war, und dann klatschte Hillinger in die Hände.

»Verehrte Gäste. Ich darf Sie recht herzlich willkommen heißen. Wie Sie sehen, steht für Sie eine erkleckliche Auswahl an Cocktails bereit. Bitte bedienen Sie sich! Wir werden dann in Kürze die Vorspeise servieren.«

Singer beobachtete, wie Bewegung in den Saal kam. Die einen strebten dem Tisch mit den Cocktails zu. Andere betrachteten die zwei langen eingedeckten Tische und suchten nach ihrem Namensschild. Für Grambows, Balzers und Wengenröders hatte sich nichts geändert. Lediglich die Hallers hatte man umplatziert. Karl Haller sah hinter seinen dicken Brillengläsern ein wenig ratlos in die Runde. An seinem ursprünglichen Platz saß Lou Andreas-Salomé. Seine Gattin hatte erwartungsgemäß die Aufgabe übernommen, sich um die Cocktails zu kümmern. Singer sah, dass Maag sich unauffällig an ihre Fersen heftete.

»Ich glaube, man hat Sie an unserem Tisch platziert.« Ella hatte sich Herrn Haller genähert und wies auf Singer. »Das ist doch einmal eine nette Abwechslung!« Sie strahlte den Kaufhauskönig an.

Haller lächelte aufrichtig erfreut. »Oh, in der Tat. Warten Sie, ich gebe meiner Frau nur ein Zeichen, damit sie mich nicht sucht.«

Singer nahm Ella und Haller in Empfang, rückte Ella den Stuhl zurecht. Die drei hatten gerade Platz genommen, als Angelika Haller und Erwin Maag am Tisch erschienen. Erwin trug drei Sektschalen, und es kostete ihn volle Konzentration, nichts zu verschütten. Haller war aufgestanden und schob seiner Frau den Stuhl zurück. Singer sah, wie Angelika Haller einen Old Fashioned an den Platz ihres Mannes stellte. Einen zweiten Old Fashioned stellte sie an ihrem Platz ab. Auch der Kriminalassistent hatte seine Sektschalen mittlerweile verteilt und lächelte nervös in die Runde.

Haller griff nach seinem Glas. »Na, dann – auf einen schönen Abend!«

In diesem Moment geschah das Unglück. Ella hatte gedankenverloren an ihrer Perlenkette gespielt. Als sie jetzt zu ihrem Glas greifen wollte, hakte sie dahinter, und die Kette riss. Die Perlen prasselten auf die Platzteller, kullerten über den Tisch und fielen klimpernd aufs Parkett. Sofort waren alle Hände damit beschäftigt, Perlen aufzusammeln, Füße wurden gestreckt, um sie am Weiterrollen auf dem Parkett zu hindern. Am Nachbartisch waren die beiden Grambow-Söhne auf ein Zeichen ihrer Mutter aufgesprungen und beteiligten sich an der Perlenjagd. Es dauerte mehrere Minuten, bis alle Perlen aufgesammelt und in einer leeren Sektschale sicher verwahrt waren.

Ella sah halb belustigt, halb beschämt in die Runde und bedankte sich bei den Helfern.

Angelika Haller hob ihr Glas und ließ den Blick über den Tisch schweifen. »Na dann, aber jetzt …«

Singer und Ella hoben ebenfalls die Gläser und prosteten ihren Tischnachbarn zu. Maag nippte an seiner Sektschale. Singer musterte Angelika Haller über den Rand seines Glases hinweg. Die Frau wirkte völlig unbekümmert. Nichts deutete darauf hin, dass sie gerade versucht hatte, ihren Mann zu vergiften.

Ella setzte ihr Glas ab. »So eine Aufregung«, sagte sie und schüttelte den Kopf. »Das ist mir wirklich sehr unangenehm.« Ella hielt eine Hand aufs Dekolleté. »Und dann habe ich in der Hektik auch noch Ihre beiden Gläser vertauscht.« Dabei lächelte sie Karl Haller unschuldig an.

Angelika Haller erblasste. »Wie bitte? Sie haben *was*?« Ihr schneidender Tonfall ließ die Gäste links und rechts aufhorchen.

Karl Haller sah seine Frau konsterniert an. Er legte ihr die Hand auf den Arm. »Aber Schatz. Das ist doch nicht der Rede wert. Wir haben ja das gleiche Getränk.« Zur Bestätigung hielt er den Rest seines Old Fashioned hoch.

Angelika Haller beachtete ihn nicht. Ihre Hände ballten sich zu Fäusten.

»Ist Ihnen nicht gut, meine Liebe? Sie wirken angespannt.« Ella warf ihr einen besorgten Blick zu. Mittlerweile sahen auch die Grambows und Wengenröders zu ihnen herüber.

»Sind Sie des Wahnsinns? Sie … Sie haben mich vergiftet!«, schrie Angelika Haller. In ihrer Wut und Verzweiflung war sie aufgesprungen. Mit vorgebeugtem Oberkörper und geballten Fäusten stand sie da, als wollte sie über den Tisch hinweg Ella an die Gurgel gehen. Dann irrlichterte ihr Blick panisch durch den Saal. Mittlerweile waren alle Augen auf das Drama gerichtet.

»Angelika, um Himmels willen, was redest du denn da?«

Ihr Ehemann hatte sich ebenfalls erhoben. Als er den Arm seiner Gattin ergreifen wollte, wehrte diese ihn brüsk ab. Dann nahm sie den Zeigefinger und steckte sich ihn tief in den Hals. Sie würgte, keuchte und erbrach sich schließlich auf dem Parkett.

Entsetzensschreie und empörte Ausrufe erfüllten den Saal.

»Das ist skandalös!«, ließ sich eine Dame vernehmen.

»Dégoutant!«, eine andere.

»Hier bleibe ich keine Minute länger!« Balzer warf angewidert seine Serviette auf den Tisch.

In diesem Moment trat Hillinger in die Mitte des Saals. Er klatschte in die Hände. »Herrschoftn! Bitte kommen S', meine Herschoftn.« Hillinger versuchte die Situation zu retten und zog die ersten Gäste mit sich hinaus. »Ich darf Sie alle an die Bar einladen. Dort steht Sekt für Sie bereit, und für die Herren vielleicht ein schönes Ponarther. Geht selbstverständlich aufs Haus. Derweil werma den Saal wieder herrichten.«

Singer erhob sich. Er gab Maag ein Zeichen, und der Kriminalassistent schloss die Tür zum Speisesaal. Für das, was jetzt kam, konnten sie kein großes Publikum gebrauchen.

Angelika Haller hatte sich mit beiden Händen auf den Tisch aufgestützt. Sie war bleich, atmete flach. Jetzt sah sie gequält zu Singer auf. »Bitte, Sie müssen mir helfen, sonst sterbe ich.«

Man sah, wie viel Überwindung sie dieser Satz gekostet hatte.

»Wir können Ihnen nur helfen, wenn Sie uns die Wahrheit sagen, Frau Haller«, erwiderte Singer.

Für einen Moment schloss sie die Augen, schien die Konsequenzen abzuwägen. Als sie sprach, war ihre Stimme nur ein Flüstern. »In dem Glas war Rizin. Ich habe es in den Cocktail gegeben, während ich die Gläser geholt habe. Der Flakon befindet sich in meiner Handtasche. Sie müssen nach dem Kurarzt schicken. Er muss mir Aktivkohle geben.«

Singer winkte Maag heran, der die Szene vom geschlossenen Saaleingang beobachtet hatte. Der Kriminalassistent holte die Handschellen hervor.

»Angelika Haller, ich verhafte Sie wegen des versuchten Mordes an Karl Haller und der Anstiftung zum Mord an dem Journalisten Karl Belgen.«

Maag legte Angelika Haller die Handschellen an.

Die starrte Singer entsetzt an. »Um Himmels willen, holen Sie endlich einen Arzt. Sie können mich doch nicht einfach krepieren lassen!«, schrie sie.

Singer schüttelte den Kopf. »Seien Sie unbesorgt. In dem Cocktail war kein Gift. Zum Glück konnten wir das Gift bereits gestern Abend sicherstellen und somit verhindern, dass am Ende noch jemand zu Schaden kommt.«

»Ich habe mir erlaubt, das Rizin durch Leitungswasser zu ersetzen«, ergänzte Ella.

Mit Angelika Haller ging eine deutliche Verwandlung vor sich. Die Panik war verflogen. Sie richtete sich zu voller Größe auf, und der Blick, mit dem sie Ella bedachte, war voller Hass.

Karl Haller war auf seinen Stuhl gesunken und starrte vor sich ins Leere. »Du wolltest mich … vergiften? Aber … das kann doch nicht …?« Seine Stimme erstarb.

Singer wandte sich an Maag. »Erwin, schaffen Sie Frau Haller zum Polizeiposten. Und dann packen Sie Ihre Tasche. Morgen früh geht es zurück nach Königsberg.«

EPILOG I

Punkt zwölf standen Aaron Singer und Ella Landau auf dem Sonnendeck des Salondampfers *Cranzbeek*. Unter wolkenlosem Himmel entfernte sich das Schiff langsam von der Mole. Zurück blieben die geduckten, reetgedeckten Fischerkaten, Gasthöfe, das Hotel, die Haffleuchte mit dem defekten Leuchtfeuer und der kleine Polizeiposten. Vor gut einer halben Stunde hatten sie sich schweren Herzens von Lou Andreas-Salomé und Anna Freud verabschiedet. Dem Dorfgendarmen Jurgis war der Abschied weniger schwergefallen. Endlich würde wieder Ruhe in das beschauliche Rossitten einkehren. Unten im Salon saß Erwin Maag und bewachte Angelika Haller. Singer hatte sich eine Batschari angezündet und blies nachdenklich Rauch aus.

»Was wird jetzt wohl aus dem armen Jungen?«, riss Ella Singer aus seinen Gedanken.

»Es wird darauf ankommen, wie weit das Gericht der psychologischen Einschätzung von Lou Andreas-Salomé folgen wird. Natürlich wäre ein Geständnis hilfreich. Von der Haller wird sicherlich keine Entlastung für ihn zu erwarten sein. Frau Andreas-Salomés Gutachten kann höchstens dafür sorgen, dass ihm das Fallbeil erspart bleibt. Wie auch immer, die Familie wird es nicht leicht haben, wenn der Sohn für viele Jahre ins Gefängnis geht. Aber so wie ich Frau Andreas-Salomé einschätze, wird sie dem jungen Kurschat einen guten Anwalt besorgen«, sagte Singer. »Immerhin wird der alte Kurschat wohl ungeschoren davonkommen. Er hat einfach zu spät gemerkt, mit welchem Gesindel er sich da eingelassen hat.«

Eine Weile hingen beide ihren Gedanken nach. Schließlich sagte Ella: »Mir tut Karl Haller leid. Ich habe ihn heute Morgen gesprochen. Er wird ebenfalls heute abreisen. Aus verständlichen Gründen wollte er nicht das gleiche Schiff nehmen wie wir. Hoffentlich kommt er über die Sache hinweg. Er sieht aus, wie um Jahre gealtert.« Ella seufzte, während Rossitten langsam hinter den Bruchbergen verschwand und der Dampfer Kurs auf Cranzbeek nahm.

Singer schnippte den Zigarettenstummel über Bord. Er zuckte mit den Schultern. »Drum prüfe, wer sich ewig bindet, kann ich dazu nur sagen.«

»Du meinst, er hätte vorher ihre Flakons überprüfen sollen?«, erwiderte Ella und bedachte Singer mit einem spöttischen Blick.

Singer wiegte den Kopf. »Warum nicht? Und er hätte vielleicht besser die Liste deutscher Adelsgeschlechter studieren sollen.«

Ella lachte. »Tja, aber der Mann ist nun einmal kein Kriminaler.«

»Herr Oberleutnant! Melde gehorsamst, der Herr Oberleutnant soll sich beim Herrn Oberst melden.« Der Gefreite schlug die Hacken zusammen und stand vor dem Tisch stramm.

Seufzend sah Oberleutnant Maguniak zuerst auf sein Mittagessen und dann auf die Uhr. Halb eins.

»Hätte das nicht noch eine halbe Stunde Zeit gehabt …«, brummte Maguniak. Er stand auf, warf die Serviette neben den Teller mit dem Hackbraten und folgte dem Soldaten quer über den Hof in das Stabsgebäude. Als er Trencks Vorzimmer betrat, erstarrte er. Neben dem Regimentskommandeur stand General Heye.

»Schließen Sie die Tür, Oberleutnant!«, schnarrte Königsbergs oberster Heerführer.

Erst jetzt sah Maguniak die beiden Kriminaler.

»Die Herren Puschkat und Lippert von der Kriminalpolizei kennen Sie ja bereits«, fuhr Heye fort.

»Ich verstehe nicht …«, stammelte der Oberleutnant.

»Herr Maguniak, ich verhafte Sie wegen der Beteiligung am Raubüberfall auf die Waffenkammer der Kaserne Kalthof.« Der ältere Kriminalpolizist gab dem jüngeren ein Zeichen. Der holte Handschellen hervor und ließ sie um Maguniaks Handgelenke zuschnappen.

»Herr Oberst, Herr General, das ist ein Missverständnis. Ich habe mit der Sache nichts zu tun. Ich schwöre bei Gott, ich …«

Heye hob eine gebieterische Hand. »Seien Sie still, Maguniak. Sie sind eine Schande für das gesamte Regiment. Als Verräter gehören Sie standrechtlich erschossen. Seien Sie froh, dass Ihr Fall in die zivile Gerichtsbarkeit fällt. Und jetzt raus hier! Ich will Sie nicht mehr sehen.«

Oberst von Trenck riss dem Oberleutnant die Schulterklappen von der Uniformjacke, dann führte Anton Lippert den konsternierten Maguniak unter den Blicken der mittlerweile auf dem Flur versammelten Stabssoldaten ab.

Auf der Straße öffnete Heinrich Puschkat den Fond des Dienstwagens. »Setz dich mit ihm hinten rein, Anton. Ich fahre. Den liefern wir erst ab. Danach haben wir noch einen weiteren Termin.«

Ernst von Rellentin war kein Mann, der schnell nervös wurde. Doch dass er seit seiner Rückkehr nach Königsberg vor zwei Tagen keine Meldung mehr erhalten hatte, war überaus beunruhigend. Auch in den Zeitungen fanden sich keine ungewöhnlichen Nachrichten aus dem Memelgebiet. Was war da los? Warum ließ sich dieser Taundler so viel Zeit? Dem konnte es doch nicht schnell genug gehen mit den Waffen. Lange hatte er mit sich gerungen, ob er einen Anruf riskieren könnte. Dann hatte er am gestrigen Abend auf Gut Tauerlaucken angerufen. Die Verbindung sei unterbrochen, hatte ihm das Fräulein vom Amt lapidar mitgeteilt. Konnte das ein Zufall sein? Oder war die ganze Operation am Ende gescheitert? In diesem Falle musste er sich schleunigst absetzen. Zunächst nach Danzig. Mit dem Stoewer wäre er in knapp zwei Stunden dort. Doch wie sah das aus, wenn er Hals über Kopf seinen Posten verlassen würde? Andererseits verlangte Berlin eine Vollzugsmeldung, die er nicht liefern konnte, weil er keine Ahnung hatte, was sich da jenseits der Grenze abspielte.

Die Ladenglocke ging. Grosser war schon an der Tür.

Von Rellentin hörte Stimmen. Im nächsten Moment wurde die Tür zu seinem Büro geöffnet.

»Die Herren ließen sich nicht aufhalten, Herr von Rellentin ...« Grosser wedelte aufgeregt mit den Armen.

»Herr Puschkat?«, entfuhr es von Rellentin.

»Wie schön, dass Sie sich noch an mich erinnern, Herr Baron. Ich bin auch nicht allein gekommen.« Puschkat deutete auf Lippert, der Grosser beiseitegeschoben hatte, und auf die vier Schutzpolizisten, die hinter ihm das Ladenlokal betreten hatten. »Ich verhafte Sie wegen Anstiftung zum Mord in drei Fällen und der Beteiligung am Raubüberfall auf die Waffenkammer der Kalthöfer Kaserne.«

Wie zuvor schon bei Maguniak trat Lippert vor und legte von Rellentin die Handschellen an.

Der Baron rang sichtlich um Fassung. »Das Ganze ist eine Farce! Sie wissen wohl nicht, wen Sie vor sich haben.«

»Ich glaube, das weiß ich sehr gut«, gab Puschkat zurück. »Während Sie uns auf das Präsidium begleiten, werden die Kollegen hier eine Hausdurchsuchung vornehmen.« Puschkat legte das amtliche Schriftstück auf von Rellentins Schreibtisch.

Oberstleutnant Kurt von Schleicher musste nicht lange warten. Er hatte kaum im Vorzimmer Platz genommen, da öffnete sich auch schon die Tür zum Büro des Reichsaußenministers.

Der Sekretär beugte sich zu ihm heraus. »Herr Oberstleutnant, Doktor Stresemann lässt bitten.«

Schleicher folgte dem Sekretär in das geräumige Büro.

Dr. Gustav Stresemann, der amtierende Außenminister, kam hinter seinem Schreibtisch hervor und streckte von Schleicher die Hand entgegen. Die leicht vorstehenden Augen in dem runden Gesicht funkelten. Der Händedruck war kräftig. Von Schleicher war dem Mann noch nie persönlich begegnet, aber die ganze Erscheinung wirkte in Natura mindestens so beeindruckend wie in den Wochenschauen.

»Herr von Schleicher. Ich bin sehr erleichtert. Sie waren ganz offensichtlich erfolgreich.«

Von Schleicher lächelte. »Ich sehe, Herr Minister sind bereits im Bilde.«

Stresemann deutete auf seinen Telefonapparat. »Galvanauskas hat angerufen und sich ausdrücklich für die an den Tag gelegte Umsicht und Diskretion bedankt. Sie werden es noch weit bringen.«

Stresemann öffnete eine elegante Anrichte, entnahm ihr eine Karaffe und zwei Cognacschwenker und schenkte großzügig ein. Er reichte von Schleicher ein Glas, während er den Cognac in seinem eigenen Schwenker kreisen ließ und versonnen daran schnupperte.

»Ein Frapin XO. Dem Anlass angemessen.«

Die beiden Männer nahmen einen Schluck und spürten für einen Moment dem Brennen im Brustkorb nach.

»Es bleibt die Frage, wer hinter der ganzen Operation steckt? Ihr Vorgesetzter?«

Stresemann bedachte von Schleicher mit einem fragenden Blick. Das war der wunde Punkt. Sie hatten die Operation buchstäblich in letzter Sekunde vereitelt. Der Kopf hinter der Sache aber war weiterhin unbekannt. Vielleicht würden sie über diesen von Rellentin an die Hintermänner herankommen. Aber am Ende drehte sich alles um die Frage, ob womöglich Deutschlands oberster Soldat, Hans von Seeckt, den Befehl gegeben hatte. Der Generalleutnant wurde nicht ohne Grund im inneren Kreis der Reichswehr »die Sphinx« genannt.

»Ich denke, er hätte mich eingeweiht«, erwiderte von Schleicher abwägend. Stresemann war mit allen Wassern gewaschen. Er würde ihm nichts vormachen können.

Der Außenminister schwenkte wieder seinen Cognac im Glas. »Aber Sie hätten ihm abgeraten, den Brandstifter zu spielen, nehme ich an. Weil Sie im Gegensatz zu ihm die Folgen bedenken. Vielleicht hat er deswegen andere Kanäle gewählt.«

»Durchaus möglich. Aber er hätte es auch einfacher haben können. Im letzten Jahr lag die Macht förmlich auf der Straße. Er hätte nur zugreifen müssen.«

Stresemann nickte. Er leerte sein Glas und stellte es ab.

»Wohl wahr, Schleicher. Dass er es nicht getan hat, haben wir womöglich Ihnen zu verdanken.«

Schleicher machte eine abwehrende Geste, aber vielleicht hatte der Außenminister recht. Noch frisch war die Erinnerung an den heißen Herbst, als die Kommunisten in Hamburg und Schleswig-Holstein den Aufstand probten. Später die Reichsexekution gegen Sachsen und Thüringen, dann der Hitler-Putsch und der Kampf gegen die Pfälzer Separatisten.

»Wir müssen wachsam bleiben, Herr Oberstleutnant«, sagte Stresemann, als hätte er von Schleichers Gedanken lesen können.

Im »Stillen Winkel« war es an diesem Freitagnachmittag alles andere als still. Das Lokal am Theaterplatz war beliebt bei Juristen und Beamten, die am nahegelegenen Landgericht oder in den Gebäuden des Regierungspräsidiums arbeiteten. Bei sommerlichen Temperaturen war der dazugehörige Biergarten zur Feierabendzeit gut besucht. Um einen Tisch, der sich im Schatten einer prachtvollen Linde befand, war die komplette Belegschaft der Kriminalpolizei versammelt. Zur allgemeinen Überraschung war sogar Dr. Caillé erschienen.

Am frühen Nachmittag hatten Heinrich Puschkat und Anton Lippert die Ankunft des Dampfers am Anleger in Cranzbeek mit Spannung erwartet. Angelika Haller wurde sofort dem Haftrichter vorgeführt. Kaum im Polizeipräsidium angekommen, wurden die beiden Kommissare von Giersching einbestellt. Dabei ließ sich der Polizeipräsident sogar zu einem Lob hinreißen. Nach knapp einer halben Stunde hatte er Singer und Puschkat großzügig ins Wochenende entlassen.

Es war Puschkats Idee gewesen, den erfolgreichen Abschluss der Ermittlungen im Biergarten zu begießen. Nun saßen sie alle um den polierten Holztisch herum und stemmten die Biergläser. Singer hatte die Kollegen bereits auf den aktuellen Stand der beiden Fälle gebracht.

Der Pathologe war voller Bewunderung. »Vier Tote und sieben Festnahmen, wenn ich mich nicht verzählt habe. Eine diplomatische Krise verhindert und ganz nebenbei noch einen Gattenmord verhindert. Da müsste eigentlich ein Orden fällig sein. Respekt mein Lieber!« Er hob sein Bierglas und trank.

Singer wandte sich ihm zu. »Und? Haben Sie die sicher-
gestellte Flüssigkeit bereits analysieren können?«

Caillé nickte. »Es handelt es sich in der Tat um Rizin,
den Samen des Wunderbaums Palma Christi. Schon zwei
Gramm sind tödlich.« Caillé sah begeistert in die Runde.
»Das Beste an diesem Gift ist, dass es so langsam wirkt. Der
arme Haller wäre wahrscheinlich erst morgen Nachmittag
mit diffusen Beschwerden und wie aus heiterem Himmel
zusammengebrochen. Niemand hätte ihm dann mehr helfen können. Es gibt kein Gegenmittel.«

»Das ist ja unheimlich!«, entfuhr es Henny, die daraufhin
noch einen großen Schluck vom kühlen Ponarther nahm.

»So war es wohl auch geplant«, sagte Singer. »Haller wäre
heute Nachmittag mit dem Dampfer in Königsberg angekommen. Wahrscheinlich hätte ihn der Tod bei einem Ge-
schäftstermin ereilt.«

»Und woher hat der Belgen die Haller gekannt?«, fragte
Henny.

»Vermutlich aus Berlin«, sagte Puschkat. »Die beiden
müssen sich schon vor der Sattler-Geschichte gekannt haben. So wie es aussieht, haben sich die Wege der beiden
zufällig in Rossitten wieder gekreuzt. Wahrscheinlich hat
Belgen sie unter Druck gesetzt.« Er trank einen Schluck
Bier, wischte sich den Schaum vom Mund. »Nun ja«, fuhr
er fort. »Die Haller konnte natürlich nicht zulassen, dass
die alte Geschichte wieder aufgewühlt wird ...«

In diesem Moment trat die Bedienung an den Tisch und
stellte sechs Stamper, jeweils belegt mit einer fingerdicken
Scheibe Leberwurst und einem Kleks Senf darauf, auf den

Tisch – der berüchtigte *Pillkaller*. Alle griffen beherzt nach den eiskalten Korngläsern.

»Der geht auf mich!«, verkündete Puschkat.

Singer war erstaunt, wie selbstverständlich sogar Henny zunächst die Leberwurst in den Mund nahm und dann mit dem Schnaps nachspülte. Er hatte den Fehler begangen, erst ein Stück von der Scheibe abzubeißen, was ein Stirnrunzeln von Anton Lippert und ein spöttisches Lachen des Pathologen nach sich zog.

»Sie müssen die Wurst ganz in den Mund nehmen, Chef«, sagte der Kriminalassistent beflissen.

Singer tat, wie ihm geheißen, und kippte schicksalsergeben den Korn hinterher. Die Kollegen klopften mit den Fingerknöcheln anerkennend auf den Tisch.

Puschkat spülte mit einem großen Schluck Ponarther nach und wischte sich einmal mehr zufrieden mit dem Handrücken über den Mund. »Jedenfalls kann der Hindenburg jetzt kommen. Wir haben für den Heye die Kastanien aus dem Feuer geholt. Das muss uns erst mal einer nachmachen.«

»Ich wüsste nur zu gern, woher die Anordnung zur Überstellung nach Berlin kam«, sagte Singer.

»Uns kann es egal sein. Wir haben sie überführt, und auch der werte Herr von Rellentin wird sich wegen Landesverrats und Anstiftung zum Mord verantworten müssen. Sollen die denen ruhig in Berlin den Prozess machen.« Puschkat hatte mit dem Thema bereits abgeschlossen.

»Der Maguniak hat jedenfalls gesungen«, meldete sich Lippert zu Wort. »Heinrich hat ihn ordentlich in die Mangel genommen. Gegen Aussicht auf Strafmilderung hat er den Baron ohne zu zögern ans Messer geliefert. Tja, wenn das die vielbeschworene völkische Nibelungentreue ist ...«

Puschkat zuckte mit den Schultern. »Ich habe ihm lediglich gesagt, dass es mir herzlich egal ist, wer für diese Schweinerei mit drei Toten seinen Hals unters Fallbeil steckt. Von diesem Zeitpunkt an war der Herr Oberleutnant a. D. sehr kooperativ.«

»Ich bin gespannt, was davon in den Zeitungen zu lesen sein wird«, sagte Maag.

Singer machte eine vage Handbewegung. »Giersching hat sich in dem Punkt mit Wyneken verständigt«, erklärte er. »Der Waffenraub war das Werk krimineller Elemente. Dank der glänzenden Arbeit der Reporter Belgen und Söderberg und in enger Zusammenarbeit mit der Königsberger Polizei konnten die Täter zügig dingfest gemacht werden. Das verdiente Redaktionsmitglied Karl Belgen ist unterdessen tragischerweise bei einer Wirtshausschlägerei in einem Seebad auf der kurischen Nehrung ums Leben gekommen, während er sich dort von den Strapazen der Recherche zum Königsberger Waffenraub erholte.«

»Und darüber, dass es an der Memel fast zu einem blutigen Aufstand gekommen wäre, kein Wort?« Henny konnte es nicht fassen. »Der Söderberg, der arme Kerl, hat für die Reportage sein Leben riskiert und bekommt jetzt einen Maulkorb umgelegt. Das wird ihm gar nicht gefallen.«

Puschkat winkte ab. »Niemand hat ein Interesse daran, die Bevölkerung unnötig zu beunruhigen. Noch dazu jetzt, wo sich die Lage überall stabilisiert und es endlich auch wieder wirtschaftlich aufwärts geht. Da muss dann auch ein Herr Söderberg mal seinen beruflichen Ehrgeiz der Staatsräson unterordnen.«

»Na ja, ihm bleibt ja noch die Haller-Geschichte«, warf Maag ein. »Die dürfte auch für einiges Aufsehen sorgen.«

Gegen neun war Singer zurück in seiner Wohnung in der Wartenburgstraße. Er öffnete die Fenster, um die stickige Luft der letzten Tage zu vertreiben. In der kühlen Speisekammer fand er noch eine Flasche Rotwein. Mit der setzte er sich auf den Balkon. Gerade ging die Sonne unter.

Singer betrachtete das Etikett. *1906er Musigny 1er Cru – Les Amoureuses*. Na, wenn das kein Wink mit dem Zaunpfahl war. Trotz der dramatischen Ereignisse der letzten Tage, hatte er die Zeit mit Ella auf der Nehrung genossen. Der heutige Abschied war überstürzt gewesen. Als sie in Cranzbeek von Heinrich Puschkat und Anton Lippert in Empfang genommen worden waren, hatte Ella ihm einen Kuss auf die Wange gehaucht und sich eine Droschke genommen. Ob sie heute Abend noch ins Bel Ami ging? Sie hatte mit Igor Raguschin schließlich noch etwas zu klären. Doch sie hatte Singer nicht in ihre Karten schauen lassen, und er hatte sie nicht weiter bedrängt. Man würde sehen, ob und wie sich ihre Liaison weiter entwickeln würde. In Rossitten hatten sie Ehepaar gespielt, und das Spiel hatte ihm nicht schlecht gefallen. Dennoch würde er nichts überstürzen. Es war gut so, wie es war.

Singer hatte das erste Glas Wein geleert. Er schenkte sich nach. Am Himmel war ein prächtiges Abendrot aufgezogen.

Alles schien so friedlich. Und doch spürte Singer die Bedrohung, die sie nur knapp hatten abwenden können, stärker denn je. Der Waffenraub hatte einmal mehr gezeigt, auf welch brüchigem Fundament die neue deutsche Republik errichtet war. Wer waren die Männer im Hintergrund? Singer bezweifelte, dass der Prozess gegen von Rellentin, Taundler und Peukert die wahren Drahtzieher entlarven würde.

Er trank einen Schluck Burgunder. Dann nahm er den Brief zur Hand, den er unten im Briefkasten vorgefunden hatte. Feinstes Bütten. Neugierig öffnete er den Umschlag und zog ein Billet hervor. Die Einladung zur Verlobungsfeier von Maximiliane Mattern. Maxi …

EPILOG II

Justizoberwachtmeister Diehl wischte sich den Schweiß von der Stirn und betrachtete durch die Windschutzscheibe die sanft gewellte hinterpommersche Landschaft. Sie waren schon gut dreieinhalb Stunden unterwegs, seit sie von Königsberg losgefahren waren. Ein Blick in den Rückspiegel. Auch dort nichts Verdächtiges zu sehen. Neben ihm am Steuer des Gefängnistransporters saß der Kollege Kaschinski, den nichts aus der Ruhe brachte. Vor einer halben Stunde hatten sie hinter Konitz wieder deutschen Boden unter die Räder bekommen. Natürlich waren die Dokumente übergründlich von den polnischen Grenzern geprüft worden. Doch schließlich hatte sie ihren Stempel unter die Papiere gesetzt.

»Nu gib mal Gas, Kamerad, wir wollen schließlich heute noch in Berlin ankommen.«

»Immer mit der Ruhe, Diehl. Schneller geht's nicht, sonst kocht uns der Kühler über. Sieh lieber mal nach hinten, was die Fahrgäste so treiben.«

Diehl drehte sich um, schob die Klappe zur Seite und sah in den Laderaum. Die beiden Gefangenen auf der linken Bank schienen zu schlafen. Der Gefangene auf der gegenüberliegenden Bank saß mehr oder weniger aufrecht da. Er machte keinen besonders glücklichen Eindruck. Kein Wunder – als Kronzeuge hatten ihm seine Kameraden sicherlich die Freundschaft aufgekündigt. Neben ihm saß Justizwachtmeister Hollerbach und hob die Hand zum Zeichen, dass alles im Lot war. Die drei Gefangenen trugen schwere Fußketten, die an die Bänke geschlossen waren. Darüber hinaus hatten sie ihnen die Hände in Eisen gelegt …

Diehl schloss die Klappe und drehte sich wieder. Im selben Moment trat Kaschinski auf die Bremse. Mitten auf der Straße hatte man eine Sperre mit einem Umleitungsschild aufgestellt. Quietschend kamen sie zum Stehen.

»Das darf doch nicht wahr sein.«

»Wahrscheinlich eine Baustelle. Kann man nichts machen.«

»Von wegen«, Diehl schnaubte frustriert. »Wo siehst du denn hier eine Baustelle?«

Kaschinski ließ sich nicht beirren und kurbelte am Lenkrad. Sie bogen links ab und folgten einer unbefestigten Straße, die durch ein Waldstück führte.

»Wirst sehen, dauert nicht lange und wir sind wieder auf der R2 Richtung Berlin. Du kommst heute schon noch zu Muttern.«

»Was ist los bei euch da vorne?«, rief Hollerbach von hinten.

Diehl fluchte. »Umleitung.« Wir mussten runter von der Reichsstraße.

Die Straße führte bis an einen See und dort nach rechts, an dessen Uferböschung entlang. Sie waren kaum rechts abgebogen, als sie auf ein erneutes Hindernis stießen. Ein

Militärfahrzeug stand auf ihrer Fahrbahnseite. Kaschinski bremste, hielt an.

In diesem Moment stiegen zwei Männer in Uniform aus und kamen langsam auf den Wagen zu.

»Was machen die denn hier?«, murmelte Kaschinski. »Ist das ein Manöver?«

Diehl zuckte mit den Schultern. »Wenn die hier Krieg spielen, warum lenken die dann den Verkehr hierher um?«

Die Schulterstücke wiesen den einen Mann als Leutnant aus. Er grüßte und trat an die Beifahrerseite, während sein Kollege an der Fahrerseite auftauchte. Diehl und Kaschinski warfen sich einen ratlosen Blick zu, dann kurbelten sie die Fenster herunter.

Noch bevor er den Leutnant ansprechen konnte, sah er in die Mündung einer Pistole mit Schalldämpfer. Ein kurzes Plopp war das Letzte, was Diehl hörte.

Hollerbach wurde es langsam zu bunt. Wie lange wollten sie hier noch warten? Seine Rufe blieben jedoch unbeantwortet. Aber da draußen waren doch Schritte zu hören. Wahrscheinlich waren Diehl und Kaschinski ausgestiegen. Mittlerweile waren auch die Gefangenen Peukert und Klemp aus ihrem Schönheitsschlaf aufgewacht. Auch sie wunderten sich über den unplanmäßigen Halt.

»Was ist los? Warum geht's nicht weiter?«, fragte Stamper nervös.

»Kannst es wohl nicht abwarten anzukommen?«, konterte Klemp finster.

»Mund halten! Alle beide!«, ging Hollerbach dazwischen.

Er würde nachsehen. Er schloss von innen die Tür auf und kletterte aus dem Wagen. Er spürte etwas Hartes an seinem Hinterkopf, bevor es »Plopp« machte. Hollerbach war bereits tot, bevor sein Körper auf dem Boden aufschlug.

Zwei Männer in Reichswehruniform sahen mit unbewegter Miene in den Laderaum. Stamper stand die Panik ins Gesicht geschrieben. Klemp konnte sein Glück kaum fassen. Sie wurden befreit! Auf die Bewegung war Verlass. Und der dreckige Verräter bekam die verdiente Quittung.

Doch nicht nur Stamper wurde gezielt mit zwei Kopfschüssen getötet, auch Klemp sackte mit zwei Kugeln in der Brust zusammen.

Peukert hatte das Geschehen mit regloser Miene verfolgt. Man löste seine Ketten.

»Mitkommen!«, sagte der Leutnant.

Peukert rieb sich die Handgelenke, stieg über die Toten hinweg und sprang aus dem Wagen. Draußen lagen die Leichen der Justizbeamten.

»Los! Mit anpacken!«, befahl der Leutnant.

Zu dritt schafften sie die Leichen auf die Ladefläche. Dann wurde die Tür geschlossen. Der zweite Mann stieg auf den Fahrersitz und manövrierte den Wagen zur Uferböschung des Sees. Dann gab er Gas. Der Wagen brach durch das Unterholz und fuhr die Böschung hinunter. Der Soldat sprang aus der Fahrerkabine und der Gefangenentransporter rollte mit großem Schwung in den See hinein, in dem er augenblicklich versank.

Peukert folgte den beiden Männern zu dem Militärfahrzeug. Davor parkte, wie Peukert jetzt sah, ein weiteres

Automobil – ein Dürkopp. Im Fond saß ein Mann, den er kannte. Oberstleutnant Friedrich Grenz, Leiter der Abteilung Abwehr im Truppenamt, dem heimlichen Generalstab der Reichswehr.

»Steigen Sie ein, Peukert. Sie können von Glück reden, dass man Sie verschont hat. Das haben Sie ausschließlich meiner Sentimentalität zu verdanken.«

NACHWORT

Die in diesem Roman geschilderten Ereignisse, die im Januar 1923 zur Machtübernahme durch Litauen im Memelgebiet führten, haben sich in der Tat so zugetragen. Auch die geheimen Absprachen zwischen den Regierungen Deutschlands und Litauens sind historisch verbürgt, wurden jedoch erst nach dem Fall des eisernen Vorhangs bekannt und sind seitdem ein Thema für die historische Aufarbeitung. Der radikale Heimatschutzbund, wie im Buch beschrieben, hat in dieser Form jedoch nicht existiert, genauso wenig der Plan, das Memelgebiet unter Waffeneinsatz von der litauischen Obrigkeit zu befreien.

Die meisten Charaktere in »Krähen über Königsberg« sind fiktiv, ein paar Figuren hat es aber wirklich gegeben. Gustav Stresemann (1878–1929) war einer der herausragendsten Politiker der Weimarer Republik. In seine Amtszeit als Reichskanzler fielen die Beendigung der Hyperinflation und der Ruhrbesetzung. Als Außenminister führte er Deutschland aus der internationalen Isolation und suchte die Aussöhnung mit Frankreich. Dafür erhielt er 1926 mit seinem französischen Amtskollegen Aristide Briand den Friedensnobelpreis.

Kurt von Schleicher (1882–1934) war zunächst Reichswehrminister und wurde im Dezember 1932 zum Reichskanzler ernannt. Doch bereits Ende Januar 1933 wurde er abgesetzt, und Hitler ließ ihn schließlich 1934 ermorden.

Anna Freud (1895–1982), Tochter von Sigmund Freud, arbeitete zunächst als Lehrerin in ihrer Heimatstadt Wien und wurde später selbst eine herausragende Psychoanalytikerin. Nach der Eingliederung Österreichs durch die Nationalsozialisten emigrierte sie nach England. Sie gilt als Pionierin der Psychoanalyse für Kinder.

Lou Andreas-Salomé (1861–1937), weitgereiste Schriftstellerin und Psychoanalytikerin, wurde bekannt durch ihr literarisches Schaffen in den Bereichen Religion, Philosophie und Kulturwissenschaften und ihre langjährigen Freundschaften zu Nietzsche, Rilke und Freud. 1923 ging sie auf Bitten Sigmund Freuds für ein halbes Jahr als Lehranalytikerin nach Königsberg. Die Freundschaft mit Anna Freud hatte bis zu ihrem Tod Bestand.

Der Besuch Anna Freuds und Lou Andreas-Salomés auf der Kurischen Nehrung ist historisch nicht belegt. Hier habe ich mir künstlerische Freiheit erlaubt.

Johannes Thienemann (1863–1938) war ein berühmter Ornithologie und der Begründer der ersten Vogelwarte der Welt in Rossitten. Dort erforschte er bis zu seinem Tod das Verhalten von Zugvögeln. Krähen fing und verzehrte man, wie hier im Roman beschrieben, damals übrigens wirklich.

Ferdinand Schulz (1892–1929) war ein deutscher Segelflugpionier. Im Aufwind der Dünen von Rossitten schaffte er Rekordflugzeiten und hielt 1927 alle Weltrekorde im

Segelflug. Zwei Jahre später verunglückte er tödlich beim Absturz eines Motorflugzeugs.

Die folgenden Schauplätze hat es wirklich gegeben: Das Restaurant Horcher war eine Institution in Berlin. Einen ähnlich guten Ruf hatte das Café Schwermer in Königsberg. Prominent am Schlossteich gelegen, waren hier in den 1920er-Jahren mehr als zwanzig Kellner und sogar eine Kapelle beschäftigt. Der Baumkuchen und das hauseigene Marzipan wurden bis nach Amerika und Australien exportiert. Der Nachtklub Bel Ami dagegen existierte so nicht in Königsberg. Er ist von ähnlichen Etablissements der Zwanzigerjahre inspiriert.

Noch mehr über Fakten und Fiktion rund um Aaron Singer und das Königsberg der nicht immer so goldenen Zwanzigerjahre finden Sie auf meiner Website: www.ralfthiesen-autor.com

DANKE!

Meiner Lektorin Kerstin Schaub vom Goldmann Verlag für all ihre Unterstützung, das gegenseitige Vertrauen und ihre Begeisterung für den Krimi-Hotspot Königsberg.

Regina und Peter Molden von der Literaturagentur Molden, denen Singer und Puschkat es verdanken, das Licht der literarischen Welt erblickt zu haben.

Heiko Arntz für das gewissenhafte Lektorat und sein grandioses Gespür für die passende Wortwahl und sachliche Richtigkeit. Der beste Krimiautor ist nichts ohne einen guten Lektor von Format.

Laura Münzer, die auch dieses Mal die Karte von Königsberg und Umgebung beigesteuert hat. Ein guter Roman braucht eine gute Karte.

Jens Schröder, der mir Nachhilfe in Plattdüütsch gegeben hat.

Meiner Tochter Tabea, die mit guten Ideen den Plot, einzelne Szenen oder ganze Handlungsstränge verbessert hat.

Meiner Frau Gabriele für ihre Unterstützung und ihre besondere Rolle als »Leserin eins«.

Allen engagierten Buchhändlerinnen und Buchhändlern, die mit ausgewählten Sortimenten und Veranstaltungen die Fahne des Lesens hochhalten. Ein besonderes Dankeschön an Ute Hentschel und ihr Team von der weltbesten Buchhandlung in Burscheid, die das Projekt Singer & Puschkat von Anfang an mit Begeisterung unterstützt haben. Die »Krimi-mit-Klopse«-Lesungen in der Buchhandlung waren denkwürdig.

Ich hoffe, dass Sie, liebe Leserinnen und Leser, genauso viel Freude bei der Lektüre hatten wie ich beim Schreiben. Mit Ihrer Unterstützung werden Singer und Puschkat auch in Zukunft spannende Fälle lösen. Es gibt noch einiges zu ermitteln im Königsberg der 1920er-Jahre.

Ralf Thiesen, Juni 2024

Autor

Ralf Thiesen, Jahrgang 1964, lebt mit seiner Familie im Bergischen Land und arbeitet bei einem großen Standortdienstleister. Seit über dreißig Jahren gilt seine Leidenschaft der Geschichte des 20. Jahrhunderts, insbesondere der Weimarer Republik, und der Kriminalliteratur. Nach seinem Debüt »Die Toten von Königsberg« ist »Krähen über Königsberg« sein zweiter historischer Kriminalroman.

Ralf Thiesen im Goldmann Verlag:

Die Toten von Königsberg. Ein Fall für Aaron Singer 1. Kriminalroman
Krähen über Königsberg. Ein Fall für Aaron Singer 2. Kriminalroman

(Alle auch als E-Book erhältlich)